笔底风云与
家国情怀——周喜俊其文其人

孙文莲 著

中国学者研究文库

汕头大学出版社

图书在版编目（CIP）数据

笔底风云与家国情怀：周喜俊其文其人／孙文莲著.
－－汕头：汕头大学出版社，2018.9
ISBN 978－7－5658－3712－8

Ⅰ.①笔… Ⅱ.①孙… Ⅲ.①周喜俊—文学研究—文集 Ⅳ.①I206.7－53

中国版本图书馆CIP数据核字（2018）第163910号

笔底风云与家国情怀：周喜俊其文其人
BIDI FENGYUN YU JIAGUO QINGHUAI：ZHOUXIJUN QIWEN QIREN

著　　者：孙文莲
责任编辑：邹　峰
责任技编：黄东生
封面设计：中联华文
出版发行：汕头大学出版社
　　　　　广东省汕头市大学路243号汕头大学校园内　邮政编码：515063
电　　话：0754－82904613
印　　刷：三河市华东印刷有限公司
开　　本：710mm×1000mm　1/16
印　　张：21
字　　数：331千字
版　　次：2018年9月第1版
印　　次：2019年1月第1次印刷
定　　价：68.00元
ISBN 978－7－5658－3712－8

版权所有，翻版必究
如发现印装质量问题，请与承印厂联系退换

写在前面

乱花渐欲迷人眼，春风浩荡化冰河
——写在习近平在中国文联十大、中国作协九大开幕式上的讲话之后

中国文联十大、中国作协九大于2016年11月30号在北京召开，习近平在开幕式上发表重要讲话。

习近平首先强调了文艺在历史发展中的重要作用，"文运同国运相牵，文脉同国脉相连。实现中华民族伟大复兴，是一场震古烁今的伟大事业，需要坚忍不拔的伟大精神，也需要振奋人心的伟大作品。鲁迅先生1925年就说过：'文艺是国民精神所发的火光，同时也是引导国民精神的前途的灯火。'"然后对广大文艺工作者提出了创作方向，即"要坚持以人民为中心的创作导向，坚持为人民服务、为社会主义服务，坚持百花齐放、百家争鸣，坚持创造性转化、创新性发展，高擎民族精神火炬，吹响时代前进号角，把艺术理想融入党和人民事业之中，做到胸中有大义、心里有人民、肩头有责任、笔下有乾坤，推出更多反映时代呼声、展现人民奋斗、振奋民族精神、陶冶高尚情操的优秀作品，为我们的人民昭示更加美好的前景，为我们的民族描绘更加光明的未来。"

习近平对文艺工作者还明确提出了四点新的希望：第一，希望大家坚定文化自信，用文艺振奋民族精神。实现中华民族伟大复兴，必须坚定中国特色社会主义道路自信、理论自信、制度自信、文化自信。创作出具有鲜明民族特点和个性的优秀作品。第二，希望大家坚持服务人民，用积极的文艺歌颂人民。

人民是历史的创造者，是时代的雕塑者。一切优秀文艺工作者的艺术生命都源于人民，一切优秀文艺创作都为了人民。广大文艺工作者要坚持以强烈的现实主义精神和浪漫主义情怀，观照人民的生活、命运、情感，表达人民的心愿、心情、心声，立志创作出在人民中传之久远的精品力作。第三，希望大家勇于创新创造，用精湛的艺术推动文化创新发展。优秀作品反映着一个国家、一个民族文化创新创造的能力和水平。广大文艺工作者要把创作生产优秀作品作为中心环节，不断推进文艺创新、提高文艺创作质量，努力为人民创造文化杰作、为人类贡献不朽作品。第四，希望大家坚守艺术理想，用高尚的文艺引领社会风尚。文艺是铸造灵魂的工程，承担着以文化人、以文育人的职责，应该用独到的思想启迪、润物无声的艺术熏陶启迪人的心灵，传递向善向上的价值观。广大文艺工作者要做真善美的追求者和传播者，把崇高的价值、美好的情感融入自己的作品，引导人们向高尚的道德聚拢，不让廉价的笑声、无底线的娱乐、无节操的垃圾淹没我们的生活。

联系当下我国文学艺术领域现状，习近平讲话有着有效的针对性、深刻的警示性和非常现实的指导意义，可谓醍醐灌顶、铿锵有力。当下我国的艺术领域，虽说成就斐然，佳作不断，但难免良莠不齐、乱象丛生，亟待正本清源，以正确、高端的艺术评论褒优贬劣，激浊扬清。

我们旁逸斜出，谈一谈当下中国的文艺现象，先说一下影视艺术界。

2016年底，各影院以各种花样炒作的方式，推出了张艺谋的《长城》和冯小刚的《我不是潘金莲》——都是曾经长期占据我国电影界半壁江山的大腕之作。

《长城》文宣说影片的主题是保卫人类，但结果却遭到了观众非常一致的吐槽。比较有代表性的意见是：影片场面极尽宏大华丽，却思想空虚；虽然以具有民族象征意义的"长城"为主要元素，但丝毫看不出文化自信和拯救人类的大国风范及普世情怀，更没有值得歌颂的"英雄"和为全人类担当的气魄；整部影片用一句话概括，就是：只有奇观，没有价值观。影片中的场面铺设、情节构架、人物设置等，都有着十分明显的抄袭痕迹，却又弄了个"点金成铁"的效果。《长城》的时代背景是我国的北宋年间，当时的北宋，不仅具有非常丰厚的人文情怀以及后世难以企及的艺术创造，也不乏世界领先的科学技术——

北宋，堪称我国的"文艺复兴"时期，是当时地球上最为发达、最为文明的国度。而在影片中，当景甜扮演的女殿帅与马特·达蒙扮演的白人盗贼从长城奔回汴梁，见到小皇帝时，景甜等众人急忙下跪，达蒙却微微欠身一下，站在那里。景甜对达蒙脱口而出"我对外面的世界不了解"；还有，长城垛口里的东方戎装美女，含情脉脉、无限留恋地望着渐行渐远的男性白人英雄的背影……

许多细节都证明，张艺谋对西方价值有着深入骨髓的膜拜。这样的价值取向，既不符合当时的历史背景，更不符合、不适合现今的社会现状。景甜扮演的林海将军，也不具备花木兰似的巾帼英雄的气质，没有任何妇女扛起半边天的男女平等的象征，也即，没有体现出女性作为个体的独立性价值。她只是一种另类的性诱惑，看看景甜凸显双乳的胸甲，这个意向就一目了然。所以，电影《长城》，不仅意涵空虚，而且低俗、恶俗。

冯小刚的《我不是潘金莲》，从官民对立的立场出发，对官场百态做了各种调侃，后来，官民又有巧妙的调和；采用圆形画幅进行拍摄，有人说它暗喻"镜花水月"的荒诞寓言，方圆也"尽显中国式人情法治"；起用话题度很高的、不要片酬的范冰冰饰演女一号……导演讨巧的心思显而易见：既要票房，又要口碑，关键是，还不肯付出。

请看影片的情节硬伤：硬伤一：就离婚提起诉讼，法院不会受理。影片中，范冰冰饰演的李雪莲到法院起诉离婚案，要法院判决自己的离婚是假的。法院受理了，还做出了败诉判决。法律事实是，某人如果出具了离婚证，说明已经离婚了，只能就离婚后财产纠纷起诉，而关于离婚真假的诉讼，法院正确做法是不予受理；如果李雪莲认为离婚是假的，应该起诉民政局，要求撤销颁发的离婚证。硬伤二：证明自己不是潘金莲无须上访。李雪莲为了证明自己不是潘金莲，到处上访，还被编剧设置成了一场戏剧悬念。现实中，李雪莲要证明自己不是潘金莲非常简单，完全用不着信访，而且稳操胜券，办法就是——起诉秦玉河侵害名誉权！法律界人士说：只要李雪莲起诉，法院一定会判决秦玉河对李雪莲停止侵害、消除影响、恢复名誉、赔礼道歉、赔偿损失。那么，李雪莲就可以用法院的判决书证明"我不是潘金莲"。问题迎刃而解，哪还有什么必要上访？

可见，该剧编导不了解信访，几乎是凭想象和臆测虚构情节，与现实严重脱节。无论从事实还是从法律上讲，故事基础是不成立的。冯小刚是把广大观众当智障了。

张艺谋、冯小刚们已经过气、过时了。他们没有随着观众的成长而成长，没有不断地超越原来的自己。张艺谋以中国封建元素走红的时代早已过去，冯小刚凭借搞笑、戏谑、讽刺、挖苦、消解崇高，拿一切开涮的方式，已经不为这个时代认可了。他们的情怀、视域、审美层次，已经无法满足现在的观众了。更加上急功近利，取媚而又不得要领，毫无演技的范冰冰和景甜，观众怎么会买账呢！

再说一个文学领域的现象。2016年12月15日，《人民日报》刊登《中国网络文学冲出国门闯世界打造中国式"好莱坞"》的文章，文章说，"武侠世界（mwww.wuxiaworld.co）"是目前英文世界最大的中国网络文学网站，内容以玄幻、武侠、仙侠为主。截至今年11月，"武侠世界"在全世界网站点击率排行榜上竟然排到了第1536名，日均页面访问量达362万次。……到2016年6月底，武侠世界上已拥有两部翻译完毕的中国长篇网络小说，以及正在翻译的18部中国网络小说。有评论说，中国网络文学之所以能够"走出去"，在于中国网络文学中的玄幻、仙侠类小说基于深厚的中国文化、历史和神话构造出广阔天地，具有五行等概念，这些都具中国特色，中国的网络小说，具有非常丰富的想象力，非常开放……而实际上，网络文学作品大都是以玄幻、奇幻、灵异、武侠为内容，娱乐化、商业化，甚至低俗化非常明显，根本不可能彰显我们的文化自信和民族精神，也不能代表当下中国的主流文化，无法产生深刻的文化影响力，无法代表民族形象和价值。

在以上双重背景下，我们来谈论周喜俊的创作，就显得意义重大。

第一，周喜俊的创作，是"为人民"的创作。

"来自人民才明白为了谁"、"植根人民才懂得依靠谁"、"服务人民才知道我是谁"这是周喜俊一贯坚持的创作理念，是多年的创作心得，也是她任石家庄市文联主席兼市作协主席13年来对大家的一贯要求。身为国家干部、知名作家，她一年里有三分之二的时间在农村体验生活，跟老百姓一起干农家活、吃农家饭。乡亲们把周喜俊当成自家人，有什么心事都向她诉说。即使周喜俊回到了省城，也常常会有乡亲打过电话来聊一会儿。周喜俊从来不把自己当作高高在上的领导干部或艺术家去审视去旁观，而是融入其中，成为其中的一分子。"不去都不行，已经不是什么深入生活了，我已经和他们血肉相连，分不开了"，谈到体验生活时，周喜俊如是说。

所以，周喜俊的一系列反应农村生活的作品，都真实、生动地反遇了我国经济改革时期的社会生活，成为一个时代农村社会的一面镜子。周喜俊设身处地，忧百姓之忧，乐百姓之乐，真切体验百姓内心的烦忧和快乐、理想和愿望，以及细微、曲折的内心情感。她尊重百姓，懂得百姓，从不把百姓看低了。

电视剧本《当家的女人》拍摄时，正是文艺界各种思潮涌动泛滥之时，有人担心这么干干净净的剧本没有较好的收视率，建议女主人公张菊香与帮助她的老同学赵军平应有婚外情，这样更能吸引观众的眼球儿。周喜俊坚决不同意，她说："如果这样改，就等于在张菊香脸上划了一刀，这个人物就毁容了，在老百姓的欣赏习惯中，不管多么能干的女人，只要作风不好，也会遭到全村人的唾弃。"制片方尊重了她的意见，才有了这部剧，2004年全国"两会"期间，央视在没有做任何广告的情况下突然在黄金时间播出，在全国引起强烈反响，之后央视及各省卫视轮番热播。专家称"这部电视剧是改革开放以来农村电视剧的经典"，是"田野里吹来的一股清风"。张菊香也成了现代农村女性的典型代表，是农村题材中里程碑式的人物，深受观众喜爱。

周喜俊具有很强的主人翁意识，她不满足于仅仅了解农村当下的现实生活，还忧思农村未来的可持续发展。2006年央视作为全国两会特别节目在黄金时间播出她创作的大型现代评剧《七品村官》、获得河北省文艺振兴奖的长篇小说《当家的男人》、中篇评书《天地良心》等多部作品，都触及到了三农问题、生态环保和可持续发展问题。周喜俊不仅是老百姓的贴心人，也是农民的代言人。

第二，歌颂农村改革，歌颂改革中的英雄。

周喜俊农村题材的作品，大都以我国20世纪八九十年代为背景，以改革开放初期农村生活为题材，写改革中的矛盾和曲折。她从不纠缠于琐屑的个人恩怨情仇，而是面向广阔的社会生活，着眼于时代滚滚洪流中的社会问题，描写改革过程中的新旧矛盾冲突、农村发展中的三农问题、改变农村落后面貌问题、绿化荒山问题、农民创业致富问题，等等，以此歌颂我国改革开放的利好政策，歌颂去弊兴新的社会生活。

周喜俊的作品还塑造了一批改革开放过程中的典型形象，他们是农村经济改革的开创者、锐意进取者，是带领乡亲们走向富裕新生活的领头羊。他们有理想敢行动，有目标懂政策，心系百姓乐于付出，坚忍不拔一往无前，他们代表了农村发展的方向，凝聚了社会正能量，是真善美的化身。他们是农村改革中的佼佼者，是他们那个时代的英雄。

第三，惯用传统手法，坚持文化自信。在文学创作上，周喜俊惯用我国传统讲说故事的方式，来讲述中国农村的故事。比如，章回体标题的方式，层层叠叠设置悬念的方式，包孕式（大故事套小故事，小故事里还有故事）和糖葫芦串式（一个大故事里，由几个各自独立又相互关联的小故事并列串联）的结构方式，还有非常丰富生动的民间语言方式（比如，大量使用俗语、谚语、歇后语），等等，使得作品接地气、贴人心，达到了雅俗共赏的艺术境界。

周喜俊从不为文艺界的各种舶来品的各种主义所打扰，不为各种花样术语所迷惑，"只要人民需要的，只要人民喜欢，就是我应坚持的。""多年来，文艺界有过各种思潮，远离生活、远离现实、消解崇高、脱离人民的论调如雾霾一样弥漫，混淆是非，让好多人感到迷茫。……作家艺术家要想创作出经得起时间检验的艺术精品，必须长期地无条件地深入到生活之中，只有与人民产生水乳交融的感情，才能找到不竭的创作源泉。""我们不缺少精彩的故事，而缺少清晰的寻找；我们不缺少文化资源，而缺少深入的挖掘；我们不缺少创作富矿，而缺少深入的开采。文化自信应建立在寻找、挖掘和开采上，这是文艺工作者的责任。"周喜俊始终坚信，用我们民族所喜闻乐见的艺术形式，讲好发生在中华大地上的中国故事，是中国作家艺术家应坚守的基本底线。

"铁肩担道义，妙手著文章"，周喜俊具有非常高的政治自觉，又有非常深厚的人文情怀，读她的作品总能在温暖中得到一种精神的引领。她用自己丰硕的创作成果，引领着"以人民为中心"的创作方向，用自己的实际行动，诠释了习近平总书记为文艺界提出的四点希望。所以，周喜俊的作品才获得了市场和口碑的双赢。

值此全国文联十大、作协九大刚刚召开之际，评说周喜俊的创作意义重大。

目 录
CONTENTS

第一辑　笔下乾坤大，胸中日月新 …………………………………… 1

第一篇 ……………………………………………………………………… 3

明朗、劲健追雅正，质朴、自然侔诗风

　　——谈周喜俊小说的审美风格 ………………………………… 4

美是回来做自己 ……………………………………………………… 23

第二篇 ……………………………………………………………………… 25

芙蓉出水荧屏新气象，苦心经营文字绽绮光

　　——谈周喜俊的电视剧本《当家的女人》 …………………… 27

会讲故事的母亲 ……………………………………………………… 39

第三篇 ……………………………………………………………………… 41

油灯一盏文章铺锦绣，深情几许故事绽绮霞

　　——谈周喜俊小说系列 ………………………………………… 43

用中国方式，讲中国故事 …………………………………………… 61

第四篇 ……………………………………………………………………… 64

体现时代精神，讲好中国故事

　　——关于周喜俊小说大团圆结局的辩证理解 ………………… 65

给予精神滋养的母亲 ………………………………………………… 69

第五篇 ……………………………………………………………………… 73

1

啜民间之朝露，吐艺术之芳华
　　——谈周喜俊作品的雅与俗 ·················· 75
　割舍不断的乡情 ······························· 84

第六篇 ··· 86
　胸中有爱情似水，绵里裹铁气如虹
　　——谈周喜俊小说中女性主人公形象系列 ······ 87
　给灵魂添柴的人 ······························· 97

第七篇 ··· 100
　以简御繁奏壮曲，抒情写意总相宜
　　——评周喜俊现代戏曲剧本 ··················· 101
　君子不器 ····································· 111

第八篇 ··· 115
　卓卓独立，盈盈鲜活
　　——谈周喜俊现代戏曲中的人物塑造 ··········· 116
　命运多舛 ····································· 124

第九篇 ··· 128
　热度与亮度
　　——谈周喜俊现代戏曲剧本 ··················· 129
　善与人交，久而敬之 ··························· 137

第十篇 ··· 138
　情深而至痴，平淡而至醇
　　——谈周喜俊作品的基调 ····················· 139
　幸得谁来助 ··································· 146

第十一篇 ······································· 149
　知人论世，以意逆志
　　——谈周喜俊的艺术创作精神 ················· 151
　君子志于道 ··································· 159

第十二篇 ······································· 161
　周喜俊作品中的超前意识 ······················· 162

第十三篇 ·· 169
  艺术本来有标准 ································ 171
  宽而有制，和而不流 ···························· 176

第二辑 家国情怀，知行合一 ···················· 179

  春风吹过，大地知道 ···························· 181
  用什么回报你，我的家园 ························ 183
  天行健，君子以自强不息 ························ 185
  地势坤，君子以厚德载物 ························ 188
  春风化雨，润物无声 ···························· 191

第三辑 善与人交，久而敬之 ···················· 193

  周喜俊访谈录 ·································· 195
  感恩周主席
    ——访我省著名作家康志刚 ················ 205
  架子小，气场大；套路浅，智慧深
    ——访著名评论家赵秀忠 ·················· 217
  我眼中的周喜俊主席
    ——石家庄市文联副主席张桂珍 ············ 229
  一生的良师益友
    ——访石家庄市桥东区文联主席蔡玉霞 ······ 232
  遇见周主席，才遇见最好的自己
    ——访文联人、青年评论家王文静 ·········· 239
  感恩人生的良师益友
    ——访优秀青年作家杨辉素 ················ 247
  用对一个人，走活一盘棋
    ——访平山县文联主席付峰明 ·············· 255

第四辑　附录部分 ··· 265

　　周喜俊精要语录 ··· 267
　　周喜俊作品中的谚语、俗语、歇后语和人物绰号 ·············· 279
　　周喜俊研究资料索引 ·· 303

跋：周喜俊的三个身份 ·· 318

第一辑 01

笔下乾坤大,胸中日月新

(文学评论部分)

第一篇

希望大家坚定文化自信，用文艺振奋民族精神。实现中华民族伟大复兴，必须坚定中国特色社会主义道路自信、理论自信、制度自信、文化自信。创作出具有鲜明民族特点和个性的优秀作品，要对博大精深的中华文化有深刻的理解，更要有高度的文化自信。广大文艺工作者要善于从中华文化宝库中萃取精华、汲取能量，保持对自身文化理想、文化价值的高度信心，保持对自身文化生命力、创造力的高度信心，使自己的作品成为激励中国人民和中华民族不断前行的精神力量。

文化是一个国家、一个民族的灵魂。历史和现实都表明，一个抛弃了或者背叛了自己历史文化的民族，不仅不可能发展起来，而且很可能上演一幕幕历史悲剧。文化自信，是更基础、更广泛、更深厚的自信，是更基本、更深沉、更持久的力量。坚定文化自信，是事关国运兴衰、事关文化安全、事关民族精神独立性的大问题。没有文化自信，不可能写出有骨气、有个性、有神采的作品。

——习近平在中国文联十大、中国作协九大开幕式上的讲话

周喜俊说："一个民族拼到最后，就是文化。文化是一个民族的灵魂。"她善于用我国优秀的传统艺术形式，讲述人民群众自己的故事，取得了非同凡响的艺术效果，形成了自己独有的艺术风格。她又说："艺术创新，不是媚俗，不是搞怪，也不是生拉硬套地机械模仿西方的理论或某种技巧，而是找到最适合内容的，也最适合作者自己的艺术形式。"

明朗、劲健追雅正，质朴、自然俦诗风

——谈周喜俊小说的审美风格

日常生活中，我们所说的"风格"，是指某人的个性、作风、气度以及习惯化的行为特点。文学风格是指作家作品的整体风貌和格调，是作家在一系列作品中，在内容与形式的统一中表现出来的一贯和稳定的创作个性。作为一种表现形态，文学风格"如人的风度一样，它是从艺术整体上所呈现出来的代表性的特点。是由独特的内容与形式相统一，艺术家主观方面的特点和题材客观方面的特点相统一而造成的一种难以说明却不难感觉的独特面貌。"

周喜俊自20世纪80年代初以《辣椒嫂》步入文坛，几十年笔耕不辍，时至今日，发表各类体裁文学作品850多万字，出版八卷本《周喜俊文集》，另有《周喜俊剧作选》、《沃野寻芳》、《追梦者之歌》等12部专著出版，可谓卷帙浩繁，数量庞大。周喜俊的作品，体裁样式丰富多样，有小说、报告文学、散文、电视剧本、戏曲剧本、曲艺作品等，并且，每一种体裁样式的创作尝试都取得了灿烂的成就，得到了行家的一致好评。如今，周喜俊身为河北省文联副主席、石家庄市文联主席、石家庄市作协主席，虽然政务繁忙，但仍然孜孜以求，视文学创作为生命。三十多年的创作坚持，周喜俊已经找到了最契合自己的文学模式，形成了独属于自己的创作风格，那就是：质朴、自然；明朗、劲健。

周喜俊文学风格的表现

由于文学风格是作品整体的风貌和格调，是作家在一系列作品中，在内容与形式的统一中表现出来的一贯和稳定的创作个性。所以,文学风格的特征总会在内容与形式的各个要素中表现出来。下面,我们从形式与内容两个方面来具体分析周喜俊小说的风格表现。

一、语言组织和体裁样式是文学风格最外在、最直接的表现。

(一)语言组织

文学是语言的艺术,语言是文学的第一要素。文学作品中的语言,不仅仅是信息载体,而且能够直接体现作家本人的情感色彩和审美倾向,从而体现出作家创作的风格特征。一个作家的创作风格,或婉约,或豪放,或绚烂,或平淡,等等,无论何种风格特点,都首先从语言层面扑面而来,让读者直接感受到。可以说,作家的文学风格,最直接地从语言倾向上体现出来。周喜俊的作品,不论小说和剧本,其语言都有着明显而一贯的特点,那就是:平易、浅近、质朴、自然。具体说来,就是语言的生活化、口语化,且多用俗语、谚语、歇后语、方言等。

韩华姣,人送外号"干辣椒"。叫来叫去顺了嘴,就都叫她"辣椒嫂"。她听了不急不恼,还呵呵地笑。

听这绰号,不知道的人准要猜想:她保险又瘦又弱,身材娇小;要不就是蔫巴巴,说话不多,让人心焦。熟悉她的人一定会反驳:你算猜错了!论身材,她五大三粗,比壮小伙子都不孬;论性格,她爱说爱笑,心肠又好。那为啥偏偏得了这么个绰号呢?要问此事,还得从她结婚那天说起。

这是周喜俊《辣椒嫂》的开篇两段文字。很明显,这两段文字没有一个疑难、生僻的字词,都是日常生活中原生态的人民群众的语言,口语化、生活化、大众化。它通俗易懂、明白如话,朴素简练,易说易听。这种自然、朴素的语言特色,始终贯穿在周喜俊的整个文学创作过程中。除此之外,周喜俊作品中还出现了大量的俗语、谚语、歇后语等。

《俏厂长的罗曼史》里有:"家无夫,房无柱;室无男,墙无砖"、"腰里掖棒槌,有后劲了"、"一没图他家仨瓜,二没图你家俩枣"、"紧嘴吃不上热豆腐"、"无风不起浪"、"好事不出门,丑事传千里"、"麻秸秆打狼——两头怕"、"二十五只小兔子——百爪挠心"、"我又不是小庙的鬼,还怕见大庙的神?"

……《情系孔雀岭》里有："瞎子放驴不松手"、"雨中送伞，雪中送炭"、"老天爷饿不死瞎眼雀，苦命人自有贵人帮"、"穷家难舍、热土难离"、"抓起灰来比土热"、"胳膊肘子往外扭"、"话不说不透，理不辩不明"、"人无头不走，鸟无头不飞"……《王大柱两会白面团》里有："有秃护秃，有瞎护瞎"、"姑娘们听了这没腰没胯的大话"、"冰糖葫芦——外甜内酸"、"给你个枣核当糖吃"、"雪中送炭，渴中送水，正打盹儿给了个枕头"、"重打家伙另唱戏"、"干有干样，歇有歇相"、"前头有车，后头有辙"、"吃饭吃饱，干活干了"、"牙缝里的米吃不饱，大锅饭长不了"……《风雨高家店》里有："老母猪爬竿——学猴的招儿"、"挨过疯狗咬的人，见了狗皮也心寒"、"和尚头上的虱子——明摆着"、"芝麻掉进针眼里——巧碰巧"、"攻人要攻心，刨树先断根"、"门神老了，捉不住鬼"、"身正不怕影子斜，脚正不怕鞋歪"、"人无十全，树无九枝，图了省柴睡凉炕"、"推着小车上山，一步比一步难"、"包饺子靠好片儿，要打架靠好汉儿。花好得有绿叶扶，开店得有好护院儿"、"请神容易送神难"、"纸里包不住火，雪里埋不住人"、"逢沟跳沟，逢坡跳坡"、"家有千口，主事一人"、"插个尾巴就成猴"、"留个朋友一条路，得罪个朋友一堵墙"、"撅什么尾巴，拉什么粑粑"、"瓜子不饱是个人心儿"、"穷赶集富赶庙"、"打狗还得看主人"……《枣园风波》里有："冰炭不同炉，水火不相容"、"抓起灰来比土热"、"背靠大树好乘凉，有个好朋友得沾光"、"吃着荆条拉荆篮——肚里会编"、"骑驴看唱本——走着瞧"、"直肠子人不会说弯弯话"、"离了你的枣子照样蒸糕"、"一朝被蛇咬，十年怕井绳"、"有钢用在刀刃上，有意见提到大会上，是骡子是马拉出来遛遛"、"没有金刚钻，不揽这瓷器活"、"天空里吊母猪，不知把自己提多高了"、"屋漏又遭连阴雨，行船偶遇顶头风"、"没有长竹竿，不敢捅这马蜂窝"……

  作品中大量俗语、谚语、歇后语的使用，使整个作品洋溢着热气腾腾的生活气息，近百姓、接地气，呈现出朴素无伪、醇厚自然的审美格调。

  除此之外，周喜俊作品中也有大量方言（华北的地区方言）的出现，比如，《王大柱两会白面团》里有："那咱说清，谁也不许草鸡毛"（草鸡毛：认输、服软），《俏厂长的罗曼史》里有："喜大娘一见此人，不由打了个愣怔"（愣怔：吃惊）、"他忙用袄袖子扑打一下炕沿上的尘土"（扑打：拍打、拂去尘土)、"打的愿打,挨的愿挨,咱眼气(眼气:羡慕)也没法"……《辣椒嫂》里有:不知道的人准要猜想:"她保险又瘦又弱,身材娇小;要不就是蔫巴巴,说话不多,让人心焦。熟悉她的人一定会反驳:你算猜错了!论身材,她五大三粗,比壮小伙子都不孬"(保险:一定、肯定;蔫巴巴:萎靡;不孬:不差)、"姑娘们也使劲撺掇她小姑子"(撺掇:怂恿)、"六月天,本来就热得够呛"(够呛:非常,表示程度)、"咱们祖祖辈辈是嘴含冻凌吐不出水的人"(冻凌:冰块)、"尤其是杨滑子,自那次闹了个大蹲底,对她更是恨之入骨"(大蹲底:尴尬,下不来台)、"俺病了这么些日子,包的地保准成荒草了"(保准:肯定、一定)……

这些方言土语,同样是老百姓自己的语言,没有刻意矫揉装饰,元气饱满、烟火气十足,五味俱全,鲜活生动,生活气息非常浓厚,似乎让我们嗅到了泥土的芳香。这种语言特点,也是质朴自然、朴素无伪风格的直接显现。

另外,周喜俊的文学语言还具有非常明显的音乐性特征,读起来朗朗上口,听起来悦耳动听。

姑娘话音一落,看热闹的人早呼啦啦围了上去,只见调盘里:绿豆糕,暄腾腾;鸡蛋卷,黄澄澄;马蹄酥,酥又脆;桃形面包香味浓。别说让你尝一尝,闻闻美味都无穷。娃娃们馋得流涎水,青年们叫好不绝声,老年人看罢直点头:"唉,还是姑娘有志气,要不然,这祖传的手艺恐怕得进了火葬场的大烟囱。"

这是《风雨高家店》里的一段。它以短句为主,又长短句间错,"浓"、"穷"、"囱"又韵律一致,构成了节奏活泼,韵律流畅的音乐美。

……肖三青走省串县,风流一时,吃胖了脸,磨滑了嘴,回家后横草不捡,竖棍不拿,逢人说话,呱呱拉拉。背靠吴会中,白吃白拿。乡亲们都说她是靠耍嘴皮子吃饭,所以送了她个外号"三片嘴"。

"什么?拜师?"高云霞把挎包往柜台上一摔,手指门口的大木牌喊道,"你看这是什么?高云霞祖传食品店。牌是我挂,店是我开,没有我批准,闲人休进来!你马上给我走!"

"把你的好心挖出来沤粪去吧!告诉你肖三青,你们可以狼狈为奸,设套造谣,我高云霞相信,身正不怕影子斜,脚正不怕鞋歪,什么白眼狼、红眼狼,披着人皮的黑心狼,想把高家店一口吞并,那是痴心妄想!"

高云霞像是开了机关枪，字字火，声声怒，吓得肖三青缩着脖儿，眨巴着眼儿，一步一步往后退……

这些段落，都和上边分析的一段有异曲同工之妙。句式长短上，既有和谐一致的规律，又有长短间错的变化，再加上和谐流畅的韵律，形成非常美好的音乐性，如行云流水，美妙动听。

在周喜俊的小说作品中，类似的例子不胜枚举、俯拾即是。又如《神秘的半仙》中：

农历九月十九，万花县城大集。吃过早饭，在通往县城的柏油马路上，推小车的，赶大车的，骑自行车的，开摩托车的，车水马龙；驮着鸡的，带着鸭的，挑着兔子，拉着猪的，人山人海。男女老少少，你言我语，说说笑笑，纷纷向县城走去。……

再如，《韩呆呆的婚事》中有：

……韩大娘一见此景可犯了愁，愁得她吃不好，睡不安，开口讲，闭口谈："儿呀，娘一辈子就你这么一个独根苗，实指望早娶儿媳早抱孙孙，可你倒好，处处跟别人拧着劲儿。早几年，姑娘们嫌咱村儿穷；后几年，人家都说你呆；现在咱不愁吃不愁穿，手里不缺零花钱，你又是好名在外了，不借这个机会挑选一个，你还等什么呀？"

这些语言，都是有节奏有韵律，长短句间错，并以短句为主，音乐性非常突出。

如此口语化、生活化、质朴、自然、通俗易懂，又朗朗上口、悦耳动听的语言始终贯穿在周喜俊的整个创作过程中，尤其贯穿在她的小说创作中，形成了自己一贯而独特的语言风格。

（二）体裁样式

体裁是风格的基础，作家选择了某一种体裁样式，也就选择了某一种相应的风格。周喜俊的文学创作，虽然体裁样式多样，有电视剧本、戏曲剧本、报告文学、曲艺剧本、小说、散文等等，但最能够代表周喜俊整体创作水平的，恐怕非小说莫属。

在我国，小说体裁长期以来与"讲说故事"密不可分，这就使小说形成了稳固的艺术特征：故事性、趣味性、生动性等。周喜俊一贯坚持写人民群众生活,为人民群众服务的创作宗旨,她的小说(包括她自己分列出来的"故事")就自觉不自觉地秉承了我国小说的优良传统,不论其短篇小说,还是长篇小说,都具有非常强的故事性和趣味性,生动活泼,悬念迭出,妙趣横生,令人爱不释手,过目不忘。

首先,完整、生动的故事性。

周喜俊的每一篇小说作品都构造了一个前后呼应、有头有尾的完整故事,保证了小说故事的连贯性和生动性。并且,在叙述故事的过程中,往往大故事套小故事,大故事首尾圆和,滴水不漏,小故事有头有尾、完整和谐。这样,就非常符合广大人民的阅读习惯和阅读兴趣,使读者在轻松愉快、不知不觉中完成阅读。

《风雨高家店》,讲述在十一届三中全会的利好政策下,吴家镇的女青年高云霞利用祖传手艺,开蛋糕店的曲折经历。作品开头从高云霞挂牌开店的场面写起,但作品并没有接着来写蛋糕店的营业状况,而是按下这头儿不提,返回来讲述高家的身世,以及与开店有关的悲惨过往:高家祖籍东北,"九一八"后一家人来到吴家镇,以做蛋糕为生,生意红火。但好景不长,一天深夜被几个劫匪抢劫了蛋糕店,并打死了高云霞的爷爷。新中国成立后,高云霞的父亲又重新开张做蛋糕生意,却又遭遇了文化大革命,被捕入狱……十一届三中全会后,高云霞不顾父亲的反对,专门去东北学习食品加工手艺,又入情入理说服了父亲,高家食品店重新开张。这段故事讲完了,又回头重新接续上高云霞新开食品店的故事,即第二部分——"黄鼠狼给鸡拜年",写村主任吴会中的到来。然后又插入了一段过往的故事:十七年前,造反派头头吴会中砸烂了高家的食品店,把高继传投进了监狱。之后,再回过头来接续上眼下高云霞食品店的事。第三部分——"狼狈为奸使毒计",写村主任吴会中觊觎高家食品店,与肖三青勾搭,狼狈为奸。在这一部分里,为了介绍肖三青,也为了凸显她的性格,作品又返回到十年动乱的时期,交代肖三青与吴会中首鼠两端狼狈为奸的故事,……

就这样,小说一边按照故事发生的时间顺序来叙述,一边插入过去的故事,使得小说有跌宕有波澜,产生柳暗花明又一村的阅读效果。

又如,《扯不断的情丝》,讲述这样一个故事:台湾的谭志华先生为报答母校，感恩自己的老师，投资一百万元在杨家峪建起一座现代化教学楼，其女谭小姐代表父亲来杨家峪参加教学楼的落成典礼。小说开篇直接切入主题，写谭志华要来杨家峪亲自为新落成的现代化教学楼剪彩，老村长杨大山更是喜不自禁，忙不迭地为迎接谭志华做着准备。可是，小说后面并没有接着交代杨大山及其村民如何准备、如何剪彩等相关事宜，而是横山断岭，插入了另一个事件——这个学校的第一任老师林雪茹的故事。有关林老师的故事才刚刚揭开序幕，紧接着，作品又插入另外一个人——石头儿的故事。石头的故事交代完毕，又返回来接续讲述林雪茹老师的故事……小说结尾总体收束，既出人意料，又在情理之中：来参加新学校大楼落成典礼的香港客人不是别人，正是当年的小石头儿——谭志华之女谭思林。谭思林受已故的老父亲之托，专门来为林老师林雪茹祭奠、扫墓。

至此，真相大白，整个故事滴水不漏，首尾圆和。很明显，这里运用了包孕式结构，大故事套小故事，小故事里又包含更小的故事。在这篇小说里，新教学楼落成典礼是大故事，其中包含了林雪茹的身世以及命运的故事；在交代林雪茹故事的过程中，又插入了小石头儿，也即谭志华的故事。最后，又都在林雪茹石碑问题上汇合，首尾呼应。这样一来，不仅引人入胜，使读者在阅读的过程中目不暇接，步步惊喜；而且，读完之后，掩卷沉思，故事完整清晰，印象深刻。

总之，在周喜俊的小说作品中，往往都是大故事套小故事，或如《扯不断的情丝》一样，大故事套小故事，小故事里又包含故事，层层剥离，层层有惊异。或如《风雨高家店》一样，一个大故事里，同时包含若干小故事，如孪生的多个姐妹，开枝散叶，目不暇接。

其次，单线发展，步步设悬。

为了故事的明晰性，周喜俊小说大多为单线发展。在单线发展的故事中，为了避免故事的刻板单调，往往在故事的讲述过程中，设置层层悬念，以增强小说的波澜。

例如，周喜俊的《辣椒嫂》，虽为短篇，也是处处设悬，妙趣不断。作品开篇就说："韩华姣，人送外号'干辣椒'。叫来叫去顺了嘴，就都叫他'辣椒嫂'……"这样开篇，就一下子激起了读者的阅读欲望：为什么叫韩华姣"辣椒嫂"？这个"干辣椒"有着怎样非同寻常的性格？有过怎样又热又辣的故事？……

这个悬念还未解开，作品紧接着写道："听这绰号，不知道的人准要猜想：她保险又瘦又弱，身材娇小；要不就蔫巴巴，说话不多，让人心焦。熟悉她的人一定会反驳：你算猜错了！论身材，她五大三粗，比壮小伙都不孬；论性格，她爱说爱笑，心肠又好。那为啥偏偏得了这么个绰号呢？要问此事，还得从她结婚那年说起。"

这一段话，表面上是在解释"干辣椒"绰号的悬念，实则又抛出了另一个包袱，把读者的习惯性思维又推向反面：她爱说爱笑，又心肠好，身材五大三粗又不干瘦，韩华姣这样的性格、状貌与"干辣椒"并不符合，那么，"干辣椒"或说"辣椒嫂"的绰号由何而来呢？这其中有着怎样离奇的经历呢？结婚那天又发生了什么样的故事呢？……就这样，层层设悬，主要人物还没有正式出场，就引起了读者极大的心理期待，为人物涂上了浓重的神秘色彩。当作品通过交代韩华姣结婚那天的故事后，韩华姣的性格就露出了冰山一角：她强壮、泼辣、爽利、敢说敢干，眼里不揉沙子；不忸怩作态，敢于跟不良习俗说"不"，等等。

为了使韩华姣的性格更加丰富、饱满，塑造她性格的多面性，情节进行中又再一次设置悬念，即辣椒嫂在出嫁三个月后，就被当选为生产队长。胆小怕事的公公婆婆担心她惹来麻烦，就劝说她不要当这个费力不讨好的差事，韩华姣"微微一笑说：'娘，您就放心吧！'"作品接着写道："话说得好听，婆婆这颗心能放下吗？她当官不到十五天，就跟杨滑子大闹了一场。"这里，又是一个悬念：韩华姣为何跟杨滑子大闹？如何"大闹"？"闹"的结局又如何？

前文早有交代，杨滑子光棍一条，一身村子里的恶俗习气，有些奸猾有些无赖，是个不好惹的刺儿头。那么，韩华姣跟杨滑子的这一场闹，因何而起，又怎样结束？在这场争闹中，投机取巧、尖酸刻薄的杨滑子会有什么样令人意想不到的作态呢？韩华姣这个新上任的生产队长又会用什么样的手腕来对付他呢？二人这一场闹的结局又会怎样呢？……通过这个悬念把读者引入了下面的故事里："辣椒嫂"带领大伙给生产队刨树，杨滑子违反规定，投机取巧，把大树齐地皮截断，这样既省时省力又可多得树根木柴。韩华姣对杨滑子的无赖行为毫不手软，坚持原则，对杨滑子进行了毫不让步的处罚。还有另一件事，即杨滑子欺负年老体弱的刘三奶奶一家，把自己的蒜栽到了刘三奶奶家的地里。刘三奶奶敢怒不敢言，韩华姣却仗义执言，据理力争，迫使杨滑子重新扒埂栽蒜。

通过这两个故事表现出作为生产队长的韩华姣机智过人、果敢硬气、坚持原则、赏罚严明的性格特征。

至此，几番交手，杨滑子虽然丝毫没有得到便宜，但心里并不服气，"杨滑子当着她的面就把牙咬得咯咯响，背后还放出狠话：'辣椒嫂'几时犯到我手里，非把她嚼成碎面面儿不可。"……"'辣椒嫂'没有犯到杨滑子手里，杨滑子却又落到了她的手下。"这里又设置了悬念，我们不禁要问：杨滑子又唱了哪一出？韩华姣又怎样把他制服？当我们带着这样的疑问迫不及待地阅读了作品时，韩华姣性格的另一面就跃然眼前：她不计前嫌、热情助人、善良无私。当杨滑子得病时，韩华姣不嫌脏不怕累，用自己的新自行车栓上小拉车，铺上自家的新被褥，把杨滑子送到医院，并守候伺候了整整七天。出院后，韩华姣又帮杨滑子烧水做饭、洗衣服，还悄无声息地把杨滑子的责任田整饬得井井有条。

就这样，作品层层设悬，步步生色，使读者在津津有味中不知不觉读完作品，人物性格也自然深入人心。并使得人物性格在悬念迭起中一步步丰满，最终揭开悬念的谜底："干辣椒"、"辣椒嫂"，韩华姣她不仅"辣"，而且"热"；不仅雷厉风行、机智果敢、强壮泼辣，而且古道热肠、宽宏大度、质朴善良。读者在酣畅淋漓意犹未尽中，不知不觉地完成了小说阅读。人物性格也活色生香，牢固地树立在读者心目中。

另外，在周喜俊几篇较长的小说中，大多采用章回体来叙述。而小说每一章的题目就巧妙地暗藏了悬念。比如，在小说《婚变》中，就采用了分章分回的结构模式，其中，第一回的回目是"计中计夫抛结发妻，悲中悲姐别同胞妹"，这里，"计中计"就是很大的悬念："计"（谋）本身已经具有了神秘感、吸引力，"计中计"更让人猜疑、期待；如果说"夫抛结发妻"好像是大家熟悉的常规事件，那么"姐别同胞妹"就不是常规事件，而是令人意外的事件了，再加上前边的"悲中悲"修饰语，更有一种超常规的悬念性。所以，这个回目本身就为我们设下了层层疑问：到底是怎样的计谋？这个抛弃结发妻的丈夫又是怎样的老奸巨猾、老谋深算？本是同胞姐妹，又因为什么不得不离别？在这个过程中，她们经历了怎样悲惨的故事？……等等，可谓悬念重重，疑虑不断。

第六回"家门口妹妹反目，南山坡姐姐哭坟"，姐妹反目属于超常规事件，它本身就让人疑虑，又何况是在自己家门口，她们到底为了什么如此结下深仇大恨呢？为财？为利？还是误会？"姐姐哭坟"肯定是伤心已极，那么她为什么如此伤心呢？无疑，这一回的回目上也是悬念重重。第九回"流浪人谬配鸳鸯，乌眼鸡施放暗箭"，这里主要悬念在一"谬"字，既是"谬配"，就肯定有超出常规的生活逻辑，也肯定会带来异乎寻常的后果，所以，看到这个回目，读者会不由自主地发问：为什么"谬配"？它给主人公又带来了怎样的后果？是灾难性的还是因祸得福？主人公是将错就错，还是奋起反抗？最终的结局到底如何？另外，在这一回目里，"流浪人"也属于非正常生活状态的人群，读者也必然要发问：他（她）为什么流浪？流浪过程中的生活状态如何？再有，"乌眼鸡"通常比喻狗急跳墙的人，或者非常迫切地追逐非分内的利益而不择手段的人，所以，看到回目，读者也自然要问：乌眼鸡是谁？他到底要做什么出格的事情呢？……如此，一连串的疑问接踵而来，怎能不勾起读者强烈的阅读欲望？

……

总之，在周喜俊的小说作品中，几乎都非常注重悬念的设置，疑窦丛生，使读者在不知不觉中被故事牵着走，在目不暇接的疑问中轻松愉快地完成阅读。

第三，在叙述方式上，周喜俊继承了中国说唱艺术第三人称的叙述方式，以较为客观的或说书人的角度叙述故事。这种叙述方式由一个冷静的旁观者所控制，几乎没有孤立静止而细微的心理描写，避免了故事的冗长平淡。

故事的叙述中，讲述者不仅仅是存在于故事与读者之间的中介，他更是故事的参与者。在讲述的过程中，用什么样的口吻、语调，直接影响到故事的效果。在周喜俊的小说中，为了故事内容与形式的完美统一，为了故事的婉转流畅，周喜俊小说的叙述语言，具有非常明显的"讲"、"说"的特征。读她的小说作品，就好像讲故事的人就在我们面前，娓娓而谈。比如，《辣椒嫂》开篇就这样叙述：

韩华姣，人送外号"干辣椒"。叫来叫去顺了嘴，就都叫她"辣椒嫂"。她听了不急不恼，还呵呵地笑。

听这绰号，不知道的人准要猜想：她保险又瘦又弱，身材娇小；要不就蔫巴巴，说话不多，让人心焦。熟悉她的人一定会反驳：你算猜错了！论身材，她五大三粗，比壮小伙都不孬；论性格，她爱说爱笑，心肠又好。那为啥偏偏得了这么个绰号呢？要问此事，还得从她结婚那年说起。

作者一边叙述，一边照应读者。她不是在自顾自讲故事，而是在跟读者一起分享，把读者也牵引到故事当中来。又如《桃花岭》这样开头：

我今天讲的这个故事叫《桃花岭》。有人可能会想，桃花岭一定是个美丽的地方。其实，多少年来，这里都是饿狼嗷嗷叫，野兔遍地跑，方圆十里不见村的荒山秃岭。五年前，这里突然来了五个水仙般的姑娘，还有四个小老虎似的小伙子。他们挎着猎枪，背着铁镐，进山来，这儿看看，那儿瞧瞧，选定了一块地方，接着便打石头，抬木头，叮叮当当动起手来。时间不长，就盖起了一座漂漂亮亮的新石房……

那么，他们的队长是谁呢？她呀，就是那个爱说爱笑，爱弹爱唱，细眉大眼身材苗条的短发姑娘，单桃花。……

在这里，好像作者正在与读者面对面，有讲解，有问询，有提示，有交流，有碰撞，娓娓道来，有声有色。

这样的体裁样式，具有十足的传统讲唱艺术的特点，故事完整生动、曲折波澜，且平易浅近，形成了非常明显的趣味性、大众性、亲民性的特点。加之其语言的通俗化、口语化，使得周喜俊小说呈现出质朴无华、自然无伪的风格特征。

以上是从语言组织和体裁样式等形式要素来分析周喜俊小说的风格特征，下面，我们再从题材内容、人物形象、主题思想等内容要素来分析一下。

二、题材内容、人物塑造以及思想主题等内容方面的表现

（一）题材内容方面

周喜俊说，"面对各种文艺思潮,,我依然坚守着文艺为人民大众的方向，一如既往地走着深入生活的道路。我的清醒来自人民，我的成长经历让我时刻铭记，人民是文艺工作者的母亲，作家艺术家只有与人民血肉相连，艺术生命才能长青。""人民是人类社会发展的决定性力量，是历史的真正创造者。文艺

工作者如果离开了人民就成了放飞的风筝,不管飞得多高,都没有依靠。优秀的文艺作品,要塑造典型人物,反映社会生活,作家要是不深入到人民大众之中,就无法捕捉到各种鲜活的人形象,不能认识到社会的本质。""社会生活是文艺创作的唯一源泉,这是无数事实证明的真理。但随着时代的发展,有人对深入生活也提出了质疑,认为现在是网络化时代,体验生活已经过时。我始终认为,网上搜索到的是信息,搜索不到生活的地气。坐在屋里能编制出故事,编织不出与人民的感情。只有真正深入到人民大众之中,才能感悟到生活的真谛。如果对生活不熟悉,不管作家的技巧如何高超,也写不出人民大众满意的作品。"……(红色文化网,周喜俊:植根人民是文艺事业健康发展之根本,2015-10-31)

文艺来源于生活,服务于人民,这是周喜俊一贯强调和坚持的创作理念。

周喜俊的小说大都取材于新时期改革开放后的农村,写在改革开放的时代大背景下,华北农村所发生的翻天覆地的变化,以及当地的民风民俗,描绘了农村各种人物的生活状态、精神风貌和心理诉求,刻画了新时期我国农村中的新人形象。这些系列形象,都有文化,有理想,有追求,有胆识,并且个性鲜明,决不雷同。我们从这样的题材内容和新人形象中,无疑感受到了我国农村在新时期市场经济变革的浪潮中热流涌动的轨迹和改革前进的步伐,看到了新的生产关系的诞生和一代新人的成长。从1982年她的故事《辣椒嫂》在全国《曲艺》头题发表,其文学创作已然达到近900万字的数量。可以毫不气馁地说,几乎她的每一篇作品,都接地气、贴生活,不夸饰、不虚幻,更不以各种奇崛怪异的形式技巧去夺人耳目。相反,她的每一篇作品,都洋溢着华北农村特有的生活情调和浓浓的乡土气息。且几乎每一篇(部)作品,都紧跟时代步伐,掐准时代脉搏,真实、生动、细微地展现了历史变革的洪流中,华北农村的嬗变和躁动,热情歌唱了历史变革大潮中农村青年的无畏和正义、奋斗与磨难、执着与坚韧,表现出鲜明的现实主义精神和浪漫主义理想。

《辣椒嫂》描绘了改革开放初期,农村流行的婚礼中"闹房"这一陈规陋习,以及人们对于这一陋习的态度。一方面,是大多数村民无动于衷的习惯和默认,反映出封建习俗对广大村民的影响之深之切,而无法自觉;另一方面,是以韩华姣为代表的新一代青年的觉醒与反拨。故事通过女主人公韩华姣与杨滑子在"闹婚"过程中的对手戏，反映出新旧观念之间的冲突和较量。作品还写了韩华姣在当上生产队长后，对狡猾自私的杨滑子的处罚和教育，展现出农村生活中固有的矛盾冲突，以及新一代年轻人身上的热情、坦荡、正义和胆识。在这里，有婚俗民情的细致描绘，有各色人物的生动登场，有活跃着时代脉搏的悸动。总之，作品写出了在时代的转捩点上，普通老百姓的生活景况和思想状态。

《枣园风波》写婶侄之间关于承包枣园的风波。农村青年郝彩云看到自己的亲叔婶用生产队的大枣损公济私做人情，就机智大胆、毫不犹豫地给予制止和批评；在承包生产队枣园的过程中，又表现出年轻一代的科学精神和开拓进取精神，以及大胆无畏的气魄。它通过描绘郝彩云与叔婶之间的风波，不但揭露了当时农村里的积习弊端，挑战了人们的传统观念，而且歌颂了青年一代的新品格、新理想、新追求，以及面对传统积习和不正之风敢于正视和斗争的精神，反映出广大农民对实行联产承包责任制的强烈愿望。

《枣园风波》展示了改革开放初期农村广阔的生活画卷和复杂的矛盾斗争。这里，既有农村经济改革中出现的新问题，又有干部为了保全自身利益对改革的干扰，还有家族内部对待改革的分歧，以及青年恋人之间的龃龉……郝彩云要承包枣园引起的风波，是时代大环境的折射和浓缩，是新的生产关系与旧有生产关系的摩擦和冲突，是经济改革中不可避免的矛盾和坎坷。所以，《枣园风波》具有丰富的社会内容和时代烙印。

《韩呆呆的婚事》中，先写了韩呆呆的两次相亲：第一次相亲，他把办"六六大顺"的礼钱全部买成了一大包"科学养兔"的书；第二次他又把二百元的"换书"礼钱买了两大笼兔子，结果两次都是鸡飞蛋打，让老娘空欢喜一场。如此，韩呆呆的"呆"就出了名。但是，也正是因为他的"呆"、"痴"，他的与众不同，成就了他创业的理想。不久，韩呆呆就成了远近闻名的养兔专业户，在他的带领下，他的村子也成了"全国科学养兔专业村"……

《韩呆呆的婚事》不仅仅展现、批评了人们头脑中庸俗的婚恋观念，更提出了对人的价值该如何体认的新问题，当然，也是特定历史时期经济转型过程中的普遍问题。

还有《风雨高家店》、《情系孔雀岭》、《辣椒嫂后传》、《农妇当官》、《俏厂长的罗曼史》等等，无一例外都反映了在历史嬗变的阵痛中，在经济发展的转捩点上，人们生活的变迁和思想意识的冲突矛盾，体现着非常明显的历史理性和时代性，具有非常突出的现实主义精神。呈现出朴素、平时、真实、自然的审美格调。

（二）人物塑造方面

在小说作品中，人物形象也是艺术风格的一个重要表现。作家的风格特征很容易从作品的人物性格以及塑造人物形象的方式方法中表现出来。

周喜俊的小说作品，塑造了形形色色的人物形象（多数为农民形象）。他们是我国新时期普通百姓的集体亮相，其中有奸猾自私爱占便宜的杨滑子（《辣椒嫂》），有好吃懒做自作聪明的白面团（《王大柱两会白面团》），有损人利己无利不起早的三片嘴肖三青（《风雨高家店》），有为了个人利益极力阻挠新事物的大奶包（《农妇当官》）和赵青姣（《枣园风波》），有头脑中抱残守缺维护封建习俗和封建思想的老支书（《泪洒光荣匾》），有谨小慎微老实巴交安分守己的韩华姣的公婆（《辣椒嫂》）和高继传（《风雨高家店》）……各种性格、各种音容，以及他们各自的是非取舍，都活脱脱地展现在我们读者面前，展现了我国改革开放初期真实的众生相。当然，更有站在时代潮头浪尖上的弄潮儿，他们是当代农村的新人形象，有文化、有理想，有抱负，同时又有毅力、能吃苦，具有百折不挠的坚韧和执着。他们是时代主流精神和价值观的体现，也是那个时期社会理想的集中体现。

在塑造这些人物象形的时候，多彩多姿，手法灵活，主要表现在：

其一，作者善于把人物置于尖锐复杂的矛盾冲突当中来表现、来塑造，而作品中任何矛盾冲突的产生、发展、及解决，都有现实生活的逻辑基础。

比如，在《辣椒嫂》中，辣椒嫂韩华姣的"辣"、"热"性格，就主要通过她与杨滑子的几番交手一步步表现出来。并且几次矛盾的产生、解决也都具有现实生活的依据，符合生活真实的逻辑：韩华姣与杨滑子的第一次交锋，是在韩华姣的婚礼上，杨滑子的不文明"闹房"，被辣椒嫂当仁不让、理直气壮地反击了回去，最终得到了非常尴尬的难以下台的下场。第二次交锋，是在韩华姣当了生产队长后，投机取巧的杨滑子在一次给生产队刨树的过程中，不按照规矩挖坑刨树，而是用锯子齐刷刷把树锯倒。韩华姣不徇情不手软，坚决对杨滑子进行了应有的处罚。第三次交锋，是在杨滑子欺负七十多岁的刘三奶奶，侵占刘三奶奶家的地，在刘三奶奶家的地里种上了两垄蒜。虽然刘三奶奶忍气吞声，但作为生产队长的韩华姣却仗义执言，主持公道，对杨滑子进行斥责，并迫使杨滑子把侵占的地界还给了刘三奶奶。经过这三次交手，韩华姣大获全胜，杨滑子恨得牙根痒，一直伺机报复。但是，杨滑子还没用来得及进行报复，就得了一场大病。在杨滑子生病住院期间，韩华姣全程陪护，无微不至，并帮助杨滑子把玉米地都锄了一遍。至此，杨滑子自觉不是韩华姣的对手，并且心服口服、大受感动，与韩华姣化干戈为玉帛……

韩华姣与杨滑子的这一系列矛盾冲突，都接地气、贴生活，是当时现实生活的真实反映。并且这一系列矛盾冲突的解决，也都是由于韩华姣本身的明大理识大体、坚持原则、豪爽热情、一身正气的性格特征决定的。而韩华姣的这些性格特征，也是有着现实生活的切实依据的，是新一代青年农民身上所具有的典型性格。

再比如，《风雨高家店》中，塑造女主人公高云霞的性格也是在一个接一个的矛盾冲突中完成的。高云霞为了办起高家食品店，先是冲破父亲的阻力，自作主张远赴东北拜师学艺。食品店办起之后，又面临了一系列的困难和挑战，主要是老奸巨猾的村主任吴会中的觊觎、算计、刁难和陷害。高云霞有过愤怒和无奈、委屈和伤心，但她历经苦难志心不改，以大胆和智慧最终把高家食品店红红火火地办了起来。高云霞的敢闯敢干、不安于现状，是新时期农村新青年的代表和榜样。她的一系列艰难经历，也是那个历史时期的普遍矛盾：新的创业精神与旧有的保守思想、官僚传统力量之间的矛盾。但历史车轮滚滚向前，螳臂挡车终成笑柄，高云霞个人精神的胜利，也是时代大潮使然，是历史的必然。《风雨高家店》塑造了如在眼前的各色人物：一朝被蛇咬十年怕井绳的高云霞父亲——高继传，自私奸猾、老辣多谋的村支书吴会中，无利不起早见利忘义、与吴会中狼狈为奸的"三片嘴"肖三青……

这些人物形象个个栩栩如生。他们是特定历史时期农村人的众生相，由他们挑起的矛盾，也是那个历史时期的普遍矛盾。主人公高云霞的性格、形象，就是在与这些人的周旋、斗争中树立起来的。

……

周喜俊的小说作品大都把主要人物置于复杂尖锐的矛盾中,在接连不断的矛盾中凸显人物性格;而作品构置的种种矛盾,又无一不是现实生活的写照,无一不是特定历史时期社会生活的生动再现。一切的矛盾都不是作家主观的空穴来风,也不是作家自己的浪漫幻想。矛盾冲突的解决,也并不凭借丝毫超人的力量。一切都源于生活,是现实生活的本色反映。

其二,周喜俊在塑造人物性格时,善于通过一连串的动作描写来展现人物性格,表现人物内心,而避免运用静止的心理描写和环境描写。这样,作品就呈现出比较快的节奏感,和活泼俏皮的艺术效果。比如,在《辣椒嫂》里,辣椒嫂对付杨滑子的不文明"闹房",作品中这样写道:

"辣椒嫂"脸不变色,气不喘,脆梆梆地说道:"有话说话,动手动脚干什么?那么大年纪的人了。懂点儿礼貌吗?"杨滑子揉着碰出疙瘩的后脑勺,瞪着发红的小眼睛,喷着唾沫星子说道:"俺庄里人不懂什么里(礼)貌、外貌,光知道一句土话,'耍婶子,闹大娘,爷爷奶奶也挂上'。甭看俺胡子拉碴,论辈分,还管你叫婶子哩,莫非闹不得?"

韩华姣看到杨滑子生病后,又这样写道:

"辣椒嫂"见此情景,扭身就闯进家,挂上锄,甩把汗水,推出那辆新"凤凰",又把小拉车拴牢固,抱出床新被褥铺到车上……

又如,在《血染的遗书》中,写到"唐知县"与"寇老西"打起来的时候,这样描述:

人们扔下饭碗,撂下茶杯,纷纷跑出家门,冲着喊声涌去。只见村西的柏树林里,"唐知县"左手抓着"寇老西"的头发,右手揪着他的耳朵;"寇老西"双手抓住"唐知县"的脖子,头抵着他的胸前。两个四十多岁的男人像两头决斗的公牛,龇牙咧嘴,眼珠血红,死死扭打在一起,大有不置对方于死地绝不罢休之势。

……

看热闹的越聚越多,把偌大的一片柏树林围了个里三层外三层。随着越来越尖刻的议论声,人们的目光"唰"地一下就把小玉给包围了。后边的年轻人看不见,就"噌噌噌"爬到树上,居高临下,看得更准。树上的树下的,一双双眼睛,像一把把利刃向王小玉戳来,恨不得把她的五脏六腑看个明白。

如此，一系列的动作描写，不仅成功地塑造了人物性格，准确传达了人物的心理活动，而且使作品呈现出说唱艺术的节奏感、通俗性。

其三，善于使用绰号，使人物性格跃然而出。

以绰号凸显人物身份、人物性格的手法，在我国传统小说中早已有之。《水浒传》中108个梁山好汉人人有绰号，赵树理的乡土小说也多使用绰号法。周喜俊的小说继承了我国小说的优秀传统，善于使用绰号手法，概括人物性格。《辣椒嫂》就成功使用"干辣椒"这个绰号，使主人公"热"、"辣"的性格跃然纸上，甚至"辣椒嫂"这个称呼也一时成为某一类人的别名。之后的作品中，周喜俊一贯坚持了这一手法，塑造了形形色色令人过目不忘的人物形象。诸如：白面团儿、水蜜桃、三片嘴、利开眼、赌博迷、热火炉、一眼准、门神爷等等。一般情况下，越是基层民众，就越善于给人起绰号，并且一旦某人被命名了绰号，这个绰号就会不胫而走，尽人皆知。

所以，周喜俊小说作品中绰号手法的运用，不仅有利于塑造人物性格，而且真实地反映了民众的生活状态，同时，也使得作品谐婉有趣。

总之，周喜俊的小说作品中，人物形象系列为我们展现了我国新时期华北农村的众生相，加之塑造人物形象的特殊手法，使得其小说作品自然无伪、朴实淳厚，有通俗、谐趣的风格特点。

(三) 主题思想的提炼

文学作品的主题是作品的筋骨和灵魂，也是作家思想观念及审美理想的集中体现。由于作家的世界观、人生观以及社会理想等，会自然而然地、执着地表现在其一系列作品中，这样，就会使得其一系列作品的主题思想呈现出某种共性，从而形成作家的某种审美风格。

周喜俊的小说作品，大都以新时期冀中农村生活为题材内容，表现冀中农村在改革开放的历史嬗变中农民的生活状态及精神风貌，尤其是表现年轻一代的创业历程以及不同于前人的开创精神。

在20世纪八九十年代，在改革开放的历史大潮中，在集体经济向个体经济转变的历史进程中，农村实行联产承包责任制，社会生产关系发生了根本的变化，随之而来的就是人与人之间关系的变化，以及人们价值观念的改变。原来社会上的权利阶层，其特权发生了彻底的动摇，而整个社会给普通百姓提供了发财致富的巨大空间和自由。周喜俊的小说系列描绘了我国新时期经济变革中的广阔的社会生活画卷，表现农村人际关系、价值观念的剧烈碰撞。尤其表现了具有强烈自我意识和代表历史发展方向的年轻一代与老一代人的矛盾冲突，表现了在历史变革的过程中真善美与假恶丑的激烈冲突……在各种各样的矛盾冲突中，不仅仅表现为人与人之间的冲突，更表现为新的经济体制与旧体制的冲突。因此，周喜俊小说的题材内容与主题思想都有着强烈的时代色彩。

具体说来，周喜俊的小说系列基本上一以贯之地表现着如下主题：

其一，惩恶扬善，表现真善美对假恶丑的斗争以及真善美的最终胜利。

在周喜俊的小说作品中，总是在执着地歌颂着人性美，展示着普通人身上所具有的高尚而美好的人性力量，同时，也在无情地揭露和鞭挞着人性的丑陋。光明磊落、宽容大度、热情助人、坚忍不拔、目光前瞻、有雄心和抱负等等，这些人性的美好品质总是得到肯定和弘扬；而奸猾、自私、嫉恨、破坏、阴暗等等人性之恶，也总是无处逃遁，被撕破，被展览，被惩罚。例如：韩华姣对杨滑子的胜利（《辣椒嫂》）、韩华姣对侯三的胜利（《辣椒嫂后传》）、高云霞对吴会中和肖三青的胜利（《风雨高家店》）、杨菊英对大奶包盖志娇的胜利（《农妇当官》）、喜莲莲对钱世安的胜利（《俏厂长的罗曼史》）、郝彩云对郝中保和赵青姣的胜利（《枣园风波》）等等，都是惩恶扬善，表现真善美对假恶丑的斗争和最终胜利。

这样的主题思想，一方面代表了最广大的基层民众的理想和愿望，同时也是时代精神的返照。

其二，道路是曲折的，前途是光明的。周喜俊在其小说作品中一以贯之地在讴歌创业者。

周喜俊小说的主人公身上，都具有着一往无前的开创精神和坚忍不拔的承担能力。虽然在创业的道路上，有阻力有磨难，但他们都义无反顾，坚忍执着，信心百倍，最终他们都用人类最本真最质朴的美好品质消解苦难、超越苦难，成为了自己时代的弄潮儿和佼佼者。

韩华姣毅然放弃县城里捧着铁饭碗的安逸稳妥的生活，克服种种困难，带领大家发家致富，先是养奶山羊、养水貂，后又发展成规模可观的农民股份制企业——太行珍稀动物养殖总公司，成为闻名一方的先进人物。虽然有挫折有苦痛（上大学被人顶替、父亲车祸惨死、母亲精神失常落井而亡、丈夫出轨，以及办企业过程中的种种猜疑和误解），韩华姣历经风雨经受历练，终于成为那个时代的领头人。柳梦兰、江明山一对年轻人，无私无惧，历经种种坎坷，付出几多艰辛，终于使自己的家乡旧貌换新颜，不仅使昔日的荒山野岭变成了万亩果园，而且就地取材办起了食品公司。高云霞也把自己的祖传食品配方发扬光大，重新办起了食品店；喜莲莲也组织一帮高考落榜青年，排除种种困难，办起了青年柳编厂，成为小有名气的女企业家……这些人物形象，都鲜活生动，可爱可敬。他们是新时代的领头羊，积极进取，勇于创新，敢于实践，困难面前不低头，挫折面前不退缩，为实现自我价值和造福一方百姓而执着前行。

在这样的题材内容和人物形象的基础上，周喜俊小说大都表现惩恶扬善、恢弘正义、赞美先进、鞭笞落后的思想主题，洋溢着昂扬奋进和乐观主义的精神立场。使周喜俊的小说呈现出激越、明朗、劲健的风格特征。

其三，介入社会，为农村经济发展提供或许可资借鉴的路径。

有评论者直接把周喜俊的某些小说称作"问题小说"，是因为周喜俊的小说作品不仅反映了特定历史时期农村社会现状和风俗民情，而且更以一种积极介入的态度深入剖析、探究社会经济变革中的新问题，并为我们提供某种或许可资借鉴的方式方法。

《辣椒嫂后传》、《农妇当官》、《天地良心》等作品，既是对农村经济发展过程中出现的新问题的及时反映，同时也是介入和引领。作品中，作家对农村体制问题、技术问题以及人本身的问题等等，都进行了深入而细微的剖析，并提供了可能的路径以资借鉴，表现出作者对农村经济发展的责任和担当、热情和信心。这一主题思想，也无疑为作品注入了一种激越、劲健的风格品质。

总之，通过对周喜俊小说作品的全方位分析，我们不难感受到，其小说作品既洋溢着如诗风一般朴素无伪、醇厚自然的风格特征，又有着如大小雅一样明朗、劲健的审美格调，达到了形式与内容的完美统一，形成了自己独树一帜的风格标识，那就是：质朴、自然，明朗、劲键。

美是回来做自己

蒋勋在谈美的本质的时候，举到了这样一个例子，就是从"东施效颦"这个成语说开去。吴越打仗，越国被打败了，国王勾践想着复仇复国，就玩起了心思：给吴王夫差送去了一群美女，这群美女里，就包括西施和东施。既然都被选中送去，说明其相貌还都是不错的。但是夫差对西施宠爱有加，对东施却平平淡淡。东施就开始琢磨：为什么西施那么得宠？为什么我不能？思来想去，东施得到一个结论：西施会捧心皱眉以取媚！于是，东施也开始效仿，可想而知，她的效仿却闹出了笑话！为什么西施皱眉就获得无数点赞，而东施皱眉却贻笑大方？蒋勋给出的解释是：西施捧心皱眉是由于自身体质的原因——她或许有心脏病，所以，下意识的动作就是捧心皱眉；而东施本来是一个很健康的女孩子，却要假模假样来装，所以，遭到耻笑。

由此，蒋勋得出结论：美，就是自自然然，本色出演；矫揉造作是美的反面。

在当下的中国，有多少人急着走出去，铆足了劲地博眼球、整卖点，各种花式主义、各种花式技巧纷纷登场。理论界一堆引进来的概念，创作上一堆不知所云的秀场，你方唱罢我登场，反认他乡是故乡。

2016年12月15日，《人民日报》登载《中国网络文化冲出国门闯世界打造中国式"好莱坞"》的文章，文章说：武侠世界是目前英文世界最大的中国网络文学网站，内容以玄幻、武侠、仙侠为主……到2016年6月底，武侠世界已拥有两部翻译完毕的中国长篇网络小说，以及正在翻译的18部中国网络小说。由此，有评论认为，网络小说具有中国特色，具有非常丰富的想象力，有深厚的中国文化根基,等等。

  当然,中国网络小说走向世界,创造了经济效益,但它并不能说明中国文化走向了世界,也并不代表中国的"软实力"。这些小说基本都以灵异、玄幻、武侠、穿越等等为内容,取媚读者,追求商业化、娱乐化、快餐化,且形式上模仿重复,脱离现实生活,脱离人民诉求,缺乏历史理性、哲理思辨、价值追求和审美高度。所以,网络文学不论多么蔚然大观,都不足以代表我国的软实力,不足以树立我们的国家形象,不足以增强我们的文化自信。

  无论在理论倡导上,还是在文学创作的实践上,周喜俊不搞噱头不炒卖点,不追潮流逐时尚哗众取宠,她就用最中国的叙述方式讲述老百姓最喜闻乐见的故事,用最真诚的一腔热血表达普通百姓的理想和愿望;她用最平实最朴素的理念,指导最中国的创作实践;她引领石家庄的文艺队伍和大批年轻作家们,坚持"为人民"的载道精神,反映最接地气的社会生活。

第二篇

中华文化延续着我们国家和民族的精神血脉，既需要薪火相传、代代守护，也需要与时俱进、推陈出新。要加强对中华优秀传统文化的挖掘和阐发，使中华民族最基本的文化基因同当代中国文化相适应、同现代社会相协调，把跨越时空、超越国界、富有永恒魅力、具有当代价值的文化精神弘扬起来，激活其内在的强大生命力，让中华文化同各国人民创造的多彩文化一道，为人类提供正确的精神指引。

创新是文艺的生命。要把创新精神贯穿文艺创作全过程，大胆探索，锐意进取，在提高原创力上下功夫，在拓展题材、内容、形式、手法上下功夫，推动观念和手段相结合、内容和形式相融合、各种艺术要素和技术要素相辉映，让作品更加精彩纷呈、引人入胜。要把提高作品的精神高度、文化内涵、艺术价值作为追求，让目光再广大一些、再深远一些，向着人类最先进的方面注目，向着人类精神世界的最深处探寻，同时直面当下中国人民的生存现实，创造出丰富多样的中国故事、中国形象、中国旋律，为世界贡献特殊的声响和色彩、展现特殊的诗情和意境。

——习近平在中国文联十大、中国作协九大开幕式上的讲话

电视连续剧《当家的女人》是周喜俊最具影响力的作品之一，也是获得政府奖项最多的作品。女主人公张菊香更是成为人们街谈巷议的话题。有评论者说，张菊香这个形象是新时代的李双双。但我们分明看到，在张菊香身上，凝聚了诸多复杂的矛盾冲突，在处理、解决这些矛盾冲突的过程中，凸显了张菊香独特而丰满的性格特征：特立独行、我自我法，一出场就以其性格的独异性夺人耳目；她既有着对家人无微不至的关心，也有着人生发展的远见和担当，既迂回柔婉又坚持原则不妥协；既有着作为女人的细润温润，又有着青年人的

雄心、抱负和理想，还有创业者的一往无前、坚韧不拔……这样的人物形象，既延续了我国农村题材在塑造女性形象方面的精神血脉，又具有非常明显的创新性，它已经完全超越了李双双以及其他农村题材的作品，为我国农村题材作品增添了浓墨重彩的一笔，刷新了女性独立精神的新高度。

芙蓉出水荧屏新气象，苦心经营文字绽绮光

——谈周喜俊的电视剧本《当家的女人》

周喜俊是个多产的作家，也是驾驭多种文学体裁的多面手。故事、小说、散文、报告文学、剧本（包括长篇电视剧本、舞台戏曲剧本、舞台情景剧本）等，都能够得心应手，且出手不凡。

尤其是长篇电视剧《当家的女人》轰动全国，好评如潮，取得了叫座又叫好的双赢效果。在2004年新春佳节刚刚过去不久，也是在全国两会期间，《当家的女人》在央视黄金强档——第八套电视剧频道悄然开播。之前，没有任何形式的宣传，既没有什么首播仪式，也没用在任何媒体上进行过报道，甚至连电视报都没有登出预告。但出人意料，这部电视剧刚刚播出一半，就引起了热议，不少观众呼吁：这么优秀的片子，为什么不能上央视一套黄金档？相隔22天，央视一套重播，之后全省卫视相继播出，在全国范围内形成热潮。当年获得全国电视剧"飞天奖"；中国电视剧金鹰奖提名；之后又获得中宣部精神文明建设"五个一工程"优秀作品奖；全国首届农村题材优秀电视剧一等奖等多项大奖。

那么，《当家的女人》何以在浩若繁星的电视剧里，在市场竞争激烈、残酷的环境下横空出世、惊艳四方呢？我以为，可以从以下几个方面来探讨。

第一，错综的人物关系

在电视剧里，尤其是在长篇电视剧集里，人物关系是作家的主要着力点。首先，要突破生活的常规，设置特殊的人物关系。通过特殊的人物关系，以期

引起人们的观赏兴趣；第二，人物关系设计要复杂。通过复杂的人物关系展开常人难以想象的纠葛，以利于矛盾冲突的充分展开，从而凸显人物性格。第三，人物要彼此之间产生广泛的联系，各方人物之间要牵连不断。这样，一个个看似孤立的事件，才能够勾连成一个有机的艺术整体，并能够反映广阔复杂的社会生活。

《当家的女人》在人物关系的设置上，可谓别出心裁。

它以李月久家为"基点"，向四面八方辐射开来。单就李月久家这个"基点"来说，家庭状况就非同寻常：李月久及三个儿子，一共四个光棍儿，清一色的大老爷们儿。张菊香的到来，无疑给这个死气沉沉的家注入了新的活力。犹如石块投入平静的水面，霎时激起层层浪花，出现连续不断的矛盾漩涡：其一，作为儿媳的张菊香，思想开放，性格泼辣、爽直、外向，与思想守旧、性格固执的公公李月久的矛盾波澜；其二，作为弟媳的张菊香与性格木讷、憨厚的大伯哥大柱之间的矛盾波澜；张菊香与小肚鸡肠、敏感多疑的丈夫二柱之间的矛盾波澜……在农村，在传统的观念里，儿媳与公爹之间、弟媳与大伯哥之间，本来就是难以相处的尴尬关系，大有授受不亲之遗俗。加之，张菊香第一次相亲来李月久家，是为大柱而来的。由于大柱太过老实木讷，没有被张菊香看中，却阴差阳错与二柱结成佳偶。这就更为一家人的关系增添了一层尴尬。还有需要照顾正在读中学，天真无邪的李月久的小儿子……张菊香要面对的，就是李月久家各具性格的四个男人。真是剪不断，理还乱。

此外，为了充分展现主人公张菊香的性格，为主人公提供大显身手的舞台，剧本还设置了李月久一家人与邻居马秀芬的关系、与李月久的妹妹李月春的关系等等。一墙之隔的邻居——寡妇马秀芬，与李月久家有着多年来解不开的疙瘩，也可以说，两家有着刻骨的仇恨。当年，李月久为了十块钱的举报奖励，告发马秀芬家私自养羊，走资本主义道路，马秀芬的丈夫慌急慌忙之中，抱着自家的羊跑到山上，不小心跌入山谷摔死。马秀芬悲愤交加，腹内的双胞胎也双双早夭。马秀芬孤零零寡妇一人，一口恶气难以发泄。所以，两家人睚眦必报，互不妥协，见面就吵，抬头就骂。就在张菊香第一次来李家相亲，就亲眼目睹了两家人的吵骂场面。

李月春是李月久的亲妹妹，又是枣树湾的村主任。由于李月久早年丧妻，一人抚养三个儿子,生活上自然缺东少西,曲曲折折。争强好胜、雷厉风行的李月春,就担当起了这个家半个家长的责任。里里外外、大事小情,都对李月久父子进行照顾。也由此,李月春常常对李月久一家人发号施令、颐指气使、说一不二。

还有二丫,张菊香娘家哥哥香泉的妻子。当时,二丫跟香泉恋爱时,其信条是"不怕没爹,不怕没妈,就怕小姑子当着家",所以她结婚提出的条件是菊香必须先出嫁,然后她才能嫁给菊香的哥哥香泉。迫不得已,菊香发誓,半月之内就把自己嫁出去,绝不影响哥哥与二丫的婚事。婚后,二丫又心机重重,百般算计……

还有赵军平,张菊香的高中同学。赵军平曾经暗恋着菊香,又在他人的弄权安排下,顶替张菊香上了大学。所以,赵军平对张菊香一直怀有愧疚、喜爱、敬佩等多种复杂的心情。后来,赵军平在县城外贸办上班,不遗余力地帮助张菊香创办养殖场。赵军平的爱人王淑娟,一直对赵军平跟张菊香来往心存不满、嫉恨……

还有侯三,一直垂涎于张菊香的美貌和才干,不断地,软硬兼施地对张菊香进行骚扰
……

那么,在这样错综复杂的矛盾漩涡中,张菊香怎么样去行为处事呢?第一,她如何理顺与李月久一家四个男人的关系?如何做到既亲如一家又光明磊落不尴尬?第二,如何化解与一墙之隔的邻居马秀芬的多年积怨?第三,如何面对李月春的指责、训斥、要挟和刁难?第四,如何光明正大地处理好与赵军平、王淑娟的关系?如何化解王淑娟的猜忌?第五,如何应对侯三的百般阴谋诡计?……作者就是在这样特殊而复杂的人物关系网中,让张菊香大展身手,从而塑造出成功的人物形象。

当然,其他出场的主要人物也都被置于矛盾的漩涡中。例如,李月春,她与自己的丈夫相敬如宾却貌合神离;与老搭档——村书记石岩有缘无分,有情无果;与侄媳妇张菊香针尖对麦芒、各有坚持、各不妥协;与马秀芬"血海深仇",势不两立;即使与自己的亲哥哥李月久、亲侄子大柱二柱也时有龃龉,摩擦不断……如此,把人物置于矛盾的焦点和漩涡中,通过各种矛盾冲突来推动

情节发展，构置复杂有趣的情节故事。同时，又通过人物对待矛盾的态度和处理方法，来充分展现人物的思想性格。

就这样，以李月久家为中心，而李月久家又以张菊香为中心，把矛盾纠葛呈放射状发散开来，让主要人物处于纠葛不断的关系网中。正是在这样剪不断理还乱的关系网中，人们无休无止地互相牵扯；在各种关系的牵扯中，人们各自演绎着自己的故事，展现着各自的性格特征和命运轨迹。

第二，复杂的情感世界

在《当家的女人》中，人物的情感色彩是多种多样的。有亲情、爱情、友情、邻里情，有爱有恨，有猜疑有嫉妒，有怜惜敬重，也有嫉恨防备，有真善美，也有假恶丑……但不管哪一类情感，作者都有意识地将其推向极致，爱就爱到尽头，恨就恨到切齿。正是这样极致浓烈的感情，才容易把观者吸引，使他们激动、沉浸、激荡，暂时忘却自我。

张菊香怀孕后，由于营养不良，身体羸弱，二柱心疼菊香就悄悄地去卖血，用卖血换来的钱给菊香买来蛋糕和麦乳精等营养品。菊香问钱是从哪来的，二柱谎称是姑姑李月春给的。菊香心里感激，就让三柱给姑父——李月春的丈夫送去一包蛋糕。李月春由此怀疑菊香当家是为了自己私利，中饱私囊，于是就挑唆李月久和大柱跟二柱、菊香两口子分家。无奈，二柱当着全家人的面，把自己卖血的事实和盘托出，菊香将自己当家的账目一一公布，还把特意为大柱存下的50元钱的存折交给大柱。此时，真相大白。李月久、大柱后悔不已，尴尬至极。

由于马秀芬揭发菊香养兔的秘密，好奇、好事的人群一拥而入，菊香来不及躲闪，被人群撞到，导致流产，给李月久一家造成巨大伤害。由于菊香与马秀芬无冤无仇，且菊香一向对马秀芬示好，再加上马秀芬自己也曾流产，能够感同身受，所以感到无比内疚。于是，马秀芬悄悄地将自己攒下的一篮子鸡蛋，托大柱送给菊香。二柱回来发现后，愤怒地将一篮子鸡蛋隔墙扔到了马秀芬家……在那个年代，可以说，一篮子鸡蛋是极其珍贵的礼物，代表着马秀芬十分真诚的歉意和对菊香浓浓的关心、深厚的报答。所以，这一段故事里，既有马秀芬对李家伤害的极致，又有李二柱对马秀芬伤害的极致。双方的感情，都达到了极度悲伤、极度无助的痛点。

李二柱得了骶骨瘤，身体羸弱不堪。马秀芬出于对菊香的感激和愧疚，悄悄地把娘家给的一个鳖送给菊香，让菊香给二柱熬汤喝。二柱发现后，却认为马秀芬是在幸灾乐祸没安好心，于是怒发冲冠，冲着马秀芬家咆哮大骂。马秀芬的一片真诚好意被歪曲、被践踏，伤心、悲愤达到了极致。

李大柱憨厚朴实、木讷寡言，但在大是大非面前却明理得体、是非分明。在他相亲的那一天，路遇马秀芬昏倒在地，他毫不犹豫地把马秀芬背到了医院，挽救了马秀芬的性命，而自己相亲的事却成一场空。为此，还遭到了姑姑李月春的严厉斥责。当菊香遭到二柱的误解、猜疑、辱骂之后，独自来到河边痛苦地坐着，此时，大柱走了过来，默默地脱下衣服给菊香披上。菊香为了给二柱治病，起早贪黑去砖窑打工，大柱每天晚上默默地跟在菊香后面来保护她……大柱的细微、真诚和善良、无私，让人感到了温暖、感动的极致。

李月久与赵军平的三姨结为秦晋之好，石岩受到触动，向李月春提出马上结婚（此时，李月春的丈夫已经去世，两人都是单身自由人），想结束感情的马拉松长跑，过几天真正属于自己的日子。李月春却气上心头，口不择言："要结婚找别的女人结去"！石岩对李月春多年的守候和爱护都化为了云烟，一气之下跟邻村的一个老姑娘结了婚。李月春失落之余，把全部的希望寄托在竞选女乡长上，但又出乎她的意料，竹篮打水一场空，落选了。李月春一反往日刚强的表现，号啕大哭，颓丧至极，达到了痛苦、孤单、绝望的极致。

……

在《当家的女人》这个剧本里，人物的情感就是这样波澜起伏，不断地搅动、震撼着人们的情感世界。使人们在被搅动、被震撼的同时，反思、反省，思考自我人生，心灵世界被涤荡、洗濯，从而达到灵魂的升华。

第三，典型化的人物形象

在艺术领域，典型是艺术形象的高级形态之一，是显现出特征的富于魅力的艺术形象。在叙事性的文学作品中，典型又称作典型人物或典型性格。典型人物通常有以下两个方面的特征：其一，特征性，即这个人物有着独一无二的性格表现，不重复不雷同，执着而鲜明地显示着自己的独有的个性。其二，典型人物又具有性格的丰富性和多面性。因为典型人物从生活当中来，生活有多么丰富，其性格就多么斑斓。唯其如此，典型人物才具有了非同凡响的艺术魅力：它一方面以其性格的独异性，吸引关注，令人过目不忘；另一方面，又因为其性格的多面性，使人感到人物性格的真实和饱满。并且，性格斑斓的背后是其生存环境的复杂性。所以，在阅读欣赏的过程中，人们会不由自主地去探寻典型人物复杂性格的成因，从而使读者更进一步了解社会的深层内涵，并在层层剥离的探寻中得到发现的快感。

《当家的女人》中，张菊香可谓达到了典型形象的高度。她特立独行、我自我法，一出场就以其性格的独异性夺人耳目：其一，为了哥哥能够顺利娶亲，她立下军令状，保证半月之内找到对象，把自己嫁出去；其二，跟李月久家谈婚论嫁的时候，她不提其他任何物质条件，只坚持一个条件不动摇，即结婚后必须由她当家做主；其三，当公社副书记的儿子侯三向张菊香求爱时，她不为钱财、势力所打动，断然拒绝。当侯三死乞白赖纠缠时，她理直气壮，把侯三骂了个狗血喷头，并狠狠地给了侯三一个耳光……如此另类，如此出格，张菊香一出场亮相，就给人留下了抹不去的鲜明印象。但张菊香不是怪物，也不是什么天外来客，而是实实在在地存在于我们的生活中，具有着和普通人一样的七情六欲。新婚之初，她和二柱调笑逗乐琴瑟和谐；站在女人的角度，她给予寡妇马秀芬极大的理解和关照；对待还没有成年的三柱，她既有母亲般的呵护及无微不至的关心，也有着对三柱人生发展的远见和担当；对待婆家姑姑李月春，既迂回柔婉又坚持原则不妥协。可以说，张菊香既有作为女人的细润柔婉，又有青年人的雄心、抱负和理想，还有创业者的一往无前、坚韧不拔……张菊香这一文学形象，是当之无愧的艺术典型。

作品中的另一个人物李月春，她既有作为村主任的原则性、公正性，也有着内心情感的柔婉曲折；既有着"左倾"思想的影响，又有着面对新生事物的焦灼和无奈；既有着叱咤风云的强大，又有着不堪一击的无比脆弱。她风光过，也失落过；她曾经对他人发号施令，信心满满；也曾被他人奚落，大扫颜面……总之，李月春就是一个丰富、饱满的活生生的人，一个说不尽的艺术典型。李月春，是一个带着时代烙印的人物典型。

可以这样说，《当家的女人》这部作品的巨大成功，非常重要的一个因素，就是人物象形塑造的成功。

第四，典型人物的生存环境

电视连续剧，情节复杂，故事漫长，人物众多，所以，编剧时，就要为众多的人物、尤其是主要人物构筑一个典型的生存环境。这样，人物就有了赖以存在的土壤，故事、情节就有了发生、发展的依据。而优秀的作品，则要为典型人物设置典型环境。

所谓典型环境，就是典型人物所生存的环境。它必须为典型人物提供行为动作以及性格形成的客观依据。法国启蒙思想家狄德罗认为，"人物的性格要根据他的处境来决定"。自然主义者佐拉也说："要使真实的人物在真实的环境中活动"。后来，马克思、恩格斯从历史唯物主义的角度提出了"真实地再现典型环境中的典型人物"这一命题。恩格斯在《致玛·哈克奈斯》的信中这样写道："据我看来，现实主义的意思是，除了细节的真实外，还要真实地再现典型环境中的典型人物。您的人物，就他们本身而言，是够典型的；但是环绕着这些人物并促使他们行动的环境，也许就不那样典型了。"由此可见，所谓的典型环境，就是充分地体现了现实真实风貌的人物的生活环境。它包括以具体独特的个别性反映出特定历史时期社会现实关系总情势的大环境，也包括由这种历史环境形成的个人生活的具体环境。所谓"社会现实关系的总情势"，包括两方面的内容，一是现实关系的真实情况，二是时代的脉搏和动向。

《当家的女人》把整个故事置于十一届三中全会前后的十多年时间里。在这个历史阶段，我国整个经济、政治、文化都在经历一场前所未有的裂变。在这样特殊的历史时期，人们的思想观念处在一种嬗变以及由嬗变带来的惊喜和阵痛之中。有人及时抓住利好的国家政策，大胆创新；有人瞻前顾后、畏首畏尾。此时，既有国家政策的利好条件，也有"左倾"错误的质疑和干扰。就是在这样的社会背景下，主人公张菊香适应时代潮流，敢做第一个吃螃蟹的人。也是在这样的社会背景下，张菊香的创业史才有了存在的依据和深刻的意义。张菊香用自己的创业过程诠释着那个时代的非同寻常。

当然，这个独一无二的时代特点，也必须经由人物具体的生活环境来诠释。剧本《当家的女人》把故事发生的具体生活环境设置在冀中农村——枣树湾村。

主人公张菊香的具体生活环境主要在李月久家——三间破旧的土坯房，一圈土坯围成的凌乱不堪的农家小院里。这样的具体生活环境，显示着一家人生活的贫困、落后。因为贫困和落后，大柱、二柱到了适婚年龄却无法结婚。这样的贫穷、落后，也是那个时代的印记。这里，生活着李月久及其三个儿子——清一色的男光棍儿。东墙邻居——寡妇马秀芬，与李月久家势不两立，两家隔三岔五地指桑骂槐叫骂吵架。就是在这一爿破败的小院里，不仅提供了主人公活动的具体场所及客观生活状态，也具有人际关系、人情事态的纠葛，及时代的沧桑感。在此环境的基础上，能隐约感到人们的生活状态，以及内心的渴念和情感诉求。为女主人公张菊香施展她的能力，表现她的性格提供了舞台。

总之，《当家的女人》不以题材内容取胜，而是以人物（包括人物性格、人物关系、人物情感）以及人物生存的典型环境取胜。并在此基础上，达到了真善美的大境界。下面，我们就从美学的高度简略探讨一下这部作品的美学品质。

第一，"真"的原则

"真"即真实，这里包括生活现象的真实和本质规律的真实。二者当中，显然本质的真实更重要。就是说，艺术作品不能仅仅局限于生活现象的真实，还必须透过具体的生活事件，挖掘其反映出来的社会的、人文的、历史的内涵，从而达到历史本质的真实、哲理的真实。抑或说，文学作品必须突破具体事件的局限，透过对事件的描摹引向社会经济背景、民族文化心理乃至人的生存境遇展示，使个别事件上升到带有普遍意义的"文化症候"。

《当家的女人》中，为了给身怀六甲的马秀芬补充营养，家里偷偷养了两只奶羊。邻居李月久为了得到十块钱的举报奖励，把马秀芬家私自养奶羊的事向村委会告发。马秀芬丈夫舍不得自己的奶羊，就在雨夜里抱起奶羊往山上跑去。当时作为民兵连长的李月春率人追赶，情急之中，马秀芬的丈夫摔下了悬崖，一命呜呼。马秀芬悲伤过度，肚子里的双胞胎未及出世就双双夭亡。从此，马秀芬与李月春、李月久一家结下了刻骨仇恨。并且，这个仇恨多年来无法解开。这个事件并不偶然，它是时代的缩影，是特定政治气候、经济背景下的典型，具有巨大的象征意义。作者让这个事件贯穿了半部作品，两家在长达十多年的时间里，一路吵骂、攻击、伤害。这不是具体某个人的错误，而是时代政治使然。这个事件反映出当时的国家政治，不仅给人们的物质生活造成灾难，同时也给人们的精神世界带来难以痊愈的创伤。

后来，张菊香在自家后院偷偷养兔子、养羊，村干部们已不再紧追不放，而是睁一只眼闭一只眼。说明新时代的春风已经来临，"左倾"的坚冰已开始消融。再后来，张菊香得到政府的大力支持，把个体养殖发展成了几乎全村参与的股份制企业。相似的事件，不同的结局，形成鲜明的对比。张菊香的创业经历，又何尝不是那一代人创业经历的凝缩。

还有，作品中女人当家这个事件，也是那个时代弃旧图新的标识。与这个时代同步，她要开拓一个前所未有的新天地，迎接一个属于自己的新时代。女人当家，不仅仅是土坯院里的柴米油盐吃喝拉撒，而是女人真正自主意识的觉醒和要求，是施展才能、实现自我价值的呐喊。女人当家，如果放在今天，则算不得什么新鲜事儿，并不值得提说。如果放在张菊香以前的时代，则又缺乏施展拳脚的契机和社会环境。而恰恰是张菊香的时代，才有突破坚冰的可能，才有华丽丽的梦想。而张菊香自主创业的一系列经历，又怎么不是一个时代人的共同梦想呢！

作者站在历史的制高点上，用历史理性选取角度、构架故事，直指历史的深层，使作品具有了历史的厚度和深度。从这一点来说，《当家的女人》堪称经典，它斩获各类大奖，当之无愧。

第二，"善"的标准

"善"是人的"目的性"，是人类实践的普遍要求和现实性，即符合社会发展规律并起进步作用的普遍利益。就艺术作品来说，它必须符合人民群众的根本利益，并反映社会向前发展的进步要求。它必须站在历史的、时代的、人道的、社会进步的高度来提出问题、看待问题、分析问题，而不是以满足个人私欲、追求猎奇性和感官刺激为满足。所以，"善"的原则，就是：关注百姓生活，以百姓利益为旨归，为百姓利益服务。

与大多数热播的电视剧不同，《当家的女人》不媚俗不取宠，不"戏说"历史，不消解崇高，不刻意丑化农民以吸引眼球，不编造飘忽在云端里的小资爱情和阿Q式的幸福生活来麻醉观众，也不以抗日神剧般的超级大胆的"想象"来制造噱头……总之,《当家的女人》不以各种感官刺激来赚取收视率。相反,它以历史真实为出发点,以服务人民大众为核心。它平实朴素,以历史真实为依据;它雅正崇高,符合人民百姓的诉求;它情感饱满,是为百姓理想而代言。

周喜俊说:"来自人民、植根人民、服务人民,是我们党永远立于不败之地的根本。综观中国文艺史,无数事实证明,只有植根人民的文艺工作者,才会受到人民大众的拥戴;只有与人民心连心的作家艺术家,才能不断攀登艺术高峰;只有经得起人民检验的艺术作品,才能具有旺盛的生命力。我作为在党的培养下成长起来的一名文艺工作者,回顾30多年的创作和工作经历,深深体会到,植根人民是作家艺术家生存之根,是文艺事业健康发展之本。""文艺是为人民大众的。文艺工作者只有来自人民,才能在各种文艺思潮面前保持清醒的头脑,以群众满意不满意为创作的最高标准。"这是周喜俊一以贯之的创作理念。

《当家的女人》创作过程中,曾经有人担心收视率上不去,就几次三番建议给张菊香植入"婚外恋"内容,但周喜俊固执地认为,"不管社会怎么变,中华民族的优良传统不会变,人的道德底线不能变,否则社会就不会进步!我的理念来自生活,我的自信来自人民。我不相信20年的生活积累,150多万字的生活素材,历时两年七易其稿打磨出的作品观众不喜欢!"

关注百姓,了解百姓,才使得周喜俊能够执着地坚持"善"的标准,才使得《当家的女人》一经播出,就产生轰动效应,成为央视获奖和市场双赢的代表剧目,被专家称为"改革开放以来农村题材电视剧的经典"。

第三,"美"的目标

"美"的表层含义当然是形式的和谐与完美。但在美学上,美所涉及的问题关系到人的生存根本,是对人生存的本源性承诺,它落实到人的心理上,就是人的理智和情感的和谐自由状态,即"理"的规范性和强制性通过情感上的接受而成为人的自觉要求,成为人内心的渴望和满足。所以,艺术作品如何在感情上打动人,是其实现真善目标的关键因素。如此,"美"的原则是形式要素和情感要素的统一。

许多电视剧只以形式带来的感官刺激为噱头,不顾内在情感的深厚动人,使得电视剧滑向娱乐化、浅表化、庸俗化，甚至游戏化，削平了深度，自然也就削弱了打动人心的感染力量。《当家的女人》以错综的人物关系及矛盾冲突为依托，自然而然地展开了各色人物喜怒哀乐的情感渲染：

李月春：她与自己的丈夫、石岩三人之间心照不宣的无奈与隐忍之情；她多年来与丈夫有名无实的夫妻关系而带来的痛苦、酸楚之情；她的绝对权威受到菊香挑战时的焦灼、愤懑之情；全心全意为李月久一家操心却时常不被认可时，无法平息的委屈、气愤之情；一心为公毫不谋私却最终落选村干部时，巨大的失落、悲伤之情；多年的知音、搭档——石岩也放弃了她，选择与别人结婚时，如大江决堤般的绝望、悲痛之情……李月春每一次情感的波澜，都使观者感同身受。

李二柱：他虽然无冠冕堂皇的大作为，却小心多疑、吃醋猜忌，但他的处境，甚至他的"无理取闹"，我们都可以设身处地来理解。比如，当他在村口与菊香不期而遇时，混合着青春元素的惊喜之情；新婚时满满的幸福、喜悦之情；当自己患病在床，不能行使作为丈夫的义务时，焦虑紧张之情；菊香起早贪黑外出挣钱，而他自己却无能为力，而恰在此时又听见关于菊香的风言风语时，酸楚、愤怒之情；当菊香事业有成，他找不到自己的存在感时，内心无所适从的惶恐之情；当偷情不成，反被菊香发现时，内疚、惭愧、忐忑之情，等等等等。还有马秀芬与李月久一家种种的恩怨情仇……

菊香、马秀芬、大柱、二柱、李月久……谁又不是在感情的波澜里挣扎？谁又不是在恩恩怨怨中逐渐领悟和成长？

总之，《当家的女人》在一个"情"字上做足了文章，使人们在欣赏的过程中被打动、被震撼、被洗濯，并在感情起起伏伏中审视历史、反观自身，达到情感陶冶和理性认知的和谐统一，进而达到审美愉悦的极致。《当家的女人》之美，不是满足人们感官欲望的快餐式的娱乐狂欢，而是以其浓烈而真挚的情感给人以耐久的回味和精神的震撼。

实际上，真、善、美从来都是一体的，不可割裂的。真和善是美的前提和基础，失去了真和善，就不可能实现美。因为，在美学上讲，所谓美乃自由的形式，而自由的基本含义是合规律与合目的的统一，即真和善的统一。所以，对美的追求，就必然包含对真和善的追求。单纯强调艺术形式，对艺术来说是致命的。一些电视剧只注重视觉、听觉影像的狂欢或情节的奇异性,而忽略历史深度的挖掘和人的心灵深处的情感诉求,经不起推敲和玩味,无法达到触及灵魂的效果。最终,美的目标也只能是无源之水、无本之木,成为虚幻的泡影。

《当家的女人》达到了真善美统一的至高境界。首先,它直面现实生活,取信于观众,不娇柔不猎奇,并在此基础上,经过选择提炼,把现实生活升华到历史本质的真实和人生价值的真实。其次,它敞开人的本真存在,用人文精神烛照之,关怀人的生存现状和内心理想,揭示生命的美好和激动人心的灵魂颤动,达到了善。第三,真与善的统一,是美的最基本的内容要素,再加之与主题内容相互和谐的叙事形式(朴素、自然的语言,精炼、曲折的情节,性格独异而又丰满复杂的人物形象,等等)就自然能够感染人、打动人,使人们在情感的投入和起伏中为内容的深刻真实而震撼,从而实现美的终极目标。

在当下电视剧世俗化、娱乐化、游戏化的风潮中,《当家的女人》可谓横空出世、一鸣惊人,具有标杆和示范的意义。

会讲故事的母亲

儿时的周喜俊跟假小子一样泼辣、淘气。娘却不打骂、不呵斥。娘常常用"小话"（民间故事）使爬墙上树的周喜俊安静下来。

"小妮儿，过来，娘给你讲个'小话'"，每逢这时，不管是在树杈上荡悠，还是在墙头上奔跑，抑或是在房檐上追逐，周喜俊都会立马停下来，乖乖地来到娘的身边。

"娘，讲啊，快讲啊——"小小周喜俊迫不及待地催促着。

娘抚摸一下周喜俊的头，"好，讲，今天咱们讲个'黄金茶'的小话"，于是，娘一边手摇纺车纺着线，一边慢悠悠地讲着"黄金茶"的故事：

咱们的太行山里，有一种草，叫黄金茶，它的根是金黄色的，熬出来的水也是黄色的，能当茶水喝，人们就叫它黄金茶。可它的根里面却是黑的，黄金茶为什么是黑心呢？

原来啊，人参和黄金茶的老家都在太行山。人们知道人参是珍贵的药材，就都来到太行山挖人参。人参越来越稀少，眼看着就要断子绝孙了，人参们一合计，就打算逃到别的地方去安家。

人参和黄金茶是好朋友，临走时，它对黄金茶说："老弟，我们要到东北深山老林里去躲躲。这件事你千万别说出去，不然，人们还会找到那儿挖我们。"黄金茶点头答应。

人参走后，人们再也找不到它们了，就开始挖黄金茶代替人参。黄金茶一看大难临头，慌了神，赶紧说："我不是人参，我是黄金茶。"

人们问："那人参上哪去了？"

"它们搬到东北长白山里了。"黄金茶为保护自己,出卖了自己的好朋友。

人们知道了人参的去处,就成群结伙到东北区挖。人参纳闷:我们躲到这里,只有黄金茶知道,这是怎么回事?于是就问挖人参的人们:"是谁告诉你们我们来这里了呢?"挖人参的人们都说:"黄金茶告诉我们的。"

人参听了,非常伤心:"黄金茶呀黄金茶,原来你是个黑心黑肺的家伙!"

从此以后,黄金茶棵棵都成黑心儿的了。每当人们看到黄金茶,就会想到,为人要诚实,要讲信用。不能当面一套,背后一套。

"娘,再讲一个,再讲一个!"周喜俊听得聚精会神,拍着小手还要娘继续讲。……

周喜俊从小就对娘的"小话"百听不厌。尤其在冬天,天寒地冻,庄稼归仓,土地歇墒。忙碌了近一年的人们总算不用出工了。娘吱吱嗡嗡地一整天地纺着棉花。周喜俊就像温顺的小猫一样,依偎在娘的身边,听完一个故事又一个故事。

周喜俊的姥爷是个打井把式,走南闯北见识广,学来了不少"小话"。娘在三岁上自己的母亲就去世了,每到晚上想哭时,姥爷就给娘讲从四面八方听来的故事。所以,娘的"小话"就像夏天里韭菜一样,割完一茬,还会长出新的一茬。这一茬又一茬的"小话"陪伴周喜俊走过了童年时代。

就这样,周喜俊从儿时起就受到我国民间故事的濡染影响,长大后,又对中国古典文学喜爱有加,所以,她对中国传统的故事模式了然于心。再者,工作之后,周喜俊一直坚持深入生活深入农村,与农村保持着十分密切的情感联系,懂得百姓的心理诉求。所以,她的作品既有中国古典圆和之美意,又有激情澎湃的当代生活气息。

这是周喜俊最本然最自在的书写方式,也是周喜俊在创作上不断取得赫然成就的主要原因。

第三篇

  文艺创作是艰苦的创造性劳动，来不得半点虚假。那些叫得响、传得开、留得住的文艺精品，都是远离浮躁、不求功利得来的，都是呕心沥血铸就的。我国古人说："吟安一个字，捻断数茎须。""两句三年得，一吟双泪流。"路遥的墓碑上刻着："像牛一样劳动，像土地一样奉献。"托尔斯泰也说过："如果有人告诉我，我可以写一部长篇小说，用它来毫无问题地断定一种我认为是正确的对一切社会问题的看法，那么，这样的小说我还用不了两个小时的劳动。但如果告诉我，现在的孩子们二十年后还要读我所写的东西，他们还要为它哭，为它笑，而且热爱生活，那么，我就要为这样的小说献出我整个一生和全部力量。"广大文艺工作者要有"板凳坐得十年冷"的艺术定力，有"语不惊人死不休"的执着追求，才能拿出扛鼎之作、传世之作、不朽之作。要遵循言为士则、行为世范，牢记文化责任和社会担当，正确把握艺术个性和社会道德的关系，始终把社会效益放在首位，严肃认真考虑作品的社会效果。要珍惜自己的社会形象，在市场经济大潮面前耐得住寂寞、稳得住心神，不为一时之利而动摇、不为一时之誉而急躁，不当市场的奴隶，敢于向炫富竞奢的浮夸说"不"，向低俗媚俗的炒作说"不"，向见利忘义的陋行说"不"。要以深厚的文化修养、高尚的人格魅力、文质兼美的作品赢得尊重，成为先进文化的践行者、社会风尚的引领者，在为祖国、为人民立德立言中成就自我、实现价值。

  ——习近平在中国文联十大、中国作协九大开幕式上的讲话

  每一个真诚付出的人都会得到应有的回馈。迄今为止，周喜俊创作了各种体裁类型的文学作品850多万字，且各个文体的作品都有获奖。"出名要趁早"，当许多人在追名逐利，像流水线上的工人一样生产作品的时候，周喜俊却说：

"每个人都有自己的艺术追求。我无法遏制他人的浮躁，却能够保证自己不浮躁。因为我不能辜负了观众的期望"，她不止一次地表达自己的艺术观念，"不媚俗，不浮躁，不追风，扎扎实实打造经得起观众检验的艺术精品"，"宁可十年打造一部精品，也不要一年创作十部废品！"周喜俊以自己朴素而令人信服的创作理念和丰硕的创作实绩，引领着文学创作新风尚。

<<< 第一辑 笔下乾坤大，胸中日月新

油灯一盏文章铺锦绣，深情几许故事绽绮霞

——谈周喜俊小说系列

周喜俊习惯把自己的一部分小说称之为"故事"，在2010年出版的八卷本《周喜俊文集》里，她专门把第六卷叫作"故事卷"。周喜俊之所以对"故事"情有独钟，我想，不外乎两个方面的原因。其一，她的一系列小说作品最初都发表在《曲艺》杂志，包括在1982年7期《曲艺》头题发表，引起轰动效应的《辣椒嫂》。而"曲艺"统指说唱艺术，比如相声、小品、山东大鼓、快板、小戏曲，等等。既然是说唱艺术，就必然有它的故事性和趣味性。其二，所谓"故事"，就是强调生动性、趣味性，以及普众性和民间性。比如，在张艺谋的电影《我的父亲母亲》中，一开始"我"的一段独白说："当年母亲和父亲谈恋爱的事儿，曾经轰动一时，村里人说来说去的，听起来都像个故事了……"字典上对"故事"一词则这样界定："真实的或虚构的用做讲述对象的事情，有连贯性，富吸引力，能感染人，如神话故事，民间故事……"[1]

所以，在约定俗成的意义上，故事是用来讲说的，它是具有趣味性、吸引力和感染力、首尾圆和的一系列事件。周喜俊一贯把自己的一系列小说称为"故事"，也无非是在强调其作品的可讲性、趣味性、吸引力、感染力。

而在文学史上，故事与小说是合二为一的，二者并没有严格的界限。比如，对小说的解释是这样的，"小说是一种侧重刻画人物形象、叙述故事情节的文学样式"[2]周喜俊固执地把小说和故事区别开来，在其作品文集里单列《故事》一卷，显然是别有用意的。而她自己界定的另一部分"小说"作品，虽然没有在《曲艺》杂志发表，也依然延续了当年的"故事"风格，有着与"故事"相

43

当的艺术魅力。下面，就周喜俊创作的故事、小说（实则都为小说）作品，从创作风格、艺术魅力、文学史价值等几个方面进行一下梳理。

生动曲折的故事情节

在我国远古时代，就有集体创作的神话故事，比如，后羿射日、精卫填海、女娲造人等等，这大概就是小说最早的起源了。魏晋南北朝时期，又有志人、志怪小说（收录在刘义庆的《世说新语》和干宝的《搜神记》里），无论是记录魏晋名士趣闻轶事和玄言清谈的志人小说，还是具有浓烈浪漫色彩、讲述神灵怪异或民间传说的志怪小说，都具有非常圆和的故事性，即使今天读来，也依然趣味盎然，令人爱不释手。到了唐代，又出现唐传奇，它的内容除部分记述神灵鬼怪外，还大量记载人间各种世态，反映面较过去远为广阔，生活气息也较为浓厚，且叙述宛转，文辞华艳，部分作品还塑造了鲜明动人的人物形象。唐代传奇的出现，标志着中国古代短篇小说已经成熟。唐代传奇的繁荣，有一定的历史、社会原因。唐朝统一中国以后，长期以来社会比较安定，农业和工商业都得到发展，出现了一些大城市，如长安、洛阳、扬州、成都等等。这些大城市，人口众多，经济繁荣，为了适应广大市民和统治阶层文化娱乐生活的需要，民间的"说话"（讲故事）艺术应运而生。当时佛教兴盛，佛教徒也利用这种通俗的文艺形式演唱佛经故事，以招徕听众、宣扬佛法，于是又产生了大量讲唱变文。这种"说话"艺术，无疑对唐代传奇的繁荣产生了直接影响。到了宋代，在一些工商业繁荣的大都市里，勾栏瓦肆应运而生，"说话"艺术更加普遍，内容包括讲经、讲史和小说。当时，说话人讲唱时使用的底本，经过整理就成为话本小说，它直接影响了明清时期章回小说的产生及发展。

从以上所述小说的产生及发展过程来看，小说长期以来与"说话"艺术密不可分，这就使小说形成了较为稳固的艺术特征：故事性、趣味性、生动性、吸引性等等。周喜俊的小说（包括她自己分列出来的"故事"）一贯秉承了小说这一优良传统，不论其短篇小说，还是长篇小说，都非常注重故事的营造，可讲可听，可读可念，悬念不断，妙趣横生，令人爱不释手，过目不忘。

那么，周喜俊小说的故事性特征是如何营造出来的呢？

一、悬念的设置

悬念，是指作者在展开故事情节、安排矛盾冲突时，将作品后面要表现的重要内容作为一个悬而未决的问题先行提出，或预作暗示，以期造成读者某种急切期待和热情关注的心理状态。在周喜俊的小说作品中，往往悬念迭起，波澜不断，令读者产生非要一口气读完的急切心理。

她的《辣椒嫂》，虽为短篇，也是处处设悬，吸引不断。作品开篇就说"韩华姣，人送外号'干辣椒'。叫来叫去顺了嘴，就都叫他'辣椒嫂'……"这样开篇，就一下子激起了读者的阅读欲望：为什么叫韩华姣辣椒嫂？这个'干辣椒'有着怎样非同寻常的性格？经历过怎样热辣的故事？……

这个悬念还未解开，作品紧接着写道："听这绰号，不知道的人准要猜想：她保险又瘦又弱，身材娇小；要不就蔫巴巴，说话不多，让人心焦。熟悉她的人一定会反驳：你算猜错了！论身材，她五大三粗，比壮小伙都不孬；论性格，她爱说爱笑，心肠又好。那为啥偏偏得了这么个绰号呢？要问此事，还得从她结婚那年说起。"这一段话，表面上是在解释"干辣椒"绰号的悬念，实则又抛出了另一个包袱，把读者的习惯性思维又推向反面：她爱说爱笑，又心肠好，身材五大三粗又不干瘦，韩华姣这样的性格、状貌与"干辣椒"并不符合，那么，"干辣椒"或说"辣椒嫂"的绰号由何而来呢？这其中有着怎样离奇的经历呢？结婚那天又发生了什么样的故事呢？……就这样，层层设悬，主要人物还没有正式出场，就引起了读者极大的心理期待，为人物涂上了浓重的神秘色彩。

当作品通过交代韩华姣结婚那天发生的故事后，韩华姣的性格就露出了冰山一角：她强壮、泼辣、爽利、敢说敢干，眼里不揉沙子；不忸怩作态，敢于跟不良习俗说"不"；对待粗俗粗鄙的行为，她决不迁就、不妥协，等等。

为了塑造韩华姣性格的另一面，为了使她的性格更加丰富、饱满，情节进行中又再一次设置悬念，即辣椒嫂在出嫁三个月后，就被当选为生产队长。胆小怕事的公公婆婆担心她惹来麻烦，就劝说她不要当这个费力不讨好的差事，韩华姣"微微一笑说：'娘，您就放心吧！'"作品接着写道："话说得好听，婆

45

婆这颗心能放下吗？她当官不到十五天，就跟杨滑子大闹了一场。"这里，又是一个悬念。前文早有交代，杨滑子光棍一条，一身村子里的恶俗习气，有些奸猾有些无赖，是个不好惹的刺儿头。那么，韩华姣跟杨滑子"大闹"的这一场闹，是因何而起，又是怎样结束的呢？在这场争闹中，投机取巧、尖酸刻薄的杨滑子会有什么样令人意想不到的吊诡作态呢？韩华姣这个新上任的年轻的女生产队长又会用什么样的手腕来对付他、摆平他呢？二人这一场"闹"的结局又会是怎样的呢？……这一个个悬念把读者引入了下一个故事里，并通过这个故事表现出作为生产队长的韩华姣机智过人、果敢硬气、坚持原则、赏罚严明的性格特征。

至此，几番交手，杨滑子虽然丝毫没有得到便宜，但心里并不服气，"杨滑子当着她的面就把牙咬得咯咯响，背后还放出狠话：'辣椒嫂'几时犯到我手里，非把她嚼成碎面面儿不可。"……"'辣椒嫂'没有犯到杨滑子手里，杨滑子却又落到了她的手下。"读到这里，我们不禁要问：杨滑子这又是唱了哪一出？韩华姣又用怎样的方法把他制服？无疑，这又是一个悬念。当我们带着这样的疑问迫不及待地阅读了作品，韩华姣性格的另一面就跃然眼前：她不计前嫌、热情助人、善良无私。当杨滑子患病之时，韩华姣不嫌脏不怕累，用自己的新自行车栓上小拉车，铺上自家的新被褥，把杨滑子送到医院，并守候伺候了整整七天。出院后，韩华姣又帮杨滑子烧水做饭、洗衣服，还悄无声息地把杨滑子的责任田整饬得井井有条、漂漂亮亮。

就这样，作品层层设悬，步步生色，使读者在津津有味中不知不觉读完作品，并使得人物性格在悬念迭起中一步步丰满，最终揭开悬念的谜底："干辣椒"、"辣椒嫂"，韩华姣她不仅"辣"，而且"热"；不仅雷厉风行、机智果敢、强壮泼辣，而且古道热肠、宽宏大度、质朴善良。在读者意犹未尽中，完成了人物性格的塑造，使人物性格深入人心。

又比如，在《枣园风波》里，一开头枣园承包组组长郝彩云，要把刚刚释放回家的叔伯兄弟郝黑虎接到承包组，遭到自己男友林少勇的激烈反对。林少勇表示，她和郝黑虎是冰炭不同炉、水火不相容，要么自己留下，要么郝黑虎留下，说完愤怒离去。然后，小说这样写道：

那位同志说啦，坏大事了，这小两口紧锣密鼓一折腾，不闹离婚也得结上仇疙瘩。没这个话。人家小两口吵是吵，闹市闹，那感情可不像露水珠似得经不起日晒火烤。他们俩的爱情是经受过严峻考验的。那真是冰冻三尺非一日之寒。诸位不信，听我从头讲起。

在这里，作品以讲说故事的口吻，设下悬念：郝彩云和林少勇有什么样的爱情故事？这一次，他们的爱情到底能否经得起考验？郝黑虎到底是去还是留？这一系列的追问吸引着读者迫不及待地阅读下去。小说后半部分，写郝彩云和林少勇有情人终成眷属，在他们俩的婚礼上，在母亲的怂恿下，郝黑虎大闹婚礼撒泼耍横，结果被郝彩云和林少勇反击，落了个非常狼狈的结局，在众人面前大丢颜面。到此，小说这样写道：

这算丢人吗？丢人的事还在后头呢！

那么，这更加丢人的事到底是什么呢？赵青姣和郝黑虎母子又有怎样的幺蛾子呢？这一悬念也是如暗夜里的灯塔，灼灼闪亮。

另外，在周喜俊几篇较长的小说中，大多采用章回体来叙述。而小说每一章的题目就巧妙地暗藏了悬念。比如，在小说《婚变》中，就采用了分章分回的结构模式。其中，第一回的回目是"计中计夫抛结发妻，悲中悲姐别同胞妹"，这里，"计中计"就是很大的悬念："计"（谋）本身已经具有了神秘感、吸引力，"计中计"更让人猜疑、期待；如果说"夫抛结发妻"好像是大家熟悉的常规事件，那么"姐别同胞妹"就不是常规事件，而是令人意外的事件了，再加上前边的"悲中悲"修饰语，更有一种超常规的悬念性。所以，这个回目本身就为我们设下了层层疑问：到底是怎样的计谋？这个抛弃结发妻的丈夫又是怎样的老奸巨猾、老谋深算？本是同胞姐妹，又因为什么不得不离别？在这个过程中，她们经历了怎样悲惨的故事？等等，等等，可谓悬念重重，疑虑不断。第六回"家门口妹妹反目，南山坡姐姐哭坟"，姐妹反目属于超常规事件，它本身就让人疑虑，又何况是在自己家门口，她们到底为了什么结下如此深仇大恨呢？为财？为利？还是误会？"姐姐哭坟"肯定是伤心已极，那么她为什么如此伤心呢？无疑，这一回的回目上也是悬念重重。第九回"流浪人谬配鸳鸯，乌眼鸡施放暗箭"，这里主要悬念在一"谬"字，既是"谬配"，就肯定有超出常规生活的逻辑，超常规的事件也肯定会带来异乎寻常的后果，所以，看到这个回目，读者会不由自主地发问：为什么"谬配"？它给主人公又带来了怎样的

47

后果？是灾难性的还是因祸得福？主人公是将错就错，还是奋起反抗？最终的结局到底如何？另外，在这一回目里，"流浪人"也属于非正常生活状态的人群，读者也必然要发问：他（她）为什么流浪？流浪过程中的生活状态如何？再有，"乌眼鸡"通常比喻狗急跳墙的人，或者非常迫切地追逐非分内的利益而不择手段的人，所以，看到回目，读者也自然要问：乌眼鸡是谁？他到底要做什么出格的事情呢？……如此，一连串的疑问接踵而来，怎能不勾起读者强烈的阅读欲望？

我们再来看看周喜俊诸多小说的题目，又何尝不包含着悬念（吸引）在里边呢：《王大柱两会白面团》里，"两会"二字就自然暗示着两个矛盾尖锐的故事；《枣园风波》中"风波"二字、《神秘的半仙》中"神秘二字"《风雨高家店》中"风雨"二字、《九龙湾的悲喜剧》中"悲喜"二字、《白素娥巧会扑克迷》中"巧会"二字、《"佘太君"乱点鸳鸯谱》中"乱点"二字……等等，都包孕着富有吸引力的悬念。

……

总之，在周喜俊的小说作品中，无论是在小说题目上，还是在章回回目中，抑或是在故事的讲述中，都非常注重悬念的设置，疑窦丛生，悬疑不断，使读者在不知不觉中被故事牵着走，在目不暇接的疑问中轻松愉快地完成阅读。掩卷回味，酣畅淋漓。

二、结构的巧妙安排

结构，是指组成整体的各部分的搭配和安排。用在文学作品的构成上，是指文章各部分内容的合理安排。为了强化故事性，增强吸引力，周喜俊在其小说作品中常常采用包孕式结构和糖葫芦串式结构。

1、包孕式结构

所谓包孕式结构，就是作品整体是一个圆满的大故事，这个大故事中又包含有小故事，小故事中又包含更小的故事……最后，各个故事在结尾处收口汇合，完成故事的圆满性。这样的情节结构，好比迷宫重重，扒开一层的神秘面纱后，紧接着又是一层，读者在层层剥离的过程中不断获得真相、获得惊喜，最终到达迷宫出口，豁然开朗。显然，这样的结构方式，使得故事更加饱满、丰沛，也很容易对读者造成吸引不断、惊喜连连的阅读效果。

比如，周喜俊的短篇小说《扯不断的情丝》中，讲述这样一个故事：台湾的谭志华先生为报答母校，感恩自己的老师，投资一百万元在杨家峪建起一座现代化教学楼，其女儿谭小姐代表父亲来杨家峪参加教学楼的落成典礼。这个作品的主题（主旋律意识）很明显，就是表现香港人民和大陆人民之间血脉相连割舍不断的情谊。这篇小说发表在1997年，其政治性、意识形态性显而易见，应该说是奉命而写，或叫作命题作文。虽是应景、命题之作，但读来却没有丝毫牵强造作之嫌，相反，它在娓娓动听的讲述中，完成了思想主题的传达，情真意切，润物无声。这在很大程度上要归功于小说合理的结构方式。

小说开篇直接切入主题，写谭志华要来杨家峪亲自为新落成的现代化教学楼剪彩，老村长杨大山更是喜不自禁，忙不迭地为迎接谭志华做着准备：

老村长杨大山更是忙得不亦乐乎，在家盼咐老伴包饺子、煎小鱼、炸豆花儿、做凉皮儿，还拿出一瓶多年珍藏舍不得喝的剑南春，说是等谭先生来了，把他请到家里共饮几杯，另外，又准备了红枣、栗子、花生、核桃、柿饼，等等一大堆土特产，说等谭先生走时，让他带回香港，送给左邻右舍，亲朋好友尝尝，也算是山里人的一点心意。

这是大故事的开头。可是，后面并没有接着交代杨大山及其村民如何准备、迎接，以及如何剪彩等相关事宜，而是横山断岭，插入了另一个事件：

杨大山把家里的事准备停当，正想到学校去看看欢迎仪式准备情况，刚出家门，就和迎面"飞"来的小姑娘撞个满怀。

"这孩子，慌啥哩？"杨大山扶住小姑娘，定睛一看，是自己的宝贝孙女、少先队大队长杨晓霞。

晓霞上气不接下气地喊道："爷爷，快……快去看看吧，俺爹和刘校长吵起来啦！"

杨晓霞的爹是谁？杨大山的儿子、新任村长杨秋果。……

那么杨秋果跟校长为了什么在这个节骨眼儿上争吵起来了呢？这无疑是一个悬念。原来杨秋果跟校长的争吵是为学校教学楼前的一块石碑，而这块石碑是这个学校的第一任老师——林雪茹的墓碑。通过这个过渡，自然而然又引出林雪茹的故事：

杨家峪地处偏僻山区，这个掩藏在大山褶皱里的小山村，在战争年代曾保护过无数的革命干部，但因贫穷落后，交通不便，新中国成立前方圆几十里都没有一所小学校。

新中国成立后的第一个春天，一位当年在这里养过伤的抗日干部送来一位非常漂亮的女人……

这个谜一样的漂亮女人，就是杨家峪村的第一任老师。她"平时最喜欢说的是孩子们的学习、成长。除此之外，还有一大爱好，就是拉小提琴。每天清晨，她独自坐在山顶，面对太阳升起的地方，如醉如痴地拉着……"有关林老师的故事才刚刚揭开序幕，紧接着，作品又插入另外一个人——石头儿的故事：

夏日的一天傍晚，林老师和往常一样，面对落日的余晖刚刚拉完一支曲子，忽然听到对面草丛里传出一声"真好听！"，林老师吃了一惊，顺声望去，只见草丛里有一个虎头虎脑的小男孩，身旁还有一只小筐和一把镰刀，而那双充满渴望的大眼睛却蒙着一层泪花。林老师快步走了过去，附身把男孩拉在怀里……

顺理成章地，作品在叙述林老师的故事时，插入了另一主要人物石头儿的故事。原来，石头儿五岁那年，妈妈听说在香港经商的父亲被英国人扣押，生死不明，心急如焚，就独自去了香港寻夫。妈妈这一去，就杳无音讯。石头只好跟着表姑来到了杨家峪。石头儿被林老师的琴声吸引……并从此，林老师把石头儿接来学校，教他读书学习，还给他做饭缝衣，就像妈妈一样。在林老师的精心爱护下，石头儿以优异的成绩考上了县中学，中学毕业后又应妈妈之邀去了香港。这就是石头儿的故事。

接着，再返回头来补充交代神秘的美女老师——林雪茹。石头儿去香港之前，与林老师有推心置腹的交流。林老师第一次说出了自己的身世：

原来林雪茹出生在广州一个大户人家，祖父是一个大商人……毕业后便和大学同学结了婚。夫妻俩同在一所中学教书，生活虽不太富有，但很幸福。后来他们有了一个可爱的儿子，小家庭更增添了许多温馨。那年春天的一个下午，夫妻俩带着四岁的儿子到海边去放风筝，因风太猛，风筝断了线，飘落到英国一艘商船上，儿子急得哭了，非要去拿风筝不可。丈夫为哄儿子高兴，牵着他的小手边往海边奔跑边喊："快把风筝还给我们！快把风筝……"他的喊声还没落，船上的英国人已冲他父子开了枪。等林雪茹从后边赶来，丈夫和儿子都已死在血泊之中。

有关林老师的身世之谜就这样交代完毕。

紧接着，小说又叙述了石头走后，在那场史无前例的文化大革命中，林老师的命运。在"文革"中，她在劫难逃。虽然老村长以及杨家峪的村民们设法保护，她依然没有逃脱厄运，几次三番被押走审查。后来，在一个风雨交加的夜晚，林老师为了孩子们的作业，被坍塌的屋顶砸死在她兢兢业业工作过的教室里。至此，有关林老师的故事圆满结束。

此时，小说才又回到开头的话题，即围绕着石碑再次展开（石碑，就是杨家峪村民为纪念林雪茹老师而树立在学校操场上的）：

三十年过去了，这个故事对杨大山来说仍像发生在昨天一样清晰。这块石碑就像立在他的心头一样不可侵犯。……

正在为这块石碑的去留问题争执不休的时候，来参加新学校大楼落成典礼的香港客人到了。这位远道而来的客人不是别人，正是当年的小石头儿——谭志华之女谭思林。谭思林受已故的老父亲之托，专门来为林老师林雪茹祭奠、扫墓。

至此，真相大白，整个故事滴水不漏，首尾圆和。很明显，作者运用了包孕式结构，大故事套小故事，小故事里又包含更小的故事。在这篇小说里，新教学楼落成典礼是大故事，其中包含了林雪茹的身世以及命运的故事；在交代林雪茹故事的过程中，又插入了小石头儿，也即谭志华的故事。最后，又都在林雪茹石碑问题上汇合，首尾呼应。这样一来，不仅引人入胜，使读者在阅读的过程中目不暇接，步步惊喜；而且，读完之后，掩卷沉思，故事完整清晰，印象深刻。

又如，《风雨高家店》中，讲述在十一届三中全会的利好政策下，吴家镇的青年女子高云霞利用祖传手艺开蛋糕店的曲折经历。作品开头从高云霞挂牌开店的场面写起，但作品并没有接着来写蛋糕店的营业状况，而是按下这头儿不提，返回来讲述高家的身世，以及与开店有关的悲惨过往：高家祖籍东北，"九一八"后一家人来到吴家镇，以做蛋糕为生，生意红火。但好景不长，一天深夜被几个劫匪抢劫了蛋糕店，并打死了高云霞的爷爷。新中国成立后，高云霞的父亲又重新开张做蛋糕生意,却又遭遇了文化大革命,被捕入狱……十一届三中全会后,高云霞不顾父亲的反对,专门去东北学习食品加工手艺,又说服了父亲,高家食品店重新开张。这段回顾过往的故事讲完了,又回过头来重新接续上高云霞食品店的故事,即第二部分——"黄鼠狼给鸡拜年",写村主任吴会中造访高家。吴会中心怀不轨、觊觎高家食品店。写吴会中在与高云霞父亲交手的过程中,小说又插入了文革中的一段故事:十七年前,造反派头头吴会中砸烂了高家的食品店,把高云霞父亲——高继传投进了监狱。讲完这段过往的故事之后,再回过头来接续上高云霞食品店的事。第三部分——"狼狈为奸使毒计":写村主任吴会中觊觎高家食品店,与肖三青勾搭,狼狈为奸。在这一部分里,为了介绍"三片嘴"肖三青,也为了凸显她奸猾自私的性格,作品又返回到十年动乱的时期,介绍肖三青与吴会中首鼠两端狼狈为奸的故事,……

就这样,小说一边按照故事当下发生的时间顺序来叙述,一边插入过去的故事,使得小说有跌宕有波澜,产生山重水复疑无路,柳暗花明又一村的阅读效果。

总之,在周喜俊的小说作品中,往往都是包孕式结构,或如《扯不断的情丝》一样,大故事套小故事,小故事里又包含更小的故事,层层剥离,层层有惊异;或如《风雨高家店》一样,一个大故事里,同时包含若干个小故事,如孪生的多个姐妹,开枝散叶,乱花迷眼。

2、糖葫芦串式结构

糖葫芦串式结构,就是按照故事叙述的时间顺序,把一个个看似独立的故事并联贯穿起来。如《俏厂长的罗曼史》,共分为六回:第一回"喜莲莲虎胆创大业,黄菊仙保媒藏祸心"、第二回"捕风捉影刁婆设奸计,做美梦光棍上金钩"、第三回"败阴谋黄氏撞法网,避流言喜母拆鸳鸯"、第四回"方大宝修书巧告别,吕婷婷交货生枝节"、第五回"钱世安弄权鸡求凤,方大宝把关牛斗虎"、第六回"假对假假意露真迹,真中真真情结连理",在这六个部分里,每一部分都是一个精彩而又独立的首尾圆和的小故事,各个小故事又按照时间顺序互相串联起来,形成一个有因果逻辑关系的大故事。

总之,不论小说长短,都由几个精彩的故事组成,它们之间既相对独立,又步步推进,相互关联。像珠串一样,颗颗璀璨闪亮,又统成一体。这样,既能够体现出大故事总体的主题意蕴，又闪烁着小故事的光华，具有极大的美感和吸引力。好记忆，好流传。

三、讲述者的声音特征

故事的叙述中，讲述者不仅仅是存在于故事与读者之间的中介，他更是故事的参与者、推进者。在讲述故事的过程中，作者用什么样的口吻、语调，直接影响到故事的情感表达效果。从叙事的本来意义而言，叙述声音的功用只是传达内容意义，叙述者声音的特点也只是为了更准确、更生动地表达内容的情感意蕴。然而，在周喜俊的小说中，叙述者常常会脱离故事本身的内容而凸显出来，声音本身变成被关注的对象。比如，《辣椒嫂》开篇就这样叙述：

韩华姣，人送外号"干辣椒"。叫来叫去顺了嘴，就都叫她"辣椒嫂"。她听了不急不恼，还呵呵地笑。

听这绰号，不知道的人准要猜想：她保险又瘦又弱，身材娇小；要不就蔫巴巴，说话不多，让人心焦。熟悉她的人一定会反驳：你算猜错了！论身材，她五大三粗，比壮小伙都不孬；论性格，她爱说爱笑，心肠又好。那为啥偏偏得了这么个绰号呢？要问此事，还得从她结婚那年说起。

这段叙述（尤其第二段），显然和故事本身没有什么关系。它的真正意义其实是在凸显叙述者。这一声音特点，把叙述者从故事的幕后推到了前台，使叙述者也成为读者欣赏的对象，也就是说被戏剧化了。这种戏剧化的叙述者在过去说话艺术或讲唱艺术中普遍存在，叙述者通过叙述声音显示个人魅力。

周喜俊小说的叙述语言，具有非常明显的"讲"、"说"特征。读她的小说作品，就好像讲故事的人就坐在我们面前，娓娓而谈，面目可亲。作者一边叙述故事，一边照应读者，站在读者的角度去思考去设想去提问。她不是在自顾自地讲故事，而是在跟读者一起分享，好像在跟读者一块拉家常一样，把读者当成了知彼知己的老熟人。如此，就使得故事内容与语言形式完美统一，也使得故事更加婉转流畅。又如《桃花岭》这样开头：

我今天讲的这个故事叫《桃花岭》。有人可能会想，桃花岭一定是个美丽的地方。其实，多少年来，这里都是饿狼嗷嗷叫，野兔遍地跑，方圆十里不见村的荒山秃岭。五年前，这里突然来了五个水仙般的姑娘，还有四个小老虎似的小伙子。他们挎着猎枪，背着铁镐，进山来，这儿看看，那儿瞧瞧，选定了一块地方，接着便打石头，抬木头，叮叮当当动起手来。时间不长，就盖起了一座漂漂亮亮的新石房……

那么，他们的队长是谁呢？她呀，就是那个爱说爱笑，爱弹爱唱，细眉大眼身材苗条的短发姑娘，单桃花。……

在这里，好像作者正在与读者面对面，有讲解，有问询，有提示，有交流，有碰撞，娓娓道来，亲密无间。

这样的叙述声音，无疑形成了一种幽默、轻松、自然而然的叙述风格，不仅使读者感到亲密无间，轻松愉快，也非常契合小说所描绘的百姓日常生活这一题材内容。

独树一帜的语言风格

语言用于听说与用于阅读是有着本质区别的。用于口耳相传的听说语言，必须通俗易懂、明白如话、简洁流畅，最忌讳生僻、艰涩。周喜俊小说作品中的语言，虽用于书面阅读，但仍然具有着可讲、可听，好讲好听的特征。她的作品中，没有疑难、生僻的字词，没有炫酷的特殊长句，也没有刻意设计的特殊句式，句句、篇篇都口语化，那么平易、简明，体现出"讲"、"说"的语言特点。除此之外，周喜俊小说语言，还具有以下特点：

一、富有韵律和节奏

俗话说："有秃护秃，有瞎护瞎。"王大柱生来有张大肚皮，可他不但不护，反而常常自夸。怎么个夸法呢？你们听着："四大爷，你家杀的那口大肥猪没处盛啦？打个招呼，我一顿能给你吃半拉。"、"李二婶，你蒸的那锅馒头也吃不清啊？要是我，嗨！还不够塞牙缝哩。"姑娘们听了这没腰没胯的大话，常常笑得前仰后合，或用手指羞脸蛋说："大肚汉，不害臊。"大柱听罢此话，嘿嘿一笑，双手叉腰，脖子一晃就唱上了："肚子大这不算病，能吃能干是英雄，有朝一日找对象，肚皮小的俺相不中啊。哎嗨，嘿嘿！"你瞧瞧，就是这么个活宝。

这是《王大柱巧会白面团》的开场第一段。在这一段里，既有韵的安排，又有节奏的规律。前边一部分，以"a"为韵（"瞎"、"夸"、"拉"），后面部分，以"ao"为韵（"臊"、"宝"），读起来，非常圆润、柔和，流畅悦耳。在节奏上，以句式有规律的变化形成节奏感："有秃护秃，有瞎护瞎"、"四大爷，你家杀的那口大肥猪没处盛啦？打个招呼，我一顿能给你吃半拉。"、"李二姊，你蒸的那锅馒头也吃不清啊？要是我，嗨！还不够塞牙缝哩。"、"大肚汉，不害臊。"、"肚子大这不算病，能吃能干是英雄，有朝一日找对象，肚皮小的俺相不中啊"，这四组句子，在句式的排列上，都有着明显的各自内部的一致性。同时，四组句子之间，又呈现出长短句的变化来。这样，既有和谐一致的规律，又有长短间错的变化，再加上已有的韵律，形成很美好的音乐性，读起来更加郎朗上口，听起来悦耳动听。又如《泪洒光荣匾》开头这样写：

自古道："人逢喜事精神爽，月到中秋分外明。"新媳妇冯月兰，止月初六结婚来到石门寨，在婆家过第一个中秋节，心情兴奋不安。你看她，太阳还没落山，就炒菜、做饭、擦桌子、搬椅子。月亮刚刚冒头，已把大盘儿、小碟儿、月饼、水果儿、酒杯、酒瓶儿摆了满满当当一圆桌儿。老公爹喜欢的，眯着眼儿，歪着脖儿，嗞嗞儿地吸着烟袋锅儿。

这里，不仅有节奏有韵律，而且还使用了儿化音，使整个语言风格与所叙述的故事内容和谐一致，生活化、民间化，既好读好听，又生动活泼。

在周喜俊的小说作品中，类似的例子不胜枚举、俯拾即是。又如《神秘的半仙》中：

农历九月十九，万花县城大集。吃过早饭，在通往县城的柏油马路上，推小车的、赶大车的、骑自行车的，开摩托车的，车水马龙；驮着鸡的，带着鸭的，挑着兔子，拉着猪的，人山人海。男女老少少，你言我语，说说笑笑，纷纷向县城走去。……

再如，《韩呆呆的婚事》中：

……韩大娘一见此景可犯了愁，愁得她吃不好，睡不安，开口讲，闭口谈："儿呀，娘一辈子就你这么一个独根苗，实指望早娶儿媳早抱孙孙，可你倒好，处处跟别人拧着劲儿。早几年，姑娘们嫌咱村儿穷；后几年，人家都说你呆；现在咱不愁吃不愁穿，手里不缺零花钱，你又是好名在外了，不借这个机会挑选一个，你还等什么呀？"

都是有节奏有韵律，长短句间错，并以短句为主，形成流畅自然的节奏和韵律，从而形成郎朗上口、悦耳动听的音乐美。

二、大量使用俗语、谚语、歇后语等

《辣椒嫂》里有："尖的怕横的，横的怕不要命的"、"狗拿耗子——多管闲事"、"周瑜打黄盖——打的愿打，挨的愿挨"……《枣园风波》里有："冰炭不同炉，水火不相容"、"抓起灰来比土热"、"背靠大树好乘凉，有个好朋友得沾光"、"吃着荆条拉荆篮——肚里会编"、骑驴看唱本——走着瞧"直肠子人不会说弯弯话"、"离了你的枣子照样蒸糕"、"一朝被蛇咬，十年怕井绳"、"有钢用在刀刃上，有意见提到大会上，是骡子是马拉出来遛遛"、"没有金刚钻，不揽这瓷器活"、"天空里吊母猪，不知把自己提多高了"、"屋漏又遭连阴雨，行船偏遇顶头风"、"没有长竹竿，不敢捅这马蜂窝"……《韩呆呆的婚事》里有："你要真是根点不着的蜡，俺也不是个省油的灯"、"飞机上挂喇叭——名扬天下"、"心里像揣进了二十五只小老鼠——百爪挠心"、"东扯葫芦西扯瓢"、"老牛吃蛤蟆——大眼瞪小眼"、"门楼配门楼，窗户配窗户"……《泪洒光荣匾》里有："人逢喜事精神爽，月到中秋分外明"、"腿肚子上扎刀，离心远"、"贼人心虚，浪人心多"、"老虎嘴上蹭痒痒"、"自拉自吃"……

可以说，在周喜俊的每一篇小说作品里，都大量使用了俗语、谚语、歇后语。这些语言的大量使用，使作品洋溢着热气腾腾的生活气息和生龙活虎的民间精神。此外，也有大量方言（华北的地区方言）出现，比如，《俏厂长的罗曼史》里有："喜大娘一见此人，不由打了个愣怔"、"他忙用袄袖子扑打一下炕沿上的尘土"、"她五大三粗，比壮小伙子都不孬""打的愿打，挨的愿挨，咱眼气也没法"……《辣椒嫂》里有："不知道的人准要猜想：她保险又瘦又弱"、"姑娘们也使劲撺掇她小姑子"、"六月天，本来就热得够呛"、"咱们祖祖辈辈是嘴含冻凌吐不出水的人"、"尤其是杨滑子，自那次闹了个大蹲底，对她更是恨之入骨。"、"俺病了这么些日子，包的地保准成荒草了"……方言的使用，更增强了小说生动性、真实性，使读者如见其人如闻其声如睹其事，作品紧贴大地紧贴生活，使读者如置身于田间地头、街头里巷、厨间灶台……

三、极度生活化、口语化

周喜俊的小说语言，不论是作者的叙述语言，还是人物自己的语言，都非常生活化、口语化。诸如本文以上所举周喜俊小说语言，无不显示了她熟练运用群众语言的丰富性、熟练性，显示了她运用群众口语的卓越能力。周喜俊对群众语言和日常口语驾轻就熟的自觉运用，不仅能够无限度地扩大读者范围，而且也有着很高的美学品味，形成了自我独特的审美格调。"把顶平凡的话调动得生动有理"（老舍语）是文学艺术家的功力显现和至高追求。

总之，周喜俊从民间生活中提炼出来的生活化、口语化的语言，生动、活泼、新鲜、明朗，不仅与作品题材内容契合无间，同时也具有着非常突出的审美吸引力。这一语言风格，无疑对当下文坛有着无法忽略的贡献。

一以贯之的主题思想

周喜俊的小说作品，不论篇幅长短，大多有着比较一贯的主题：惩恶扬善、恢弘正义，充溢着满满的正能量。

比如，《辣椒嫂》塑造了新时期（党的十一届三中全会以后）农村女性的形象——韩华姣。她在结婚的第一天，就挑战陋习，向不文明"闹房"的人们说"不"；结婚不到三个月，就被大家推选为生产队长；当生产队长期间，几次三番，把无人敢惹的无赖——杨滑子整治得服服帖帖；可是，当杨滑子患病时，她又对杨滑子无微不至、悉心照料。既"辣"又"热"的"辣椒嫂"形象跃然眼前。《俏厂长的罗曼史》写名声远播的青年女企业家喜莲莲，她冲破种种阻力，克服种种困难，办起了柳编厂，并当上了厂长。外贸局局长的儿子钱世安觊觎喜莲莲的财产，耍阴谋使诡计，想方设法要与喜莲莲成亲。喜莲莲将计就计，凭智慧与钱世安周旋，揭穿钱世安的假面，终于保住了企业的发展，并且与有情人终成眷属。《风雨高家店》写高云霞继承祖传手艺，制作点心、开食品店的故事。她冲破重重阻力，战胜种种陷害和威胁，终于使高家食品店红红火火地发展起来，自己也成为名扬一时的巾帼人物。……这一系列作品中，主人公身上都具有着基本一致的性格：她们敢闯敢做，敢为天下先，她们是时代的弄潮儿。她们刚强、坚韧、善良、公正、热情助人……她们具有着现代人所应该具备的一系列美好品格。小说中的负面人物，也并非十恶不赦、穷凶极恶之人，他们是身上有着各种瑕疵的喜剧人物，在正义的阳光下原形毕露，无处逃遁。

有人说，周喜俊的小说作品，主题单一，缺少对社会现实的批判精神。是的，每一个时代，都有绕不开的沟沟坎坎，都有解不开的疙疙瘩瘩，既存在着真善美，也不乏假恶丑。但周喜俊似乎总在固执地一如既往地挖掘生活中美好的事物，不遗余力地弘扬我们这个时代的闪光人物。她曾经说过："我愿所有的朋友，把心灵之窗打开，热情拥抱生活，保持阳光心态。即便置身于黄土高坡，心中也有百花盛开。"这样的心态，不由使我联想到孙犁的创作。孙犁的作品大都以抗日战争为题材内容，但作品中很少直接描写血雨腥风的惨烈场面，而是更多地去表现普通百姓的善良品格。比如，在《荷花淀》里，就主要写水生女人如水的纯洁和美好，写水生女人以及其他游击队员的妻子们细腻、柔婉、生动的心理活动，以及她们趣味连连的对话，表现这些女人们单纯、善良、又不乏柔情似水的美好性格。至于水生们怎样部署战斗，以及水生们如何与日敌周旋交战，则春秋笔法一带而过。整篇作品，丝毫不见血腥和惨烈，而是呈现出着明丽、清新、柔婉的格调。孙犁自己也这样说："文学是追求真善美，宣扬真善美的。我愿意看到充满希望的东西，春天的花朵，春天的鸟叫，不愿意去接近悲惨的东西。""我经历了我们国家民族的重大变革，经历了战争、离乱、灾难、忧患。善良的东西，美好的东西能够达到一种极致。我经历了美好的极致，那就是战争。我看到农民，他们的爱国热情、参战的英勇，深深地感动了我。我的作品表现了这种善良的东西和美好的极致。……我也遇到了邪恶的极至，那就是"文化大革命"的十年。我觉得，这是我的不幸。在那个动乱的时期，我一出门，就看见街上敲锣打鼓，前面走着一些妇女，嘴里叼着破鞋；还有戴着高帽子的，穿着白袍子的，戴锁链的。我看了非常难过，觉得那种做法是变态心理。看到美的极致，我写了一些作品；看到邪恶的极致，我不愿写。这些东西，我体味很深，是刻骨铭心的。可我不愿写这些东西，也不愿去回忆它。"就是这样的创作态度，使得孙犁的作品充满诗情画意，形成明丽、清新、隽永的风格特征。

同样，源于内心的善良和明净，周喜俊的小说总是热情讴歌着自强不息、坚韧不拔、阳光健朗的人们，总是弘扬着真善美，让假恶丑的现象无处可逃。从文学主题的沿承上，这也属于民间文学坚持的主题方向。这样的主题方向，既是广大人民群众喜闻乐见的，也是人民群众需要的。人民群众本身就具有着最善良、最坚韧、最乐观的精神品质。所以，周喜俊小说的主题是对社会生活的真实反映；同时，在现实生活中，人民群众也有着更多的坎坷与无奈，他们需要鼓励、激励，需要光明的招引，需要坚定不移的信念，也是在这个意义上，周喜俊的小说被广泛喜爱。

周喜俊自己也一再强调，文艺是为人民大众的，文艺工作者要始终不渝地面向广大民众。这是她坚定不移倡导的，也是坚定不移这样践行的。在周喜俊的小说作品中，不论情节设置，还是语言风格，抑或是主题思想，都是人民群众所需要的和喜闻乐见的。称之为人民艺术家，周喜俊当之无愧。

文学史价值

每一个时代，文学艺术都是雅俗共存的。所谓高雅的艺术，就是文人学士创作的，典雅的、正统的、经典的、精致的、纯粹的，具有较高思想艺术价值的文学类型。高雅文学主要服务于社会上文化修养较高的阶层。它诉诸读者以严肃的思考、体验和想象，具有巨大的艺术感染力。高雅文学有时又称"纯文学"、"严肃文学"或"精英文学"。俗文学，即通俗文学，也叫平民文学、大众文学，它是"生于民间，为民众所写作，且为民众而生存的。她是民众所嗜好，所喜悦的；她是投合了最大多数的民众之口味的。故亦谓之平民文学。其内容，不歌颂皇室，不抒写文人学士们的谈穷诉苦的心绪，不讲论国制朝章，它所讲述的是民间的英雄，是民众所喜欢听的故事，是民间大多数人的心情所寄托的。"[3]通俗文学的优点是，最贴近平民的生活，最能迎合大众的口味，它生动活泼，最能反映普通民众的喜怒哀乐，最能展现人民的审美观，也最能体现一个民族的人文精神。其缺点是，有时难免浅陋和粗鄙。高雅文学也一样有自己的优势和不足，它的优势是：艺术形式的精致、精巧，思想内容上哲学理性的执着探寻；其不足是，难免"躲进小楼成一统，不管冬夏与春秋"，脱离生活脱离人民。尤其在当今经济社会，一切都商品化，人们都坚持"成名要趁早"的信条，没有了"十年磨一剑"的耐心、耐力，文学写作者往往很难深入生活，所以，高雅文学左冲右突，尽管有各种尝试和探索，也大多停留在形式探索层面，也终究难有扛鼎之作。而产生于民间的（非学院派的）通俗文学，也难以对人民大众的生活有真实的表现，更难以触及社会规律性的东西，难以上升到历史理性的高度；当然，艺术形式上也往往粗制滥造，造成难登大雅之堂的缺憾。

在雅俗之间的关捩口上，周喜俊的创作无疑起到了纽带作用。她的小说作品，既过滤掉了通俗文学中粗陋、粗鄙的成分，提升了主题思想的意蕴，同时，又舍弃了高雅文学中艰涩、生僻之嫌疑，达到了一种雅俗共赏的新平衡，为文学创作提供了一种新的可能。当然，要达到这样一种创作状态和创作水平，并非一蹴而就，而是更需要沉静下来的耐力和坚持不懈深入生活的功力。

注释：

[1] 现代汉语词典（修订本），商务印书馆，1996年版，第454页。

[2] 文学理论教程（第四版），童庆炳主编，高等教育出版社，2008年版，第193页。

[3] 中国俗文学史（上），郑振铎著，岳麓书社出版，第3页。

用中国方式，讲中国故事

周喜俊自小就像男孩子一样淘气顽皮，娘为了让一刻都不肯安歇的她安静下来，就常常给她讲"小话"（故事）。周喜俊从小就被我国传统的民间故事浸润濡染。

由于历史的原因，周喜俊初中毕业就被拒之于高中的大门之外，不得不跟叔叔婶子伯伯大娘哥哥姐姐们一样，出工，下地干活；冬天，到地窖子里纺棉花。那一年，周喜俊才十三岁。

周喜俊是多么不甘，又是多么无可奈何！

她常常呆呆地望着她的同龄人嘻嘻哈哈地说笑着去上学，常常回忆起初中老师对娘说的话："这孩子有出息，是个上大学的料，将来有了工作，你也跟着进城享享清福。"娘脸上漾出了宽慰的笑容："享不享清福我不计较，只要孩子有出息，所有的苦就都值了。"

然而，命运却如此翻手为云覆手为雨。

为了转移周喜俊的注意力，娘一边教周喜俊纳鞋底，一边说："娘肚子里的'小话'都给你讲完了，再也编不出新鲜的了，你念书不能白念啊，来，你给娘编个好听的'小话'。"说完，慈爱地朝周喜俊点了点头。

"娘，你给我讲过的'小话'原来是你自己编的啊？不是我姥爷讲给你听的？"

"你姥爷哪有那么多'小话'！再说了，不管谁讲的'小话'还不都是人编出来的？"

周喜俊若有所思。

"你念过书,你编的故事肯定比娘讲给你的要好听。"娘意味深长。

自此,在地窨子里纺棉花时,周喜俊不再心有旁骛,她开始认真听大娘婶子们的故事和唱曲,这不,二大娘又唱起《小寡妇上坟》:

正月里呀锣鼓敲,

大街上的秧歌扭得好热闹。

人人都来看呀,

人人都来瞧,

小寡妇想扭缺少人领道,

咿呀伊尔哟……

众人起哄:"再唱一段,再唱一段!"

二大娘又唱起了《光棍儿哭妻》:

正月里光棍儿愁,愁了个愁,

思想起贤妻泪珠流。

亲爱的贤妻下世去呀,

爹也愁来娘也愁

剩下我光棍儿美人收留。

哼啊伊吼嗨……

这些老掉牙的唱曲,女人们唱过一遍又一遍,年轻姑娘们都不喜欢,可漫漫长夜,没有任何解闷的娱乐方式。

又一次,吱吱嗡嗡的纺车声中,那位二大娘又唱起了《小寡妇上坟》:

墙头上砖呀房檐上瓦,

丈夫死了妻守寡呀,

我那死人唉,天呀!

红绫被呀黑绒毡,

有人暖来无人钻呀,

我那死人唉,呀!

……

年轻姑娘们都听得不耐烦了,但又不好说什么。周喜俊自告奋勇,说,"我给大家讲个新故事吧。"大家为之一振,不知道这个黄毛丫头能讲出什么。周喜俊清了清嗓子,讲了她烂熟于心的"黄金茶"的故事。讲到故事结尾,周喜俊还即兴发挥,画龙点睛,说黄金茶背信弃义出卖朋友,不仅黑了心烂了肺,到最后还断子绝孙绝了种……

一起纺棉花的同伴们都是非常善良单纯的人,她们心中都有一杆衡量是非的标准秤,但对于邪恶势力只敢怒不敢言。所以,她们都愿意相信善恶有报、因果不爽的故事。周喜俊第一次讲故事就获得了大家的一致嘉许:

"人不大,脑袋瓜子里的东西倒不少。"

"对对对,以后多给咱讲讲。"

……

娘的点拨,同伴们的赞赏,激发了周喜俊被压抑许久的内在能量。拨云见日,似乎繁重的劳动里有了精神上的依偎,日复一日的单调生活里有了星星点点的光亮。更何况,周喜俊本身就是不甘平庸、自带能量的人。

周喜俊要给大家讲故事!要讲好的故事、新的故事!不让同伴们十遍八遍地再听《老光棍》、《小寡妇》那种悲悲切切的老一套唱曲儿。

似乎有讲故事的基因,周喜俊把以往娘讲过的、现实生活中发生的、书上看来的,再加上自己改造虚构的,诸种因素杂糅一起,揉巴成一个个有头有尾有因果、有包袱有情节、又有喜怒哀乐人情世故的故事。

地窨子里的气氛活跃起来了,周喜俊的内心也活跃起来了。

第四篇

  实现中华民族伟大复兴，是中华民族近代以来最伟大的梦想，也是我们这一代人的历史使命。当今世界正处在大发展大变革大调整时期，当代中国正沿着中国特色社会主义道路奋力前进。这是一个风云际会的时代，也是一个英雄辈出的时代。在中国共产党领导下，有中国人民团结一心、自强不息的精神，有中国人民创新创造、开拓进取的勇气，有中国人民艰苦奋斗、顽强拼搏的毅力，中华民族在苦难和曲折中一步步走到今天，必将在辉煌和奋斗中大踏步走向明天，中华民族伟大复兴的航船一定能够劈波斩浪驶向光辉的彼岸。
  ——习近平在中国文联十大、中国作协九大开幕式上的讲话

  周喜俊作为党的干部，具有高尚的政治自觉，明白肩上的责任和历史使命；作为具有影响力的作家，具有着敏锐的嗅觉，能够把握时代脉搏；作为一个凭借自己的才智和勤奋一步步成长并取得瞩目成就的女性，具有着坚毅的进取精神和对未来无比强大的信心。所以，周喜俊的作品，是这个风云际会时代的主调，演奏着我们民族劈波斩浪，走向伟大复兴的最强音。

体现时代精神，讲好中国故事

——关于周喜俊小说大团圆结局的辩证理解

鲁迅在《坟．论睁了眼看》一文中，这样写道："中国的文人，对于人生，——全少是对于社会现象，向来就多没有正视的勇气。……于是无问题，无缺陷，无不平，也就无解决，无改革，无反抗。因为凡事总要'团圆'，正无须我们焦躁；放心喝茶，睡觉大吉。……中国的文人也一样，万事闭眼睛，聊以自欺，而且欺人，那方法是：瞒和骗。"由此，许多文艺理论家坚持认为，揭露社会黑暗的文学才是好的文学；歌功颂德的文学就是坏文学，就是"瞒"和"骗"，至少是隔靴搔痒粉饰太平言不及义。唯有深扒社会污点，暴露民族劣根，描写生活苦痛的作品，才值得赞美才拥有看点。所以，一些作家以家丑外扬为手段，以痛揭伤疤为焦点，似乎无丑不成书，无陋不捉笔。似乎作家胸中必有一股愤愤不平之气，才能洞察社会。许多知名作家也确实有着嗜血嗜痂之癖，热衷于血腥和暴力，极力表现性和愚昧，以及传统陋习和人性之恶。另外，文艺理论家们还常常以西方的悲剧艺术为参照，认为中国文学缺少彻头彻尾的悲剧作品，中国作家缺少真的悲剧精神，并从而推论中国文学不够伟大。

我却以为，对于文艺的"瞒"和"骗"的问题，以及悲剧和喜剧的问题，我们当以辩证的态度来看待。

其一，生活的丰富性、多彩性。现实生活中，不论哪个朝代，都既上演着悲剧，也同时上演着喜剧；既有其乐融融琴瑟和谐个人奋斗的成功案例，也有着惨痛悲凄不堪回望的污浊现实。应该说，悲欢离合，样样都有。艺术的美好，关键不在于写什么，更在于怎么写。

其二，再说中国与西方。我国作为古老的农耕社会，长期形成了宗法制的人伦关系，重情重义，感性思维（诗性思维）发达，有因果报应、理想主义的色彩。西方国家主要以海洋文明和工业文明见长，淡化了人伦常情，相应地形成了理性思维和悲观宿命的人生观。所以，我国的文学作品往往就有了花好月圆、有情人终成眷属的主题；西方文学就有了哲学追问和悲观宿命的主题。总之，民族的生存环境决定了民族的精神特征，从而决定了其审美思想和文学特质。因此，中国的大团圆和西方的悲剧艺术，并无高低上下之区分，只是各领风骚而已。

前面所引鲁迅的论断，其思想的重点也并不在于悲剧或喜剧，也并不在于什么大团圆不大团圆，而是直指"瞒"和"骗"的行为。指着烂疮说桃花，指着溃脓说醍醐，粉饰太平，逃避责任，精神萎缩，思想矮化……这才是鲁迅先生不齿和痛恨的。另外，鲁迅先生之所以不留情面地批判"瞒"和"骗"，与他所处的时代背景有关。我国的二三十年代，军阀混战民不聊生，整个社会都已经病入膏肓，腐坏了，烂透了。所以，鲁迅以文字为匕首为投枪，恨不得把社会的溃烂之毒痈一刀切去，恨不得呐喊一声把铁屋子里沉睡的人叫醒。况且，鲁迅是肩负着使命的，他要"揭出病苦，引起疗救的注意"。所以，他竭力倡导文学要揭露社会的腐坏和黑暗，痛揭伤疤，以疗救以改良。

基于此，我们认为，评判文学作品优劣得失的标准，是在于它是否达到了艺术真实的高度。求"真"是文学创造的审美价值追求之一，艺术真实的概念可以作如下表述：它是作家在假定性情境中，以主观感知和诗艺创造，达到对社会生活的内蕴，特别是那些规律性东西的把握，体现作家的认识和感情。它是创作主体把自己的"内在尺度"运用到对象上去而创造出来的审美化真实。也就是说，一部作品在反映生活的有效性上，不在于它对个别现象的关注，更不在于以博取眼球的搜奇猎奇，而在于它所展现的生活事件能否触动时代的脉搏，能否反映时代的精神，以及能否表现广大人民的理想愿望和心里诉求，即是否能为人民代言。这就是我们强调的艺术真实。

在以上认知的基础之上，我们再来欣赏和评判周喜俊的小说。

周喜俊的小说，不论长篇或短篇，大都被设置了一个令人欣慰的结局，即大团圆的结局。《风雨高家店》中高云霞继承祖传手艺，又不远千里去东北学艺，然后回家开食品店。在生意红红火火兴旺发达之际，遭到村主任吴会中的巧取豪夺、设计陷害。奈何高云霞虽一年轻女子，却耿直磊落，不为小恩小惠所打动，也不为邪恶势力所吓倒，她执着坚韧相信政府相信正义的力量终究要胜利。最终，吴会中的诡计被戳穿，高云霞的食品店被保住。《农妇当官》中，杨菊英作为普通的农村妇女，看到县畜牧场两年亏损月月赔钱，便自告奋勇毛遂自荐当上了畜牧场的场长。各种怀疑和诬陷也随之而来，但杨菊英有胆识有魄力，很快就把濒死的畜牧场扭转了局面，成为改革促进派的先进典型。还有长篇小说《当家的男人》，主人公时涌泉更是经历百般挫折，千般阻力，万般艰辛，终于使自己的家乡旧貌换新颜，他自己也最终得到上级机关的理解和认可。还有《辣椒嫂后传》、《情系孔雀岭》、《九龙湾的悲喜剧》等等，莫不如此。这些作品大多描写我国改革开放前后十几年间的农村社会生活，描写在改革开放的大环境里，在社会变迁的大震荡里，农村青年敢闯敢干创业致富的故事。高云霞、杨菊英、时涌泉、韩华姣们是时代的骄子，也是时代赋予了他们大好的机遇和施展抱负才华的空间，他们是那个时代创业者的缩影。唯有那个特定的时代，才有那样的一群人，也才有他们动人心弦的创业故事。从这个意义上说，周喜俊是时代的歌者。她的系列作品，是时代的一面镜子。

当然，这样的大团圆主题，与作家一贯的创作理念有关。周喜俊一贯坚持为人民而创作的原则，她知晓体察农民百姓的生活，更明白老百姓的内心愿望和理想。可以说，大团圆的故事模式，在一定程度上，契合了广大百姓的内心愿望和审美理想。中国古代文学向来有"大团圆"结局的显著特征，但传统文学中的"大团圆"是虚幻的，恰如鲁迅所言，是一种"瞒"和"骗"，而周喜俊笔下的"大团圆"却是时代的必然，梁山伯与祝英台死后化蝶比翼双飞，窦娥冤死之后的血溅白练抗旱三年誓愿实现以及杜丽娘为爱而起死回生的故事，等等，都只是一种虚幻的理想，而周喜俊笔下的诸多人物故事，诸如高云霞、杨菊英、韩华姣、时涌泉们的大团圆，则是可求可证的。

另外，大团圆的结局与作者自己的审美理想有关，而个人的审美理想又与其成长经历有关。周喜俊出身于农村，自幼勤勉执着，虽然遇到过种种羁绊、阻挠，但凭借自己出众的才气和坚韧的毅力，最终得到相关领导的认可、赏识，以至于提拔和重用。周喜俊凭借自我的成就，收获了文艺创作和行政事业的双重成功。所以，她坚信，是金子总会发光。表现在文学创作中，她始终倾向于真善美，执着于真善美。在其作品中尤其是小说作品中，周喜俊执着地、一贯地、热情地描绘着家乡热气腾腾的生活，讴歌着在那片热土上勤恳耕耘、锐意进取的人们，并坚信着、祝福着坚毅勤恳进取的人们都有美好的收获和结局。

给予精神滋养的母亲

一个人的生命状态往往与自己的母亲关系重大。母亲，是自己的第一任老师，也是一个人最直接的精神源泉。

那么，文艺创作和工作事业都已风生水起的周喜俊，她的母亲是怎样一个人？她给予了周喜俊怎样的精神影响？下面，我们以电影蒙太奇的手法，浮掠关于周喜俊母亲的一些真实的生活镜头，捕捉周喜俊母亲的几个日常画面。

镜头一：起大圈

养猪积肥是过去以农耕为主的乡村日常生活的一项重要内容，也是挣工分的重要途径。为了出粪快，人们几乎天天都要垫圈，用土、用草，还要泼水，三两个月，用土、草、水，加上猪的屎尿沤成的粪就满圈了。人们用五个齿儿的粪叉把猪圈里的粪，一叉一叉撂上来，叫做起圈。把这些粪土拉到生产队的田地里，当肥料、养地、种庄稼。一圈粪，生产队里给记几个工分。

起圈、打坯、割麦子，是当时公认的三大重体力活儿，大都由青壮的男人来干。周喜俊的父亲去世早，娘是个不服输的性格，过日子从不肯落在别人后边，所以，各种累活娘都承担了下来。

起大圈，这种臭气熏天累个臭死的活儿，娘也从不推脱。

周喜俊母亲生于民国初年，一米七二的高个子，裹着一双三寸金莲的小脚，往猪圈里一跳，双脚就被深深地陷进去，难以自拔。可娘有办法，她找来两块木板，用布条绑在脚底下，这样脚的受力面积大了，不至于下陷。还有，垫圈时用的青草、麦秸之类，短时间内并不能腐烂，纵横交错地缠绕在一起，加上粪又湿沉湿沉的，一叉子下去，就是力气大的男人，也得十分用力才能挖出一叉粪，撂出猪圈来。刚刚开始起圈的时候，娘站在圈坑里，还能从猪圈墙里露出头来。随着猪圈里的粪越来越少，猪圈越来越深，猪圈墙壁娘的头高出了一尺、两尺、一米……娘起圈出粪就更加艰难，常常全身的衣服都被汗水湿透了，汗水流到眼睛里，眼睛被渍得生疼，可是，娘不说累，也不说难。一天下来，娘勉强扒拉几口饭，就躺倒炕上，连说话的力气都没有了。

镜头二：歪的邪的，不能容忍

一天上午，村里来了个卖油郎，骑个二八自行车，车后架子上左边驮个油桶，右边驮个布袋，在村子里走街串巷地叫卖。娘把家里仅存的一点棉花籽拿出去换油。卖油郎称好油后，娘左手掂掂右手掂掂，总感觉不够分量。卖油郎狡黠地笑笑："老大娘，你放心，我不会骗你。那是你这罐子太大，油就显得少。不信你再看看，挂到秤上，刚好压着秤星。"

娘说："你不骗我，我也不会讹你。你稍等一下，我去拿我家的秤称量一下。棉籽在我家秤上是称过的，跟你这儿称的分毫不差，这油也应该符上我家的秤。"

"那好，我等你老人家。"卖油郎微微一笑。

谁知娘提着秤出来了，卖油郎哪里还有踪影！地上只孤零零地剩下娘的油罐子和包着棉籽的包袱。再拿起油罐子一称，整整缺了半斤！

"我不能让这个丧良心的占了便宜！"娘一手提起油罐子，一手攥着秤，边追赶边打听，过了五个村子，终于在一个小镇上把卖油郎逮住了！娘的头发纂子跑散了，一绺一绺的头发被汗水贴在脸上。娘挡在卖油郎的自行车前，直勾勾地盯着那个投机取巧的卖油郎。卖油郎怎么也没有料到，一个年近六旬的小脚老太太，竟然为了半斤油，追了二十多里路！卖油郎一下子怔住了。

当时正是中午，大街上人很多，娘理直气壮的斥责引来众人围观，老百姓性子纯朴直爽，最看不惯这类骗人的勾当，都七嘴八舌地嚷嚷着："撅断他的秤杆子！"、"推翻他的自行车！"、"砸了他的油篓子！"……

娘冷静地说："犯法的事儿咱不干！欠我的油给我补上！"

卖油郎舔着脸说："我就是秤杆子上出了点差错，你让人捎个信，我就把油送上你家门口了，你老人家何必亲自跑这么远。再说了，我又不是不去你们村了，下次再找我也会认账的。"

娘义正词严："你还想再去我们村啊？像你这样不本分，说不定哪天就进监狱了！"

"老大娘，别说气话。不就缺半斤油嘛，来，我赶紧给补上，补一斤！"

旁人也都跟着喊："对，补一斤，让他长长记性！"

"贪吃别人的东西怕得噎食！少半斤就给我补半斤，多一两我都不要！"娘气壮如山。

"好，好！"卖油郎一听娘并不贪多，很是放心，赶紧称了半斤油倒进娘的油罐里。并有些内疚地说，"你看，为了半斤油让你追了二十多里路……"

娘瞪了他一眼："你以为我就为这半斤油啊？我追得越远，知道这件事的人越多。为了不让你继续行骗，甭说追二十里，就是追到天边也值得！"

对歪的邪的，不容忍，不迁就！这是娘一贯的立场。娘说："让着他，就是用孩子打狼，他占了便宜还会再来害人。"

镜头三：人穷志不短

娘像一头不知疲倦的老黄牛，白天下地干活，晚上在煤油灯下纺棉花，挣一家人的零用钱。一斤皮棉纺成线，能挣五毛钱。常常，孩子们从梦中醒来了，娘还在摇着纺车纺线。

周喜俊是家里最小的孩子，也最知道心疼娘。

有一次，周喜俊跟娘要钱买习字本和圆珠笔，娘手头没有零钱，就把纺线刚挣来的一元钱给了她，嘱咐她把剩下的钱拿回来。喜俊高高兴兴跑到门市部，花两角四分钱买了自己需要的笔和本，可粗心的售货员把一元当成了五元，找给她四元七角六分钱。喜俊愣了一下，低头犹豫片刻，把钱紧紧攥在手里，一口气跑回了家。又惊慌又喜悦地把钱塞到娘手里，上气不接下气地说："娘，你看，你快看啊！"周喜俊盼望着娘的笑脸。

"哪来这么多钱？"娘的脸上严肃起来。

"是买笔和本找回来的。"

"你不知道人家看错了？"

"知道。"

"那为啥不退给人家?"

"反正又不是我偷的,是她自己看错了。"喜俊小声嘟哝。

"人家看错了你就不吭声啊?"

周喜俊自知理亏,低下了头。

"你记住,咱人穷志不短,再穷也不能贪图人家的便宜!"

"知道了。"

娘舒口气,摸着周喜俊的脑袋说:"赶紧把钱给人家退回去。"

在人们把一分钱看得比磨盘子还大的年代,母亲这样的气魄这样的胸襟对周喜俊小小的心灵是极大的冲击,也为她人生观的形成打下了良好的基础。

镜头四:地误一时空一季,人误一时悔百年

周喜俊是家里最小的孩子,她刚出生,就赶上了国家三年困难时期,到入小学恰遇"文革"。在这期间,父亲病卧在床多年,为给父亲凑钱治病,家里能变卖的东西都卖光了,最终也未能挽留住父亲的生命。

父亲去世后,一家人的生活重担全部压在了娘一个人肩上。左邻右舍都不忍心,一个劲儿地跟娘说:"看这世道,供孩子们上学也没啥前途,女孩子上学更没用,你就让孩子们到生产队去混工分吧,挣一分是一分,挣一分就减轻你一点负担……"

娘沉默一会儿说:"地误一时空一季,人误一时悔百年。我这辈子吃够了不识字的苦,不能再让孩子们走我这条老路了。孩子们要是没出息,那是他们自己的事,当娘的要尽到心。"

于是,在那么艰难困苦的情况下,娘以坚强的毅力供七个孩子都上学读书。

母亲是孩子的第一任老师,周喜俊从小受母亲影响很深,所以,在她身上始终洋溢着昂扬向上的正义之光,展示着积极进取、坚毅乐观的精神风貌,她始终相信真善美必然战胜假恶丑,也情愿一生为像母亲一样坚强善良的人们鼓与呼。

第五篇

希望大家坚持服务人民，用积极的文艺歌颂人民。人民是历史的创造者，是时代的雕塑者。一切优秀文艺工作者的艺术生命都源于人民，一切优秀文艺创作都为了人民。广大文艺工作者要坚持以强烈的现实主义精神和浪漫主义情怀，观照人民的生活、命运、情感，表达人民的心愿、心情、心声，立志创作出在人民中传之久远的精品力作。

我们的文学艺术，既要反映人民生产生活的伟大实践，也要反映人民喜怒哀乐的真情实感，从而让人民从身边的人和事中体会到人间真情和真谛，感受到世间大爱和大道。关在象牙塔里不会有持久的文艺灵感和创作激情。离开人民，文艺就会变成无根的浮萍、无病的呻吟、无魂的躯壳。一切有抱负、有追求的文艺工作者都应该追随人民脚步，走出方寸天地，阅尽大千世界，让自己的心永远随着人民的心而跳动。

中华文化既是历史的、也是当代的，既是民族的、也是世界的。只有扎根脚下这块生于斯、长于斯的土地，文艺才能接住地气、增加底气、灌注生气，在世界文化激荡中站稳脚跟。正所谓"落其实者思其树，饮其流者怀其源"。我们要坚持不忘本来、吸收外来、面向未来，在继承中转化，在学习中超越，创作更多体现中华文化精髓、反映中国人审美追求、传播当代中国价值观念、又符合世界进步潮流的优秀作品，让我国文艺以鲜明的中国特色、中国风格、中国气派屹立于世。

——习近平在中国文联十大、中国作协九大开幕式上的讲话

寓教于乐是文学艺术的本质，十九世纪俄国革命民主主义美学家车尔尼雪夫斯基说过，优秀的文学应该成为"人的生活的教科书"。邓小平提出："我们的文艺工作者，要通过自己的创作提高人民的精神境界"。文艺作品之所以称之为精神食粮，就是要通过生动鲜活的艺术形象，让人们在愉悦中受到启迪和教

育。可有些人忽略了文艺的教育功能，只想靠感官刺激吸引观众的眼球。所以群众对文艺的"低俗化"现象越来越不满意，尤其对已成为人民精神文化"主餐"的电视剧，荧屏的呈现与观众的期待还有相当的距离。原因何在？关键在于编导者和制作方脱离了生活，远离了人民，对大众的欣赏水平存在误区。

人民是文艺工作者的母亲。文艺工作者只有植根人民，才能在思想上保持昂扬的正气，在创作上保持蓬勃的朝气。人民是人类社会发展的决定性力量，是历史的真正创造者。文艺工作者如果离开人民，就成了断线的风筝，不管飞得多高，都没有依靠。优秀的文艺作品，要塑造典型人物，反映社会生活，作家要是不深入到人民大众之中，就无法捕捉到各种鲜活的人物形象，不能认识到社会的本质。

——周喜俊

周喜俊是最懂得人民欣赏习惯的作家，所以，她的作品既具有人民群众喜闻乐见的语言风格和故事形式，又生动地描摹着百姓的日常生活，同时还恰切地表达着人民的理想愿望，传达着社会主义先进的价值观。达到了寓教于乐、雅俗共赏艺术高度。

啜民间之朝露，吐艺术之芳华

——谈周喜俊作品的雅与俗

周喜俊小说作品有着非常明显的通俗性。对此，不同的评论者持有不同的看法。下面，我就文学的雅与俗问题做一下梳理。

所谓俗文学，就是通俗文学，就是民间的文学，大众的文学。它是不登大雅之堂，不为学士大夫所重视的；它是产生于民间、流行于民间，被大众所喜好的文学。

通俗文学有以下特征：第一，它是大众的。它是产生于民间，为民众所写，且为民众而生存的。它是投合了最大多数民众之口味的。故亦称之为平民文学。在内容上，它不歌颂皇室，不抒写文人学士们的离愁别绪和谈穷诉苦，不讲论国制朝章。其内容大多是民间的英雄，是民间少男少女的爱情，是民众所喜欢听的故事，是民间大多数人的心情所寄托。第二，它是无名氏的集体创作。它经过不知多少人的润色修改，是在流传的过程中共同完成的。第三，是口耳相传的。它是流动性的，是在讲说的过程中随时被修改的。到了被某个人记录下来的时候，它才基本定型。第四，它是新鲜的，但也是粗鄙的。它未经文人学士的雕琢，所以还保持着鲜妍的色彩；也是因为没有经过雕琢，往往粗鄙俗气。第五，它的想象力往往是很奔放的，它无拘无束，不似正统文学那般拘泥。总之，通俗文学产生于大众之中，为大众而写作，表现着最大多数人的欢愉和烦恼、恋爱和别离、现实的生活和理想的向往。

雅文学，即高雅文学，也叫作精英文学、学院文学、庙堂文学等，它比较雕琢和精致，往往与最普众的老百姓有着隔阂。它出自于专业的文人之手，由某一个人来独立完成。

正统的高雅文学与民间的通俗文学是息息相关的。许多正统文学的文体都是由通俗文学发展而来的。《诗经》中的大部分作品原来就是民歌；五言诗也是从民间发展而来的；汉代的乐府、六朝的新乐府，以及唐五代的词，元、明的曲，宋、金的诸宫调等等，这诸种文学样式都是从民间发展起来的。而某一种文体被文人发展为正统文学的时候，也就常常失去了它原有的生动鲜活的特质。

把通俗文学和高雅文学的内涵以及二者之关系说清楚了，我们再回过头来看一看周喜俊的小说作品（包括故事作品）。毫无疑问，周喜俊的小说作品，其通俗性是显而易见的，因为它具有以下特征：

第一，非常强的故事性，也因而具有非常强的吸引力。

这主要表现在：其一，故事完整，收尾圆和。其二，悬念叠生，巧合不断。其三，大故事套小故事，故事之中还有故事。且每一个故事，不论大小，都很周全完整。其四，"讲说"的叙述方式。

《韩呆呆的婚事》讲述了这样一个故事：韩呆呆由于专心于养兔致富，两次相亲都被耽误，找对象的事就成了水中捞月一场空，却也成了远近闻名的养兔专业户。韩呆呆为了在养兔的基础上创办兔肉加工厂，悄悄外出考察，在育才大学巧遇初中老同学甄灵灵。甄灵灵已是育才大学园艺系高才生。两人一见如故，心有灵犀。于是两人一起回到韩家寨，创办兔肉罐头厂。至此，故事以花好月圆收尾。

作品以讲说艺术的方式开端：

在滹沱河畔，有一个叫韩家寨的小山村，村里有个青年，名叫韩呆呆。要说这个小伙子，那真是人品有人品，模样有模样，街坊邻居无不夸奖，可就是二十七八了还没找上对象。为啥？就因为他叫韩呆呆呗。

以这样的方式开端，具有非常好的故事效果。并且紧接着在下一段介绍韩呆呆名字的由来：

说起他这个名字，还真有点来历：呆呆上边有两个哥哥、一个姐姐，都不幸早亡。他刚刚出世，父亲就暴病故去。他的大伯又是一个无儿无女的老光棍儿，两家人守着这么一个独根儿，自然待他如同掌上明珠一般。按照当地的风俗，孩子越是娇贵，越要把名字起得差一些才好。为了保孩子长大成人，他的母亲和大伯费尽心思想了个名字——韩呆呆。这呆呆一叫起来不要紧，还真叫出了一串呆气十足的故事。

这一段既清楚地交代了韩呆呆名字的由来，又融入了农村风俗，故事效果也非常好。最后一句又是吸引力十足的过渡句，自然而然地引出后面一连串的故事。

接着，作品就讲述了韩呆呆两次相亲的故事：第一次相亲，韩呆呆恰好碰到书店刚进的一批书，就把给女方买礼品的钱买了满满一提包《科学养兔漫谈》。媒人一见满脸怒气，韩呆呆却磕磕巴巴地说："这……这是书店刚来的书，俺村的乡亲们刚开始养兔，太……太需要了。我今天进城正好碰上，就给每家买了一本……"一个好端端的姑娘就这样被韩呆呆气跑了。第二次相亲，呆呆的娘为了避免上次相亲的失败，特意把见面的地点安排在自己家。一大早，呆呆娘就催促他去村口接那姑娘。可是，姑娘已经自己来到呆呆家坐了老半天，韩呆呆才慌急慌忙地闯进来。给姑娘预备的二百元"压书礼"也被韩呆呆买成了两大笼兔子。原来事有凑巧，韩呆呆早上刚一出门，就听人说，公社采购站运来一批优种兔子，于是韩呆呆就赶紧买了两笼。当然，相亲再次告吹。

这两个故事各自完整，同时又相互关联，共同展示了人物形象的特殊性格——"呆"。"呆名一传出，顶风十里臭"，经过两次相亲，韩呆呆的婚事成了泡影。紧接着，作品又设置了一个悬念：

就是这么一个人，今年春天，竟带着一千多元钱悄悄地出了村。这消息一传开，立刻把小小的山村给惊动了。有的说："呆呆现在是飞机上挂喇叭——名扬天下的人了，八成是到大城市里自由恋爱了。"有的讲："呆呆现在腰肥兜满了，就是自由不上，也得花钱买一个洋小姐，在山村里露露脸。"

那么，韩呆呆究竟干啥去了呢？这个悬念引导着故事情节的发展，也吸引着读者的阅读趣味。这个悬念还没有解开，紧接着，又步步设悬，层层疑窦：韩呆呆的去向，只有"韩大娘心里清楚，可是她还得替儿子保密。这几天"她心里像揣进了二十五只小老鼠——百爪挠心。呆呆外出整整三十天了，连个信也没有。他到底上哪儿了呢？会不会出什么事了？韩大娘这么一想，再也坐不住了……"不仅众人猜测纷纷，就连韩大娘都如坐针毡了。再接着，又一个小

77

插曲把悬念推向高潮——韩呆呆的大伯突然闯进门来，对着韩大娘大声吼叫："……出什么事儿？人命关天的大事。问过你多少遍呆呆干什么去了？你东扯葫芦西扯瓢，说他走亲戚啦，串友啦。这回可好，走亲串友到公安局去了！"……"刚才大队秘书告诉我，公安局打来长途电话，问韩呆呆是不是这个村的人？平时表现怎样？你想想，公安局打来长途电话，那还能有好吗？"正在大家心急火燎的时候，"真是无巧不成书，去寻找韩呆呆的人刚刚坐到韩家的饭桌上，突然，院门一响，闯进一个人来。他不是别人，正是人们要去寻找的韩呆呆。"眼看整个故事的大悬念即将揭晓，可另一个悬念又跟了出来，"在他身后，还有一个头烫卷发、脚蹬高跟鞋、身着米黄色西服、长得俊俏而又苗条的大姑娘。她很有礼貌地冲大家微微点头，又冲韩大娘抿嘴一笑说：'大娘好！'"……

至此，层层迭出的悬念已经到了非揭晓不可的程度了——读者的好奇心已经按捺不住了。原来，韩呆呆为了办兔肉加工厂外出考察去了。因担心自己一旦失败落下话柄，就对此行动进行保密。跟他一起考察归来的，还有那位摩登女郎——韩呆呆的初中同学甄灵灵。可是，为什么公安局打来电话呢？原来，甄灵灵的母亲担心女儿上当受骗，悄悄往村里打来电话询问韩呆呆的情况，而甄灵灵的母亲恰巧在公安局工作。随着谜底的全部揭开，故事也自然收尾——韩呆呆与甄灵灵花好月圆，共同办起了兔肉罐头厂。

我们看，就这样一个中短篇故事里，就设置了大故事套小故事，各个小故事又都各自完整独立；且步步设悬，层层吸引，巧合误会不断，读起来简直不能罢手。还有"讲说"的叙述方式拉近了读者与叙述者之间的心理距离，且不断提示读者注意，使读者好像被牵引一样，欲罢不能，在不知不觉中完成阅读，并享受阅读的快乐。

故事性、悬念性、趣味性，是周喜俊小说通俗性的重要表征。

第二，在塑造人物形象方面，具有明显的通俗性。

首先，用绰号凸显人物性格。文学作品中，绰号就像人胸前的勋章，直接展示一个人物的过往。且给人起绰号，也是民间百姓的习惯。"白面团儿"（《王大柱两会白面团儿》），大队长刘净的老婆白菊。由于养尊处优，好吃懒做，养了一身又白又嫩的肥膘，加上"白"姓，所以，人送外号"白面团儿"；

"利开眼"(《泪洒光荣匾》)名叫李利姐,只因见利忘义、见钱眼开,所以人送外号"利开眼";"常歪嘴"(《俏厂长的罗曼史》),梨花峪村原任党支部书记,由于当官不为民做主,而是常常歪曲事实,胡搅蛮缠而又振振有词,所以,得外号"常歪嘴";"一眼准"(《农妇当官》)牛德福,莲花县畜牧场第一任场长,由于经验丰富、兽医技术高超,不管牲畜有什么样的病,只要经他看一眼,就能找出病源;"大奶包"(《农妇当官》)县畜牧场场长黄兆材的老婆,她胖墩墩,圆滚滚,喧腾腾,细嫩嫩,就像个塑料袋装满奶粉一样的女人……人们都说,她那身又白又嫩的肉膘,全是白喝畜牧场的牛奶长起来的,所以送了她个外号叫"大奶包"……

绰号的作用:当读者看到某个绰号时,会不由自主地去探究它的来历,因此强化了阅读的吸引力;由于绰号具有生动准确的概括性,所以能够使读者对人物及人物性格过目不忘;人物绰号也增添了作品的谐趣、戏谑的特征。这种手法,也是接着地气、贴着民间生活的。

其次,善于运用动作描写和象声词来塑造人物。周喜俊小说中,多用动作描写来塑造人物,动词使用非常密集,而较少用环境描写和心理描写做静态展示。伴随着动作描写,声情并茂地使用象声词,使人物形象有"形"有"声",活灵活现,且使文章具有明朗的节奏感。例如:

大宝想到这些,在家里坐不住了,想找上门和莲莲推心置腹谈谈。谁知,还没进门,就听见莲莲母女的对话,他无法再进来了,转身回家,咣当推开屋门,咕咚躺在炕上,伸手拽过被子蒙住头,泪水呼地冲出了眼眶……(《俏厂长的罗曼史》)

……沙实在闻听此言,大惊失色,他嗖的一声从小车上蹿下来,不管三七二十一,拽上小驴车转身跑出医院门,啪啪啪连摇几鞭,小驴车顺着公路,一阵风似的向家里飞去(《实在和金凤》)

……他们挎着猎枪,背着铁镐,进山来,这儿看看,那儿瞧瞧,选定了一块地方,接着便打石头,抬木头,叮叮当当动起手来。时间不长,就盖起了一座漂漂亮亮的新石房,垒起了整整齐齐的石院墙,安上了两扇大铁门,门口挂起了一块白漆大木牌,上面龙飞凤舞的几个大红字:"荒山承包专业队"(《桃花岭》)。

在周喜俊的小说作品里，这样的描写比比皆是。这种连续使用动词的手法和象声词的使用，节奏感强，宜读好听，非常符合人民大众的审美习惯。

第三，在语言上，大量使用俗语、谚语、歇后语。例如：

"没有金刚钻，不揽瓷器活"、"帮人帮到底，送人送到家"、"身正不怕影子斜，脚正不怕鞋歪"、"攻人要攻心，刨树先断根"、"笼小盛不下大鸟，庙小供不起大神"、"好事不出门，坏事传千里"、"甭管有枣没枣儿，先打一竿子瞧瞧"、"老虎吃报纸——咬文嚼字"、"芝麻掉进针眼里——巧碰巧"、"雪花掉进火堆里——一消而光"、"老母猪爬竿——学猴的花招"、"纸扎的媳妇坐花轿——糊弄鬼啊"……

这样的语言来自于民间，并在民间广泛流传使用，是人民大众常用的、喜爱的语言，具有很强的民间性、通俗性。此外，在周喜俊的小说作品中，也有大量的比喻句式。其比喻句中的喻体通常是人民大众日常生活中的事物，比如："小姑子像挤在墙旮旯里的小鸡，动动不得，跑跑不掉。六月天，本来就热得够呛，外面又直劲儿烧火做饭，炕烫得就像火炉，小姑子像个火炉口上的馒头，快烤焦喽！"；（杨滑子）"五十来岁的人鸡啄米似的给年轻媳妇磕头……"（烂酸梨）"倒像个破了沿儿，掉了底的破背篓"；"这句话，就像在滚开的油锅里撒了把盐，安静的人群一下子沸腾起来"；"老娘看你这霜打的菠菜还能鲜几分？"（霜打的菠菜比喻喜莲莲）；"外边有小韩这搂钱的笆子，你就在家当存钱的匣子吧"……喻体的日常化、生活化，无疑也强化了作品的通俗性特征。

第四，第三人称的叙述方式。

第三人称的叙述方式是从与故事无关的旁观者立场进行的叙述。这类叙述的特点是无视角限制。叙述者如同无所不知的上帝，可以在同一时间内出现在各个不同的地点，可以了解过去、预知未来，还可以随意进入任何一个人物的心灵深处。在这样的叙述方式里，作者获得了充分的叙述自由，是全知全能的叙述者。他（她）不仅控制了作品中人物的行为及其命脉，而且也牵引着读者的阅读注意，使读者时刻紧紧跟随叙述者的脚步，以旁观者的姿态审视整个故事过程及人物性格，完整把握整个故事的发展脉络。传统的讲唱艺术都一贯采用这种叙述方式。周喜俊的小说作品也莫不如此。

第五，题材内容上，切近生活，切近大众。

周喜俊的小说，在内容上都是有关于平民大众的，都是最普通的老百姓的日常生活过程。写他们的生产劳动、发家致富、家长里短、人际情感、婚姻恋爱，以及他们最日常的喜怒哀乐、理想愿望。还有最朴素的民间习俗，比如：有新婚闹房的习俗、相亲"换书"的习俗、"停灵就亲"的习俗、"孝堂冲喜"的习俗……等等。这些内容，不夸张、不虚饰，真切、自然，普通大众很容易感同身受、产生共鸣。

第六，惩恶扬善的主题和大团圆的结局。

惩恶扬善、大团圆既是传统民间文学的一贯主题，也是民间百姓的朴素愿望。周喜俊的小说大都把故事放在中国改革开放的社会背景下，放在农村实行联产承包责任制的大环境下，实际上，是把故事放在了历史前进的汹涌洪流里。这样，顺应历史洪流的主人公们，在历史的洪流里搏击弄潮的青年们，就必然一往无前、无往不克。虽然难免阻碍和波折，但前进的大趋势是无法更易的。所以，周喜俊小说的主题，既符合历史的真实，又暗合了民间大众的欣赏趣味。

通过以上对周喜俊小说作品全方位的分析，不难看出，周喜俊小说作品有着非常突出的通俗性特征。从题材内容到人物形象，再到主题情感的表达等等，都是与普通百姓（尤其是与广大农民）的生活、命运息息相关的，是普通百姓所思所想、所悲所喜，其语言风格及其他艺术形式，也都是普通百姓所喜闻乐见的。周喜俊的作品，有着非常广泛的群众基础。

当然，周喜俊不趋俗、不媚俗，她的小说作品不仅赢得了最广大的普通百姓的接受和喜爱，同时也得到了广大知识分子、学院派作家，以及文艺评论家的一致认可和褒扬。那么，周喜俊的小说作品何以能达到这样一种奇异的影响力呢？原因如下：

第一，在吸取民间语言，使语言通俗易懂、生动、鲜活的同时，又摒弃了民间语言的庸俗、粗鄙的因素。周喜俊的小说语言，是提炼、净化了的民间语言。

第二，题材内容上，并不局限于民间的恩怨情仇，而是立足于时代的滚滚洪流之中，既设身处地体察民生民情，又能够站在时代的制高点上，写出社会改革的阵痛和历史前进的必然趋势。

第三，在人物象形的塑造上，既来自于民间，写出了民间百姓的鲜明性格，又写出了自己对于人物的理想要求。是现实主义和理想主义的完美结合。

第四，在主题情感上，除了惩恶扬善、大团圆结局的模式之外，更有对于社会重大问题的关注和探究，有对于与改革开放的信念和期待，有对于农民生存现状及未来发展的热切关心和引领……

所以，周喜俊的小说作品具有非常突出的雅正高度，达到了雅俗共赏的高度统一。

文学史上，经典的文学作品往往与通俗文学有着千丝万缕的关系，它们或直接来源于通俗文学，或有意识地向民间某种体裁样式学习。前者如《诗经》中的大量诗歌作品、汉代的乐府诗歌都直接来源于民间歌谣；《水浒传》、《三国演义》等经典长篇就是在民间长期流行的水浒故事、三国故事的基础写成的，《西游记》也是吴承恩对历来流传在民间的西游记故事的总结。后者，如唐宋词、元散曲、明清小说等等，这些文学体裁样式，原初都首先是民间的艺术，后被文人所模仿，成为中规中矩的文学体裁。再有，优秀的文学家，也往往在文学创作中有意识地追求通俗性，极力使自己的作品能够雅俗共赏，如陶渊明、白居易、曹雪芹、老舍，等等等等。文学史的经验也早已证明，真正优秀的文学作品，往往是大俗而后大雅，即首先是写人民、为人民而写、用人民喜闻乐见的方式来写，然后才有文学家自己的艺术加工和创新以及形而上的精神融入和思想升华。

而在当今，文学领域难出精品、难出经典。以网络文学为代表的通俗文学，包括宫斗、穿越、盗墓、玄幻等等，大都只注重了故事情节的离奇曲折，忽略了形而上的精神诉求和思想意义，与社会现状脱节，与人民生活脱节，以至于难免流于庸俗，失之雅正，而成为过眼云烟。文人小说虽然一直在不断地探索艺术的新方法、新形式，但读者受众范围却极其有限，难以广泛流行，成为在象牙塔里闭门造车的产物，和只在圈子里传阅的可怜虫。当今的文坛，乱象纷呈，难出经典，文艺工作者集体失语。而周喜俊的小说却达到了雅俗共赏的统一，读者市场与政府褒奖的统一。她的创作实践，无疑为当下的文艺工作者提供了一种可行的示范，和文学走向的可能，再一次证明了大俗而后大雅这一理论命题的正确和重要。

在这一点上，周喜俊小说具有不可忽略的文学史意义。

割舍不断的乡情

通常,在文学艺术中,某省某县某个地域,它并不是一个专属的地理概念,而是一个文学的概念。它不是具体的,也不是封闭的,而是开放性的。

往往,在这个概念里,凝聚了作家的人生经验和情感色彩,也寄寓了作家鲜明的人生理想。它是作家言说内心话语的载体和情意寄托,是一个亦真亦幻的艺术空间。就如沈从文的湘西、老舍的北京城、贾平凹的陕南、莫言的高密东北乡,等等,这些反复出现在他们作品中的地域概念,都无法一一去查证、去求实。但作家们无论走多远,都有他们割舍不掉的乡情。这种割舍不掉的乡情,会一以贯之地出现在他们的湘西、北京、陕南或高密东北乡。

周喜俊笔下的华北农村即是如此。

在周喜俊进城工作之前,既遭遇过类似不允许读高中、不允许出去学习等丑陋事件,也经历过令人暖心暖肺的美好。比如,那时连用来照明的柴油都定量供应,由于周喜俊熬夜读书,点灯燃油就成了问题,可是,生产队开柴油机的小伙子就冒着被发现后要挨批斗的危险,悄悄地给周喜俊送点柴油。这不啻于雪中送炭雨中送伞。当周喜俊第一次要去北京参加中国曲协创作班的时候,需要三十斤全国粮票,这对于一个农民来说,也是十分困难的。因为,只有在城里上班吃商品粮的人,国家才定量供应粮票,农民是没有机会得到粮票的,全国粮票更是难得。怎么办?村里的乡亲们,这个一斤,那个三两,先帮她凑足三十多斤地方粮票,再想办法兑换成全国粮票,使周喜俊顺利成行。

还有,那些一起出工、一起纺棉花、一起说故事听故事的姐妹们,她们互相聆听、理解、关心和照应,也有着共同的爱憎和喜怒……这些,都曾经给予过周喜俊以精神的慰藉。

当然，还有她的母亲，一个不识字，却非常重视读书的人；一个无权无势，却明大理识大体的人；一个虽在千难万难中，仍不放弃不萎靡的人；一个是非分明，对丑恶奸邪不屈从的人。有这样的母亲，是人生之大幸！她给予了周喜俊贯穿整个人生的精神滋养，也是周喜俊的精神依靠和最终皈依。

母亲的一生一世都生活在太行山脚下那个不起眼的村庄。母亲的精魂始终在那片热土上。

所以，周喜俊始终依恋着那片土地，依恋着土地上的一草一木；始终关注着那片土地上生活着的人们，关注着他们的现在和未来。那是周喜俊生生世世放不下的牵挂和割舍不掉的生命血脉。

所以，周喜俊已经在省城工作三十多年了，但她的作品依然以华北农村为基点，依然在不遗余力地抒发着对那片土地的关注和热爱，深情不减。

因为深情，周喜俊隔三岔五地下乡已经成为日常生活的一部分；

因为深情，周喜俊始终关注着那片土地上生活着的父老乡亲；

因为深情，周喜俊总是发现最基层百姓的美好品质；

因为深情，周喜俊愿意对那片土地上的人民送上最真切的祝福；

因为深情，周喜俊的作品里总是洋溢着一股浪漫气质。

作品主人公或许换作了张三李四等等，但氤氲在作品中的那股子对于土地对于人民的赤诚，永远不变！

就像飞上天际的风筝，即使飞得再高，可牵着风筝的绳线始终牢牢地固定在大地上。

这是周喜俊对父老乡亲的深情回馈！

第六篇

  2014年10月，我们召开文艺工作座谈会，我同文艺界的同志们深入交流，进一步明确了新形势下繁荣发展社会主义文艺的方向和任务。党的十八大以来，广大文艺工作者积极投身实现"两个一百年"奋斗目标、实现中华民族伟大复兴中国梦的火热实践，倾情服务人民，倾心创作精品，热情讴歌全国各族人民追梦圆梦的顽强奋斗，弘扬崇高理想和英雄气概，奏响了时代之声、爱国之声、人民之声。特别是在党和国家举办的一系列重大活动中，在面向基层、面向群众的文化服务中，在中外人文交流中，广大文艺工作者勇挑大梁、不计名利、夙夜奔忙，展现了昂扬的精神风貌、高超的艺术水平。在广大文艺工作者辛勤努力下，我国文艺界出现新气象新面貌，文学、戏剧、电影、电视、音乐、舞蹈、美术、摄影、书法、曲艺、杂技、民间文艺、文艺评论、群众文艺、艺术教育等都取得丰硕成果，主旋律更加响亮，正能量更加强劲，为人民提供了丰富精神食粮，向世界展示了中华文化魅力。

  典型人物所达到的高度，就是文艺作品的高度，也是时代的艺术高度。只有创作出典型人物，文艺作品才能有吸引力、感染力、生命力。广大文艺工作者要始终把人民的冷暖和幸福放在心中，把人民的喜怒哀乐倾注在自己的笔端，讴歌奋斗人生，刻画最美人物。

——习近平在中国文联十大、中国作协九大开幕式上的讲话

  周喜俊是时代的歌者，她的作品唱响了时代主旋律，激发正能量。认真读来，如啜朝露，如饮甘泉。她的女主人公形象系列，是追梦圆梦的奋斗者，是敢为天下先的开创者，是党的政策的实践者。她们坚毅果决，有胆有识，昂扬向上，体现了时代之精神、人民之心声。

胸中有爱情似水，绵里裹铁气如虹

——谈周喜俊小说中女性主人公形象系列

小说就是讲故事，有故事就必然有故事情节，有故事情节就必然有情节的发起者和推动着——人物。人物是小说的核心要素，只有人物（人物性格、人物活动）才能推动情节的发展，才能完成小说故事的完整进程。周喜俊农村题材的小说，塑造了一系列我国新时期农村各种各样的人物性格，形成了农村人物群谱图，是我国新时期农村生活的一面镜子。他们各有声音，各有动作，各有神貌，又各有性格，形成了我国新时期冀中农村的"清明上河图"，展示了特殊历史时期农村人物众生相。在周喜俊的一系列小说中，有名有姓有血肉有性格，能够跃然眼前的人物就不下百个。而在这百多个众生相当中，最耀眼最惹人注目最让人过目不忘的人物形象，就是年轻女性形象（以韩华姣为代表）。她们不撒娇不要嗲，不柔弱不依赖，不保守不狭隘，相反，她们独立自主，意识超前，坚强刚毅，开创进取，并具有大局意识和奉献精神，俨然当代"女汉子"。

《辣椒嫂》的女性主人公韩华姣，她五大三粗，性格热辣爽直，刚强果断，挑战习习相因、众人墨守的陋习不犹豫，坚持公正和社会原则不动摇，热情助人不计前嫌有洪量……

韩华姣嫁人做新媳妇的第一天，就破了乡下规矩，让人大跌眼镜，"辣"劲儿十足。按照习俗，新媳妇过门第一天，应该羞羞涩涩，"端端正正坐在炕旮旯里，红着脸低着头，不吃不喝，不说不笑，任凭别人怎样起哄，也不能吭声"，可韩华姣偏偏"倒行逆施"，大大咧咧嘻嘻哈哈地和旁人打招呼。小姑子上炕来个冷不防,把韩华姣一推,哈,"就像棉花包子碰在了铁塔上",被顶了个跟头。韩华姣趁势把小姑子一拉一搂,用铁柱子似的胳膊紧紧压住小姑子的肩头,小姑子就像"挤在墙角旮旯的小鸡,动动不得,跑跑不掉"……杨滑子最喜好闹新房,"谁家娶了新媳妇,他不给闹得鼻青脸肿就不罢手",当他照准韩华姣的胸部狠狠一抓的时候,韩华姣"噌地站起,把手轻轻一甩,只听'咚'的一声,杨滑子倒退了五尺多远……"韩华姣还"脸不变色,气不发喘,脆梆梆地说道:'有话说话,动手动脚干什么?那么大年纪的人了,懂点礼貌吗?'"……开天辟地头一回,杨家村的"闹房"习俗,被韩华姣彻底颠覆。也是因为她的出色表现,韩华姣过门不到三个月,就被大家推选为生产队长。作为生产队长,她公正公平、负责正义、敢说敢干、坚持原则、打抱不平,把一贯贪图便宜、奸猾自私、多吃多占的杨滑子治理得服服帖帖。可当杨滑子患病住院的时候,韩华姣又不计前嫌,无微不至地照顾伺候,并不辞辛苦,帮助杨滑子锄了玉米地……

韩华姣——中国文学史上崭新的女性人物形象。

韩华姣形象突破了人们对于女性美的认知惯性。在传统的审美认知里,女性应该有着完全不同于男性的审美样态,她们应该如杜丽娘、崔莺莺、林黛玉一般,有着沉鱼落雁、闭月羞花的美貌,又琴棋书画、诗情画意、柔婉曼妙、细润多情。即使堪称"巾帼"的花木兰,也不能洗脱温婉含蓄、柔情似水的女性美。"唧唧复唧唧,木兰当户织。不闻机杼声,唯闻女叹息。问女何所思,问女何所忆。女亦无所思,女亦无所忆。"花木兰面临困境,没有抱怨没有发泄,更没有对抗,而是非常女性地隐忍不发、叹息连连、含蓄有加。……"旦辞爷娘去,暮宿黄河边,不闻爷娘唤女声,但闻黄河流水鸣溅溅。旦辞黄河去,暮至黑山头,不闻爷娘唤女声,但闻燕山胡骑鸣啾啾。"从军路上,花木兰一步三回头,恋恋不舍、依依难别。待凯旋归来,"开我东阁门,坐我西阁床,脱我战时袍,著我旧时裳。当窗理云鬓,对镜贴花黄。"纯真的、爱美的小女子形象跃然而出,引发读者对女性美的无限联想。到了现代社会,女性要求独立、解放、平等的呼号一浪高过一浪,现代的文学作品也表现着现代女性的新思想新要求。《青春之歌》中的林道静具有知识女性的自主意识和反抗精神,不满于家庭的圈禁和凌虐,毅然决然地逃离家庭,投奔亲戚,寻亲未果,就在当地做了代课老师。不成想，又遭到学校校长的欺凌。宁为玉碎不为瓦全，林道静以投海自杀的方式反抗命运。至此，作品表现了林道静要求独立的强烈愿望及反抗精神。但是，作品后半部分，又把林道静的未来命运交给了三个男人：余永泽、卢嘉川、江华。这三个男人在不同程度上改变了林道静的命运，可以说，作品表现了男性对女性进行引领和拯救的思想认识，女性只有在男人的引领和帮助下，才能实现自我人生价值。而历史上被人们奉为女神的人物，如李清照、王昭君、林徽因等等，也无非侧重于她们的容貌和才气、修养和学识，也依然是从男性的视角来赞美和欣赏的。由此，我们可以认为，自古以来对女性的审美要求，也无非是貌美如花、相夫教子、温文尔雅、柔婉和顺，如果在此基础上又具备了才华和学识，女神就当之无愧了。文学史上和真实的历史上都概莫能外，与对男人"修齐治平"的评价标准根本不在一个层面上。

下面，我先简要地阐述一下关于"美的本质"这个问题。

美，以善为基础。也就是说，一个对象美或者不美，我们判断的标准是什么？主要看这个对象是否符合人类（或多数人）的正当愿望和理想，是否符合人类（或多数人）的利益。我国有着漫长的封建历史，并以农耕为主。农耕需要更多的人力，所以人们非常重视人丁兴旺，重视生育。而在古代，人们认为丰乳肥臀的女人具有比较强大的生命力，所以在传统上，人们普遍认为具有丰乳肥臀曲线的女人是美的。还有，在传统上，男主外女主内是主流的家庭模式，女人负责厅堂厨房，相夫教子，所以，自然就要求女性细腻柔婉、温润贤淑。如果是大户富贵人家，则又兼琴棋书画、酬唱应答的本领。但无论如何，都只能是男人的附庸，甚至玩物。也因此，女人在整个男权社会里，总是被动：被欣赏、被赞美，也被贬损被玩耍被抛弃。古典诗词里大量的怨妇诗、弃妇诗不都是实实在在的证明吗！女人的幽怨也成了古诗词里一个突出的主题。

而如今，女性的社会地位早已发生了根本性的变化。女人迈出厅堂、厨房，走向了社会的广阔天地。生儿育女、养老育小已成为男女共同的责任，整个社会也早已不再用生育能力来评判女人。相反，社会要求女人在工作中与男人有一样的承担一样的作为。君不见，阴盛阳衰的现象反复被人们提说？君不见，大街上女汉子行色匆匆？君不见，各个岗位女性雷厉风行不输风骚？在这样社会现实的基础上，人们自然对女性的审美评价标准也发生了改变，女性也可以阳刚果毅、积极进取、开拓创新、有所建树；男人也可以细腻温润、柔婉多情。也就是说，对于男人、女人的审美评价和审美要求，正在突破性别差异，回归到最原初的对人本身的评价上来。当人们忘却了性别意识，把女人作为人，而不是作为"女人"特殊照顾特殊迁就的时候，也就是女性真正取得社会平等的时候。有人说，雌雄同体的人，才是最美最有魅力的人。也就是说，人的美（不论男女），他既要有女性的柔婉温润、细腻多情，又要有男性的刚强果毅、开拓进取。这个观念恰恰是当下男女平等意识的体现，也是对于人的审美要求的新表达。

好，我们再来谈谈周喜俊小说的女主人公形象系列。

很显然，周喜俊小说作品中的女主人公形象系列，是一群胆大又心细、刚直又婉曲、坦坦荡荡、不满于生存现状而积极开拓进取的人。《辣椒嫂》里的韩华姣，勇于挑战传统习俗，敢于在大庭广众之下让杨滑子威风扫地，也甘于为了他人或集体利益与杨滑子"锱铢必较"。同时，她又能够在杨滑子患病时无微不至地呵护照顾。可以说，辣椒嫂韩华姣是周喜俊小说中女性主人公的典型代表。之后，在她的一系列小说作品里，其女性主人公形象大都具有着"雌雄同体"的性格特征。具体说来，她们具有以下几个方面的特点：

首先，她们是家庭命运的改变者。

《神秘的半仙》中，万净光外号"赌博迷"，"他受过拘留，进过牢房，气得父亲早死，吓得母亲身亡。村干部多次对他进行教育不顶用，乡亲们苦口婆心劝说也白忙。所以，有人说他是打不开的锈锁，睡不醒的蠢猪，一块不可雕的朽木疙瘩。"就是这样一个人，张秀玉却说他"是一块蒙上了灰尘的金子"。她甘愿承受社会上的舆论，经历家庭的斗争，和万净光结成了夫妻。为了帮助万净光戒赌，张秀玉结婚之前就向万净光提了三个条件：第一，坚决和赌博隔绝；第二，家庭财权暂时归她；第三，没有特殊情况不准在外过夜。万净光自然满口答应，发誓痛改前非。结婚三年以来，凡涉及经营钱财之事，张秀玉都寸步不离亲力亲为。可万净光积习难改，在一次张秀玉回娘家的时候，他经不住以前赌友的诱惑，把卖猪的钱输了个一干二净，甚至连他自己的衣服、皮鞋都输掉了。张秀玉伤心至极，忍不住与万净光哭喊吵闹起来。万净光怒火冲天，对张秀玉又骂又打，张秀玉一气之下，与万净光离了婚。可就是在这样的境况下，张秀玉还联合赵大明等人，千方百计、用尽各种"计谋"，使万净光不仅改邪归正，还筹钱帮助万净光办雕刻厂……张秀玉俨然是万净光人生路上的拯救者、引领者。是她，彻底改变了万净光的命运。

《婆媳分家》中，村办石料厂副厂长梁艳霞，从出嫁第一天起，就让人刮目相看。她不要笛不要炮，更不坐花轿，和新婚丈夫双双骑着自行车来到了婆家。也是在这新婚第一天里，婆家大门上端端正正地张贴着一副对联：上联是，靠勤俭靠节约治穷致富；下联是，学艰苦爱朴素利国利民；横批，勤俭持家。梁艳霞对这副对联左看看右瞧瞧，最后提笔蘸墨，刷刷刷几下，把对联改为：靠政策靠科学治穷致富；能经营会消费利国利民。横批：破除旧观念。结婚当天晚上，就向小青年们了解了村子周围山上的情况，第二天一大早就直奔大山而去……经过考察，梁艳霞同丈夫山宝一起，联合小青年们，办起了石料加工厂。这不仅改变了一家人的物质生活，也转变了婆婆的旧观念，同时，也使吴家桥屯发生了千古未有的变化，使村民的生活更上新台阶。

《单老桂和他的女儿们》中，单老桂极度重男轻女。对待两个女儿（臭妮、拐妮）毫无亲情，甚至虐待；而对待儿子香宝百般溺爱，导致香宝无法无天锒铛入狱，单老桂也万念俱灰上吊而死。就是在这样的家庭环境里，臭妮、拐妮却不计前嫌，对父母孝顺有加，没有丝毫怨言。长篇小说《当家的男人》虽然主人公为男性——时涌泉，但妻子田凌云敬老养小，自己一个人肩负起了家庭的责任。十多年的时间里，可以说时涌泉全身心扑在了改变父老乡亲命运的工作上，对家庭无暇顾及，甚至还几次三番把家里的积蓄奉献出去。虽然田凌云时有怨言，但她一如既往，自己一边忙于工作，一边养育女儿，还对公婆照顾有加。可以说，时涌泉的奋斗过程，离不开田凌云十几年如一日无怨无悔的艰辛付出。田凌云既是时涌泉物质上的救济者，又是精神上的坚实支柱。

还有《枣园风波》中的郝彩云，《风雨高家店》中的高云霞，《辣椒嫂后传》中的韩华姣……，她们每每在家庭遇到波折的时候，就毫不犹豫地自觉地冲锋陷阵，全面担当。并且，她们都用自己的智慧和艰辛付出，改变着整个家庭的生活状态。

其次，她们是社会责任的承担者。

周喜俊小说中的女性主人公形象系列，不仅仅是家庭命运的改变者，也是社会责任的承担者。她们不满足于一己家庭的富足安逸，而是胸怀大众，造福一方。《农妇当官》中，在十一届三中全会以后，杨菊英作为全县有名的养奶牛专业户，不忍心于县国营畜牧场经营不善的现状，毛遂自荐，亲自给县长写信谈自己的想法，当上了县畜牧场的场长。历经种种挫折（嫉妒、诋毁、诬陷等），大显身手，把连续九年亏损的单位，仅用九十天就扭转了局面，为畜牧场的职工们创造了福利。

《辣椒嫂后传》中，韩华姣不满足于一家人的衣食无忧，她跟丈夫说，"你看咱村这么多闲散劳动力，怎么才能带动起来，让大家共同富裕呢？"我"只是觉得村里更需要我。"……于是韩华姣拒绝跟丈夫进城吃商品粮，拒绝过别人羡慕的安逸日子，把进城工作的机会悄悄放弃，毅然决然地留在村里，带领大家一起创业致富。先是自己从事养殖，养了150只奶山羊，成为县政府命名的致富能手；后又在老同学赵军平的支持下，购回60只水貂……她"土医生学针灸——先照自己身上扎。成功了，给大伙赚钱的门路，赔本了，割自己的肉补窟窿"。当年，韩华姣的60只水貂产仔200多只；第二年，水貂饲养量增加到3000多只，成了报上有名，广播里有声，电视上有影响的名人，被各级政府命名为"劳模"、"三八红旗手"、"致富女状元"、"科技致富标兵"等等。自己创业的成功，使韩华姣有了充足的信心。她冲破种种阻力，办起了有三百多个股东五百多名员工的股份制养殖企业，实现了利润红利，造福了一方百姓，带动了一方经济。

《枣园风波》中的郝彩云带头承包村里的枣园，为自己为大家带来了可观的经济效益，同时也给生产队创造了前所未有的收益。《情系孔雀岭》中的柳梦兰宁愿牺牲自己的幸福，也要抚养钱继安的孩子，也要让这个无依无靠的孩子与其他孩子一样健康成长，成为社会的有用之材。此外，柳梦兰还始终心系自己的家乡——孔雀岭，一心一意为孔雀岭的未来图景竭心尽力。在她的精心抚养、教育下，女儿姗姗、钱继安的儿子欢欢都长大成人、学有所成，大学毕业后都回到孔雀岭工作，致力于孔雀岭的建设、发展；姗姗的大学同学也同孔雀岭签订了工作合同。

《九龙湾的悲喜剧》中,女主人公方秀娟有这样一段话可以表证:"为了让我们家乡那沉睡的巨龙早日腾飞,也为了让这个濒临倒闭的公司充满新的生机。总经理,您知道吗?我虽然远离家乡,但我的心一刻也没有离开过那片生我养我的土地。我爱那山、那水、那天然的优美风景。那是一块多么需要人开发的宝地啊!可家乡人还很穷,无力跳跃式发展,只能老牛拉破车……两年来,我一直在寻找这样的机遇,现在我终于找到了。如果我承包成功,就把我们家乡作为新的开发区,让这个公司开发的阵地向太行山区转移。那里有开发不完的项目,深山区巨龙腾飞之日,也会是这个公司焕发青春之时。"可见,方秀娟的传奇经历、奋斗过程,不仅仅是为了一己的发家致富,还为了魂牵梦萦的家乡父老和那片山水。

杨菊英、韩华姣、郝彩云、柳梦兰,方秀娟……她们都是社会责任的自觉承担者。她们为改变家乡面貌不遗余力,为父老乡亲创业致富兢兢业业。

再次,她们是自我价值的实现者。

美国心理学家马斯洛认为,人的心理需求从低到高依次分为五个层次,即:生理需求、安全需求、社交需求、尊重需求和自我实现需求。五种需要像阶梯一样从低到高,按层次逐级递升。低级层次的需要获得满足以后,较高一层的需要才出现。五种需要可以分为两级,其中生理上的需要、安全上的需要和社交上的需要都属于较低一级的需要,这些需要通过外部条件就可以满足;而尊重的需要和自我实现的需要是高级需要,他们是通过内部因素才能满足的,而且一个人对尊重和自我实现的需要是无止境的。人的物质需要得到满足后,就会追求精神的价值。人的最高级最满足的精神状态,就是个体自我人生价值的实现,即人的全部潜能都充分发挥出来、物化出来,并得到社会的广泛认可。周喜俊笔下的女性主人公,虽然出身农民,没有比较高的学历,也没有好的身世背景,没有任何值得炫耀的外部条件,但她们都具有超越性的高蹈的精神境界,为家庭、为乡亲、也为自己价值的实现不遗余力地努力着。

《辣椒嫂后传》中的韩华姣,把周喜俊小说女主人公形象推向极致。她"懂管理,有文化,不费什么劲,就把责任田经营得顶呱呱。剩余时间,在庭院里又养猪又喂羊,又养鸡又养鸭。"把日子过得"好比冰糖放进蜜罐里——甜透了"。可她并不满足,带领乡亲们走共同富裕的道路是她多年的心愿。"如今那么多年轻人无所事事,那么多年老体弱的人仍很贫穷,那么多无知识、无技术的人找不到致富的门路",韩华姣吃不香,睡不安,整日里如坐针毡。当丈夫杨志民想把她弄到城里端国家的铁饭碗时,韩华姣不但没有表现出欣喜,反而这样说:

"现在农村政策这么好,我想抓住机遇,施展一下,看看我到底有多大本事,免得让人说我吃大锅饭时是英雄,责任制后是狗熊,自己无力生存,跟着丈夫进城……"她还说:

"我进城去上班,又能有多大作为呢?山中的猴子不愿被人牵着耍,树林的鸟不愿钻进笼子让人喂。"

就这样,韩华姣拒绝了人人羡慕的进城工作的机会,毅然留在农村办起了股份制企业。在这个过程中,虽然不断地有困难、有刁难、有威胁,但韩华姣并不动摇,不退缩,凭胆识凭毅力,坚持度过一道道难关,终于干起了一项惊天动地令人羡慕的大事业。在这个过程中,韩华姣乐在其中,心甘情愿地付出。这种付出,已经远远超越了追求物质、改善生活的目的,而是精神的升华和自我价值的实现。

《九龙湾的悲喜剧》中,方秀娟的人生目标,不是"做改革大潮中的一块小小的舢板,而要做乘风破浪的巨轮。"充分施展自己的才华和抱负。

第四,她们在突破家庭、走向社会、开拓进取、实现自我价值的同时,又能够很好地处理家庭关系、夫妻关系,具有着体察入微、温柔婉曲的性格特征。韩华姣、郝彩云、张秀玉等等,她们在爱情出现波折的时候,能够以女性特有的理解、宽容、迂回的方式,灵活对待、圆满处理,使误会、芥蒂消除在萌芽状态。

《辣椒扫后传》中,韩华姣的女秘书王春晓年轻貌美,大方能干,不同凡响。韩华姣丈夫杨志民在她出门开会期间,觊觎王春晓,企图偷情不轨。韩华姣伤心之余,并没有哭闹没有喊叫,没有得理不饶人痛打落水狗。而是非常冷静地自我检讨,非常理智柔婉地应对。她先是把女秘书王春晓推荐去上大学,大学的全部花费由韩华姣的养殖公司支付,并为王春晓举行送行、庆祝晚会。

并对王春晓循循善诱,说:

"女人要想有所作为,需要付出比男人多几倍的努力。但我始终认为,女人真正的魅力不在于年龄像初升的太阳,脸蛋儿如十五的月亮,穿戴似盛开的鲜花,而在于她创造独立人格的能力。太阳有升有落,月亮有圆有缺,鲜花盛开预示着凋谢,只有独立的人格是永恒的。我虽然是个农村妇女,可我从来没有自卑过。我一步一个脚印,扎扎实实走自己的人生之路,在不断追求中努力实现自己的人生价值。是人格的力量使我面对任何困难都能泰然处之,对人生对朋友永远充满了爱心……"

如此一番推心置腹,王春晓不胜感激。不仅使王春晓消除了心中的阴影,还使她轻松愉快地走向了新生活。回到家里,又与丈夫王志民推杯换盏、推心置腹,向王志民表达结婚八年以来,对自己迁就、支持的感谢,表达自己为公司四处奔波忽略夫妻感情的歉意……如此,王志民幡然悔悟,夫妻重归于好。韩华姣以自己的宽容大气、冷静理智,也以女性特有的婉曲、理解和体贴,化解了矛盾、平息了事端。

《枣园风波》中的郝彩云,也是刚柔相济、温婉灵动。男友林少勇面对流言蜚语,想退出枣园承包组,一走了之,郝彩云入情入理的劝说将其留下;结婚时,面对黑虎的无理挑衅,林少勇又打起了退堂鼓,闹着要离开郝家屯,又是郝彩云委婉相劝,使林少勇化气愤为动力,一心一意留在郝家屯留在承包组……

周喜俊笔下的女性主人公们,既刚毅果决,又温婉灵活;既有胆有识,又细腻多情;既有真气,又有深情。真可谓巾帼须眉相融合,亦刚亦柔真善美。

女性的独立,应该首先是作为人的独立,即女人,首先是人,是与男性并肩齐步的人。而不是作为女性,强调性别特征,要求被照顾被迁就。女性不应因为自己的性别而推诿责任、袖手旁观或不思进取。周喜俊小说作品中的女性主人公们,都是真正意义上的独立者。她们主动挑起改变家庭命运的重担,承担起惠及一方百姓的责任,无怨无悔一心一意,并在这个过程中实现自我人生价值,享受精神的快乐。她们从来不以女性身份要求什么特殊待遇,也从来不以女性身份迁就自己。

所以,周喜俊笔下的女性主人公形象具有非常特殊的文学史意义。她们是文学史上崭新的人物形象,是女性走向独立走向与男性平等的真正典范。鲁迅曾经质疑女性要求独立的呐喊,尖锐地提出"娜拉出走之后怎么办?"他认为女性要真正独立,就要首先有经济上的独立。否则,离家出走之后,要么堕落,要么还回来。基于这样的认识,鲁迅创作了小说《伤逝》,让追求独立而离家出走的子君最终凄然地死去。鲁迅的认识固然深刻,在那个人人呼喊自由、平等、民主的时代里,的确醍醐灌顶。但是,在今天,女性已经取得了经济的独立,女性独立就应该有新的内容和更高的要求。女性独立,不是因为女性性别而要求享受特权享受优待,而是忘记了性别,只是作为人与男性并肩齐步。韩华姣、杨菊英、郝彩云、高云霞等等等等,她们正是这样的女性。

  周喜俊笔下的女性主人公形象,还具有非常积极的社会意义。首先,作品女主人公形象特征,正与当今社会发展同步,是对当前人们性别意识的真实反映。其次,当下,虽然女性独立意识已有空前发展,但社会上还有不少人,尤其是女人,对女性独立这个问题持有不正确的思想。她们认为女性的平等独立,就是最大限度地争取女性特权,被照顾被优待。韩华姣们如一道耀眼的闪电,划破黑暗的迷途,照亮女性争取独立的漫漫长路。第三,这样的人物群像对女性美的问题提出新的观照标准,使我们对女性美的问题甚至是人性美的问题重新审视、重新思考、重新诠释。

给灵魂添柴的人

凡·高生前穷困潦倒，甚至常常填不饱肚子。凡·高在世时，其画作也并不为人们所认可。在他死后，其《向日葵》等作品才逐渐被举世公认为艺术珍品，不可替代。

当凡·高在艺术创作的荆棘之路上踽踽独行的时候，他的渴望物质上的衣食充足，更渴望精神上的交流与共鸣、认可与激赏，于是，他说出了下面一段话：

"人的灵魂里都有一团火，却没有人去那儿取暖，路过的人只能看到烟囱上淡淡的薄烟，然后继续赶他们的路。那我们要做什么？给火添柴……"

与周喜俊打过交道的人，都一致认为："周主席是自带能量的人。不管你内心多么潮湿多么萎顿，只要跟周主席聊一聊，心情就会明朗起来，蓬勃起来。"、"只要跟周主席一接触，整个人就被点燃了。"、"周主席在哪里，生命的激情就在哪里。"、"在周主席面前，谁还好意思无所事事虚掷光阴呢！"……关于周喜俊，你经常会听到这样的评价。

一次，周喜俊应邀到在河北传媒学院演讲，原本要讲关于文学艺术的主题，有的师生事先看了周喜俊的简介后，纷纷要求周喜俊讲一讲关于自身经历、奋斗成才的故事。周喜俊临场改变思路，更换演讲内容，把本来的一场文学演讲变成了一场结合自身故事的励志演讲。出乎意料，这一场演讲，获得了满堂彩，掌声急雨一般。演讲结束，许多师生还依依不舍，纷纷要求签字留言。过后，许多同学与周喜俊添加了微信，经常互动——周喜俊成了学生们免费的心理理疗师、知心姐姐。

周喜俊在省图书馆演讲，我也去听过。不论讲创作经历，还是艺术追求，抑或是作品人物分析，周喜俊总能够挫折中生出新的突破点，于平淡中生出新的精神力量。台下的听众，有耄耋老人、稚子儿童，有干部、教师、学生、工人等等。我有意识地跟两位老者聊了聊，他们说，周喜俊家喻户晓啊，听她讲故事提气儿啊！

我们赞誉周喜俊井喷式的创作成就，殊不知，许多人，包括许多圈外人，都愿意跟周喜俊成为朋友。这种朋友之间的关系，往往是周喜俊的单向输出，输出她的能量、热量，为他人生命之火添柴助燃。

甚至，有人慕名而来，向她诉说内心的迷茫和困惑，诉说种种纠结和无奈，甚至是悲伤和怨愤。周喜俊都无一推拒。不管工作多么忙，不管文学创作多么紧迫，周喜俊都会腾出时间聆听、安慰，或者带着人家到工作现场，使之切身感受生活的无限可能。

跟周喜俊在一起，是疗愈，是激励，是点燃。

文如其人。周喜俊在日常生活中表现出来的精神气场，与其文学作品风格非常吻合。尤其是张菊香、韩华姣、时涌泉等青年主人公形象，他们所体现出来的昂扬、进取、明朗、刚健的精神气质，也是周喜俊本人的精神写照和价值理想。

知识分子往往崇尚"谈笑有鸿儒，往来无白丁"的朋友圈子，但周喜俊不是。她可以引各种类型的人为朋友：青年作者、报社记者、学校教师、学生、农民、自主创业者，等等。她愿意听你说，也愿意跟你聊，她愿意把自身的温暖与能量传导给朋友们。

周喜俊不是圣人，不是神人，她不能起死回生，也不能扭转乾坤。但她绝对是足具温度和光亮的人，感染人、点燃人的能力绝对是一流的。她感染人、点燃人，并不完全凭借布道者一样的滔滔不绝，而更多的是凭借具体的言语和行事，以及工作和创作的实绩，使人心服口服。

周喜俊是许多人的精神依靠，也是很多人的精神偶像。

西汉扬雄在《法言·问神》中说："言，心声也；书，新画也；声画形，君子小人见矣。声画者，君子小人之所以动情乎。"意思是说，人的精神格调和气质性情，都可以从其作品中看出。汉末曹丕在《典论·论文》中也说："文以气为主,气之清浊有体,不可力强而致。"在这里,"气"即人的精神气质,"体"即文体风格。曹丕把人的精神气质与作品的格调统一起来,认为个性气质对作品的风格起决定作用。异曲同工,18世纪法国学者布封也提出了"风格即人"的观点。可见,作家的精神气质、人格理想与作品的整体格调互为表里,互相注释。

  周喜俊作品中的女性主人公所体现出来的责任和担当、乐观和自信、温暖与正直、明媚和磊落,又何尝不是周喜俊本人的精神写照呢!

第七篇

  中华民族生生不息绵延发展、饱受挫折又不断浴火重生，都离不开中华文化的有力支撑。中华文化独一无二的理念、智慧、气度、神韵，增添了中国人民和中华民族内心深处的自信和自豪。在5000多年文明发展中孕育的中华优秀传统文化，在党和人民伟大斗争中孕育的革命文化和社会主义先进文化，积淀着中华民族最深沉的精神追求，代表着中华民族独特的精神标识。我们要大力弘扬以爱国主义为核心的民族精神和以改革创新为核心的时代精神，大力弘扬中华优秀传统文化，大力发展社会主义先进文化，不断增强全党全国各族人民的精神力量。

  ——习近平在中国文联十大、中国作协九大开幕式上的讲话

  戏曲是具有中国特色的优秀的艺术形式。周喜俊的戏曲剧本（包括河北梆子古装戏、晋剧古装戏、河北梆子现代戏、丝弦现代戏、现代评剧等剧本），尤其是现代戏曲剧本，可谓"旧瓶装新酒"，塑造了具有现代责任感和开创精神的人物形象，用中华传统艺术形式，弘扬社会主义先进的价值观念和文化精神，增添了我们的文化自信和自豪。

以简御繁奏壮曲，抒情写意总相宜

——评周喜俊现代戏曲剧本

（以《孔雀岭》为例）

在文学创作上，周喜俊无疑是难得的多面手：散文、故事、小说、电视剧本、戏曲剧本都能得心应手，作品皇皇。尤其是小说和戏曲创作，更是手到擒来。同一素材的故事，周喜俊常常用小说、戏曲两种体裁样式来写作，且都能够鲜活生动，抒其情尽其意，不觉雷同。小说自有小说的曲折与丰富，戏曲则有戏曲的紧张与婉曲。

戏曲艺术起源于原始歌舞，是一种历史悠久的综合舞台艺术，它由文学、音乐、舞蹈、美术、武术、杂技以及表演艺术综合而成，具有非常明显的舞台性特征。舞台性特征实际上就是舞台空间和演出时间的限制性。为了在一定的时空范围内把故事完整地呈现出来，戏曲艺术的情节就必须简明突出，而不能旁逸斜出纵横交错，出场的人物也不能太多。当然，这并不等于说戏曲艺术的情节是简单的、浅陋的。相反，为了极大地吸引舞台下的观众，它的情节还必须紧张、激烈，摇曳曲折，错落有致。戏曲剧本是戏曲艺术的底本（或曰脚本），是为戏曲舞台表演而作。所以，戏曲剧本也就必然遵从戏曲艺术的舞台性要求，进行完全不同于小说套路的创作。

下面，我们就来欣赏一下周喜俊的现代戏曲剧本。

一、情节上，删繁就简，明朗洗练

周喜俊的现代戏曲剧本，诸如《七品村官》、《孔雀岭》、《九龙湾》等，都分别与其小说作品《当家的男人》、《情系孔雀岭》、《九龙湾的悲喜剧》来源于相同的生活素材。但与小说相比较，在情节设置上，其戏曲剧本又有着明显的自我特征。删繁就简，只保留了情节的主干，一条线索发展开去，简净明了；同时，又波澜叠起，矛盾突出。

　　现代丝弦戏《孔雀岭》写青年女子柳梦兰，她的父亲为了绿化荒山、植树造林，被开山炮炸死，母亲伤痛欲绝一病不起，最终离开人世。为了安葬父亲、给母亲治病，梦兰欠下了一身的债务。为还债务，她辞别心爱的恋人江明山，独自一人去城里钱世安家当保姆。之后秀岩趁机追求江明山，江明山不为所动。钱世安老婆三年前去世，13岁的儿子钱小帆淘气任性。柳梦兰刚刚来到钱家，钱世安就以行贿罪被拘留带走。由于欠款问题又被黄彪一伙抄家。柳梦兰不忍心丢下小帆，就带小帆一起回到了自己的家乡孔雀岭，并安置小帆在孔雀岭上学。小帆顽皮淘气，不小心提起渠水闸门，把乡亲们的田地冲毁，惹得乡亲们埋怨连连。为了赔偿乡亲们的损失，柳梦兰卖掉了自家的房屋，带着钱小帆又回到了城里，靠做临时工供小帆读书上学。若干年后，小帆学业有成，为感恩报答柳梦兰的养育之恩，回到孔雀岭扎根就业。而柳梦兰的恋人江明山也实现了他和柳梦兰早年的愿望，创办了孔雀岭林果开发总公司，实现了绿色梦想。柳梦兰与江明山历经曲折，终成眷属。钱世安也洗清冤屈，被释放回家。

　　这里，情节简净明朗，只是沿着柳梦兰的命运轨迹这一条线索发展。其余诸如以下种种尽皆省去：柳梦兰与江明山如何青梅竹马如何恋爱；柳梦兰父亲如何被炸身亡；柳梦兰年幼时又如何沦为孤儿被收养；若干年的时间里，江明山如何在山村创业成为名人的过程，柳梦兰如何艰辛地抚养钱小帆长大成人的过程……等等，都未直接表现，亦即不会直接在舞台上呈现，而是三言两语一带而过。这样俭省的处理方式，非常符合舞台艺术的要求，便于在有限的时空范围内在舞台上表演出来。

　　当然，优秀的戏曲剧本还必须在情节简明的基础之上，使情节矛盾重重、冲突不断。一波紧接一波的矛盾，如波翻浪涌跌宕起伏，甚至惊心动魄。唯有如此，剧本应用于戏曲舞台，才能够极大地吸引观众，保证剧场的良好效果。那么，周喜俊的《孔雀岭》是如何做到这一点的呢？

《孔雀岭》中，作者让主人公柳梦兰时时面临巨大的人生抉择，在不得不抉择的关口展现出无法回避的矛盾。

先是父亲被炸身亡，母亲悲痛难耐，不久也患病去世，柳梦兰孤身一人背负巨大债务，而江明山也无能为力替她还债。所以，去城里打工做保姆是她唯一的选择。去到城里，钱家被抄家，钱世安被带走——在钱家已无法生存。当值此际，柳梦兰又一次面临选择：是重新寻找挣钱的门路，还是自己回到老家？还是另做其他打算？此情此境，柳梦兰却做出了一个出乎寻常的选择——带着年幼的钱小帆回到了家乡孔雀岭，让小帆在孔雀岭读书上学。刚刚在村子里安顿下来，钱小帆就闯了大祸——开闸放水，把乡亲们的田地毁坏不少。此时此际，柳梦兰是听从别人的劝告，把小帆推出去交给孤儿院，还是继续让他留在村子里遭受大家的白眼和埋怨？柳梦兰再一次做出了令人瞠目的选择——卖掉自家的房屋替小帆赔偿了乡亲们的损失，带上小帆再次返回城里，自己靠打工扛起了养育小帆的重任……接连不断的矛盾突变，一波未平一波又起，使得情节如水行峡谷，訇然跌宕，起伏连连，从而产生巨大的吸引和惊心动魄的审美震撼。

如此，或许有人会问：这样安排矛盾的突起，是否会使情节显得生硬突兀？是否会经不起事理逻辑的推敲？完全不是。周喜俊的戏曲剧本，一方面矛盾鲜明激荡，情节一波三折，造成曲折有致摇曳多彩的审美效果；同时又缜密精致，前有铺垫后又照应，合情合理，接地气，有依据，前后衔接有事理逻辑的力量，经得起追问和推敲。《孔雀岭》中，关于梦兰独自去城里打工当保姆，也有缜密的铺垫：

（江明山去县里开会回来，众人向江明山打问开会精神）

江明山：说咱孔雀岭不愧是革命老区，在绿化太行山遇到资金短缺的情况下，不向国家伸手，靠群众集资的办法解决买炸药、买树苗的困难，这种精神值得全县人民学习。

秀岩：明山哥，讲没讲彩莲姐卖老母猪和小牛犊集资的事啊？

金彩莲：我那算啥呀？人家明山和梦兰不是把准备结婚买嫁妆的钱全拿出来买炸药了吗？

……

就凭金彩莲的一句话，轻轻带出了柳梦兰为了绿化荒山把准备结婚的钱都拿出来买了炸药一节。而这一节，又为后来的情节发展做了做好的铺垫：其一，梦兰在背负债务的情况下，已经没有更好的选择，只能去城里打工挣钱。其二，江明山和梦兰志同道合，感情深挚，所以，柳梦兰在城里多年不与江明山联系，江明山依然痴心不变，最后两人终成眷属。

又比如，作为一个未婚女子，柳梦兰毅然担负起抚养小帆的义务，表面看来不可理喻，也似乎不太可能，但柳梦兰在决定抚养小帆之前，有一大段的心理独白：

想梦兰生来未见父母面，
褴褛中遭遗弃命似黄连。
我的娘捡弃婴视为亲生，
夫妻俩养育我恩重如山。
爹爹供我把书念，
母亲盼我如儿男。
爱心育我长成人，
我愿把爱撒人间。
……

柳梦兰这样的身世，注定了她的善良和感恩，注定了她的悲悯和承担。由此，她独自一人担负起抚养小帆的重任，也就可以理解，不显突兀。

再比如，秀岩趁柳梦兰去城里当保姆之际，向江明山伸出爱的橄榄枝。貌似有伤大雅，实则合情合理。柳梦兰作为未婚女子，品貌端好；而雇主钱世安既是丧妻单身，又是富足的老板，孤男寡女，郎才女貌，非常符合世俗的婚恋标准。他们两个日久生情，琴瑟和鸣也将不出大家之所料。所以，秀岩欲横刀夺爱这一节，属于事出有因，符合日常生活逻辑。

……

总之，周喜俊的现代戏曲作品，在情节设置上，可谓精致精巧，大美无痕。既符合戏曲舞台的演出要求，简炼明朗，绝不旁逸斜出；同时又通过一个紧接一个的矛盾冲突，使情节跌宕曲折，极大地提升了审美效果。并且，每一个矛盾的出现，每一个情节的关捩点，都不是空穴来风主观臆造，而是草蛇灰线伏脉千里，既有热气腾腾的生活气息，又有事理逻辑的力量，经得起推敲和追问。也即，既有"戏"（矛盾冲突），又有情有理，合情合理。

二、抒情写意总相宜

有人把周喜俊的戏曲作品比做"剧诗"，原因就在于她的剧本不仅仅是讲故事叙情节，而是有着非常明显的诗意浓情，其"感人也深，动人也速"。下面，我们从以下几个方面来分析其现代戏曲剧本抒情写意的特征。

第一，心理独白是最直接的抒情

内心独白，是指文学作品中人物的自思、自语等内心活动。它通过人物内心表白来揭示人物隐秘的内心世界，充分地展示人物的思想、性格，使读者更深刻地理解人物的思想感情和精神面貌。

在《孔雀岭》中，有大段大段的唱词，主要不是用来推动情节、展开矛盾的，而是主要表现人物复杂、隐微的内心世界的。比如上面引用柳梦兰在父母去世之后，收养小帆之前的那一段唱词，就非常好地表现出柳梦兰失去亲人之后的孤苦、凄楚、失落、遗憾等等非常复杂的情感。在第三场，钱继安被拘留之后，柳梦兰又有一段这样的唱词：

转眼离家乡已有月半，

进城来当保姆却陷泥潭。

刚进门钱继安就被逮捕，

留下个不懂事的孩子无人照管，

我是走还是留，前思后想，左右为难。

这一段，表现出柳梦兰当时十分矛盾的心情，是走是留犹决不下。正在柳梦兰矛盾犹豫之际，紧接着，小帆负气要离家出走，说"我是罪犯的孩子，我只能当罪犯"，这时，柳梦兰不由自主，内心翻腾，恻隐之心油然而生：

听此言如惊雷令我震颤，

看小帆这模样内心发寒。

想过去，

有多少孩子沦为少年犯，

看眼前，

有多少流浪儿童起祸端。

小帆他幼小心灵受伤害,

我岂能给他的伤口再撒盐?

与前边矛盾的心情相照应,柳梦兰已经下决心要收养小帆了。她不忍心让小帆去流浪去堕落。爱怜、同情和责任完全代替了刹那间的犹豫不决。

第四场,柳梦兰回到孔雀岭之后,看到山上蜿蜒曲折的灌渠和葱葱树林,忍不住这样唱道:

回到了孔雀岭浑身舒展,

只觉得天也阔来地也宽。

小树点头对我笑,

溪水潺潺迎我还。

山花盛开绽笑脸,

彩蝶双双舞翩跹。

脚踩沙石心里暖,

吸一口空气也新鲜。

孔雀岭,孔雀山,

梦中的绿色难舍的家园。

这真是境由心生。小树、溪水、山花、彩蝶,无不是柳梦兰喜悦心情的映照。这里,完全脱离了情节,只是人物内心情感的流泻。

……

第二,韵律的特点,强化抒情的效果。

周喜俊特别擅长戏文写作。她的戏文里,普遍运用了"江洋韵"和"言前韵"。其中"江洋韵"属于开口呼,发音时气流几乎不受任何阻碍,十分顺利、流畅,声音效果宏阔、嘹亮。这样的声音特点,往往能够营造出一种特殊的情感氛围,加强抒情的效果。《孔雀岭》中大量使用了"江洋韵":

钱继安:

三年前妻子车祸把命丧,

从此后我又当爹来又当娘。

每日里忙生意难把儿教养,

到如今他好似野马脱了缰。

三年来请保姆已有十几个，

都因为儿子淘气干不长。

听说你有文化心地善良，

脾气好对孩子教育有方。

请你来寄托我无限希望，

但愿你多包涵、能忍让，

管好小帆就是帮了我的忙。

这一段，"江洋韵"一韵到底。不仅十分流畅，还开阔，大气，不压抑、不低徊、不曲折。感情的抒发一气流贯、畅快淋漓。把钱继安对柳梦兰的期待之情尽皆呈现。又如：

柳梦兰对钱小帆唱：

一声妈喊得我心潮激荡，

千般苦全化作喜泪流淌。

好孩子如小树成长茁壮，

梦兰我又何惧青丝染霜。

小帆呀——

我盼你早成才能经风浪，

我盼你成大器能做栋梁。

我盼你清白做人坦坦荡荡，

我纵然蜡烛成灰死也安详。

表现出柳梦兰对自己的付出无怨无悔之情，以及对小帆的殷殷期待之情。此处的"江洋韵"更能让人感觉到柳梦兰坦荡无私、光明磊落，以及对未来不失信心的态度。

总之，"江洋韵"开阔大气，流畅昂扬。纵使表现悲伤的情感，也不会让人感到压抑曲折或痛不欲生。《孔雀岭》多处运用此韵，使得整个作品散发出一种明亮、爽朗、开阔、大气的情感基调。除此之外，作品中又更多地运用了"言前韵"，比如：

柳梦兰：

几句话说得我心里发暖,
抚小帆心潮滚泪涌如泉。
这孩子虽顽皮心地良善,
性刚烈重情义让人爱怜。
倘若是有人耐心来教管,
定是个有出息的好儿男。

又如,江明山:
你放眼看看这熟悉的岭,
你抬头看看这蓝蓝的天。
这里有你父未了的心愿,
这里有你梦魂萦绕的山。
这里有你绿色的梦,
还有我陪伴你身边。
……

作品中还有许多处"言前韵"的唱段。它开口呼,平声或上声。发音时,气流不受阻滞,易于延长音调。造成安适、柔婉、悠远、清朗之格调。"言前韵"的这一特点,非常易于抒发女性柔软的心怀和儿女情长,正与以上两段唱词和谐统一。整个作品里,"言前韵"与"江洋韵"相呼应、相和谐,使得情感氛围更加大气、开阔,而又婉曲、平和,大有"乐而不淫,哀而不伤"之风采。

第三,充分利用舞台艺术的空间特点,精心设置人物唱白方式。

首先,利用舞台蒙太奇的艺术手法,突出情感氛围。

蒙太奇是电影术语,指电影镜头的剪辑、组合。各个彼此独立的镜头,通过特殊的组合方式,使之产生新的奇特的艺术效果。借用到文学写作中,指把不同时间、不同地点的生活画面巧妙地组合起来,用以很好地抒发情感、表现主题。《孔雀岭》中,在第六场,周喜俊打破情节的线性结构,把处在不同空间的人物动态在舞台上分区域进行交叉唱白。他们看似彼此独立、没有直接关联,但内在的情感逻辑把他们串联在一起,加强了情感效果。

例如,中秋月圆之夜,江明山、柳梦兰、钱小帆三个人唱白的蒙太奇式对接：

【中秋夜。舞台出现江明山、柳梦兰、钱小帆三个表演区。三人听着同一首儿歌遥望明月。】

江明山：

中秋佳节月儿圆，

家家团圆我情难圆。

窗外石榴枝头闹，

疑是梦兰到门前。

柳梦兰：

中秋佳节月儿圆，

遥望明月心怅然。

夜夜梦中回家乡，

醒来泪水洒枕边。

钱小帆：

中秋佳节月儿圆，

阿姨想家我心酸。

阿姨心事我知晓，

阿姨为我梦难圆。

三个不同的表演区域，代表着三个不同的空间场所。江明山、柳梦兰、钱小帆，他们三人虽然天各一方，但在中秋这个特殊的节日里，他们心有灵犀，互相思念，在同一时间段里倾诉衷肠。这样的舞台蒙太奇手法，无疑对抒情写意起到了直接作用。

其次，多种唱、白形式的交错。在人物唱、白的处理上，突破传统戏曲的惯用模式。唱段上，有独唱、对唱、伴唱、联唱、合唱，还有推进情节过渡的唱，以及抒发人物内心感情的内心独白式的唱……戏白的设计上，也新颖独特丰富多彩。有念白、对白、群白、旁白等等。这样的唱、白设计，使抒情更集中、更强烈，显示了周喜俊抒情写意得心应手、自由挥洒的艺术才情。

以简御繁奏壮曲，抒情写意总相宜。周喜俊的现代戏曲剧本，情节简明且矛盾重重、起伏跌宕。情节进行中，总给人意想不到的惊喜和审美震颤。同时，矛盾的每一次出现，又都不是空穴来风，而是有着细腻缜密的铺垫设计，经得起反复推敲和追问，合情合理、入情入理。剧本又能够自由灵活地运用多种艺术方式来抒情写意，营造出浓郁的抒情性、诗意性，其作品不愧为"剧诗"称号。

君子不器

春秋时期，孔子用"君子"来定义知识分子的理想状态；魏晋时期，品鉴人也成为一种非常广泛的社会风气，常把知识分子的理想状态用"玉"来作比，取玉内有光辉而不张扬之特点。

君子，是孔子对知识分子的极高要求和定位。

"君子不器"：君子不能像某种器皿一样，只有一种用途。

孔子认为君子应该是通才，博学多能。君子是孔子心目中具有理想人格的人，他应该担负起治国安邦平天下的重任。对内能够处理各种具体的政务，对外能够应对各方外交事务，不辱使命。所以，孔子要求君子要博学多识，具有多方面的才干，不只局限于某一个专业领域。器具虽然有用途，但终究有所局限，不能通达。一个人如果像某种器具一样，局限于某一种用途某一个专业，就会局促偏狭，不能大用。所以，孔子一向要求其弟子把学习放在第一位，不以一器画地为牢。

周喜俊最初写"故事"成名，但她并不满足于这一体裁模式，而是勤于探索，敢于尝试。时至今日，其创作体裁囊括了短篇小说、长篇小说、报告文学、散文、随笔、电视剧本、戏曲剧本、评书剧本，等等，不一而足，且在每一个体裁样式的创作中，都取得了令人瞩目的成绩。

周喜俊刚刚初中毕业、被迫辍学的时候，周喜俊就不满足于驴拉磨式的单调日子，更不满足于婶子大娘们期期艾艾的唱曲。什么"小寡妇上坟"、"老光棍儿哭妻"之类的民歌小调，都让年轻的周喜俊感到农村精神文化生活匮乏的可怕。她认为，生活虽然艰难，但人心必须充满光明。于是周喜俊尝试着自己自编自演，给一起干农活、纺棉花的同伴们讲故事。没想到，她一开始讲，就得到了大家的热烈欢迎，大家都追着要听下一个。

为了有源源不断的故事资源，也为了让自己有精神支撑，周喜俊着了魔一般，四处求书借书看，"我要读书，我要读书，我要读书！"这是周喜俊内心最强劲的声音，她要服从这一声音，满足这一声音！

她多么希望自己有了钱，能买几本喜爱的文学书籍啊，这是愿望，也是期盼。那一年的腊月，生产队分了红，他们全家分到一百二十八块九毛五分钱，这是她和哥哥姐姐劳动一年扣除口粮钱后的所有收入。喜俊把这笔钱用手绢包好紧紧搂在怀里，一溜小跑儿回到家交给母亲。母亲把钱拿出来数了一遍又一遍，最后拿出五块钱，让喜俊去买几尺布料做过年的新衣服。喜俊接过五元钱，手却没有离开母亲的手，她多么想再多要几块钱，去买几本书啊，可这话她说不出口。母亲理解女儿的心情，轻轻叹口气，把三块九毛五分钱也塞到了她手里，嘱咐她去赶集顺便买些过年用的海带、花椒、大料。周喜俊揣着这几块钱，招呼左邻右舍的小姐妹们去赶集，一路盘算着要买的东西。

在集市的边上，有个废品收购站，无意中，她与一个背着沉甸甸荆条筐要卖废品的老太太相遇，她从这个用旧塑料布遮盖的筐里看到了自己期待已久的中外名著，《红岩》《钢铁是怎样炼成的》《青春之歌》《三国演义》《水浒传》《东周列国志》……虽然这些书有的封面因潮湿变了颜色，有的已被老鼠啃的没了边角，但内容是完整的。喜俊唯恐这些宝贝失去，迫不及待地将手中的钱全部塞给老太太，换回了一筐散发着霉味儿的书。

这筐书或许是上天对周喜俊的最大奖赏！

她利用正月里不用出工的日子，把院里的地窖子做书房，一把椅子当书桌，一盏煤油灯照明，坐着小马扎，没白天没黑夜的读书，这筐书为她打开了一个文学世界，也为她铺开了新的人生之路。

读书、编故事，成了周喜俊日常生活的重要内容。常常，夜深人静，娘已经打起了轻鼾，周喜俊还在辗转反侧，回想书中的内容，琢磨生活中的人和事，糅合、想象自己的"作品"……

夏天，夜里。娘已经睡熟了，手里还握着那把芭蕉叶的破蒲扇。蚊子嗡嗡飞叫。娘被蚊子咬醒了，看到闺女还趴在土坯垒成的"写字桌"上勾勾画画，迷迷糊糊地说："睡觉吧，亮着灯招蚊子。"周喜俊回头看看疲劳了一天的娘，悄没声地去院子里拿来一根火绳（用艾蒿拧成的绳子，晒干点着，烟气可以熏蚊虫）点着。艾蒿的烟气熏得睁不开眼，娘在炕上翻了翻身，摇了几下蒲扇……周喜俊走到屋外转了一圈，天上的月亮在招手，在微笑，在赞许她的勤劳和创作。周喜俊毫无困意，她灵机一动，悄悄地回屋，踩灭火绳，端起煤油灯，抓起写作稿，到自己地窨子里，继续她天马行空的构思……

冬天，夜里。家里买不起煤，屋子里冰冷。有时候，连柴油灯里的油都凝冻了。周喜俊把柴油灯放在地上，拿几张废纸放在它周围，点着，几张纸的热量太低，灯瓶里的柴油没有融化。周喜俊怕惊醒了娘，就悄悄地提起油灯出了屋。她取来一把柴禾，点燃，用一根棍子挑着柴油灯在火上烘烤。"朴"一声，灯瓶子掉了底儿，柴油落在火上，"嘭"地蹿出了火苗。周喜俊急忙用两脚不停地去踩，蹿得老高的火苗烧焦了垂在胸前的一根发辫……

有心人，天不负。隔三岔五，周喜俊就能给大家奉献出一个好故事。田间地头出工时，地窨子里纺线时，走家串户闲聊时，小小年纪的周喜俊成了中心人物。尤其是青年男女们，更喜欢围绕着她说说笑笑，央求着她讲故事。

周喜俊把仅有的闲暇时光，都换作了珠玑锦句，绣口文章。

累，并快乐着。

就像体育竞技，最终站在领奖台上的人，必须具备这样三个条件：一是过硬的自身素质，二是坚持不懈的刻苦努力，三是良好的专业修养。周喜俊也一样，一是她的童年是在娘的"小话"濡染中度过的，头脑就是一个丰富的故事小宝库；二是她的坚持和执着，从年轻时候起，周喜俊就有一股子罕见的倔强劲儿，在她的意识里，没有"此路不通"这一说，逢山开路，遇水搭桥，只要她认准的，只要是正义的、正确的，周喜俊都不遗余力破釜沉舟。二是她一直坚持学习，几十年以来，读书学习早已成为周喜俊日常生活不可或缺的一部分。

即使后来，周喜俊参加了工作，吃上了"商品粮"之后，也仍然不放弃学习。在工作百忙之中，她先后修完了大学汉语言文学专业和法学专业的全部课程。除此之外，周喜俊还始终坚持向生活学习，向老百姓学习。下基层、进农村、跟老百姓一起同苦同乐，是周喜俊生活工作中的常态。看戏曲表演、与演员交流，与各类艺术家切磋，也是周喜俊生活工作的常态。这一切，都使其艺术感悟不断提高、艺术创作不断超越。

如今，周喜俊的文学创作，突破了小说体裁的局限，在各种体裁样式之间自由挥洒，呈现出艺术大家的风范。

第八篇

实现中华民族伟大复兴,需要物质文明极大发展,也需要精神文明极大发展。早在革命战争年代,毛泽东同志就多次强调要建设民族的、科学的、大众的中华民族的新文化。1940年,他说:"我们不但要把一个政治上受压迫、经济上受剥削的中国,变为一个政治上自由和经济上繁荣的中国,而且要把一个被旧文化统治因而愚昧落后的中国,变为一个被新文化统治因而文明先进的中国。"1979年10月,邓小平同志在中国文学艺术工作者第四次代表大会上发表祝词强调:"我们要在建设高度物质文明的同时,提高全民族的科学文化水平,发展高尚的丰富多彩的文化生活,建设高度的社会主义精神文明。"他还强调:要大力发扬党和人民在长期实践中形成的崇高精神,"大声疾呼和以身作则地把这些精神推广到全体人民、全体青少年中间去,使之成为中华人民共和国的精神文明的主要支柱。

——习近平在中国文联十大、中国作协九大开幕式上的讲话

周喜俊可谓作家里的多面手:小说、电视剧本、戏曲剧本、曲艺剧本、散文、报告文学、长篇纪实文学等等,都有创作,且各个文体的作品都有获奖。周喜俊说:"生活中有蜜蜂也有苍蝇,有人看到的都是苍蝇,就感到生活令人厌恶得透不过气来。我追寻的是蜜蜂在花丛中忙碌的身影,体悟到的是生活的美好和甜蜜",又说:"扶贫要先扶精神,让村民的心态阳光起来,精神强健起来,有了自豪感和自信心,就没有战胜不了的困难。"秉承为人民负责的态度,以手中多彩的笔墨,丰富了人民群众的文化生活,为建设社会主义精神文明做出了一个艺术家应有的贡献。

卓卓独立，盈盈鲜活

——谈周喜俊现代戏曲中的人物塑造

叙事性的文学作品，大都以塑造人物形象为重点、为核心。可以说，塑造人物形象成功了，整个叙事性作品的成功也就八九不离十了。与小说创作相比，舞台剧本在塑造人物方面，就受到极大的限制。小说可以从第三人称全能视角来讲故事、评人物，可以在叙述过程中对人物进行直接点评，还可以自由运用各种描写手法（肖像描写、语言描写、动作描写、心理描写），直接而详细地刻画人物形象，也可以运用环境描写来侧面烘托。舞台剧本则不然。它只能由出场人物本人的舞台表现（主要是人物台词）来呈现。所以，塑造鲜活的人物形象，是剧本创作的巨大挑战。周喜俊的现代戏曲剧本，却无一例外地都能够塑造出鲜活生动、性格突出、呼之欲出的人物形象。并且，她的剧本即使不借助舞台上演员的表演，单从阅读的角度，也能够获得极大的审美享受。

那么，周喜俊的现代戏曲剧本是如何塑造人物形象的呢？

一、运用对比手法，突出人物形象

对比，是文学艺术常用的艺术表现手法。有对比，才有突出；有对比，才有个性。在周喜俊的剧本中，大量运用对比手法，使主要人物脱颖而出，卓卓独立。

现代评剧《七品村官》中，剧本开篇就是两个令人过目不忘的场景对比：一是行乐村的山坡上，一群光着脊梁的男人在火辣辣的太阳地里跪着祈雨；一是时占经省城里的家中，女儿正在点蜡烛，妻子正在忙碌着烧菜做饭——母女俩正在为时占经准备生日晚餐。两个场景对比强烈，前者苍凉，后者温馨；前者悲凄，后者幸福；前者场面宏大，后者宜室宜家。两相对比，为主人公时占经未来命运的发展做了铺垫，也为时占经的悲歌壮举打下了情感基调，突出时占经为家乡父老而做出的伟大抉择和巨大的牺牲精神。

紧接着，剧情这样安排：时占经为了让乡亲们过上好日子，毅然放弃省城里的干部身份，放弃温馨幸福的家庭生活，回到家乡时，乡亲们猜测纷纷：

柳婶：别给你个棒槌你就当真（针）使，人家占经是干啥的？那是省里的大干部，过去是七品知县，能放着好好的官不做，回来跟咱吃苦受累？

顺子叔：是啊，人家在外边铁饭碗端着，工资挣着，想躺就躺，想坐就坐，老天爷就是十年不下雨，渴不着也饿不着，回来图个啥哩？

甚至，乡亲们还对时占经的回乡行为有着极大的误解：

顺了叔：说不定犯了啥错误，在城里待不下去了，才回来躲着的。

群众甲：也许是想回来镀镀金，捞点资本，准备回城当更大的官儿。

……

柳婶：如今这世道变了，人也变了，台上说人话，台下做鬼事的贪官、赃官还少吗？

村民的猜测和误解与时占经改变家乡面貌的决心形成鲜明对比，表现出时占经的选择是多么的"不合时宜"，也预示了时占经未来的路途是多么艰难。当然，也让读者体会到，时占经的选择是多么难能可贵。

三年后，"行乐村昔日的荒山已呈现片片绿色。山坡上插着五彩旗，一片红红火火的景象。"

老五爷（唱）：

都说人往高处走，有人偏往低处流。

荣华富贵抛身后，扎根荒山治荒丘。

常言说，能大能小是条龙，能上能下是英雄。

自从占经当了村支书，

来了个山、水、林、田综合治理，

把村里搞得红红火火。

多年的荒山栽了树，多年的荒坡打出了水……

与三年前相比，行乐村的面貌发生了巨大变化，乡亲们对待时占经的态度也发生了一百八十度的转变。这一双重对比，可以看出，时占经当初的选择，并不是一时的心血来潮。突出成就的背后，是时占经艰辛的付出和坚韧的坚持。

八年后，时占经带领乡亲们治山治水已大显成效，走上了致富的道路。可是：

占经娘：唉！你们甜了，俺家可苦了呀。自从这傻儿子当了村官，全家人为他做贡献。为给村里打井、修路、办企业，把他媳妇买房的3万多块钱贴进去还不算，借他二妹家4万块，借他三姑家5千块，到如今哪，他是一个也还不上……

这样的对比，更突出了时占经为改变家乡面貌的执着、坚毅和无私的奉献。

对比形成强烈的反差，反差突出鲜明的人物特点。作品中多处对比手法的运用，俭省了笔墨，使主人公形象卓然独立，于芸芸众生中脱颖而出：他，有责任和担当，有感恩和理想，有执着和坚韧，有奉献和牺牲……

二、把人物置于矛盾的十字路口，在矛盾的抉择中凸显人物性格

小说创作中，往往是性格决定命运，性格挑起矛盾、推动情节发展，并通过情节发展来展示人物性格。但是舞台戏曲由于受到舞台演出的时间、空间限制，剧本不能太长，情节不能枝蔓繁杂。所以，为了在明朗的情节线索中塑造人物性格、突出人物性格，周喜俊巧妙布局，每每把人物置于矛盾的风口浪尖，置于人生抉择的十字路口，使人物在重大的抉择中完成性格塑造。

《七品村官》中，作品一开始就把人物置于两种具有天壤之别的生活境遇中，一个是城里的生活，家庭温馨、幸福，且事业上正值大有可为、前途锦绣之时；一个是自己的家乡，干旱缺水，满目荒凉，荒山荒坡，人们生活贫困。主人公时占经面对这样巨大的矛盾反差，他做出了让所有人都难以置信的抉择：放弃城里现有的美好生活和大有前景的仕途，去到乡下带领老百姓一起打井、创业、绿化荒山。三年过去，时占经在行乐村已经干出了巨大业绩：

小燕（唱）：

好支书，好儿男，

回村帮咱整三年，

山坡打出浅水井，
滋润人心浇绿山。

盼雨（唱）：

好大哥，好村官，
艰苦创业整三年，
荒山栽下千亩树，
收获幸福万万年。

此时，时占经的打井抗旱、绿化荒山的使命已经完成，和妻子的三年之约也已经到期，停薪留职的期限也已满。他本应该回城继续他的幸福生活了。可是，风云突变。

伴唱：

暴雨倾盆从天降，
洪峰滚滚袭村庄。
山上水井被冲毁，
田里禾苗付汪洋。

众人（唱）

树倒井淹残景一片
房屋倒塌残壁断垣，
惶惶然如坐无底船。

……

此时，时占经的妻子姚瑞珍来行乐村接他回城上班。回去上班，既是时占经对妻子的承诺，也是跟单位的协议。而他，已经成了乡亲们的主心骨，成了行乐村的领头羊。面对山洪暴雨后满目残破的景象，乡亲们心急如焚、焦灼迷茫。时占经再一次面临巨大抉择：是走，还是留。似乎，没有犹豫，时占经就下了决心：

时占经：乡亲们，庄稼毁了，我们重新种；房子塌了，我们盖新的；小井冲了，我们打大井。乡亲们，打起精神，我们从头再干。

就这样，时占经又做出了不合常规的决定：留下来和乡亲们一起从头再来。

八年后，在时占经的带领下，行乐村旧貌换新颜，成效显著：

老五爷（唱）：

治山治水成效显，

治穷治愚见奇观。

科学发展寻富路，

荒山开出致富泉。

小经子，好领班，

个人得失抛一边。

流血流泪又流汗，

只愿百姓日子甜。

时占经沉浸在巨大的幸福和期望之中。

时占经：我回去这几年，虽然苦点儿、累点儿，可乡亲们富了，我心里挺舒坦的。看到乡亲们满足的笑脸，我觉得这些年的付出挺值！老百姓从最初对我的不理解不信任，到后来的支持和依赖，这个转变过程，也是我实现人生价值的过程。

也就在此时，单位却给他下发了离职通知书——时占经被单位除名了。妻子苦苦相劝，要求时占经回到省城。此时，时占经再一次面临决定人生命运的重大抉择……

时占经：对不起，我现在心里很乱。也许只有回到父老乡亲们身边，我的心才能平静下来。

时占经再一次面临重大选择不动摇，重新回到了行乐村。

十年后，行乐村发生了翻天覆地的变化：

众人（念）：

穷乡换新貌，

荒山披绿装。

天上连卫视，

地下贯水廊，

校园美如画，

街道宽且畅。

此时，党组织酌实情给时占经恢复公职，妻子、女儿兴高采烈来到行乐村，要接时占经回省城的家。而行乐村更宏大的远景规划还没有完成，乡亲们纷纷请求时占经留下。——时占经第四次面临重大选择。

……

就这样，作者把主人公置于矛盾的关口，让他在关系到一生命运甚至家庭命运与行乐村的发展二者中做出抉择，在几次重大抉择中树立起形象，表现出独异的品质，完成了性格塑造。时占经，一个勇于担当，舍得放弃，自愿牺牲，开拓进取的人民公仆形象，卓然而出。

在丝弦现代剧《孔雀岭》中，这一特点也非常突出。主人公柳梦兰先是为还债务选择进城当保姆；紧接着，主人钱继安被逮捕之后，又选择带着钱小帆回到孔雀岭；继而，小帆开闸放水毁了农田闯了大祸，她又选择带着小帆返回城里务工，担负起独自抚养小帆的责任……

总之，周喜俊善于在简净的情节中设置矛盾，在矛盾的抉择中考量人性。时占经、柳梦兰们正是在一个接一个的矛盾关口，毅然做出了自己的人生抉择，完成了自我的人生价值实现，作品也完成了人物塑造。

三、丰富的心理独白

在戏曲剧本中，周喜俊把人物唱段运用到了极致。其中，有独唱、联唱、对唱、伴唱等多种方式。通常，周喜俊常常跳出情节，以独唱的方式让主人公直抒胸臆，表达复杂的内心活动，从而使人物性格更加细腻、丰富、饱满。

时占经回行乐村办事，无意间看到乡亲们求雨的场面，内心翻江倒海：

时占经（唱）：

祈雨的锣鼓敲得我心发颤，

虔诚的跪拜跪得我泪涟涟。

行乐村十年九旱靠天吃饭，

乡亲们为生存祈祷苍天！

家乡啊，我的亲人哪，

你贫穷，你落后，要到何年？

这一段独唱式的内心独白，既表现了时占经此时此际为老百姓担忧、为老百姓悲悯的情怀，同时也为后来时占经选择放弃省城的好工作到行乐村做了铺垫和预示。

又，时占经在行乐村奋斗十年以后，妻子、女儿极力劝说他回城里，女儿甚至以不认他这个爸爸为要挟。正值此时，时占经看到了按着乡亲们红手印、写着"占经不能走"的请愿书，顿时激起了他燃烧的热情，感受到了肩上沉甸甸的责任：

时占经（唱）：

看见了请愿书猛然清醒，

红手印让我热血沸腾。

这四百五十八个鲜红的手印啊，

让我看到了一个个熟悉的身影，

这四百五十八个鲜红的手印啊，

让我看到了一张张可亲的面容。

这四百五十八个鲜红的手印啊，

让我听到了一个个殷切的呼声。

这手印让我触摸到滚烫的心，

这手印让我感受到燃烧的情。

……

乡亲们对我情义重，

我怎能愧对父老情。

我是农家生田野长，

血脉与农民本相通。

十年奋战甘苦与共，

风风雨雨情更浓。

无悔的选择志不变，

为家乡我愿化作一抔泥土唤春风。

对家乡深深的挂怀，对父老浓浓的情义，一如江河奔涌，滚滚滔滔。在丝弦现代戏《孔雀岭》中，更有大段大段独唱式的心理独白，来表现人物的喜怒哀乐和微妙复杂的心理纠葛。当柳梦兰痛失双亲、又负债累累，自己不得不进城当保姆的时候；当雇主钱继安被抓走，家里只剩下孤单单的孩子钱小帆，她去留难以决断的时候；当钱小帆开闸放水闯下大祸，她决定带着小帆返回城里而被江明山误解时；当钱小帆长大成人，在中秋花好月圆之夜浮想联翩之时……都有大段的独唱形式的内心独白。这些内心独白，都使得人物性格更加饱满丰盈、真实可信。

在周喜俊的现代戏曲剧本中，各种艺术手法灵活运用。尤其在塑造人物形象方面，利用反差对比、内心独白、以及把人物置于不得不选择的矛盾关口等方法，不仅形成了自己独树一帜的艺术风格，更使人物形象卓尔不群、熠熠生辉，达到了令读者过目不忘且经得起揣摩、回味的境地，使人物形象深入人心。

周喜俊现代戏曲剧本中的人物，诸如柳梦兰、时占经们大都命运多舛，波折不断，但他们不忘初心，坚毅进取，甚至知其不可为而为之，心头有责任肩上有担当，最终实现自己的价值和理想，获得广大乡亲的理解和爱戴。

命运多舛

"天将降大任于斯人也，必先苦其心志，劳其筋骨，饿其体肤，空乏其身，行拂乱其所为，所以动心忍性，曾益其所不能。"（孟子《生于忧患，死于安乐》)

虽然家境贫寒，常常吃了上顿愁下顿，但周喜俊愈长大愈加聪明活泼、精力充沛。到了上学的年龄，周喜俊更显得出类拔萃。她像着了魔一样，眼镜直勾勾地盯着讲课的老师，盯着黑板上的一笔一画；作业一丝一毫也不落下。尤其作文，一气呵成，总被老师当作范文在全班朗读。有时，老师还会把周喜俊叫到办公室，疑惑地问："这是你自己写的吗？是不是在哪儿看过这样的描写"等等。

上了初中，周喜俊的全科成绩依然名列前茅。一次，班主任进行家访，信誓旦旦地跟周喜俊的娘说："这孩子有出息，是个上大学的料，将来有了工作，你也跟着进城享享清福。"娘脸上漾出了宽慰的笑容："享不享清福我不计较，只要孩子有出息，所有的就都值了。"

有工作，吃商品粮，挣工资，进城，这是农村老百姓最甜美最豪华的梦想。班主任老师的话，就像拿石块猛然投进了平静的湖面，一圈一圈的美丽涟漪在周喜俊小小心里头荡漾，荡漾。自此，周喜俊学习起来更起劲：超额完成作业，不断地写作文……

似乎已成为定律，当勤勉的人们在奔梦路上尽情挥洒的时候，常常会有出其不意的当头棒喝。初中毕业，该升入高中了，时代跟周喜俊开了一个玩笑。这个玩笑对于微乎其微的某个人来说，不亚于灭顶之灾。上高中不进行考试，而凭村干部推荐，推荐的主要依据也是唯一的依据，就是成分。周喜俊家庭出身中农，自然不符合读高中的条件。这理由现在听起来有些荒唐透顶，但在那个"白卷英雄"吃香的时代，属于再正常不过的事情了。

一夜之间，周喜俊的人生路途就拐了弯，她的身份，也由一个活活泼泼阳光灿烂的初中生，变成了一个地地道道的农民。周喜俊自幼性格刚强，她用沉默掩饰着内心的悲愤，用拼命干活压抑着精神的痛苦，她把所有书都封存了起来，白天跟大人们一样下地干活，晚上跟婶子大娘们一起到地窨子里纺棉花，一会儿也不让自己闲下来。似乎只有这样，才可以忘掉被生生折断翅膀的疼痛；似乎只有这样，才可以提醒自己、证明自己，我不比别人差，一点都不差！

母亲理解女儿的心情，劝慰她："好种子石头缝里也能发芽，只要你有出息，总会走出你自己的路。我闺女不是窝囊废……"

日出而作、日落而息的集体劳动，并不是温馨浪漫的田园牧歌；一群女人说说笑笑纺着棉花，也并不是闲情逸致的趣味娱乐。在周喜俊的心里，始终有个声音呼唤：读书、上大学，让娘享享清福！班主任老师不是说过她肯定有出息吗？她的出息在哪里？娘一天一天驴拉磨一样，从不松套，自己拿什么回报？有多少个夜晚，就有多少个不甘；有多少个白天，就有多少个要突破牢笼的愿念！

成大材者必经历大考验大淬炼。十三岁的周喜俊不得不面对一次又一次的考验和淬炼。

当时，在生产队一个男壮劳动力出一天工，可以挣十分工，折合人民币两毛钱，妇女和体力弱的人，记八分、七分不等。周喜俊年龄太小，连半个劳动力都够不上，起早贪黑干一天活，只能挣三分工，折合人民币六分钱。可她从来不服输，每天和大人干着一样的活。摘棉花，她半天能摘七八十斤，剥玉米、割谷子等农活，样样都不甘落后。

超负荷的重体力劳动，让周喜俊产生了强烈的创作欲望，因为创作会给她精神力量，让她感到生活的意义。她在繁忙的劳动之余不断写，她的作品引起了县文化馆老师们的注意，那一年夏天，县里办文艺创作培训班，邀请周喜俊去参加，四十多位学员聚集到县城外一所中学封闭学习创作了二十天。这段宝贵的时光，对于从未出过门的周喜俊来说，好比刚飞出窝的小鸟，看到外边的世界是如此精彩，她的创作热情更加高涨起来。当她兴致勃勃回到村里，准备更加努力地创作之时，却遇到了当头棒喝，生产队长说她是外流单干（指走资本主义道路）人员，不仅不让她交县里发的误工补贴记工分，还要扣除她的口粮。

周喜俊在有理说不清的情况下，只好去找村支书反映。村支书到生产队来做工作，队长表示，这次看村支书的面子可以放过她，以后决不能让她再出村！到县里开会，贫下中农子女有的是，怎么能轮到她？还让周喜俊在全体社员大会上做出保证。

如果说，周喜俊当初被取消上高中的资格只能把悲愤压在心底，那么这次她不想再沉默，她不顾胆小怕事的哥哥阻拦，在全体社会大会上和队长公开叫了板："你有权力不让我出去开会，可你没权力限制我写作，只有你剁不了我的手，我就要写，写一辈子！以后我不光要到县里开会，还要到省里，到北京，到全国各地，你想管也管不着！"

一个十六岁的小姑娘毫不气馁的正义之言，赢得众多人的赞赏，也惹怒了队长，可想而知，后来周喜俊会遇到什么样的磨难。

邪恶压不住正义，阴影遮不住阳光。队长的报复，恰恰给了周喜俊展示能力的机会，无论派给她什么样的脏活累活，她都高高兴兴接受，并且完成得非常圆满。一年又一年，她靠吃苦能干赢得了大家的公认，十八岁那年，她竟然在公众评定工分时成了生产队唯一挣十分工的女劳动力，而且还被大家选成了劳动模范。

那时讲男女同工同酬，挣上十分工，就得和男人干一样的重活，拉车驾辕，下圈起粪，拔麦子扬场，晚上踩着冰碴给庄稼上冻水……这些男人们干的农活她一样没少干过。

笔者曾问过周喜俊，是否怨恨那些当年给过自己"小鞋穿"的人？她坦然笑道："过去恨过，随着年龄的增长，早就理解了他们。你想啊，一个文革中的初中毕业生，谁能相信能成什么大事儿？再说，我当时年龄虽小，可已是生产队干活的一把好手，农忙时节正缺劳动力，我外出参加创作班，一走半月二十天的，在他们看来，这是不用参加劳动的福利待遇，这样的好事怎么就轮到你了？心里不平衡也在情理之中。"

"苦难是艺术家的粮食"。周喜俊对艺术大师吴冠中这句话深有同感。十年农村生活的磨砺，不仅让周喜俊有了强健的体魄，也让她的精神变得更加强大，她在生活磨砺中找到了创作的源泉，力量的源泉，快乐的源泉。尽管她的生存环境是那么恶劣，还有那么多人为的障碍，可写出的作品却充满了昂扬向上的力量。

她说："人不是能轻易被别人打倒的，除非自己打倒自己。越是在困难的环境中，越需要有精神支撑，如果整天哭哭啼啼，怨天尤人，那肯定就活不下去了。如果当时生存环境很优越，也许就不会走上作家之路。"

这番话，见证了周喜俊几十年坚守的艺术理想，也让我们理解了为什么在她笔下塑造了那么过坚强乐观勇往直前的人物形象。

第九篇

"文人之笔，劝善惩恶。"文艺要反映生活，但文艺不能机械地反映生活。茅盾说过："文艺作品不仅是一面镜子——反映生活，而须是一把斧头——创造生活。"生活中不可能只有昂扬没有沉郁、只有幸福没有不幸、只有喜剧没有悲剧。生活和理想之间总是有落差的，现实生活中总是有这样那样不如人意的地方。广大文艺工作者要对生活素材进行判断，弘扬正能量，用文艺的力量温暖人、鼓舞人、启迪人，引导人们提升思想认识、文化修养、审美水准、道德水平，激励人们永葆积极向上的乐观心态和进取精神。

文艺创作的目的是引导人们找到思想的源泉、力量的源泉、快乐的源泉。清泉永远比淤泥更值得拥有，光明永远比黑暗更值得歌颂。广大文艺工作者要提高阅读生活的能力，善于在幽微处发现美善、在阴影中看取光明，不做徘徊边缘的观望者、讥诮社会的抱怨者、无病呻吟的悲观者，不能沉溺于鲁迅所批评的"不免咀嚼着身边的小小的悲欢，而且就看这小悲欢为全世界"。要用有筋骨、有道德、有温度的作品，鼓舞人们在黑暗面前不气馁、在困难面前不低头，用理性之光、正义之光、善良之光照亮生活。对人民深恶痛绝的消极腐败现象和丑恶现象，应该坚持用光明驱散黑暗、用真善美战胜假恶丑，让人们看到美好、看到希望、看到梦想就在前方。

——习近平在中国文联十大、中国作协九大开幕式上的讲话

灯火有光，是因为它自身有能量。周喜俊说："用阳光心态对待周围的人，用平和目光看待身边的事，用积极进取的姿态谋划好自己的工作，用对社会负责的态度创作每一部作品。"；"艺术的最高境界就是让人心动，让人们的灵魂受到洗礼，让人们发现自然的美、生活的美、心灵的美。"……周喜俊一贯具有着赤子心、赤子情，所以她的作品里总是阳气升腾，有热量，有光明，有对生活对未来的滚烫的拥抱和沸血的热情。

热度与亮度

——谈周喜俊现代戏曲剧本

一个作家,总有他的基础体温和光亮程度,这个基础体温和光亮程度会一以贯之地表现在他的一系列作品中。不论题材内容,也不论体裁样式。周喜俊的作品,在题材内容上有着比较一致的连贯性,大都描写、表现华北农村在改革开放之后人们的生命状态;在体裁样式上,则不拘一格,跨度很大,有小说、散文、戏曲剧本、电视剧剧本,等等。无论哪一种体裁样式,熟知她的读者,都不难感觉到浸润在作品中的温暖和光亮。尤其在现代戏曲剧本中,表现更为明显。

周喜俊的现代戏曲剧本总共四篇:现代评剧《七品村官》、现代丝弦戏《孔雀岭》、河北梆子现代戏《金匾泪》、河北梆子现代戏《九龙湾》。这四篇都是关于农村题材的,其中三篇是关于农村绿化荒山、改革致富的内容。我写到这里,就好像已经隐隐感觉到了一股春天的气息:温暖、明媚。

是的,我们来看看周喜俊的现代戏曲剧本。

一、题材内容方面

周喜俊的现代戏曲系列剧本,绝不沉湎于家庭的琐屑和平庸,也不专注于个人之间的爱恨情仇,更不热衷于坊间街巷的异闻传说,而是面向广阔的社会生活,着眼于时代滚滚洪流中的社会问题,描写三农问题、改变农村落后面貌问题、绿化荒山问题、农民创业致富问题,等等。例如,《七品村官》写时占经为了改变自己家乡干旱、贫穷、落后的现状,依然放弃省城已有的优裕生活、放弃令人艳羡的职务，回到家乡，带领父老乡亲挖井、开荒、绿化，使"家乡换新貌，荒山披绿装。天上连卫视，地下贯水廊。校园美如画，街道宽且畅。"《孔雀岭》写江明山、柳梦兰为实现孔雀岭的绿色梦想，不遗余力坚持不懈，最终实现了孔雀岭绿树葱茏、花果满山的愿望。《九龙湾》中，方秀娟和杨山宝一对年轻人，为了家乡人民共同富裕，炸荒山搞开发、因地制宜建工厂引投资，造福一方百姓，改变老区面貌。

这样的题材内容，很容易使作品呈现出热烈的温度和明媚的亮度。

二、人物形象系列

周喜俊现代戏曲剧本里的主人公形象，诸如柳梦兰、江明山、时占经、方秀娟、杨山宝等等，他们都经历过各种困顿、挫折，甚至是苦难，但他们也都得到过别人的帮助和生活的馈赠，所以，他们直接而自然地选择了善良、回报和给予。他们不藏私不泄愤，不耍阴谋不施诡计，胸襟坦坦荡荡，行为磊磊落落，且向上向善，有理想有目标，肯努力能奉献，肯坚持有韧劲。而且，他们都热恋着一方热土——自己家乡的一方热土，并最终回归家乡这片土地，最终服务于这片土地上的父老乡亲。就像风筝一样，不管飞得多么高远，都无怨无悔地回落到自己家乡的大地上。他们有热能、有热量、有热情，自始至终地爱家乡、爱故土、爱父老乡亲；他们目标明确、规划科学、有胆有识，是当代新型的创业者形象，能够起到带动、引领的作用。他们是改革开放初期的航标和灯塔。作品中的其他人物，或许有这样那样的缺点和局限，不可效仿但可以理解和原谅。比如，方秀娟的母亲方婶儿，看到杨山宝残废以后，就阻挠女儿和杨山宝的婚事，自作主张偷偷地给方秀娟和王大偏领了结婚证；秀岩看到柳梦兰去到城里当保姆以后，就趁虚而入，伺机鸠占鹊巢与江明山结婚；金彩莲介绍柳梦兰去钱继安家当保姆，还偷偷地收取好处费，等等。他们都是凡夫俗子，他们常常从自我出发，看重短期利益，但都属于人之常情的小自私，且有反思的能力和改正的自觉。从宏观方面来说，他们仍然是温暖的、有亮度的。

周喜俊一贯坚持写人性的美好，始终相信人性的美好，始终相信美善能够征服丑恶、战胜丑恶。或许，这就是作家内心的基调与信念。正如孙犁所说："文学是追求真善美，宣扬真善美的。我愿意看到充满希望的东西，春天的花朵，春天的鸟叫，不愿意去接近悲惨的东西"，"我经历了我们国家民族的重大变革，经历了战争、离乱、灾难、忧患。善良的东西，美好的东西能够达到一种极致。我经历了美好的极致，那就是战争。我看到农民，他们的爱国热情、参战的英勇，深深地感动了我。我的作品表现了这种善良的东西和美好的极致。"孙犁深入骨髓的对真善美的追求，形成了他作品风格的清新、明丽、净朗的审美风格。与孙犁遥相呼应，周喜俊说："一个人的成长经历，决定了他自己的创作理念。我是农民的女儿，农民的快乐与忧愁是我永远的牵挂。我想从生活中发现能激励人奋进的亮点，然后通过作品给农民以精神支撑"；又说："让人们面对困难和挫折依然能找到生活的方向和奋斗的勇气"。基于这样的创作理念和对家乡父老的深情厚谊，周喜俊的现代戏曲剧本塑造了一系列闪光的、发热的人物形象。这些人物形象，以其澎湃的激情温暖着人们，以其磊落的品格照耀着人们，使作品呈现出燃烧的温度和明媚的亮度。

三、主题思想方面

在周喜俊的四部现代戏曲剧本里，有三部体现着统一的主题，那就是：通过青年奋斗者的艰辛历程，歌颂个人奋斗的价值和意义，赞美奉献社会、回馈家乡的磊落行为。并展现了我国改革开放初期，农村社会的暗流涌动和青年们的激情荡漾。这一主题一以贯之地体现在周喜俊的诸多作品中，实际上是作家触摸到了时代的脉搏，是作家应和着时代的节拍。在那个时代，万象更新、朝晖初现，整个社会整都激情澎湃，整个民族都满怀希冀。我们从作品中，感受到的是作家本人对民族未来的坚定信念，是作家本人跟时代的热切拥抱，是作家本人敞亮磊落的心胸和对未来热切的希望。所以，不必一提说听命文学就摇头，不必一看到鲜明的政治倾向就皱眉，也不必一听说歌功颂德就烦躁。鲁迅的《呐喊》就是"听命"的、"得将令"的，却丝毫不影响他作品的巨大艺术魅力和成为经典的必然；孙犁是拒绝在作品中表现丑恶的，却丝毫不妨碍其作品独一无二的审美吸引和文学史价值。文学艺术的优劣得失，关键并不在于写什么，而在于怎么写。只要不以文害意，只要达到了艺术形式和主题内容的高度统一、达到了妙合无间的高度融合，只要符合艺术的真实性原则，就不失为优秀的作品。

周喜俊现代戏曲剧本，以改革开放初期的北方农村为背景，写这一时期农村青年的奋斗、创业、建设家乡的过程，歌颂新人物、新生活、新政策。基调明朗激越、奔放热烈。

四、故事发生的时间、场景

《孔雀岭》开篇把故事置于春天的季节。一拉开序幕，就是男女青年在欢快的乐曲中翩跹起舞，并伴有歌唱："春风吹，春潮涌，春雨洒，春意浓。春临孔雀岭，孔雀欲开屏。植树造林奔富路，志在荒山绿葱葱。"一派春意盎然、暖意升腾、春光明媚、喜气洋洋的氛围。温度和亮度都十分饱和。故事结尾，则被安置在中秋喜庆的时节，一个大团圆的结局：江明山、柳梦兰结伴而归，再续前缘；钱继安被平反释放也随之而来；钱小帆以及钱小帆的同学数人怀抱鲜花蜂拥而上——他们是刚刚大学毕业来孔雀岭工作创业的；还有江明山的父亲宽叔，以及村民花婶、彩莲，等等。众人在喜庆的音乐声中欢腾起舞。而结尾处的背景，则是绿树葱葱、花果满山的孔雀岭。喜庆团圆的氛围与中秋月圆的时间节点相应和，依然给人一种温暖的体感和明媚的视觉感受。整个剧本的文本时间开始于春天，结束于秋天。而对故事本身的时间在文本中则省略了许多，比如，钱小帆从顽皮淘气的孩童，到长大成人、学有所成，这一段较长的时间一带而过，没有在文本中呈现。在文本中，直接呈现给我们的，是两个季节：开头的春天和结尾的秋天。这两个季节，是北方最美好、最宜人的季节。春天，绿意葱茏、和煦、温暖、希望、明媚、敞亮……剧本中的秋天，也不是枯败萧索的暮秋，而是绿意盎然的初秋、中秋季节，依然和煦温暖、明媚敞亮。

开头、结尾相互照应，一气流贯，形成了温暖的情感基调，以及饱和、明媚的亮度色彩。

《七品村官》里，文本开始于夏季，山上，众百姓热腾腾的祈雨场面；省城里的时占经家，时占经的妻子、女儿正在准备为时占经庆祝生日，场面温馨幸福。结尾处："中秋节，山上绿树郁郁葱葱，红枣满坡。山坡上，时占经兴致勃勃地和妻子交谈着。"场面温馨，暖意融融。几乎与此同时，是行乐村村民对时占经的热切挽留。他们几乎全村村民向县委书记写请愿书、按红手印，请求时占经留在行乐村。共有四百五十八位村民按下了自己的手印："这四百五十八个血红的手印啊,让我看到了一张张可亲的面容。这四百五十八个血红的手印啊,让我听到了一个个殷切的呼声。这手印让我触摸到滚烫的心,这手印让我感受到燃烧的情。"场面热烈,温度骤然上升。文本中,即使在冬季,也依然让人感到暖暖的温度,热热的激情。比如,大雪飘飞时,山上的工棚里,时占经和几个支委在研究地下水廊工程时,虽然条件艰苦,虽然任务艰巨,但他们胸中的激情可以把冰雪融化,他们执着的愿望可以使枯木发芽……作品中,处处都能让人感受到暖流的涌动。

周喜俊执着地把一系列戏曲故事的结局安置在了中秋月圆之时。在我国文化传统里,春节是首要的第一位的团圆、喜庆之节日,八月十五中秋节则是仅次于春节的第二个团圆、喜庆的节日。在河北梆子现代戏《九龙湾》中,又同样把男女主人公(杨山宝和房秀娟)时隔多年之后的见面,安排在了中秋节。并且,在周喜俊现代戏剧中所描写的秋天丝毫没有萧瑟、枯败的色彩和冷寂的温度。"自古逢秋悲寂寥,我言秋日胜春朝。晴空一鹤排云上,便引诗情到碧霄。"刘禹锡的这首《秋词》是对周喜俊现代戏曲剧本中季节描绘的最好诠释。

除了季节特点之外,在空间(场景)安排上,(除了《金瓯泪》之外)剧本都无一例外地把大部分的情节发展安排在了室外。场景在室外,使空间感阔大、敞亮。并且,周喜俊还不厌其烦地、很执着地反复描绘明明亮亮的、绿意葱茏的广袤山地,以及在这样的土地上,人们心底燃烧的激情和不断升腾的热望,即这片土地上,即将达到沸点的温度和绿意油然的亮色。

不难感到,时间和空间场景安排的特点,使作品充溢着温暖和激情、明媚和光亮。

五、语言音韵方面

在各类艺术当中,大家公认的是,音乐是最具有抒情性的艺术形式。而文学与音乐又有着最为密切的关联,戏曲文学更不例外。文学中语言的抑扬顿挫和长句短句的节奏,以及音韵的高低开合,自然而然地形成了语言声音方面的音乐性效果。成熟的作家,从不忽略作品语言的音乐性特征,都力求通过语言的音乐性形成独异的美学风格,并加强抒情的效果。作家的思想坚持和自我情性的不同,使得作家在创作中一贯坚持的语言风格也大相径庭。周喜俊的现代戏曲剧本中,

"言前"韵和"江阳"韵出现频次极多,无疑可以作为研究其创作风格的一个立足点。

"江洋"韵开阔、大气、恢宏、嘹亮、舒展、敞亮。"言前"韵和缓、舒适、不疾不厉。周喜俊的现代戏曲剧本中,密集使用这两个音韵,和作品主题及人物性格相配合,更强化了作品的热情洋溢、明媚舒展的情感氛围。略举例分析:

三年前为抗婚逃离家乡,
情急中跳洪水险些身亡。
多亏了山民把我来救,
秀娟我更名龙飞独到异乡。
三年来尝遍酸甜苦辣,
闯闹市开眼界胸有主张。
凭实力被招聘为总经理,
在人前谈笑风声喜迎八方。
可谁知夜深人静我依窗眺望,
思乡泪如珍珠满面流淌。
忘不了九龙湾的一草一木,
忘不了母亲乳汁把我喂养。
忘不了乡亲们对小康的向往,
忘不了九龙泉水情谊绵长。
忘不了和山宝共同的理想,
定让这九龙湾腾飞造福山乡。
抓机遇承包下开发总公司,
联合了实力雄厚的投资商。
决心搞综合开发深挖宝藏,
让九龙湾的产品打开那绿色通道,
走向市场为民造福为咱老区争光。

这是《九龙湾》中方秀娟时隔多年回到家乡后的一段唱词。"江阳"韵,一韵到底,并主要以平声为主,一气呵成,形成了平顺、畅达、流利、一泻千里之势。丝毫没有顿挫、压抑、曲折之感受。结合唱词，更体现了时间、空间上的开阔性，和一往无前昂扬乐观的情感态度。《九龙湾》中有九处使用了"江阳"韵，《七品村官》中有两处，《孔雀岭》有五处，可见这一韵使用的密集程度。"言前"韵在现代戏曲剧本中使用则更为频繁，其中，《七品村官》中有十三处，《孔雀岭》中多达二十处，《九龙湾》中有二十四处……例如，其中一段：

方婶：
劝女儿切莫死心眼，
甘蔗没有两头甜。
大偏虽不如山宝好，
可四肢健全能挣钱。
方秀娟 枣花虽不耐干旱，
雪花耀眼怕晴天。
山宝身残志向远，
跟他终生有靠山。
方婶：
有钱能使鬼推磨，
无钱有志也枉然，
你和大偏成婚配，
吃穿不愁多清闲。
方秀娟：
牙缝的米难填肚饱，
嘴唇上的油腥难解馋。
我愿和山宝共把家乡建，
我愿计众人撑起富裕船。
方婶：
弯尺不能画直线，
空想不能顶吃穿。
山宝成了一杆锤，
折翅的雄鹰难上天。

你要和他把婚结，
一辈子的苦酒喝不完。
方秀娟
婚姻大事我做主，
吃苦受累我心甘。
……

这一段是在杨山宝为开荒山残废以后，秀娟妈对秀娟婚姻的干涉。母女二人唇枪舌剑，针尖对麦芒，各有坚持，各不相让。但由于，"言前"韵一气流贯，情感氛围就平和、安顺，不暴戾、不躁烈。结合唱词，使我们感觉到，她们之间虽有分歧但都出于善的愿望，虽有争辩但并没有硝烟弥漫。她们的矛盾，并非你死我活、剑拔弩张。而她们各自的唱词中，都使用了民间俗语，使本来严肃的婚姻问题得到戏谑化的消解。

以上着重探寻了周喜俊现代戏曲剧本明朗、劲键、热烈、阳刚的一面，但她的阳刚又不失其柔和、妩媚。具体表现如下：

其一，她作品的主人公，女性形象位置显赫。比如，《九龙湾》中的方秀娟比男主角杨山宝更有分量，《孔雀岭》中的柳梦兰也比男主角江明山更占有篇幅。《七品村官》中，虽以男主人公时占经为主，但时占经的妻子姚瑞珍也占有不少戏份。这些女性形象，外柔内刚，她们有坚持、有原则，又不乏细腻柔婉。其二，作品虽以创业为主题，但也顾及到了人的精神生活的多层面性，写了男女之情的曲折微妙。其三，"言前韵"本来也是一个不躁不烈、和婉、适中的韵。其四，春、秋之季节的特征，也是柔媚的、明亮的。

以上种种，可以看出，周喜俊的现代戏曲剧本，有着温暖、热烈，明媚、阳光的氛围意境。

作者周喜俊一贯具有着赤子心赤子情，所以她的作品里总是阳气升腾，有热量，有光明，有对生活对未来的滚烫的拥抱和沸血的热情。现代戏曲剧本尤其如是。但她热的温度又截然不同于酷夏的燠热、燥热、骚动不安，而是一如她作品中呈现出来的，如春之和煦明朗、生机勃勃，如秋之晴和日好、郁郁葱葱。习惯上，人们统统把文学风格分为两大类：阳刚和阴柔。我却觉得，周喜俊的作品用"阳柔"一词来概括则更为恰切：劲键、明朗、柔和、妩媚。

善与人交，久而敬之

在日常生活、工作中，周喜俊是一个自然、本色、自在、洒脱的人。她不装不作不虚矫不伪饰，一个个令人会心一笑的场景，都是周喜俊的本色出演。真诚，才显自然；自然，才显洒脱；洒脱，就是美。当然，真诚、自然、洒脱的背后，是基于内心的强大和自信，是没有私心杂念之后的明媚和坦荡。有这样的基础，然后才有美，才可亲可敬。否则，单纯的自然而然的行为，就容易沦为小孩子的任性。

周喜俊就是这样一个人：精神纯粹，心地明媚坦荡，性情自然洒脱。

众所周知，周喜俊的工作效率出奇的高。文联工作的实绩，艺术创作的多产高产，直至最近几年井喷一般的作品出现，简直令人目不暇接。大家常常有这样的疑问：周喜俊旺盛的创作精力从哪里来？她的创作时间如何保证？我想，当大家了解了周喜俊本真、自然、洒脱、率直的性情及处事方式后，就可以解答心中的疑惑了：正是因为周喜俊心不藏私，才能够从容坦荡、率直自然，所以，她的精力才没有无谓的耗散，才成就了她井喷一般的创作实绩；也是因为如此，她的同事、同行、朋友们，都非常乐意跟她在一起，乐意跟她一起工作、一起下乡，乐意听她谈谈文艺创作和人情世态，乐意跟她心贴心地聊一聊。

孔子称赞齐国大夫晏婴说，晏婴善于与人交往，且相识时间愈久，就愈敬重他。周喜俊何尝不是！善与人交，并不是交往的技巧，而是以替他人着想为基础，以及在此基础上的坦诚、直爽。当然，大家愿意与周喜俊交往，还在于她思路明晰，意识超前。与她交往，内心的惰性就被驱散了，消极思想就逃遁了。与周喜俊一席谈，能够在某一方面受到启发，常有豁然开朗之愉悦。

所以，提到周喜俊，熟悉她的人，表情都会灿然起来。

"善与人交，久而敬之"，这句话用在周喜俊身上，再恰切不过了。

第十篇

因时而兴,乘势而变,随时代而行,与时代同频共振。在人类发展的每一个重大历史关头,文艺都能发时代之先声、开社会之先风、启智慧之先河,成为时代变迁和社会变革的先导。离开火热的社会实践,在恢宏的时代主旋律之外茕茕孑立、喃喃自语,只能被时代淘汰。

祖国是人民最坚实的依靠,英雄是民族最闪亮的坐标。歌唱祖国、礼赞英雄从来都是文艺创作的永恒主题,也是最动人的篇章。我们要高扬爱国主义主旋律,用生动的文学语言和光彩夺目的艺术形象,装点祖国的秀美河山,描绘中华民族的卓越风华,激发每一个中国人的民族自豪感和国家荣誉感。对中华民族的英雄,要心怀崇敬,浓墨重彩记录英雄、塑造英雄,让英雄在文艺作品中得到传扬,引导人民树立正确的历史观、民族观、国家观、文化观,绝不做亵渎祖先、亵渎经典、亵渎英雄的事情。要抒写改革开放和社会主义现代化建设的蓬勃实践,抒写多彩的中国、进步的中国、团结的中国,激励全国各族人民朝气蓬勃迈向未来。

——习近平在中国文联十大、中国作协九大开幕式上的讲话

周喜俊说:"来自人民、植根人民、服务人民,是我们党永远立于不败之地的根本。纵观中国文艺史,无数事实证明,只有植根人民的文艺工作者,才会受到人民大众的拥戴;只有与人民心连心的作家艺术家,才能不断攀登艺术高峰;只有经得起人民检验的艺术作品,才能具有旺盛的生命力。我作为在党的培养下成长起来的一名文艺工作者,回顾 30 多年的创作和工作经历,深深体会到,植根人民是作家艺术家生存之根,是文艺事业健康发展之本。"、"面对各种文艺思潮,我依然坚守着文艺为人民大众的方向,一如既往地走着深入生活的道路。我的清醒来自人民,我的成长经历让我时刻铭记,人民是文艺工作者的母亲,作家艺术家只有与人民血肉相连,艺术生命之树才能常青。"

情深而至痴，平淡而至醇

——谈周喜俊作品的基调

清人张岱说，"人无痴而不可与交，以其无深情也；人无癖不可与交，以其无真气也"。痴，是指极度迷恋某人或某种事物，有痴情、痴迷、痴狂、痴心、痴梦……都是指过度迷恋、沉浸于某一事物之状态。在文学艺术领域，有自己风格和成就的作家，往往对某一类题材、对某一个主题、对某一类人物形象执着一念，在一系列作品中反反复复地去书写表现。例如，老舍就写他熟知的老北京城，写老北京城里的底层人物，表现对底层人物生存命运的关注和同情；赵树理就写他长期生活的华北农村，写华北农村在解放初期历史变迁的过程中，人们的思想冲突和变化；贾平凹就写他的陕南农村，写陕南农村的故事和人物，表现那里人们的生存困境和对困境的突围；还有沈从文的湘西、茅盾的旧上海、孙犁的冀中平原……

我们熟知的作家周喜俊，无论小说或电视剧本，抑或戏曲剧本，都有着作家念念不忘割舍不掉的表现对象，有着情深至痴的关注和挂怀。

第一部分，先从"情深而至痴"这个视角谈谈周喜俊的文学创作。

一、乡园之痴

周喜俊的作品，几乎无一例外地在叙写生养她的那片土地，写世世代代生活在那片土地上的父老乡亲，关注父老乡亲的现世生活和未来命运，写他们的喜怒哀乐和理想愿望。其对乡园的一往情深，不可忽略。

第一，绿化荒山，美化家园

中篇小说《情系孔雀岭》写在解放初期，孔雀岭人民"依山筑坝，建成水库，取名孔雀湖。此湖位于群山之中，奇峰叠翠，碧波千顷，湖光十色，交相辉映。登上孔雀山，极目远望，好似站在一只大孔雀的顶冠，碧波荡漾的湖水，恰似孔雀开屏，展翅欲飞，让人有一种飘飘欲仙的感觉。青山绿水，四季如画，丰富的自然环境，令孔雀岭人引为自豪"。但是，在后来大炼钢铁的年代，树木被砍伐一空，孔雀岭变成了荒山秃岭。八十年代，改革开放时期，江明山、杨金泉、柳梦兰等一代青年，开始对孔雀岭进行远景规划，他们率先承包了几百亩荒山，开始了对家园的建设。小说故事就是从这一视角开头，又围绕这一内容展开。最后，经过几年的艰苦努力，实现了他们的绿色梦想，把孔雀岭建设成了绿化太行先进典型。短篇小说《桃花岭》写一帮青年人，来到"饿狼嗷嗷叫，野兔遍地跑，方圆十里不见村的荒山秃岭"安营扎寨，使这荒山秃岭"一年一变样，两年一换装"，"到了第五年头上，这里已是果花盛开，满山飘香"了。现代评剧《七品村官》写时占经带领行乐村村民开山打井，经过多年艰苦奋战，终于使得行乐村"穷乡换新貌，荒山披绿装。天上连卫视，地下贯水廊。校园美如画，街道宽且畅"。还有戏曲小品《进山》、《山情画卷》、《田大娘上山》等等，也都是以绿化荒山为题材为主旨，表达作者改变山村生态环境的热切愿望。似乎是一种执念，周喜俊不厌其烦地在作品中描绘着乡园如诗如画的自然环境，表达着对乡园的深深热爱和殷殷期待，对一方热土的深情祝福。就如陶渊明对于桃花源的向往，热烈而执着。写到此，我不由想起艾青的诗句："为什么我的眼里常含泪水，因为我对这土地爱的深沉"

第二，因地制宜，综合开发

正因为对乡园的无限热爱和眷恋，也因为周喜俊从来都不是仅仅停留在感性认知层面，从来都不是仅仅凭借所谓的艺术感觉来创作，而是以深入体察和理性思考作为艺术创作的前提，并一贯有着发现问题、寻找出路的探索精神，所以，她的作品就不可能仅仅停留在绿化荒山、美化家园、营造桃源美景这样的层面上。在骨子里，周喜俊是有着坚定的责任感和使命感的。从一系列的创作来看，周喜俊是要设身处地，以一个当家人的责任和高度，让她笔下的主人公带领乡亲们治穷致富，改善生活，迈向小康的。并且，不难看出，周喜俊具有着科学精神和超前意识：农村改革开放，发家致富，不能杀鸡取卵寅吃卯粮，而是要因地制宜综合开发，建立生态发展的良好模式。也就是，综合开发、生态保护要与创业致富相统一。

小说《情系孔雀岭》就直接谋划了一张孔雀岭前景规划图："利用本地资源，艰苦创业，向深层次开发，实现农、林、果、木产业化结构，彻底改变农村落后面貌"。在江明山的带领下，先是孔雀山被评为全省绿化山区先进典型，栽植了万亩枣园，红枣成为国内外消费者喜欢的优质天然绿色食品。而后，又建立了林果开发总公司，还要用孔雀岭生产的绿色果品做原料，建立一个中国航空食品公司，在碧波荡漾的孔雀湖边建立一所航空疗养院……小说《九龙湾的悲喜剧》中，杨山宝、方秀娟们不仅利用山上的优质水源，开发建立了矿泉水厂，还利用九龙山这块风水宝地，开发了九龙旅游开发公司。长篇小说《当家的男人》中，人们打水井、开荒山，发展了养殖、果林和绿色蔬菜项目，并发展果品深加工产业。在打井的过程中，虽发现地下丰富的矿石，但为长远生态发展，坚决拒绝在山上采矿，保护了生态环境。在时涌泉们经济上遇到瓶颈的时候，有人提出与他们合作，给予优厚的经济条件，要在山上建立肠衣厂，被时涌泉断然拒绝，就因为肠衣加工对自然生态环境的污染。他们一贯秉承"保护生态，科学发展的原则"，不吃子孙饭、绝世饭，保证了枣树村空气新鲜、没有任何污染。也由此引来了投资者的青睐，意欲把枣树村作为粮、肉、蛋、奶的专供基地。

"为了爱！我爱那生我养我的小山村，我爱那亟待开发的处女地，我爱那勤劳善良的众乡亲，我爱那情同手足的伙伴们"，"为了让我们家乡那沉睡的巨龙早日腾飞，也为了让这个濒临倒闭的公司充满生机……我虽然远离家乡，但我一刻也没有离开过那片生我养我的土地。我爱那山、那水、那天然的优美风景。那是一块多么需要开发的宝地啊！"这虽是《九龙湾的悲喜剧》中方秀娟的内心独白，但又何尝不是作者自己的深情表达。

第三，和谐发展，共同富裕

周喜俊的作品，大都在关注农村的改革发展和经济命脉。并且，她总是从整个社会和谐发展的大框架考虑，而不是专注于一人一事或一家一户的命运变迁。当然，从艺术构思的角度来看，周喜俊的作品大多是：其切入点小，而视野宏大。

关怀农民命运，关注社稷民生，是周喜俊一贯秉承的创作基点。她的作品，常常从一人一事入手，辐射整个农村社会，以某一人的开创进取，引领大家的共同富裕。

《当家的女人》中，张菊香先是养奶山羊，自己发家致富，而后又增加了水貂养殖："把羊奶做成奶豆腐，代替鱼肉做饲料，既减少了进城交奶的麻烦，又能得到比卖羊奶高几倍的效益……貂皮又可以出口卖个大价钱"。当张菊香的养殖业风生水起大有成效的时候，她不满足于自己一家一户的富裕小康，又"突发奇想"，成立了股份制企业——"太行珍稀动物养殖公司"，把大家的闲散资金利用起来，带领大家一起致富。并且，"村里架桥修路，给乡中学赞助，给县敬老院捐款，"张菊香出手就是几万，从来都不眨眼。后来，养殖公司由于疫苗问题遇到挫折，张菊香又"建立了全省最大的大棚蔬菜生产基地，带领着全村人继续往前走"，"一个新的花木村平地而起"。《当家的男人》中，时涌泉更是枣树村的当家人，他说："我回去这几年，风风雨雨经历了，苦辣酸甜尝过了，虽说比在城里上班不知道多脱了几层皮，多掉了几斤肉，还有两次差点丢了命，可乡亲们过上了好日子。看着村里一排排新房盖起来，道路宽阔了，街里敞亮了，小学校建立起来了，有线电视装上了；山上的枣树成了村民的绿色银行，地下水廊工程按预定计划即将完工，村里修了水塔，自来水管安到了每一家；卫生院解决了农村就医难问题，丝弦剧团丰富了农民的文化生活；光棍找上了媳妇，老人有了生活保障，看到乡亲们日子过得和和美美，我这心里挺舒坦的"……时涌泉坚信这样的信条："吃百姓之饭穿百姓之衣莫道百姓可欺自己也是百姓，得一官不荣失一官不辱勿说一官无用地方全靠一官"。

《孔雀岭》中江明山、柳梦兰最大的愿望"就是将来让这光秃秃的荒山披上绿装，让山村人能过上好日子"；《辣椒嫂后传》中的韩华姣，先是办家庭养殖，成功之后，又扩大规模，引进股份，建立了拥有500多员工的股份制企业。她"土医生学针灸——先照自己身上扎。成功了，给大伙找赚钱的门路，赔本儿了，割自己的肉补窟窿"。……

总之，不论故事、小说，还是戏曲剧本，抑或电视剧本，也不论长篇或短篇，周喜俊都执着地、一贯地书写着农村的题材内容，表现农村自然生存环境的美化以及农村百姓发家致富的历程。不难看出，周喜俊对乡园有着深入骨髓的热爱，对父老乡亲有着深切的眷恋和挂怀。在许多场合，周喜俊都以"农民的女儿"自称，她说，自己从小生长在农村，吃的是农民种的粮食，看到的是父老乡亲在田间劳作的身影。虽然已经进城多年，但周喜俊一直与农村有着割舍不断的情感关系。为了创作，也为了心中的那份牵挂，周喜俊常常扎根农村，一住就是十天半月。她说，不是自己多么高尚，而是不去都不行；去到农村，也已经不是什么深入生活了，而是自己已经与父老乡亲血脉相连，分也分不开了。

其对乡园的深情、痴情，可见一斑。

二、女性之痴

在周喜俊的全部作品中，可以说，女性主人公所占比例相当大，几乎达到百分之九十以上的份额。而且，在人物性格方面，男性人物往往只是女性主人公的陪衬，甚至是反衬。女性主人公大都是带有理想色彩的优秀人物，是高出于芸芸众生、有一定魄力、做出了相当成就的人。而围绕在女性主人公周围的，或说是与女性主人公有较多交集的男性人物，则往往有着比较拙劣、鄙陋或见识短浅的特征。例如：

韩华姣热情大方、坚持原则、公平正义，而杨滑子则老奸巨猾、自私自利（《辣椒嫂》）；杨菊英毛遂自荐当县畜牧场场长，敢想敢干、富有责任心，且成就显著。而原场长黄兆材则无能无才、不负责任，把个好端端的畜牧场给糟蹋了（《农妇当官》）；青年女性郝彩云性情爽朗、不惧权势、不徇私情；而村主任郝中保思想守旧、以权谋私，其儿子郝二黑不务正业、吊儿郎当，甚至连郝彩云的男友林少勇都显得懦弱、狭隘（《枣园风波》）；喜莲莲精明强干，而常歪嘴、钱世安等人却劣迹斑斑（《俏厂长的罗曼史》）；张菊香大度、包容、坦荡、进取，其丈夫李二柱则小肚鸡肠、大伯哥李大柱木讷窝囊，侯二更是卑劣不堪（《当家的女人》）……还有单桃花（《桃花岭》）、梁艳霞（《婆媳分家》）、白素娥（《白素娥巧会扑克迷》）、宋杏花（《婚变》）、方秀娟（《九龙湾》）、李亚仙（《曲江情》）等等，又何尝不是出类拔萃的佼佼者。即便是以男性为正面主人公的长篇小说《当家的男人》中，除了主人公时涌泉之外，其他男性人物形象又何尝不是女性形象的陪衬！盼雨的目光短浅陪衬石榴的远见明理，牛二楞的自私狭隘陪衬菊叶的善良、隐忍；还有青年女记者李雅楠，其思路明快、性格爽朗更在一般男性之上。

如此数量众多地刻画女性形象，如此旗帜鲜明地颂扬女性，恐怕在文学史上也属罕见。我想，在这个话题点上，值得文艺评论者们深入探讨。在此，先撮其大概，梳理一二：这样的创作倾向，应与作者的女性身份有关，表现作者对女性身份的极大认同；而这个认同，又是基于作者对自我人生价值的极大肯定；这个肯定，又是基于其文学创作上的赫赫成绩，以及行政工作上的游刃有余得心应手。

说周喜俊的作品中，体现了另一种精神态度——女性之痴，恐怕毫无争议。

第二大部分，我们再从"平淡而至醇"这个视角来谈周喜俊的文学创作。

"醇"，意指气味、味道纯正而浓厚。古人在谈论艺术的时候习惯于从"味觉"角度来切入，而鉴赏艺术也自然就习惯用"品味"、"品评"这一类词语。比如，南北朝钟嵘提出的"滋味说"一直深入人心，影响久远。

接着，我们再来说说"平淡"这一味的特点。

从大类上来划分，我国魏晋六朝时期，就已经把文学作品分为平淡和绚烂两种不同的美学风格，并明确表示，平淡之风格的作品要高于绚烂之风格的作品。诸如，鲍照比较谢灵运和颜延之的诗歌，谓谢诗是"初发芙蓉，自然可爱"，颜诗则"铺锦列绣，亦雕绘满眼"。钟嵘《诗品》也有："谢诗如芙蓉出水，颜诗如错彩镂金。颜终身病之。"显然，鲍照或钟嵘都认为"初发芙蓉"（平淡）比"错彩镂金"（绚烂）是更高一等的美学境界。所谓平淡，意指平实、朴素、自然、纯真，以尽可能少或平实的词汇去接近事物的平常面目，并表达丰厚的情感意蕴。绚烂，意指华丽、铺张、藻饰、雕琢，以尽可能丰富的词汇去突出事物的富丽面貌，浓烈繁华、绚丽多彩。到了宋代，苏轼更明确地提出"绚烂之极归为平淡"的理念。可见，平淡之格调，是一种至醇至美的艺术境界。

在以上理论认识的基础上，我们再来简略谈谈周喜俊的文学创作。

前面已经谈到周喜俊在文学创作中表现出来的"痴"情（乡园之痴、女性之痴），可以说，她对家乡、对父老真可谓一往情深，至痴至迷。在艺术形式上，周喜俊一直使用老百姓的语言，用老百姓喜欢的艺术形式，讲述老百姓自己的故事，无伪无饰，不雕琢不堆砌，似是信手拈来，脱口而出。达到了自然、平淡之化境。

首先，表现在语言上。周喜俊作品，通篇没有生僻的字词，没有拗口的字句，也完全看不到曲折的长句，一切都口语化、生活化；多用俗语、谚语、歇后语等等。诸如，"屎壳郎钻进豆缸里——充什么大个儿黑豆"、"懒驴上套屎尿多"、"强龙压不住地头蛇"、"老天爷饿不死瞎眼雀儿"等等，诸如此类的语言在周喜俊小说中俯拾皆是。还有大量的比喻句，其喻体都是最接地气的、老百姓日常生活中最常见的事物，诸如，"他赌博上了瘾，就像珠子滚进烂泥塘，越陷越深"、"他是打不开的锈锁，睡不醒的蠢猪，一块不可雕的朽木疙瘩"、"呆呆气得脸色好像紫茄包"……这些语言产生于老百姓当中，也活跃在老百姓生活中，带着芳香的泥土味儿和浓浓的烟火气息。另外，作品语言还常常具有节奏感的律感，读起来朗朗上口，听起来悦耳动听，如"吃过早饭，在通往县城的柏油路上，推小车的，赶大车的，开摩托车的，车水马龙；驮着鸡的，带着鸭的，挑着兔的，拉着猪的，人山人海"（《神秘的半仙》）读着这样的语言，就好像听到了农村百姓站在街头巷尾说着自己的家长里短，抒发着自己的喜怒哀乐。好像不是作家在反映他们的生活，而是他们在上演着自己五味杂陈的生活剧。

除了语言上的特点之外，还有民俗描写，比如婚俗中的换书、闹房、娶亲、迎亲等等。塑造的人物形象，尤其是女性形象，大都泼辣、爽朗、热情、大方，如北方大地上红彤彤的高粱，飒爽英姿，在属于她们自己的土地上茁壮成长，犹带泥土芳香。再有以说书人的口吻，讲说故事的叙说方式，糖葫芦串式、包孕式结构方式，等等等等，这些语言风格和艺术技法，与作品的题材内容都很"贴"，没有丝毫违和感，自然、淳朴，如行云流水。

作品题材内容、思想情感之"痴"，与艺术形式之"醇"，使作品由内而外洋溢着醇香、醇味的乡土气息，达到了平淡而至醇的审美境界。

幸得谁来助

汤显祖说自己的戏曲诗词文章华彩,是"幸得江山助"。似乎每一位艺术大家,都有一个让他钟情痴情魂牵梦萦的去所,这个去所给他灵感给他激情,让他的生命之火熊熊燃烧,让他的艺术思维生生不竭。

那么,周喜俊赫然灿然的艺术成就是幸得谁来助呢?

很显然,是农村,是冀中大地,是那片热土上生生不息的人们。

此时此刻,我联想起一首诗:

我只爱我寄宿的云南,

因为其他省,我都不爱;

我只爱云南省的昭通市,

因为其他市,我都不爱;

我只爱昭通市的土城乡,

因为其他乡,我都不爱……

我的爱狭隘,偏执,像针尖上的蜂蜜

假如有一天,我再不能继续下去,

我会只爱我的亲人——

这逐渐缩小的过程,

耗尽了我的青春和悲悯。

——雷平阳《亲人》

这样的爱偏执、细密,更醇更痴,更坦荡更绵长。

冀中大地,是周喜俊的灵魂栖息地,是她所有爱的旨归。每当别人问起,

"你在城市里生活工作这么多年了，是不是也该写写城市了？"，或者"今后，你还要一直写农村题材吗？周喜俊总是毫不犹豫地说："农村题材，我肯定会一直写下去的，农村有我割舍不了的牵挂，也有我写不完的素材……"

从对自己家乡的牵挂，到对全国"三农"问题的关注，周喜俊的感情在不断升温，思维也更加开阔。她跑过好多农村，有全国名村，也有贫穷落后的村庄，穷富村庄的对比，让她深刻认识到，三农这个短板解决不好，中国不可能有真正的小康。所以，她对为解决农村问题不懈努力的人们充满无限的敬意，不遗余力为他们鼓与呼。

曾经，由于家庭成分问题，周喜俊被迫中断了学校学习。十三岁上，就开始了下地干活挣工分的日子。日复一日的劳苦，也没能泯灭周喜俊心中读书的渴念，日出而作，日落而息，晚上熬夜读书。那时，没有蜡烛没有电灯，是在生产队开拖拉机的青年伙伴偷偷地给她提供煤油；当周喜俊崭露头角表现出文学天赋的时候，是县文化馆的领导给予了热情的鼓励和指导；当周喜俊小有名气，被中国曲协邀请到北京参加创作班的时候，是淳朴的乡邻们倾囊相助，凑齐了三十斤全国粮票……时至今日，周喜俊谈到这些往事，依然会非常激动。

也难怪，当读者对时占经放弃省城副处级待遇，依然回农村带领乡亲们打井开荒发家致富表示狐疑时，周喜俊说："我能理解他的选择，也欣赏他的选择！"

多年来，无论工作多么繁忙，周喜俊从来没有间断过到农村深入生活，住在百姓家，拉着家常话，她能了解老百姓的喜怒哀乐，也能感受到自己肩负的责任。

周喜俊说："下乡，不是面子工程，也不是什么政治任务，而是我日常生活的一部分，是我生命的一部分。"

我们来听听周喜俊的日常语言：

谈到文学创作与生活的关系时，她说："生活就是一缸豆子，一碗豆子能发出好多豆芽，要是总存在缸里不动，就成了发不出芽的陈豆子……"；看到别人愁眉苦脸，她说："哎，谁欠你二斗红高粱啊？"……

乡土、乡情、乡音、乡味……这些已经融入周喜俊的生命里、血液里。

周喜俊最挂念乡亲们的生活，最懂得乡亲们喜欢什么、渴望什么，也最信任最尊重在那片土地上劳作、奋斗的人们。

周喜俊说，在下乡的过程中，她接触到了许多为解决三农问题默默奉献的基层干部，她一次次被感动得热泪盈眶，被唤起为他们而写的欲望。她说自己感到欣慰的是，三十多年来写过的人物，至今没有一个腐败的。这说明只有自己的价值判断与人民的价值判断对接，才能写出人民喜爱的作品。

写农村题材，周喜俊不是第一个，也不会是最后一个，但却是最深情的一个，也是最持久最淋漓尽致的一个。

一个时期以来，愚昧、落后、麻木，成了农民的标签，周喜俊以自己的真诚和痴情，写他们的善良和坚韧、奋斗和理想，从而改变了农民在国人心目中的印象。

周喜俊以及她的作品，属于这个时代，也将属于未来。

第十一篇

文运同国运相牵，文脉同国脉相连。实现中华民族伟大复兴，是一场震古烁今的伟大事业，需要坚忍不拔的伟大精神，也需要振奋人心的伟大作品。鲁迅先生1925年就说过："文艺是国民精神所发的火光，同时也是引导国民精神的前途的灯火。"广大文艺工作者要坚持以人民为中心的创作导向，坚持为人民服务、为社会主义服务，坚持百花齐放、百家争鸣，坚持创造性转化、创新性发展，高擎民族精神火炬，吹响时代前进号角，把艺术理想融入党和人民事业之中，做到胸中有大义、心里有人民、肩头有责任、笔下有乾坤。

——习近平在中国文联十大、中国作协九大开幕式上的讲话

周喜俊一向反对所谓的"私人化"写作。她身边的同行们常常有这样的声音："我对着自己的内心写作，才能写出好的作品，当下的人们不认可，我就写给500年之后的读者"、"我没有肩负使命高尚的责任，我只为自己写作"、"我不为人民写作，我只为人写作"……周喜俊从来不为他人的声音所打扰，一贯坚持"文以载道"的思想。当然，"文以载道"并不是在作品中生硬地解读政策，幼稚地空发议论空喊口号，而是首先把作者自己锤炼成"道"的承担者，也即"做到胸中有大义、心里有人民、肩头有责任"，那么，自然而然就会"笔下有乾坤"。周喜俊以人民主人翁的责任意识，常年坚持深入生活，自然而然就站在人民的角度考虑问题，成为了人民的代言人，写出了"笔底乾坤"。

周喜俊在谈到《沃野寻芳》创作过程时说："我在语言上没有刻意追求。清华大学的老师们说，我的语言特别有画面感，这也许与我的创作经历有关。我写过曲艺、戏剧、电视剧，这种长期积累就形成了独有的语言表达方式。吴冠中先生在绘画上追求'专家鼓掌，群众点头'，我在多年的文学创作中，也一直

追求符合老百姓欣赏习惯的同时，还应有正确的精神引领作用。我进省城工作已有三十多年，从来没有隔断与生活的关系，任石家庄市文联主席、作协主席十三年间，每年都要利用各种机会到农村深入生活，基层有我好多朋友。我不去他们就会打电话，跟我说村里发生的事情，长期的生活积累让我拥有了取之不尽，用之不竭的创作源泉。

知人论世，以意逆志

——谈周喜俊的艺术创作精神

《孟子·万章下》有："颂其诗，读其书，不知其人，可乎？是以论其世也。"这是中国古代文论的一种观念，是孟子提出的文学批评的原则和方法。孟子认为，文学作品和作家本人的生活、思想以及时代背景有着极为密切的关系，因而只有知其人、论其世，即了解作者本人的生活、思想以及他所处的时代背景，才能客观、正确地理解和把握文学作品的思想内容。清代文论家章学诚在《文史通义·文德》中也说："不知古人之世，不可妄论古人之辞也。知其世矣，不知古人之身处，亦不可以遽论其文也。"他也在强调，进行文学批评，也必须知人、论世，才能对作品做出正确、全面的评价。又《孟子·万章上》有："故说《诗》者，不以文害辞，不以辞害志；以意逆志，是为得之。"这里，以意逆志也成为了后世进行文学批评的圭臬，意思是说，我们在鉴赏文学作品的时候，常常结合自己的生活经验，也就是把自己当作诗人，然后将心比心去领会、推测作者所寄寓的情感，从而理解作品的内容和主旨。

我在前面已经比较全面地剖析了周喜俊作品的主题精神、审美风格、人物形象、艺术形式等等，那么，为什么其作品具有如此的主题精神、审美风格、人物特点、艺术形式呢？它与作者本人（思想境界、精神追求、艺术观念等）有着怎样密切的关联呢？我们如何更深刻、更贴切地探析其创作过程呢？

我们从以下几个方面，来解读周喜俊的创作精神。

一、深入生活、体验生活的精神

周喜俊的艺术创作，是来源于生活的。实际上，许多作家的成名作或代表作都是以自己经历过的生活为题材，甚至其作品主人公往往带有自传性质。周喜俊的作品中，塑造了一系列女性主人公形象。诸如辣椒嫂韩华姣、当家的女人张菊香、毛遂自荐当畜牧场场长的杨菊英等等，她们身上有着共同的特质：有着男人一样的决断、坚毅、负责精神，她们独立于时代的潮头浪尖，又善良、直爽、热情、泼辣。有人曾经对这些女性形象的塑造颇有微词，认为美好的女性形象不应如此，而是应该当莺歌燕语、柔婉温润。其实，持这样说法的人，终是与农村生活太隔膜。我自己也出生于农村，长大于农村，非常熟悉农村的生活，熟知农村人的性格。在农村，尤其是在辣椒嫂那个时代，锄地、拉车、点播、收割全凭人力，女人跟男人一样干这些体力活。她们敞敞亮亮地说话，甩开膀子劳动，风吹日晒，夏热冬寒，一年四季跟男人们一起出工一起干活。你如何让她们娇声嗲气、柔声细语？如何让她们温婉细腻、眉目传情？所以，辣椒嫂们是贴着生活，接着地气的。也由此，周喜俊的作品是非常能够得到广大百姓喜爱的。

这样成功的创作起步，使周喜俊形成了坚定不移的创作理念，那就是，深入生活、体验生活，写百姓之经历，抒百姓之苦乐。在周喜俊心里，深入生活有两个方面：一是熟悉百姓生活，二是懂得百姓感情。周喜俊说，"我从小生长在河北农村，初中毕业后在农村劳动十年。农民物质生活的贫穷、精神生活的匮乏，让我走上了业余文学创作之路。当时写作并没有当作家的奢望，就是要把代表农村先进势力的新人新事写出来，给周围青年人以激励，让他们看到生活的亮光，也是为了给自己以精神支撑，让未成年的自己在超负荷的田间劳作中增添力量。在敲钟就出工的年代，我没有条件坐在家里认真写作，只能把构思好的作品先讲给身边的人听，凡是群众喜欢的，写出来寄到报刊大都能发表。这种方式让我从创作之初就以群众满意不满意为最高标准，作品命中率也很高。……每当构思一部作品时，首先想到的是群众喜欢不喜欢，观众能从中受到什么启迪。这种思维方式，让我少走了很多弯路。"

2005年4月，周喜俊接到市委分派的任务——以全国优秀党务工作者、赞皇县行乐村党支部书记时占经为原型创作一部现代戏,准备在"保持共产党员先进性教育"中演出。赞皇县领导对这件事非常重视,提前给周喜俊准备了一大堆事迹材料,并给安排到风景优美的嶂石岩住宿。周喜俊谢绝了县领导的好意,直接住到了行乐村,一住就是十多天,吃着农家饭,干着农家活,跟老百姓聊着村里的事。村民们把周喜俊当作了无话不谈的自家人,讲时占经的种种故事,也讲他们自己的酸甜苦辣的生活和感情。与百姓打成一片的生活,让周喜俊收获了很多很多,她说,"鲜活的人物,灵动的生活,与村里乡亲们的感情,是所有在网上搜集的材料中都没有的。"就这样,《七品村官》大型现代戏剧本很快出炉,并被赞皇县丝弦剧团和石家庄市青年评剧团同时排演,共演出400多场,受到广大观众的喜爱。2006年中央电视台戏曲频道作为全国两会特别节目播出了评剧《七品村官》,在全国引起极大反响。作品演出的强烈反响,让周喜俊看到了观众对于主旋律作品的期待。为了更深入地体验生活,周喜俊把这个村子当成了联系点,多年来一直与村里人保持着联系,还常常去村子里住上十天半月。于是,围绕这一题材,又创作了中篇报告文学《时占经:英勇行乐》(《中国作家》发表)、中篇评书《天地良心》(《曲艺》发表)、50万字长篇小说《当家的男人》(天津百花文艺出版社出版),之后又改编成30集同名电视剧。就这样,周喜俊把社会生活当作进行文艺创作的富矿,不断地深挖,也不断地产生新的思想认识和创作灵感,成就了一系列叫好又叫坐的优秀文艺作品。

2016年出版的长篇纪实文学《沃野寻芳》,也是在全方位、多视角的体验生活的基础上创作出来的。期间,实地采访近百人,往返于北京、李村无数次,历时两年,写出了具有非凡意义的大作品。它填补了吴冠中艺术生涯的一段空白,填补了清华美院历史的一段空白,并挖掘出了70年代一批优秀艺术家及青年学生的艺术精神、创作成就、和道德风标。历史补缺,功不可没。被专家称为"改革开放以来农村题材电视剧的经典"的作品《当家的女人》,也是周喜俊调动了20多年的生活积累、150多万字的第一手材料创作而成的。

在艺术创作的道路上,周喜俊决不躲进小楼成一统,决不躲在书斋里凭空杜撰,也决不单纯利用网络信息巧走捷径,没有切实的生活体验决不动笔。周喜俊早就有心创作《当家的女人》的续集《我的幸福谁当家》,但由于工作事务的忙碌，没有空闲去到村子里实地采访，虽然有丰富的文字材料，她也不肯轻易动笔。起初，在创作戏曲剧本之前，周喜俊常常跟随演出剧团到各地演出，拿个小马扎在戏台下专心致志地观看，琢磨剧情的设置，品味台词唱曲，也感受台下观众的反映，体会观众发自内心的审美诉求。

　　周喜俊说，"社会生活是文艺创作的唯一源泉，这是无数事实证明的真理。但随着时代的发展，有人对深入生活也提出了质疑，认为现在是网络时代，体验生活已经过时。我始终认为，网络上搜索到的是信息，搜索不到生活的地气。坐在屋里能编织出故事，编织不出与人民的感情。只有真正到人民大众中，才能感悟到生活的真谛。如果对生活不熟悉，不管作家的技巧如何高超，也写不出人民大众满意的文艺作品。1984年调到省城后，也从来没有放弃过深入生活。2004年我走上石家庄文联主席的岗位后，不仅自己坚持深入生活，还把我们的文艺队伍带到了生活中去。正是与人民大众的密切联系，让我的创作保持了蓬勃的活力。……"深入生活、体验生活，已经成为周喜俊日常生活的重要部分，成为她进行艺术创作的必须。一年时间里，总有几个月是在乡下度过的。正是这样踏踏实实的精神，给了周喜俊不竭的创作灵感和生动丰富的创作材料，成就了周喜俊艺术生涯的多产、高产。这在追求速成、人心浮躁的当下社会，具有标杆和模范意义。

二、站在人民的立场，为人民负责的精神

　　"我为什么要写作？我的作品要带给人们什么？"这是周喜俊在进行文学写作之初就给自己提出的问题。

　　回顾30多年前，周喜俊初中毕业后回村劳动，因年龄还小，连半个劳动力都算不上，起早贪黑干一天农活也只能挣得3分工，折合人民币6分钱，天性坚毅乐观的周喜俊依然对生活抱有美好的期盼，也依然对知识有着近乎痴迷的热爱。她想尽一切可能的办法搜罗到一些文学读物，认真地、反复地阅读，然后在田间地头、在纺棉花的地窨子里，把书中的故事讲给乡亲们听。也许，周喜俊从小就具有创作故事的禀赋，她给大家讲书中读来的故事时，已经经过了自己大脑的加工，已经使书中的故事变得更有趣味性。她讲"秤砣虽小压千斤"的刘海英，讲身残志坚的英雄保尔，讲拒绝为男人当作花瓶的林道静……这些

充满理想主义色彩的英雄人物，不仅给艰苦环境中劳作的周喜俊带来精神力量，也被年轻的伙伴们深深喜爱。书中的故事讲完了，周喜俊就根据自己熟悉的身边人编织故事，并依然引起大家的共鸣。

根据自己的贴身体会，周喜俊反复强调这样的观念："美好的东西永远是人们所期盼和向往的，也是推动时代前进的主流"、"让人们在面对困难和挫折时依然能找到生活的方向和奋斗的勇气，这是我作品存在的意义"、"中国农民是一个善良、坚韧并充满智慧的群体，是一个无论多么艰难的环境，只要有一点点希望，就会怀着满腔热情顽强生存下去的群体"……周喜俊深深地爱着父老乡亲，也深深地懂得他们。懂得他们的生活状况、情感诉求、审美爱好和道德标准。她常常说，农民，尤其是老一辈的农民，或许他可能是文盲，他不认识几个字，但他不是美盲，而是有着非常强烈的对美的追求和至高的对美的判断。是的，美本来就不是高高在上的概念，而是实实在在地存在于广大百姓心中的理想，是与"真""善"相互表里的对象。所以，周喜俊在艺术追求的道路上，一贯非常看重老百姓的心理诉求，始终秉承"为人民而创作"的理念，使她的几乎每一部作品，都受到广大百姓的喜爱、欢迎。

周喜俊花费两年时间、七易其稿创作完成的电视剧本《当家的女人》，就凝聚了她二十多年的生活积累，剧本中的人物都是有着生活原型的。与老百姓密切打成一片的互动交流中，不仅使她有着源源不断的创作灵感，更装着老百姓的理想、渴望和生活的烦恼。

关于电视剧《当家的女人》有一个小插曲。她刚创作出这个剧本时，正是"宫廷剧"、"青春偶像剧"、"戏说剧"泛滥之时，所有人都担心这个干干净净的剧本会没有市场，要求把女主人公张菊香的生命历程中插入出轨情节，觉得她若和老同学赵军平有婚外恋更能吸引观众的眼球。周喜俊坚决不同意，她说，我所熟悉的"张菊香们"没有出轨，也没有三角恋爱，正因为她们在困难当中依然堂堂正正、光明磊落，才赢得了人们的尊重，我要是把这个人物写脏了，对不起那些纯洁的姐妹们。因为她的坚持，制片方最终尊重了她的意见。才有了这部久播不衰，并荣获全国电视剧飞天奖、金鹰奖、全国"五个一"工程优秀作品奖、全国首届农村题材优秀电视剧一等奖的精品。写电视剧《当家的男人》时，照样遇到了这种情况，制片方觉得让男主人公时涌泉在村里有个"情人"才合理，才能赢得观众，把人物写得太高尚，怕观众不接受，周喜俊决不迁就，为此换过几家制片方。说到这些，周喜俊感慨万千。她说，有些人的思维真是出了问题，他们不了解农民，也不懂得农民的欣赏习惯，想当然地认为，农民的审美趣味就是低俗的。而实际上，农民对于美的判断和追求并不比我们差，吴冠中当年在李村下乡时就得出"文盲并不等于美盲"的结论……正是由于周喜俊对农民的了解和尊重，对真善美的坚持，才使得她创作的每一部作品都有着顽强的生命力，都得取得市场和获奖双赢的效果。

关于《当家的女人》，周喜俊曾经讲过两个故事：2008年周喜俊去江苏华西村体验生活，80多岁高龄的老书记吴仁宝听说她是《当家的女人》的编剧，跟她交谈了40多分钟；现任书记吴协恩取消正在召开的中层干部会议，专门跟她谈了两个多小时。华西村两代当家人不约而同提到一个话题，华西人之所以喜欢这部电视剧，是因为他们从张菊香身上看到了华西村当初的创业精神。另有一次，周喜俊乘坐出租车，恰好有朋友打电话来谈论《当家的女人》，出租车司机得知车上的乘客就是该剧的编剧，说什么都不收她的打车费。那个司机说，《当家的女人》让他母亲和妻子多年的冷战关系得到了缓和，这是花钱都买不来的幸福。他期盼周喜俊能写出更多这样受老百姓欢迎的好电视剧。

周喜俊说："当你真正深入到人民群众之中，你的心灵才能找到归宿，你的创作才能找到定位，你就会懂得写作不是私人化的事情。"、"我是农民的女儿，进城以后还一直关注农村，《当家的女人》播出后，我感觉到自己这种坚守的意义，农民太需要优秀的精神食粮了"。是的，周喜俊在体验生活的过程中，在经常与老百姓打交道的过程中，懂得老百姓需要什么样的精神食粮。正因如此，她的作品才深入人心。

三、设身处地为百姓命运筹划的主人翁精神

虽然工作岗位在省城，但周喜俊每年都有三分之二的时间是在农村采风、体验生活。多年来，她与农村这条线，与农民这种关系始终没有断过。周喜俊说，自己常年扎根农村，不是自己多么高尚，而是不得不下去，自己已经跟老百姓血脉相连，分不开了。"当年我在赞皇写《当家的男人》，当大家得知我是《当家的女人》的编剧时，纷纷找上门来给我提供素材。"采风回来后，村里发

生什么事情，大家还会打电话来。村民还常常会打电话来问"你怎么还不来，你什么时候来？"很显然，在写作的过程中，周喜剧不是简单地作为一个作家去旁观、去表达，而更是作为一个主人翁始终关注着农村的发展，关怀着农民的命运。不断地思考、探索，发现问题、并寻找解决问题的途径。

文学作品不仅仅给人以审美的愉悦，还要紧密联系社会现实，触及社会的敏感之处。对于当下很多反映农民问题的文学作品，周喜俊有着自己的看法。她认为，只把"农民问题"解剖开来，而不提供解决的办法和途径，就等于把伤口撕裂开来而不做治疗，失去文学更深刻的价值意义。周喜俊最初以农民的身份涉足文坛，继而以不可阻挡之势成为反映农民问题的优秀作家，她的足迹遍布全国先进村镇。江苏的华西村、河南的竹林镇……她在坚实的大地上寻找创作灵感的同时，也在思考着中国农村的发展趋势，也在念念不忘农民的生存和命运。"社会的发展和进步需要这样的优秀作品：发现问题，找到解决问题的办法，给人以思想启迪。这是每一个有责任感的作家应该承担的义务。一部优秀作品的价值，对读者和市场来说，不是迎合，而是引领。"

2010年10月，周喜俊长篇小说《当家的男人》研讨会在省作协召开，省内外专家学者60余人参加了此次研讨。大家一致认为，周喜俊不仅反映现实，更致力于引导现实。她以自己对农村的深厚感情和深刻认识，艺术地再现了新时期农村发展变化的历史，前瞻性地提出了中国农村改革发展过程中亟待解决的根本性问题，并给出了有效的解决途径。曾任中国文联研究室内联部副主任的常祥霖这样评价周喜俊的作品："《当家的男人》不仅是一部具有很高思想艺术质量的小说，也应当是当前政治生活'道德重建'的一本教科书，还是研究'三农问题'门径的一把金钥匙。"也是在这个意义上，人们习惯把周喜俊农村题材的作品称之为"问题小说"。

从《辣椒嫂》到《当家的女人》再到《当家的男人》，周喜俊的作品一直围绕着中国社会的大变革，围绕着农村的经济发展，以及新旧体制冲突和农民价值观念的嬗变。担任石家庄市文联主席兼作协主席后，周喜俊依然一如既往地对农村注入着深情和希冀，依然关注、思考着农民的命运。周喜俊从来就不仅仅是农民命运的旁观者，而更是农民命运的深切体验者、农村发展责任的承担者。她把自己当成了农民主人翁，喜之所喜，痛之所痛，自觉关心着农村的现在和未来，并高屋建瓴，以引领和建设的姿态，给出或许可资借鉴的路径和方法。

四、现实主义和浪漫主义相结合的精神

周喜俊的文学作品，尤其是关于农村题材的作品，都紧跟时代步伐，反映特定时代的农村现实，并敏锐地捕捉社会发展中的问题和瓶颈，寻求农村改革发展的最佳路径。她作品中的主要人物，也是代表着时代发展方向的人物。他们的困惑和挫折、奋斗和挣扎、成就和勋章，都是一个时代的缩影。所以，无论从题材内容（事件、矛盾）还是人物性格（人物的行为、语言、经历等）都极其写实，体现出现实主义的伟大力量。同时，作品中一贯坚持的大团圆结局，人物命运的美好归宿，以及对乡村未来蓝图的描画，都浸透着作者的浪漫理想。现实主义因素是周喜俊对农民生活和命运深切关怀、关注的具体体现；浪漫主义因素则是作者对她深爱的农民的美好祝福与希冀。二者相结合，就使得观众（读者）对作品感到平易亲切、深入人心；又使观众（读者）对生活有热情、对未来有信心。

君子志于道

如果单纯用"文人"、"作家"来定义周喜俊,显然不够周全。周喜俊肩头有责任、内心有理想。她的责任就是带动、扶持一大批优秀的年轻作家,打造石家庄文化名片;她的理想就是,通过文艺创作,传递正能量,使向美向善的价值观成为普世的观念;抒发美好理想,使昂扬向上的精神力量灌注人心……所以,周喜俊不仅仅以自己多产高产的艺术创作践行了"为人民"的核心价值,而且是一个实实在在的传道者。

这一点,与她的双重身份(作家和行政领导)密切相关。

2004年,周喜俊担任石家庄市文联主席后,就明确提出了文联工作目标,即"树旗帜,带队伍,育人才,出精品",紧接着,又提出"十大协会活起来,各县文联动起来,激励机制建起来,人才队伍带出来"的工作方针。这些并不是空头口号,也不是一时心血来潮的呓语,更不是为了面子工程的噱头。

在领导文联工作这方面,周喜俊甘当人梯,不遗余力地扶持、帮助热爱文学创作的年轻人,以非常开放的胸襟团结、扶持有潜力有才华的作家,成为了许多作家和文艺爱好者的精神核心。

而今,文联工作目标早已实现,工作方针实实在在一步一个脚印地实施执行。

在文学创作上,周喜俊一贯坚持"为人民"的创作理念,并把这一理念充分地渗透到了她一系列文学作品中。周喜俊既告诉别人怎么做,也率先做给别人看。

在文学观念和创作实践中,周喜俊都有着自己的一贯坚持,但她尊重艺术多样性的存在,无意与人争高低比上下,也不去与人汹汹论辩。周喜俊只是执着地坚持自己的文学观念,并一以贯之地在创作中去践行。

多年来,周喜俊一直坚持、宣传"为人民"的理念,有责任和担当,有理想和志向,把人民情怀、家国情怀始终贯穿到实际工作和创作之中。在这一点上,周喜俊超越了一般作家的身份,值得尊重和敬仰。

第十二篇

对文艺来讲,思想和价值观念是灵魂,一切表现形式都是表达一定思想和价值观念的载体。离开了一定思想和价值观念,再丰富多样的表现形式也是苍白无力的。文艺的性质决定了它必须以反映时代精神为神圣使命。社会主义核心价值观是当代中国精神的集中体现,是凝聚中国力量的思想道德基础。广大文艺工作者要把培育和弘扬社会主义核心价值观作为根本任务,坚定不移用中国人独特的思想、情感、审美去创作属于这个时代、又有鲜明中国风格的优秀作品。

文艺要塑造人心,创作者首先要塑造自己。养德和修艺是分不开的。德不优者不能怀远,才不大者不能博见。广大文艺工作者要把崇德尚艺作为一生的功课,把为人、做事、从艺统一起来,加强思想积累、知识储备、艺术训练,提高学养、涵养、修养,努力追求真才学、好德行、高品位,做到德艺双馨。要自觉抵制不分是非、颠倒黑白的错误倾向,自觉摒弃低俗、庸俗、媚俗的低级趣味,自觉反对拜金主义、享乐主义、极端个人主义的腐朽思想。

——习近平在中国文联十大、中国作协九大开幕式上的讲话

周喜俊非常认可吴冠中"笔墨等于零"的理论。她说:"生活是创作的唯一源泉,这是真理。但作品不是生活的照搬,需要提高阅读生活的能力。如果思想境界不高,知识积累不够,眼界不开阔,阅读生活能力很差,即便长期在生活之中,也会身在宝山不识宝。作家应该怎样去阅读生活?生活中有真善美也有假恶丑,文学作品要起到引领作用,传达给人们一种力量——真善美一定要战胜假恶丑,让人们看到美好,看到希望。"是的,生活积累只是形成文学作品的基础材料,而思想却是一部作品的灵魂。作家有闪光的思想,作品才有不死的灵魂。

周喜俊作品中的超前意识

文学应该预见未来,用自己最鼓舞人心的成果跑在人民前面。就像它是在拖着生活向前迈进似的。

——托尔斯泰

优秀的文学作品,不仅反映生活,洞悉现实,而且表达立场,引领思想。周喜俊的文学作品,不仅为我们展现了一个时代的社会生活现状,让我们感受到时代跃动的脉搏,看到了那个时代北方农村的众生相,而且,使我们感受到她为民而歌的热情、激情,以及思想意识方面的超前和引领。下面,我就周喜俊作品所表现出来的超前意识略做陈述。

最超前的女性意识

我们先来简略回顾一下周喜俊的几篇作品:

《风雨高家店》中,青年姑娘高云霞不顾谨小慎微胆小怕事的父亲的劝阻,只身前往东北学习做点心手艺,在自己门口开起了食品店。正当生意红火的时候,却遭到了一些人的觊觎、嫉妒。先是村主任吴会中及其儿子吴二黑心怀鬼胎耍手腕儿,黄鼠狼给鸡拜年不安好心,既艳羡觊觎高家食品店的红火生意,又贪恋年轻、能干又亭亭玉立的高云霞本人;再有好吃懒做、喜好白吃白拿他人利益的三片嘴肖三青。他们狼狈为奸、造谣生事、设局绾套、使绊子陷害,但高云霞不屈不媚,凭借自己的聪明智慧、坚强坚韧、光明磊落,依靠政府和大众，最终拨开乌云见日出。

《农妇当官》中，看到县畜牧场连年亏损，杨菊英毛遂自荐当上了畜牧场场长。并克服种种困难，突破种种阻挠，仅用九十天的时间就扭转了局面，使连续九年的亏损单位初见效益，受到县领导的表彰。

《当家的女人》中，张菊香嫁入李月久家，以大大方方不卑不亢的姿态，为一家人的生活和未来谋划，任劳任怨、不辞辛苦，把一个贫穷、破败的家庭建设成了富裕、光鲜、体面又团结的家庭。不仅如此，张菊香不满足于自我一家的小康光景，还带乡亲们办起了股份制企业。因为业绩突出，值得信赖，张菊香又被民主选举为花木村村主任。

《辣椒嫂后传》中，韩华姣拒绝跟随丈夫进城吃商品粮拿工资，而是自己搞养殖办企业，成为一方名人。

还有《情系孔雀岭》、《婆媳分家》、《九龙湾的悲喜剧》等等。

……

这一系列作品，都以女性为主人公。我在另一篇谈论周喜俊作品女性主人公的评论文章里提到过，说女主人公们是"家庭命运的改变者"、"社会责任的承担者"、"自我价值的实现者"。周喜俊十分善于、乐于写女性主人公。如果仔细品读作品，你会发现，周喜俊不仅写她们的生活遭际、性格命运，以及她们内心的希望和理想，写她们不同于寻常女性的奋斗经历和耀眼光环，而且在这些女性主人公性格命运、奋斗经历的背后，隐含着作者自己非常执着而坚定的女性意识，也是非常超前的女性意识。具体表现在，这些女性主人公们：

一、不以女性身份自甘平庸，积极进取、大胆创业。

二、不以女性身份要求特殊待遇。

三、她们有胆有识，敢为天下先。

四、修齐治平，既善于承担家庭责任，又勇于社会担当。

五、具有女性相貌之美，也具有女性柔情之美。

她们不仅担负起了家庭命运的重担，使家庭由贫穷走向富裕乃至小康，而且具有非常明确的社会责任感，不满足于自己一家一户的命运改变，无怨无悔地带领乡亲走向富裕的道路。她们有胆有识，得国家政策之先，引领社会风气之先。在这个过程中，她们表现出丝毫不逊于男性的坚韧、担当、负责、胸襟和胆识，同时，又不失女性特有的温柔、感性、细腻、周全，能够设身处地考虑对方，完好地处理家庭关系、恋情关系，以及友邻关系等。

女性争取独立、自由、平等，已近百年时间，但真正的平等意识并没有深入人心。大家普遍认为，女性争取自由、平等，就是争取特殊照顾，女性朋友们也通常把获得特殊照顾、特殊权利作为极大利好。殊不知，女性在获得特殊照顾的同时，就已经承认了自己弱者的地位，就已经形成了性别差异。再有，许多女性为自由、平等，又走向了另一个极端，把自己打造成或伪装成"女汉子"，粗犷、霸气，外在形式上，不拘小节、高声大嗓、盛气凌人，甚至出言粗鄙……失却了女性独有的、应有的魅力。

女性真正的自由、平等和独立，是在价值评判上、社会角色上、打拼创业上，都巾帼须眉半壁江山。不依附、不依赖，不要求特殊照顾，更不企图坐享其成，修齐治平自觉担当，开创进取亲身践行。同时，又兼具女性应有的柔情、优美、感性、细腻。张菊香以女性特有的细腻、理解和婉曲，化解了家庭生活中各种各样的矛盾，完好地解决了与爱人之间的种种矛盾和婚姻危机。与姑姑李月春之间价值观念的矛盾、与家庭成员生活方式的不同，与邻居马秀芬的世仇，与丈夫意欲出轨和无端猜忌的纠葛，都被张菊香巧妙而周全地一一化解、处理。展现出女性独有的迂回、柔婉、善于理解的性格特征。

周喜俊作品中的女性形象系列，为我们树立了女性真正独立、平等的标杆，具有积极的现实意义和超前意识。

超前的农村建设规划意识

周喜俊一系列农村题材的作品，不仅描写、展现我国改革开放初期，农村的现状和矛盾，同时还提出了农村宏观发展设想（或曰理想），这个设想就是：

一、因地制宜，综合开发。具体说来，就是搞农副产品的培育和深加工，以及生态旅游观光。

《当家的男人》中，经过多年苦战，主人公时涌泉带领枣树村村民打造地下水廊，解决了村民饮水、灌溉等重大民生问题。在此基础上，时涌泉还带领乡亲们开荒山、搞副业，发展了养殖、果林和绿色蔬菜项目，并发展果品深加工产业。利用地下优质水源，筹建矿泉水厂；利用已有的名气，开发枣花粉、枣花蜜、红枣茶、红枣酸奶等；还有绿色生态和旅游业……

《当家的女人》中，张菊香先是在自己家里养兔子、养奶羊，又养水貂，"把羊奶做成奶豆腐，代替鱼肉做饲料，既减少了进城交奶的麻烦，又能得到比卖羊奶高几倍的效益。水貂比奶山羊吃得少，貂皮又可以出口卖个大价钱"，而后发展成股份制的珍稀动物养殖公司……再后来，在花木村，张菊香又建成了全省最大的大棚蔬菜生产基地。

他们不仅仅是粗放经营，更不是杀鸡取卵式的开发，而是科学规划，长远考虑，综合利用。时涌泉们在打井的过程中，虽发现地下丰富的矿石，但为了保护生态环境，保护地下水源，为了长远生态发展，坚决拒绝在山上采矿。在时涌泉和乡亲们经济上遇到瓶颈的时候，有人提出与他们合作，给予优厚的经济条件，要在山上建立肠衣厂，被时涌泉断然拒绝，就因为肠衣加工对自然生态环境的污染。他们一贯秉承"保护生态，科学发展的原则"，不吃子孙饭、绝食饭，保证了枣树村空气新鲜、没有任何污染。也由此引来了投资者的青睐，意欲把枣树村作为粮、肉、蛋、奶的专供基地。时涌泉说，

"如果放弃打造地下水廊去开矿，就等于放弃了从根本上解决缺水问题的规划。没有水，山上的枣园，地里的庄稼，荒滩上的蔬菜大棚，还有养殖业的发展都将不复存在。包括地下水廊完工后筹建绿色食品商场基地的打算都将落空，枣树村等于又回到了从前。""钱能买来高楼大厦，买来生活的必需品，但买不来良好的生态环境，买不来子孙后代的归属感。"

他们致力于生态致富，科学发展，引进高科技人才，谋划可持续发展的长远战略。

《情系孔雀岭》中的远景规划是："利用本地资源，艰苦创业，向深层次开发，实现农、林、果、木产业化结构，彻底改变农村落后面貌"。在江明山的带领下，栽植了万亩枣园，红枣成为国内外消费者喜欢的优质天然绿色食品。而后，又建立了林果开发总公司，还要用孔雀岭生产的绿色果品做原料，建立一个中国航空食品公司，在碧波荡漾的孔雀湖边建立一所航空疗养院……《九龙湾的悲喜剧》中，杨山宝、方秀娟们不仅利用山上的优质水源，开发建立了矿泉水厂，还利用九龙山这块风水宝地，开发了九龙旅游开发公司。

二、绿化荒山，美化家园。

对家乡，对故园，对农村，周喜俊有着几近痴迷的热恋，所以，在她的作品里，执着地表现着对家乡的热诚期待和美好祝愿。她不仅期望父老乡亲生活富足，而且反复描画这桃花源式的农村愿景。

中篇小说《情系孔雀岭》写在解放初期，孔雀岭人民"依山筑坝，建成水库，取名孔雀湖。此湖位于群山之中，奇峰叠翠，碧波千顷，湖光十色，交相辉映。登上孔雀山，极目远望，好似站在一只大孔雀的顶冠，碧波荡漾的湖水，恰似孔雀开屏，展翅欲飞，让人有一种飘飘欲仙的感觉。青山绿水，四季如画，丰富的自然环境，令孔雀岭人引为自豪"。但是在后来大炼钢铁的年代，树木被砍伐一空，孔雀岭变成了荒山秃岭。八十年代，改革开放时期，江明山、杨金泉、柳梦兰们开始对孔雀岭进行远景规划，他们率先承包了几百亩荒山，开始了对家园的建设。小说故事就是从这一视角开头，又围绕这一内容展开。最后，经过几年的艰苦努力，实现了他们的绿色梦想，把孔雀岭建设成了绿化太行先进单位。

短篇小说《桃花岭》写一帮青年人，来到"饿狼嗷嗷叫，野兔遍地跑，方圆十里不见村的荒山秃岭"安营扎寨，使这荒山秃岭"一年一变样，两年一换装"，"到了第五年头上，这里已是果花盛开，满山飘香"了。

现代评剧《七品村官》也是写时占经带领行乐村村民开山打井，经过多年艰苦奋战，终于使得行乐村"穷乡换新貌，荒山披绿装。天上连卫视，地下贯水廊。校园美如画，街道宽且畅"

还有戏曲小品《进山》、《山情画卷》、《田大娘上山》等等，也都是以绿化荒山为题材为主旨，表达作者改变山村生态环境的热切愿望。

似乎是一种执念，周喜俊不厌其烦地在作品中描绘着乡园如诗如画的自然环境，表达着对乡园的深深热爱和殷殷期待，对一方热土的深情祝福。就如陶渊明对于桃花源的向往，热烈而执着。写到此，我不由想起艾青的诗句："为什么我的眼里常含泪水，因为我对这土地爱的深沉"

如果说，这样的农村图景，在当时尚属桃花源式的愿景理想，那么，今天，在很大程度上已经变为现实。眼下，当我们走出都市，迈向田野，我们就会很容易发现一个个绿色果蔬、观光采摘基地、一个个生态旅游景点、一个个别墅开发区……曾经的荒山，也逐渐变成绿林，披上了新装。当人们正在心急火燎地一门心思追求经济效益的时候，周喜俊就意识到了保护环境、因地制宜、科学规划、合理开发、长效发展的重要性，提出了今天已经变为现实或正在变为现实的农村愿景。这既是周喜俊对家乡深厚感情的自然流露，也是对家乡的美好期待和祝愿，更是基于深刻思想基础上的远见卓识。

大团圆的结局

对文艺作品的大团圆结局，我国文艺理论界一直颇有微词，认为大团圆不如西方悲剧艺术对社会问题的反映、剖析和人类自身问题的反思深刻，甚至认为大团圆是"瞒"和"骗"的艺术。这一观念，源自于鲁迅。"中国的文人，对于人生，——至少是对于社会现象，向来就多没有正视的勇气。"……"于是无问题，无缺陷，无不平，也就无解决，无改革，无反抗。因为凡事总要'团圆'，正无须我们焦躁；放心喝茶，"……"中国人的不敢正视各方面，用瞒和骗，造出奇妙的逃路来，而自以为正路。在这路上，就证明着国民性的怯弱，懒惰，而又巧滑。一天一天的满足着，即一天一天的堕落着，但却又觉得日见其光荣。在事实上，亡国一次，即添加几个殉难的忠臣，后来每不想光复旧物，而只去赞美那几个忠臣；遭劫一次，即造成一群不辱的烈女，事过之后，也每每不思惩凶，自卫，却只顾歌咏那一群烈女。仿佛亡国遭劫的事，反而给中国人发挥'两间正气'的机会，增高价值，即在此一举，应该一任其至，不足忧悲似的。自然，此上也无可为，因为我们已经借死人获得最上的光荣了。"（鲁迅《坟·论睁了眼看》）很显然，鲁迅先生讨论的核心在于，文艺要敢于正视现实，反映现实；作家要直视社会生活各种问题，并不是机械地反对"大团圆"这个艺术形式。况且，鲁迅的这篇文章写于1925年，正值中国半封建半殖民地时期，人民处于水深火热、国家处于内忧外困之中，所以，要"揭出病苦，引起疗救的注意"。

周喜俊的大部分作品，虽为"大团圆"，却不是一厢情愿、架空现实基础的梦幻，更不是自欺欺人的"瞒和骗"，而是基于对社会现实的深刻洞察和深切体会。它不仅写出了广大人民群众内心的愿望，也写出了我们盛世和平时代特有的社会主题。它既是真实地反映现实的，又是真实地表达作者自我的。它表达了作者对社会改革主题的信念和对百姓生活的热忱祝福。在消解崇高、解构理想的社会风气下，在人们以玩世不恭、戏谑的态度嘲讽别人也嘲讽自己大行其道的情况下，周喜俊不跟风、不盲从，依然以严肃的态度进行严肃的创作，深入社会生活，把握时代脉搏，关注百姓生活，写出了叫好又叫坐的文艺作品。这无疑是文艺界的一股清流，具有示范和引领的积极意义。

第十三篇

经典之所以能够成为经典，其中必然含有隽永的美、永恒的情、浩荡的气。经典通过主题内蕴、人物塑造、情感建构、意境营造、语言修辞等，容纳了深刻流动的心灵世界和鲜活丰满的本真生命，包含了历史、文化、人性的内涵，具有思想的穿透力、审美的洞察力、形式的创造力，因此才能成为不会过时的作品。

……希望大家坚守艺术理想，用高尚的文艺引领社会风尚。文艺是铸造灵魂的工程，承担着以文化人、以文育人的职责，应该用独到的思想启迪、润物无声的艺术熏陶启迪人的心灵，传递向善向上的价值观。广大文艺工作者要做"真、善、美"的追求者和传播者，把崇高的价值、美好的情感融入自己的作品，引导人们向高尚的道德聚拢，不让廉价的笑声、无底线的娱乐、无节操的垃圾淹没我们的生活。

伟大的文艺展现伟大的灵魂，伟大的文艺来自伟大的灵魂。歌德说过："如果想写出雄伟的风格，他也首先就要有雄伟的人格。"一切艺术创作都是人的主观世界和客观世界的互动，都是以艺术的形式反映生活的本质、提炼生活蕴含的真善美，从而给人以审美的享受、思想的启迪、心灵的震撼。只有用博大的胸怀去拥抱时代、深邃的目光去观察现实、真诚的感情去体验生活、艺术的灵感去捕捉人间之美，才能够创作出伟大的作品。虽然创作不能没有艺术素养和技巧，但最终决定作品分量的是创作者的态度。具体来说，就是创作者以什么样的态度去把握创作对象、提炼创作主题，同时又以什么样的态度把作品展现给社会、呈现给人民。

——习近平在中国文联十大、中国作协九大开幕式上的讲话

"真"、"善"、"美"是衡量艺术优劣得失的最高标准，过去是，现在是，将来也是。所谓"真"，即"真理，"就是真实地反映生活的本质规律；"善"

就是为人民代言，表现出符合人民大众（甚至全人类）利益、理想、愿望的价值观念。"美"，就是表现题材内容和主题思想的和谐、完美的艺术形式，它使人精神放松愉快，并能够使人的心灵得到陶冶、净化和升华。不论历史如何变迁，不论艺术家的个体差异多么巨大，也不论涌现出多少流派和主义，"真"、"善"、"美"都是艺术追求的终极目标。

艺术本来有标准

尽管说，文艺要"百花齐放，百家争鸣"；尽管说，"仁者见仁，智者见智"、"一千个读者，有一千个哈姆雷特"、"诗无达诂"等等，但是，这并不意味着文艺没有衡量的标准。我们向来倡导艺术风格的多样性、丰富性，尤其在文化多元、全球交流互动的今天，我们允许各色题材内容的创作，尊重各种声音的表达，倡导各种艺术风格的争鸣。允许存在，是对创作者的尊重；倡导多元，是对艺术本身的尊重，也是对艺术发展繁荣的刺激。但这些都不是在说，艺术没有标准、没有要求。就好像大街上的各色人等、各种穿着，我们虽然不妄加干涉、不随意指责，但并不否认我们内心都有一个美丑的评价。艺术也是如此，在题材内容、思想主题、以及艺术表现手法上，都允许并倡导百花齐放百家争鸣，万紫千红才是春。但艺术在最高境界、最高水准上，一定有着较为恒定的、被大家一致认可的标准，那就是"真、善、美"的标准。所谓"真"，就是社会生活及历史的规律性，是透过现象看本质，是沉淀在生活表象之下的鲜明的规律性的东西，是历史发展的必然性的东西，也即我们通常所说的"真理"。所谓"善"，不仅仅是指狭义的伦理道德层面的善良、善意等，而更是指一切符合人民大众（甚至全人类）利益、理想、愿望的行为。所谓"美"，就是能够使人精神放松、愉悦，并能够使人的心灵得到陶冶、净化和升华的事物。

文艺作品，只有"真"、"善"、"美"三者合一，才能够被称为大作品，才能够成为历史的经典，才能够被历史书写、被人民传颂和铭记。比如，古今中外的经典名著（诸如，中国古代四大名著、托尔斯泰的《战争与和平》、巴尔扎克的《人间喜剧》等等）莫不如此。如若"真""善""美"三者之中，只居其一或其二，也不失其为好作品，但它的分量就远远不及前一类作品，也难以成为一流的经典。如若三个标准都不具备，那简直就是坏作品，是毫无价值、毫无意义的坏作品了。

"真"、"善"、"美"这个衡量艺术的永恒的顶级的标准，在文学领域又可以这样表达：历史理性（真）、人文关怀（善）和审美追求（美）。人文关怀就是向"善"的终极价值追求，也向来是文学创造永恒的主题。具体说来，它是一种崇尚和尊重人的生命尊严、价值、情感、理想的精神，它关注人的生存状态、价值意义、幸福追求等等，与"以人为本"的理念相一致。比如，神话是人类童年的文学，它产生于人类认识能力和生产能力极端低下的历史时期，所以，神话是远古人类"幻想用一种不自觉的艺术方式加工过的自然和社会形式本身"，充满了人类对自身生存状态的关怀和幻想式的救赎。我国古代神话"后羿射日"、"精卫填海"，体现了我们祖先对当时自然生存环境的关怀，是对于干旱、洪涝灾害的一种精神抗拒。而古希腊神话里的诸神，都是人神交汇的形象，表现的是人的七情六欲和喜怒哀乐。

作家是人类命运的关注者和社会文明进步的促进者。他们通过对各色生活的肯定与否定、赞美与贬斥，寄寓深厚的人文情怀。托尔斯泰在谈到作家的责任时说，"他是经常地、永远地处于不安和激动之中，因为他能够解决与说明的一切，应该是给人们带来幸福，使人们脱离苦难，给人们以安慰的东西。"我国文学史中，从屈原、陶渊明、李白、杜甫到苏轼、辛弃疾，再到曹雪芹、吴敬梓等等，名垂青史的诗人作家，哪一位的作品不是忧国忧民的？哪一位的作品不是充满着深厚的人文精神？当然，人文关怀要有历史理性的维度，作品才能够有厚重的意蕴，才能够经得起时间的检验和推敲，否则，只能是鸳鸯蝴蝶式的恩恩怨怨或无病呻吟，终究会显得小家子气。比如，琼瑶的系列言情小说，一度被翻拍成电影电视作品，曾经风靡大江南北，虽然被无数的少男少女痴迷，但最终如何？还不是成为过眼烟云。这其中的原因就是：琼瑶所编织的爱情故事，虽然具有满满的人文精神，但缺乏了历史理性的内容，没有历史的影子。也就是说，她的作品里那些爱恨情仇的故事，是可以发生在任何年代的，是与历史事件、历史变迁没有关系的。而被历史一再书写的经典作品，都是人文与历史的价值交汇，是对某个历史时期现实生活的不同侧面的观照。也是在这个意义上，巴尔扎克被恩格斯称为"现实主义最伟大的胜利之一"，托尔斯泰被列宁赞为"最清醒的现实主义"等等。

"真"（历史理性）与"善"（人文关怀）的价值表达，在艺术作品里不是机械刻板教条式的陈述，而是审美的艺术方式的呈现，即把人文精神与历史理性寄寓于具体的形象创造中。恩格斯当年批评德国社会民主主义女作家敏？考斯基的小说《新与旧》时指出："倾向性应当从场面和情节中自然而然地流露出来，而无须把它特别指点出来"①。列夫．托尔斯泰也表达过同样的观点"每一种富有诗趣的情感，都得由抒情风格、场面、人物、性格或大自然的描写等等流露出来"，"不要议论"。② 这就是说，文学作品是通过艺术情境的创造寄寓价值评价并表达情感的。即，"善"和"真"的价值需由"美"的艺术形式来呈现。

总之，艺术的呈现，是文学审美价值实现的方式，其艺术情境的创设，让读者从中获取的不仅仅是思想上的教益，同时还有精神上的愉悦和享受。也就是说，"真"和"善"的表达，需按照审美的规律进行，在追求"真"和"善"的同时，作家还要完成"美"的创造。也就是说，作者要运用与思想内容相契合的、具有独创性的艺术形式，使读者得到艺术的熏陶。

以"真"、"善"、"美"这样的理论框架来评价文学作品，就不会失却方向和重心。当然，"真"、"善"、"美"（或曰，历史理性、人文关怀和审美追求）这个标准，只是一个宏观的标准，在这个宏观的框架下，还会有许多更具体更有针对性的衡量法则。但它是文学批评的基石。如若基石被抽去了，其他一切细微、具体的法则都将失去意义。

下面，我们就以这个宏观标准为前提，来评价周喜俊的一系列文学创作。

第一，求"真"（历史理性）

毋庸置疑，周喜俊作品具有着非常强烈的时代感或曰历史感，尤其在一系列农村题材的作品中（诸如《当家的男人》)、《当家的女人》、《辣椒嫂后传》、《风

---

① 恩格斯：《致敏．考斯基》，《马克思恩格斯选集》第四卷，人民出版社1995年版，第673页。
② ［俄］列夫．托尔斯泰：《日记选》（1857年4月10日），见《古典文艺理论译丛》第一册，人民文学出版社，1962年版，第199页。

雨高家店》、《情系孔雀岭》等等，表现尤为突出。这些作品，在题材内容上，写中国北方农村的生活，重点写上个世纪八十年代农村体制改革的阵痛，无疑有着鲜明的时代性、历史性。当然，周喜俊农村题材的作品不是简单地、机械地、照镜子式地去反映问题，而是能够独具慧眼，洞悉在改革阵痛过程中的关键矛盾，提出问题、剖析问题，并试图给出可资借鉴的解决方案。比如，三农问题、改革如何突破瓶颈的问题、农村如何综合开发的问题、改革初期如何协调新旧观念冲突的问题、官民矛盾问题，以及改革弄潮儿如何处理家庭内部矛盾的问题，等等。这一系列的问题，都是那个特殊年代里出现的特殊矛盾，有着深深的时代烙印。此外，作者还热情讴歌改革开放的先锋人物，激情歌唱改革全面展开后的新生活，表现出作者对改革政策的极大热情和信心，对百姓生活的极大关怀和希望。这样的情感流露，这样的主题内容，何尝不是那个时代广大人民的共同心声？何尝不是时代号角的最强音？

正是由于这样鲜明的时代烙印，周喜俊的作品不仅在当时被读者喜爱，而且随着时间的推移，随着那个特殊时代的远去，更散发出一种厚重的历史感，从而增加读者阅读的兴趣。

第二，向"善"（人文关怀）

周喜俊的一系列农村题材的作品，不仅仅是写特定历史时期的核心事件，更是写事件中的人。是以人为本来构架故事、讲述情节的。它不仅在写人的曲曲折折沟沟坎坎的经历，更是在写人（尤其是主人公）内心的理想、愿望，和在事业进取中的困顿、挫伤和坚韧、成就；不仅是在写他们事业进取中的坚韧、强劲、正义、磊落，也写他们作为普通人的内在情感需求和细微波折；不仅写出了时代的弄潮儿，也写出了在主人公光环映衬下各色小人物的性格。这些小人物，或自私狭隘，或谨小慎微前怕狼后怕虎，或质朴爽朗如北方田野里的红高粱……他们都有着各自具体的生活境遇和各自的喜怒哀乐，有着属于那个时代的心理诉求。

在作品中，周喜俊始终关注的就是老百姓的生存和命运、情感和理想。

第三，审"美"（审美追求）

好的文学作品，其内容与形式都是紧密地融合在一起，彼此不分的。内容是被形式完满地表现出来的内容，形式是为内容而存在的、有意味的形式。

周喜俊在讲述农村故事的时候，运用了最契合农村故事的叙述方式、情节结构、修辞手段，及语言风格等。比如，在叙述方式上，运用的是传统说唱文学的讲说方式；情节结构上，注重故事性和趣味性，运用包孕式结构（即大故事套小故事，小故事里还有故事）和糖葫芦串式结构（即各个故事依次串联，各自独立又相互关联）；语言上，多用老百姓熟悉的谚语、俗语、歇后语等；多用比喻修辞手法，喻体都是老百姓日常生活中的物体，……如此，内容与形式达到了契合无间、融合为一的艺术境界，成就了周喜俊独树一帜的创作风格。

总之，不取媚、不跟风，不哗众取宠、不剑走偏锋，只是一如既往地坚持真、善、美的艺术创作原则，使作品不仅获得了读者、观众的掌声，同时也屡屡获得了政府的各类大奖。并且，我相信，周喜俊的作品，不会混同于当下的畅销作品而成为过眼云烟，而是在未来的艺术天地将占据它应有的份额。

宽而有制，和而不流

求真、向善、创造美，是艺术的大境界，也是人生的大境界。

在艺术追求上，周喜俊很少对同行发出批评的声音，对商业化了的各种流派、主义，以及纷呈的文艺现象，周喜俊也一贯抱持宽容的态度。或者说，周喜俊专注于自己的艺术世界，不曾旁骛。她常常说，要"百花齐放，百家争鸣"，要允许、鼓励不同的声音存在。还说，一枝独秀不是春，万紫千红春意浓，等等。但是，在周喜俊心中，一直有一个不能碰触的底线，那就是，你不能诋毁、歪曲她的主人公们，尤其不能诋毁她报告文学中的主人公们。那些主人公是周喜俊一直自豪的：我所采访过、写过的人们，几十年过去了，还没有一个出过问题，没有一个贪污腐化……她说，自己眼光独到，不但看到人的现在，也能看到人的未来。我却想，这并不仅仅是慧眼独具，有照妖镜金箍棒，更重要的是，在周喜俊心中，只有一个目标，那就是，求真向善创造美！

那些被写过的主人公们，是周喜俊心头的宝，是带着她自身温度和理想的。

站在田埂上绿荫之下走马观花看农民，是桃花源般的浪漫。但周喜俊下乡，是把自己当作了农民，是切身的体验和切心的交流。田间地头，灶台边土炕上，有周喜俊心与心碰撞出来的火花，有烟火红尘里提炼出来的真善美。

张菊香时占经们，是周喜俊心头放不下的情结，也给读者带来了巨大的感动。

人生经历的风雨曲折，使周喜俊世事洞明、人情练达。难能可贵的是，在世事洞明、人情练达的基础上，周喜俊没有丝毫的世俗气江湖气，而是更纯粹、更明朗、更宽容、更温暖。她可以陪同市级领导、省级领导，乃至国家领导，普通百姓、田间农民以及名不见经传的文艺爱好者，周喜俊也同样倾心交往。在她眼里，一切平等，表现出大写的人格和丰盈的生命状态。

　　风光霁月，华章流彩。提起周喜俊及其作品，熟知她的人们总会洋溢出亲切而敬佩的微笑。

第二辑 02
家国情怀,知行合一
（行政管理部分）

春风吹过，大地知道

8月，盛夏。一年中最为繁盛的季节。

苗而秀，秀而实，万物正在欣欣然地奉献她的果实，空气中氤氲着浓郁的香甜气息。

像怀胎十月正在分娩，如日中天正在耀眼。这个季节，繁盛、饱满、热烈、葱郁……要形容她的气象，你只觉得，无论如何都言不及义。

当其时，周喜俊才刚刚四十出头，正值其自然生命的不惑之年，健旺之年；也是她艺术生命的旺盛期、爆发期。

当时，周喜俊各种体裁的文学作品正在频频获奖，其创作的电视连续剧《当家的女人》正在央视及各省电视台热播，并获得了第24届电视剧"飞天奖"，在全国产生了巨大的轰动效应。《当家的女人》的姊妹篇也已开始运作，各种约稿纷纷而至……

凭借其作品的巨大影响力，周喜俊自身有着耀眼的光环；凭借着自身耀眼的光环，以及文学创作的实力，周喜俊的艺术才情正在转化成现实的功利，不可限量的未来向她频频招手示好。迷她的读者们也正在翘首以待，盼望着《当家男人》的新鲜出炉……

就是在这样的季节——2004年8月，石家庄市委任命周喜俊为石家庄文联主席兼石家庄作协主席。

消息传出，一时间周喜俊的亲人、朋友们打探消息、出谋划策——有人欢喜有人忧。欢喜的人觉得，凭周喜俊的创作实绩和能力，文联主席之职，正当其位、适得其所。忧虑的人们则认为，文联是个清水衙门无职无权，是个姥姥不疼爷爷不爱的被边缘化了部门。而周喜俊正值文学创作的旺盛时期，不应该让行政管理的俗务影响了今后的创作、打乱了艺术生命的节律。况且，人生能有几个盛年？何不把全副的精历放在艺术创作上，使自己的生命绽放绚丽的光华！更有着急的人给周喜俊算了一笔经济账：周喜俊被聘为正高级职称已有十年，而文联主席也不过处级，工资水平还远远不及周喜俊的职称待遇。这个收入差是一目了然啊。有人还说，文人相轻自古而然，文联这个单位虽然人少但矛盾多，不好领导，等等等等等，诸如此类。

重要的十字路口，在人的一生中，或许只有一次两次，选择对了，顺风顺水，青云直上；选择错了，误入歧途，灰暗一生。朋友们似乎比周喜俊本人还纠结、焦灼。

然而，周喜俊却云淡风轻，没有矛盾和纠结。她朗朗一笑："这是市委领导对我信任，也是赋予我的责任和使命，我怎么能推三阻四呢！

后来，大家再聊起这件事的时候，周喜俊无不深情地说："没有组织的培养，就没有我的今天。现在组织上需要我来做奉献，我怎好意思说不呢？文联主席对我来说，不是官位，不是职权，而是服务，是奉献。"

是啊，周喜俊是一个懂得感恩的人，她常常会想起自己的成长、创作经历，想起被前辈们呵护、激励的点点滴滴。于周喜俊来说，当文联主席，不是当官，而是回报。周喜俊说，她"就好比一个在长辈呵护下长大的孩子，不管走得多远，都不会忘记对养育自己的家庭应尽的义务；就好比一只飞出去的小鸟，不管飞得多远，都不会忘记风雨摇曳中的老巢曾给予过自己的温暖。"

于是，2005年，在石家庄市第八次文代会上，周喜俊正式当选为石家庄市新任文联主席，兼石家庄市作协主席。

用什么回报你，我的家园

周喜俊在一篇文章中写道："当我以新的角色走进文联这熟悉的院落，看着眼前熟悉的一切，心中突然涌上一个念头：用什么回报你，我的家园！"

是啊，用感恩之心来回报，以回报之心来工作，若如此，还有什么难事是克服不了的？还有什么目标是无法达到的？

没有华丽的豪言壮语，没有隆重的特别仪式，上任伊始，马不停蹄，周喜俊就脚踏实地、低调认真地做了全方位调研：

一是亲自到17个县区文联调研，二是召开十大协会负责人座谈会，三是召开文联机关座谈会，四是离退休老干部茶话会，等等。经过一系列深入细致的调研、座谈活动，周喜俊发现了存在的诸多问题，以及大家内心对艺术的渴盼。同时，周喜俊找也准了自己工作的目标方向。

尤其在对各县区文联的调研过程中，周喜俊发现了诸多把文学视为自己生命重要部分的文艺新人。他们对文学一片痴情，但缺乏自我展示的平台；他们有艺术的才情和创作的理想，但受限于自身的眼界和生活环境，创作水平有待于提高和突破；他们虽然物质生活环境很差，但对文学的热爱以及创作的激情不减……例如，无极县一帮文学青年自办了《文学园地》小报，登载他们自己的文学作品，展示自己的才情；在晋州，诗词爱好者们自发组织了"梨花诗社"，定期进行文学交流活动，还自筹资金，创办了《孔雀台》内刊。在诗社里，上至九十多岁的老人，下至十几岁的少年，都能写诗，酬唱应答；正定基层作者成立了"孺子牛读书社"，以文学沙龙方式开展丰富多彩的文学活动；……

面对这样的一群人，周喜俊很感动，她想起了自己青春年少时的追梦历程，想起了自己在追梦历程中品尝到的酸甜苦辣。周喜俊说，"你不亲自到基层走走，你就不会知道基层作者有多么艰辛，你也不会想到基层有多少好苗子。"

曾经，周喜俊自己也像他们一样眷恋于文学，执著于创作；曾经，为了读书，为了编一个新故事，她在暗夜里，在如豆的煤油灯下苦熬；曾经，她编出的新故事给一起干农活纺棉花的同伴们极大的快乐……感同身受，设身处地，周喜俊能够理解基层作者内心的渴望，能够体察基层作者文学创作的不易。正如她自己的成功一样，周喜俊相信，如果有比较好的平台，有合适的机遇，在基层作者里面，一定会有人脱颖而出，绽放异彩！

于是，在2006年，周喜俊主持召开了石家庄市文艺创作大会。在会上，请知名作家和全国大刊的主编讲课，传授文学写作和投稿要求；会议期间向全市文艺工作者发出了深入农村现实生活的倡议；在闭幕式上，举行了百名文艺家深入社会主义新农村建设采风仪式；之后，十大文艺家协会按照自己选定的路线下到基层体验生活。通过这样的会议、活动，调动了更多农村青年业余作者的创作积极性，为他们的创作提供了学习交流的机会，并逐步形成了农村题材创作群体。

天行健，君子以自强不息

"十大协会活起来，各县文联动起来，激励机制建起来，人才队伍带出来。"是周喜俊上任伊始经过深入调研明确的思路。当时，石家庄市文联正式编制仅24人，在职人员29人，内设：办公室、通联部、编辑部、创研部。由于历史原因，文联机关非专业人员与专业人员比例明显失调，创作、编辑人员严重不足，机关没有其他经营项目，十大文艺家协会没有编制，没有经费，没有办公场地。在这样的情况下，周喜俊却认为，文联是文艺工作者之家，如何让这个大家庭外部有形象，内部很和谐，是需要用心经营的一件事情。为此，她提出了"接地气，聚人气，树正气"的基本方略。

所谓接地气，就是要坚持深入基层，扎根人民。周喜俊说："让肌肤贴着地面，就会感到地气在体内的涌动，这种带有生命力的地气，会让你的灵魂得到升华。只要你保持着蓬勃的朝气，不管经营的那片园地是黄土高坡，还是贫瘠的沙漠，你都会培育成百花盛开绿树成荫的文艺园林。文联不能做无根浮萍，不能自我边缘化，不能自命清高，更不能自己瞧不起自己，只有把根须扎到人民群众之中，把触角深入到社会实践之中，把队伍带到时代变革的大潮之中，脚踏实地谋划好每一项活动，才能展示出自身独特的魅力。"

由于文联一向是清水衙门，没有职权，没有创收，所以，有人戏称文联主席是"丐帮帮主"。周喜俊却理直气壮、旗帜鲜明："我不做丐帮帮主！文联虽然没有钱，但我们有市级会员5000多名，省级会员800多名，国家级会员300多名，这是一支浩浩荡荡的文艺人才大军，我怎么能把自己的作家艺术家当成乞丐看待呢？文联要想树起形象，必须自己先挺起腰杆。"

对于文联工作，周喜俊具有着非常高超的前瞻性和高蹈性，她说："文联不是群众文化活动的组织者，不能眉毛胡子一把抓，文联组织的活动应当具有示范性和导向性，提倡什么，反对什么，要旗帜鲜明。"这是周喜俊对于文联工作的态度，也是她对于文艺的态度。

是啊，文艺有着"兴、观、群、怨"的社会作用，它是一个国家一个民族的精神火炬和灯塔，是社会主义精神文明建设非常重要的一部分。周喜俊说："繁荣文艺事业，文联肩负着义不容辞的责任。"她要求作家艺术家必须坚持"以人民为中心"的创作方向，创作出经得起人民检验的优秀作品，只有这样，才无愧于人类灵魂工程师的称号。

知行合一，率先垂范，是周喜俊一贯的工作作风。她并没有只停留在发号召、喊口号、造声势上，而是以身作则，率先在赞皇县行乐村建立了深入生活基地，以该村党支部书记时占经事迹为内容，创作出大型现代戏《七品村官》，此剧作为保持共产党员先进性教育的生动艺术形式，在河北城乡演的红红火火，中央电视台作为2006年全国"两会"特别节目在戏曲频道黄金时间播出，受到了观众的喜爱，得到了市委、市政府领导的表扬，文联在社会上树起了形象。

所谓聚人气，就是要团结起一支朝气蓬勃的文艺队伍，营造出和谐的艺术氛围。周喜俊说："文联作为人民团体，最需要人气，人气旺，事业兴。有人气，才能产生号召力、凝聚力和创造力。人心齐，泰山移，只要大家团结一心，就没有办不成的事。"

2005年12月是石家庄市文联成立55周年的日子，为讴歌文联的历史功绩，激励后者奋发努力，文联与企业联姻，和石家庄日报联合举办了"金石门杯·我与文联"大型有奖征文活动。这次征文，来稿多，范围广，质量高。通过这次广泛的征文活动，唤起了众多人对文联的感情，扩大了文联的影响。

这次征文结束后，文联编印了《我与文联征文作品选》，并对所有来稿进行了评奖。其中还发生了一个小插曲：石家庄市文联第一届副主任，当时已经84岁高龄的陈因先生，离开石家庄已经多年，居住在天津。当他得知征文消息后，不仅写了文章，还为纪念文联成立55周年题词表示祝贺。陈因先生的为人为文，感动了所有评委，大家一致认为，这次征文唯一的一等奖应该给这位文联前辈。当把1000元奖金和获奖证书给他寄去后，他说把证书留下作为纪念，把奖金退回用来支持石家庄的文艺事业。陈因先生以他高尚的人格为后人做出了榜样。

这次征文评奖和纪念活动，树起了正气，聚集了人气，增强了感情，使大家感到了文联这个大家庭暖暖的人情味。

所谓树正气，就是要不拘一格用人才，大张旗鼓激励出精品。周喜俊说："人才是文联发展之根，创作是文联兴盛之本。文联不同于行政机关，如果没有艺术上的尖子人才，产生不了有影响的作品，就不可能有社会地位。发现培养人才，创作精品力作，不能急功近利，不能有浮躁情绪，要按艺术规律办事，要从根本上抓起。"

为培养人才，周喜俊积极跑办，建立健全各项激励机制。一是设立了一年一度的大报大刊奖；二是完善两年一届的文艺繁荣奖；三是三年召开一次创作大会。通过这些积极机制，为基层人才脱颖而出营造良好氛围。

周喜俊深知，文艺繁荣要有大批优秀作品做支撑，优秀作品的产生靠丰厚的生活积累。为了从根本上解决问题，在深入生活方面，周喜俊也采取了一系列具体措施：一是分期分批进行新农村建设采风活动；二是逐步建立作家深入生活基地；三是专业作家到基层挂职体验生活，等等。

我们不难感受到周喜俊的另一种风采，即她作为党的行政干部，有谋略，有方法。既运筹帷幄，有高蹈的思想境界和统筹全局、面向未来的开阔视野，又有着脚踏实地、贴近基层服务基层的具体方法和措施。

有目标，能干事；有谋略，有方法；同时，又具有雷厉风行、说到做到的执行力，这就是作为石家庄市文联主席的周喜俊。一石激起千层浪，周喜俊用她搞创作的聪明才智，以无私奉献精神，把石家庄文联这盘棋走活了。文联各项工作呈现出生动活泼、健康有序的发展状态。周喜俊撰写的《接地气，聚人气，树正气》文章，作为地方文联发展的经验刊发在《中国艺术报》，在业界产生了广泛的影响。

地势坤，君子以厚德载物

周喜俊以自己的艺术才情和对社会现实敏锐的洞察，以广大人民群众喜闻乐见的艺术形式，书写出了对人民对社会有担当的一系列文学作品。但仅仅凭借一人创作之功之力，不可能承载起对社会全面的文艺担当。也就是说，文艺要为人们提供心灵庇佑的精神家园，要激发人们求真向善寻美的内在需求，要唤醒人们蕴含在心灵深处的生命激情，同时，还要在当下语境下承载起激发人们文化自信的价值观念……，实现这一切，远非某一位优秀作家就能够承载的。作为文联主席，周喜俊具有大视野，大胸襟，大理想，她要把文联主席的作用发挥到极致，把一方文艺带动起来，把一方文化带动起来，把一方文艺人才带动起来。

于是，在盘活文联大棋，激励机制健全之后，周喜俊紧接着提出："树旗帜、带队伍、育人才、出精品"的核心目标。

这是周喜俊任职石家庄市文联主席以来，一贯坚持的核心目标。周喜俊说"旗帜就是导向"，文艺队伍没有导向就会迷失方向，为了让石家庄市文艺队伍牢牢把握"以人民为中心"的创作方向，周喜俊以纪念毛泽东同志《在延安文艺座谈会上的讲话》为载体，连续十年举办丰富多彩的大型主题活动。2005年在市委常委会议室召开了十大协会主席座谈会，石家庄日报以《打造精品力作，建设文化强市》为题，整版推出了周喜俊的座谈会发言，成为十大协会活起来的总动员；2006年在正定召开了为期三天的全市文艺创作大会，隆重举行了新农村建设采风团出征仪式，向文艺界发出了深入生活倡议书；2007年召开了石家庄文艺发展论坛暨成果展，以图文并茂的展板形式把石家庄市获省级以上正规奖的作品进行了一次大盘点。让大家明白,什么样的作品才能叫得响、传得开、留得住;也是在这一年,石家庄市文联帮助井陉县策划召开文艺创作会议;2008年在晋州市召开了基层文联工作经验交流会,充分发挥各县文联的作用,为基层作者营造良好的成长环境,推动了基层文联工作蓬勃开展。2009年,在西柏坡召开了全市青年文学创作会议,邀请了鲁迅文学院常务副院长白描等四位著名作家为100多名基层青年作者讲课,号召青年作家们以"赶考"心态创作无愧于时代、无愧于人民的精品力作,用西柏坡精神培养造就文学创作的生力军。2010年,举办了革命老区平山行大型采风创作活动;2011年,帮助深泽县组织召开文艺创作大会并举办周喜俊专题;2012年,帮助高邑县组织召开文艺创作大会并讲座……这一系列活动在全省乃至全国都产生了很好的反响,对基层文联起到了示范作用,形成了石家庄文联的品牌,使全市文艺队伍有了很强的凝聚力和向心力。

在"树旗帜、带队伍、育人才、出精品"这一目标的统领下,石家庄市文联又制订了具体的长效机制:

一是文艺讲座下基层、进校园活动。基层作者有丰富的生活体验,但缺乏文学创作的艺术感悟和技巧方法;在校学生有文艺理论储备,但缺乏对生活的提炼和认知。针对这种情况,文学名家、大家走进基层,走进校园,与基层作者和在校学生讲座互动,激发了基层作者的创作热情,提高了他们的创作水平,也在学生之间播下了文学创作的种子。

自周喜俊上任文联主席以来,先后邀请全国著名作家铁凝、关仁山、邱华栋等结合自身创作经验进行讲座,《石家庄日报》以《从<笨花>谈起》为题,整版发表了铁凝的讲座稿,《燕赵都市报》、《石家庄作家》等媒体以较大篇幅发表了关仁山、邱华栋的讲稿摘要,为广大作者起到了很好的示范作用;还邀请国家级和省级大报大刊编辑,结合刊物选稿用稿标准和作者来稿中遇到的问题进行讲座,给基层作者在投稿方面以具体指导。其中,分期邀请了《中国作家》、《人民文学》、《青年文学》、《长城》等杂志的主编和编辑进行讲座;邀请鲁迅文学院常务副院长白描和著名评论家张东炎讲课,结合全国知名作家的成长经历、创作经历,以及获奖作品进行具体分析,给我市作者学习提高的机会。

二是建立健全基层文联机构,把爱好文学的人才吸纳到文艺队伍中来,使之充分发挥艺术才情,加大人才培养力度,壮大文联队伍。自 2004 年以来,经过周喜俊的不懈努力,石家庄市文联下属十大文艺家协会(文学、书法、美术、摄影、音乐、曲艺、戏剧、影视、舞蹈、民间文艺等)进一步完善,市级会员六千多人,石家庄市下属十七个县市区也都成立、完善了文联机构,并因地制宜成立了相应的协会,县区级会员一万多人,文艺爱好者、创作者遍布全社会。

这是一个蕴藏着巨大潜力的人才宝库,是一支扎根基层的文艺队伍。周喜俊把这支队伍团结带动了起来,凝聚了一大批文艺新人,使文联工作充满生机和活力。在市文联的引导带动下,各县区文联、作协也以不断创新的精神有声有色地开展着工作。行唐县为县级作协会员出版了几十万字的作品集,激发了大批基层作者的创作热情;正定县作协推出了文学讲座进校园活动,搭起了文学队伍从娃娃抓起的平台;鹿泉、井陉、赵县、平山等县区作协也都利用内部刊物,团结了大批基层作者,形成了良好的创作氛围,各县区作协会员逐年增加。人才是文艺繁荣发展的关键,爱才惜才,发现人才、推介人才,是周喜俊一贯坚持的工作态度。

周喜俊在 2012 年 4 月 27 日高邑县文艺创作会议上说:"创作上不去,文艺繁荣就没有根。创作人才培养不能急功近利,更不能拔苗助长,不能搞千亩地里一棵苗,要搞一亩地里千棵苗的人才之林。在人才培养上实施育树工程,是我们的战略决策。有人说,宁采鲜花一朵,不育大树一棵。这是短期行为,文艺的可持续发展必须在人才培养上下力量。"早在 2009 年市文联工作会议上,周喜俊就提出了:"精品生产抓高度(要有向全国冲刺的大目标)、人才培养抓厚度(形成老中青三结合的人才队伍)、队伍建设抓宽度(团结各方面的文艺人才,形成浩浩荡荡的文艺队伍)、文化活动抓广度(充分发挥文联上下协调、左右联动的职能,通过活动发现人才、培养人才),"这四句话的核心就是营造人才成长的良好环境,给人才提供更多展现才能的机会。

在周喜俊的带领下,石家庄市文联在培养人才,队伍建设方面做出了突出贡献,习近平总书记在文艺工作座谈会发表讲话以来,中国文联文艺研修院先后四次邀请周喜俊为全国地县级文联负责人培训班做案例教学,介绍石家庄文联的做法。中国文联、中国作协负责人也多次来石家庄文联调研,总结石家庄的经验。

春风化雨，润物无声

艺术与人在最高境界上是相通的。艺术的最高境界是，启迪思想、滋养精神、丰富心灵、激发生命激情，有益于社会人生。人的最高境界也莫不如此，他有足够的能量，能够不断地输出、给予；他有足够的热烈，能够温暖失意、落寞的心灵；他有足够的光亮，能够起到目标灯塔的作用。

周喜俊就是这样自我丰沛具足，具有高能量高热量高光亮的人。作为文联主席，她把文联工作做得风生水起，使文艺工作者们有了归属感和思想导向。同时，在与基层作者打交道的过程中，周喜俊春风化雨，润物无声，扶持、引领、带动、帮助、交流、沟通，她不仅助力年轻的作者们佳绩频频，实现了或正在实现着自我的人生价值，而且，周喜俊还成为了不少年轻人的挚友、知心姐姐。不管是生活的烦恼还是艺术的困惑，大家都愿意跟周喜俊聊一聊，都感觉若有什么烦恼的事情，跟她倾诉，内心就敞亮了、释怀了。

跟周喜俊交往，你会深切地感觉到，人生虽然充满劳绩，但还诗意地栖居于这块大地上。

周喜俊把自己曲折丰富的人生经历，淬炼为超越常人的精神力量，以她多产高产的文学成果和突出的管理实绩，影响了一个地方的文艺风尚。同时，以她独有的人格魅力，吸引、凝聚了一批热爱文学、致力于文学的青年人，营造了欣欣向上、充满正能量的文化氛围。

在当今时代，消费文化、娱乐文化、快餐文化大行其道，传统文学的空间被大幅挤压。在这样的文化语境下，周喜俊的标杆意义，尤其重大。

第三辑 03

善与人交，久而敬之

（人物访谈部分）

周喜俊访谈录

孙文莲：周主席您好！

可以说，您有两种身份：一是作为作家身份，您的对各种文学体裁都有涉猎，比如电视剧剧本、现代戏曲剧本、古代戏曲剧本、长篇纪实文学、报告文学、长短篇小说等等。并且，您对各种文体都很擅长，都取得了非常好的成就（比如，获得政府大奖和可观的收视率等）。再一个就是您的行政领导身份，作为河北省文联副主席、石家庄市文联主席、石家庄市作协主席，您在行政管理和领导方面，也是得心应手，风生水起，可以说，已经做出了非常突出的实绩。比如，担任石家庄市文联主席以来，在您的指导带领下，基层各区县都成立、健全了文联机构，也指导、带动、激励了一大批年轻人走上了文学创作的道路，成就了一批非常优秀的年轻作家。那么，我迷惑的是，文学创作和行政管理，是两种完全不同的思维：文学创作必须是感性思维、形象思维，或者叫做艺术思维，而行政管理则是理性思维、逻辑思维，这两种截然不同、甚至相互矛盾的思维方式，您是如何调和的？

周喜俊：如果一个人脱离了社会生活的大环境，不会有开阔的思路，也很难驾驭大作品。自己在现实生活中都做不好的事情，怎么可能在作品里去处理呢？我从1993年任石家庄市艺术研究所所长，到2004年任石家庄市文联主席，接触的是形形色色的人物，处理的是各种各样的问题。各色人物、各种问题都很复杂，有时甚至很意外，但我必须面对。作为党的干部，我不回避矛盾，我力求面临的每一个矛盾、每一个问题都圆满解决，实际上，我做到了。这种直面生活、解决问题的经历，也打开了我的创作思路，写起作品来就得心应手。

如果不在生活的浪潮中摸爬滚打，就永远跳脱不出七大姑八大姨东家长西家短的小圈子，当然也就不可能写出直面社会问题的大作品。因为主人公就是社会的人，他要面对问题、处理问题。比如《当家的男人》主人公，在带领乡亲们脱贫致富的过程中，他要面对种种复杂的矛盾和棘手的问题。我如果对农村不了解，能够处理作品中的矛盾冲突吗？《当家的女人》中，张菊香处理那么多的家庭矛盾、邻里矛盾，如果作者在生活中不会处理这些矛盾，在作品中自然无所适从，当然也就塑造不好这个人物。我的工作和创作，形成了一种相辅相成的状态，两者相互补充、互相促进。

孙文莲：作为行政领导，您必须参加的各种会议、各种活动很多，又经常惦念着基层文联的活动和建设、关心着年轻人的文艺创作，可以说，工作很忙碌。但是，我们也看到，您的文学创作量很大，质量也很高。那么，我想知道，您是如何获得创作时间上的充分保证的？

周喜俊：时间对每个人都是一样的，就看你怎么取舍。我的爱好就是读书、工作、写作，除此之外，我不会浪费任何时间。参加各种活动，有助于观察生活；参加各种会议，既能了解中央政策，又能观察各种各样的人，是一举两得的事情。出差坐在火车上，我的脑子会和火车频率一样飞速运转，好多构思都是在路上冒出来的。工作越忙，思维越活跃。这是多年养成的习惯，已经习以为常，也非常享受这样的过程。

孙文莲：紧接着，下一个问题，就是在这样大量的创作和忙碌的工作中，心情怎样？感觉劳累吗？辛苦吗？还是感觉快乐？

周喜俊：工作创作两不误，说不辛苦是假的，但也乐在其中！有人喜欢在家弄个跑步机锻炼身体，我星期六星期日写作两天累了，星期一骑自行车去上班，腰腿颈椎都得到了锻炼，也呼吸了新鲜空气，到单位就能精神饱满地处理工作了。下班再骑自行车回家，晚上不用出来锻炼了，吃完饭就能看书写作，乐在其中。

孙文莲：钱理群说，现代人好多是"没有文化的学者，没有趣味的文人"，他还说"比如我，琴棋书画都不懂，作为文人，这是有问题的"。您怎么看待这个问题？您在文学创作之外，其他的艺术爱好是什么？您从中得到怎样的乐趣？对您的文学创作有怎样的影响？

周喜俊：每个人的爱好不同，总得有取舍。十八般武艺都会当然好，但人的精力是有限的，不可能做到样样精通。要是没有那么多时间，就只能保留自己最挚爱的东西了。我业余时间喜欢看戏，其实这也算是主业，我在石家庄市艺术研究所当过十一年所长，那时候为了写出观众喜欢的戏，经常跟着剧团去下乡，一走就是半月二十天，住在老百姓家，吃着剧团的大锅饭，冬天穿着军大衣，坐着小马扎，和观众一起坐在露天剧场看戏。听老百姓对演员的评价，对剧情的猜测和议论，就觉得自己是个等待老师判卷的小学生。这种经历，对我后来的创作起到了至关重要的作用。每当我构思作品的时候，首先要想到观众是否喜欢？对他们会有什么样的启迪？天长日久，形成了习惯，也为坚持"以人民为中心"的创作导向打下了坚实的基础。到文联之后，写戏不是任务了，但业余时间还是喜欢看戏，那种荡气回肠的感觉是别的文艺形式不可取代的。

孙文莲：有人说，中国知识分子在整体上出了问题，比如说，缺乏责任和担当啊、精致的利己主义啊，还有浮躁跟风啊、与生活的疏离啊，等等。那么，您对当下的文坛有什么看法？担忧的？批判的？建议的？期望的？

周喜俊：这个观点有些以偏概全。其实，有良知、有责任、有担当的知识分子大有人在，否则社会就不会进步。但有一部分人的思想确实出了问题，这里有个人原因，也有体制问题。比如有些人长期脱离生活，只是道听途说凭空想象，就觉得这个社会烂透了，不相信有真善美的东西。我根据全国优秀党务工作者、赞皇县行乐村党支部书记时占经事迹创作的剧本《七品村官》，当时给石家庄青年评剧团后，他们不相信社会上还有这么高尚的人，后来团长带着演员们到村里深入生活，见了时占经本人，听他讲了自己的经历，又看他为解决村里干旱问题打造的地上水廊工程，以及绿化的荒山荒坡，大家们被感动了。回到市里以后，演员们很快就排练成了这出戏。并且，2006年央视戏曲频道作为全国两会特别节目播出，在全国引起强烈反响，不少网站纷纷转载。剧团到各地巡回演出，受到观众热烈欢迎。演员们的灵魂受到很大触动。

有些人之所以跟风、浮躁，我认为最根本的原因是不接地气。我为什么从来不跟风，不浮躁，是因为我从来没有离开生活，没有离开人民。更主要的是十年农村生活的磨砺，让我懂得了珍惜，懂得了感恩。用自己的光照亮他人，是功德无量的事情。我从不喜欢杞人忧天的空发议论，而喜欢扎扎实实去做，能做多少就做多少，有一分热就发一分光。

孙文莲：有的人愿意相信负面的东西，愿意宣扬负面的东西。好像唱一下反调，就能够标榜自我，鹤立鸡群。

周喜俊：负面的东西无论对自己还是对社会，都是没有好处的。我在创作和工作中，都愿保持昂扬向上的状态。我经常对朋友们说，一个垃圾桶引来的都是苍蝇，一片花园引来的就是蜜蜂，你不能说看到了一群苍蝇就觉得那是生活的全部吧？生活也是如此，有人说，现在的乡村干部100个拉出去99个枪毙都不冤枉，有些干部是坏了，但并不是全部。我经常下基层，采访过不少乡村干部，有很多人的事迹非常感人，不接触实际根本不可能想象到。2017年我们组织石家庄青年作家分头到基层深入生活，采访到近40个先进典型，这是我们把作家队伍带到现实生活中的具体举措。通过这次下乡活动，作家们的思想观念发生了很大变化，大家一致认为：生活中原来有那么多优秀的人物，做了那么多感人的事情，我们作为文艺工作者，不去讴歌他们都觉得心里不安。

孙文莲：人的生活越丰富，视野越开阔，就越是具备谦虚、包容的能力；相反，如果视野狭窄，坐井观天，也就往往会妄自尊大、目中无人。多年来，文艺界有过这样那样的思潮，你好像从来不受各种思潮的影响。

周喜俊：我能有这样的定力，是因为我从来没有隔断与人民的联系。心中有人民，文化有自信。我采访过的那些典型，是我巨大的精神支撑。每当遇到各种风潮的时候，这些人物就像放电影一样在我脑海里闪现，是他们让我明白乌云不会遮住太阳，尘土压不倒城墙，正义一定会战胜邪恶！让我欣慰的是，多年来我采访过的人物，经过岁月浪潮的淘洗，一个个依然光彩照人。

孙文莲：的确如此。您对事物的认识能力、判断能力，不仅准确，而且还非常超前。比如，三农问题、新农村建设问题、女性独立问题等等，您的见解都非常超前。尤其是您对于女性独立问题的认识，是绝对超前的，它超越了当时好多人的观念，甚至也超越了当下（也就是今天）好多人的观念。比如，八十年代的《辣椒嫂》，后来的《辣椒嫂后传》，以及2004年完成的《当家的女人》，都一以贯之地表现出独立女性的人格魅力。韩华姣、张菊香们，为我们提供了女性存在、女性价值的范本。

周喜俊：对！我欣赏有独立人格的女性，生活中也有很多像张菊香一样的原型。她们不是牵牛花，靠依附他人才能生存；而是一棵棵独立成长的大树，挺拔而坚韧，不惧风雪严寒。我的这种观念和坚持，可能与我的成长经历有关。

《当家的女人》热播之后，邀我写电视剧的人很多，各种题材都有。我拒绝说我不是万能的，不是什么题材都能写。比如有人找我写关于家庭暴力方面的电视剧，我说这种题材我绝对写不了：我同情这些不幸的女性，但我理解不了，经受家庭暴力的女性为什么不能选择离开这个男人呢？一个四肢健全的人自己还不能养活自己吗？干吗要忍辱负重委曲求全地生活？

孙文莲：在您幼年的经历里，可以说，是有苦难的。苦难对人生的影响会有两种可能，一是消极的影响，它让人颓废、冷漠，对他人不信任，甚至充满敌意等；一是更加积极地去努力去改变去突破，并且由己及人，充满同情和悲悯。很显然，您是属于后者。请问，您是怎么看待"苦难"的？您是怎样把苦难转化成内在的精神力量的？

周喜俊：吴冠中先生说过一句话，"苦难是艺术家的粮食"。我过去也曾说过，苦难对于弱者是巨石压顶，会让你永远站不起来；但对于有追求的人来说，苦难会产生一种反弹力，就像皮球，压力越大跳得越高。吴冠中在河北李村三年，经受了精神和肉体的双重压力，却创作出了一大批国际国内艺术界一致公认的艺术精品，还凝聚出"风筝不断线"等一系列创新理论。他的学生们说，李村三年是吴冠中先生艺术生命的高峰期，也是辉煌期。我在农村劳动过十年，在别人看来，是不堪回首的岁月，但对我来说，是一生的财富，我乐观的性格就是从那时形成的。

孙文莲：面对苦难，一些人会倒下，会萎靡；甚至有些人会累积"恨"的因子，对社会对他人充满敌意；而另一些人，则会变得更宽容，更理解，更有善意——因为我自己经历过苦难，我体验过苦难的痛楚，所以我不愿意别人去经历。在您身上，我们都看到了，感受到了您的明媚、您的热情，您对于他人尤其是基层作者的不遗余力的帮助和挂怀。

周喜俊：我对基层作者有着特殊的感情，因为我就是从基层走出来的。我最能体会基层作者的需求。基层作者就像干涸大地上难以破土而出的幼芽，稍微给一点阳光雨露，就能破土而出，茁壮成长。我愿意倾尽全力为他们浇水、松土，让他们少经受一些磨难，尽快长成参天大树。为达到这个目标，我担任文联主席以来，在人才培养上提出实施"育树工程"，并想尽办法，设立了各种激励机制。对于基层作者，我总是把他们当成知心朋友，他们遇到难处也总愿意和我倾诉。我会不遗余力地去指点他们，帮助他们，尽可能让他们少走一些弯路。

孙文莲： 您是具有正能量的，这个毋庸置疑。并且，我感觉，您的能量是非常强大的，是能够很快地传输给别人的。

周喜俊： 我在尽力这样做。人的一生非常短暂，转眼就是几十年，为什么不能有意义地生活呢？人们常说，送人玫瑰，手留余香，在为他人传输正能量的同时，自己的能量也会越来越强大。

孙文莲： 荣格说，一个人的性格往往是复杂的、混合的，甚至是矛盾的、分裂的、对立的，越是伟大的人物越是如此。周主席，我觉得您很勤勉很通透，也很理性。该做什么，不该做什么，您非常清醒。看起来，您的一切都是按照自己的计划，或预定的理想在进行、在完成。那么，在您性格里，有没有矛盾的地方？

周喜俊： 我的性格里没有矛盾。不论在单位或在家里，不论在公开场合或私密场合，都是阳光透明的，不会当面一套背后一套，也没有什么可纠结的。我就像一泓清澈见底的泉水，从内而外都一样。不论生活还是工作，遇到问题都会放到阳光下晒晒，我从来不回避矛盾，更不推卸责任，所以，好多在别人看来很复杂的问题，到我这儿都能迎刃而解。

孙文莲： 我觉得，如果用一泓泉水来比喻的话，您应该是既深邃又清澈。深邃，就是见识广博、思想深刻、见解独到，既有远见，又有解决问题的巧妙方法；清澈，就是说，您没有什么纠结的东西，思想上没有浑浊不清的东西。也就是说，我要做什么，我该做什么，怎样去做，在内心都很明了；处理问题、解决问题也干净利落。这种处理问题的能力也表现你的作品中了。

周喜俊： 是这样，我二十多岁的时候在全国各地发表作品，编辑们都不认识我，后来开会见了面，很吃惊地说，我们看你的作品，都认为是40多岁的男同志写的。

孙文莲： 这是因为您的作品没有小女人的娇娆之气，而是恢宏大气。我认为，这一点，是有一定文学史意义的。也就是说，您的作品是有历史性和政治性的，关于女性存在的观念也是有着前瞻性的。所以，它是一种独特的存在，我想，它会在将来的文学史中占据一席之地的。

那么，您怎么评价自己的作品以及它的价值呢？

周喜俊：从八十年代初开始创作，直到今天，我一直在关注农村，一直在写农村。可以说，我的作品反映了我国农村改革开放四十年来的现实生活。不论是辣椒嫂作为改革开放初期的新人物，还是王大柱作为土地承包到户后所面对的新关系，或者《当家的女人》所表现的党的十一届三中全会前后的农村现实，抑或《当家的男人》所表现的新农村建设过程中所遇到的问题（即关于农村生态发展的问题）。再就是我即将完成的《我的幸福谁当家》，它探索城乡一体化过程中，什么样的生活才是真正的幸福？青年农民进城打工，造成留守儿童、孤寡老人、空心村等等一系列，这是给他们幸福了吗？站在农民的立场，认真探究什么样的生活才是老百姓真正想要的。如果把这几部作品的时代背景串联起来，就是我国改革开放四十年以来农村生活的写照。

孙文莲：有评论者把您称为"现代赵树理"，我非常认同这个说法。那么，您的"赵树理风格"是怎样形成的？有没有自觉的有意识的传承？或是历史的巧合？

周喜俊：在艺术追求上，我并没有刻意去模仿谁。因为我生长在农村，对农村题材的作品很喜欢，也就关注的更多。比如赵树理、浩然、柳青、路遥等作家的作品，我都会一遍一遍细读。这些对我的创作都有着潜移默化的影响。但我形成自己艺术风格的关键，还是对农村生活从未间断的体验和关注。如果隔断了与生活的联系，我想就不会成就我今天的创作。《当家的女人》首播的时候，开始观众并没有注意编剧是谁。看了两集，和我熟悉的人就说，"怎么看着像是喜俊写的，连张菊香说话、干活的麻利劲儿，都觉得像喜俊，后来一看编剧果然就是。兴奋得像是中了大奖。"

孙文莲：张菊香的性格和处理问题的方式确实太像您了。

周喜俊：这不奇怪，文学是人学，每个作家的作品都会打上自身的烙印。要是写一些悲悲戚戚的小女人，我肯定写不出来，因为我不是那种性格。

孙文莲：在文艺界尤其是在评论界，好像有一种约定俗成的观念，即作家表达了主旋律、表达了主流意识形态，或者说作品符合了某种政治需求，就必然损害作品的艺术性，就必然是"假、大、空"的。几年前我在报纸上看过一篇对您的专访，大标题就是："主旋律作家我不在意"，请问，您怎么敢于理直气壮地说出这个观点呢？

周喜俊：我敢于理直气壮地说出自己的观点，是因为从我30多年创作的切身体会，认识到有些人对主旋律作品的认定是有偏颇的，或者说是脱离生活的错误观念。那些图解政策、空话连篇、无血无肉、水过地皮干的应景之作，根本代表不了主旋律作品。《当家的女人》是不是主旋律作品？毫无疑问，这是纯粹的主旋律，否则就不会获得中共中央宣传部五个一工程奖。这部作品反映了十一届三中全会前后十年农村的巨变，马秀芬一对双胞胎儿子和丈夫死亡事件以及李月春丈夫终生瘫痪，"三条半人命"反映了极"左"路线给农民造成的巨大伤害，这是最大的政治，也涉及到最尖锐的政策，但这部作品为什么受到了各个阶层观众的喜爱，能达到十年久播不衰的效果呢？因为是通过生活中鲜活的人物和感人的故事来推进剧情的，而不是胡编乱造图解政策。这足以说明，主旋律作品的艺术价值。所以，我认为，不是主旋律作品有问题，而是有些人混淆了概念！

孙文莲：听说您创作戏曲《七品村官》也是市委分派的政治任务，中央电视台2009年作为全国"两会"特别节目在黄金时段播出，新华社为此发了通稿，在各县巡回演出也取得了非常好的效果，剧本还获得河北省优秀剧本奖……

请问，您是怎样达到政治性和艺术性的统一、市场和获奖双赢、领导和群众都满意的？

周喜俊：我的体会是，政治任务只要按艺术规律去做，照样能出好的作品。《七品村官》的主人公是全国优秀党务工作者，是个老典型了，网上有好多有关他的事迹材料，如果我从网上下载一些资料，坐在宾馆里也能编出这部戏，但效果肯定是不一样的。因为感情来自于生活，不是能编出来的。我在村里住了十多天，老百姓从陌生到熟知，最后跟我无话不谈，让我搜集到了好多鲜为人知的素材，挖掘到了一座创作的富矿，这才有了写完这出戏，又写出报告文学、长篇评书、长篇小说、长篇电视剧等一系列在全国大刊发表连载，并多次获得河北省文艺振兴奖的作品。

孙文莲：老百姓有句俗话，叫作"丢了叉靶拿扫帚"，是说这个人很能干，无论什么活都能做。我觉得，您的创作也是这样，小说、报告文学、电视剧剧本、戏曲剧本、曲艺作品，都得心应手。这些体裁样式不是一个套路，您是怎样做到在这些体裁之间自由转换的？

周喜俊：文学艺术形式多样，但内涵有异曲同工之处，就好比中医，能看妇科，也能看儿科，还会看疑难杂症。在创作上我是个杂家，最初自学曲艺，写过鼓词、快板、快书，新故事发表的较多。因为有了各种曲艺作品的基础，写起戏曲剧本比较顺利，再后来不断扩展到电视剧、报告文学、小说、散文等等。我很幸运，从开始走向文学创作的道路，废稿就很少。有的稿子暂时发表不了，放一段时间再进行修改，寄出去基本上都能发表。我觉得归根到底，还是沾了生活的便宜。生活给了我创作激情，也给了我取之不尽用之不竭的创作源泉。多年来，深入生活对我来说不是负担，也不是任务，而是创作的必需！我认为，只要有生活，无论写什么体裁都会得心应手。

孙文莲：您任石家庄市文联主席之初，正是文艺界各种思潮涌动，西方价值观泛滥之时，您为什么选择以纪念毛泽东《在延安文艺座谈会上的讲话》为突破口，而且连续搞了10年，直到与习近平总书记在文艺工作座谈会上的讲话接轨？难道您当时就不怕别人说您不与时俱进吗？

周喜俊：好多人曾问过这个问题。我到文联上任后，在下去调研过程中，发现不少文艺工作者因受各种思潮的冲击，思想处于迷茫状态，找不到方向感，这让我非常忧虑。一个人没有方向，就会萎靡不振无所事事；一支队伍没有方向，就会一盘散沙，没有凝聚力和向心力。用什么办法把文艺队伍凝聚到一起？我首先想到毛泽东《在延安文艺座谈会上的讲话》。我能理直气壮地以《讲话》作为带队伍的突破口，是因为我始终认为，毛泽东文艺思想从来不会过时。这篇《讲话》发表在1942年，提出了"我们的文艺是为什么人的"这样的核心问题，只有把这个问题解决好了，作家艺术家才有明确的目标，文艺队伍才能步调一致勇往直前。习近平主席在文艺工作座谈会上的讲话和毛泽东主席《在延安文艺座谈会上的讲话》在"文艺为什么人的"问题上是一脉相承的，这就是文艺发展的正确方向。实践证明，我们通过十多年的努力，带出了一支坚持以人民为中心的文艺队伍，培养了一批有理想有信念有道德的青年文艺家，创作出了一大批具有正能量的优秀作品，这是让我感到很欣慰的。

孙文莲：有人说，您太有超前意识了，这些年好些作家都或多或少受过西方文艺思潮的影响，甚至走过不少弯路，您怎么就那么有定力？好像从来不会被外界的风向干扰？

周喜俊：应该说，我的定力来自生活，来自人民，只要不离开生活，心就会与人民紧密相连，只要自己的价值判断与人民的价值判断融合在一起，就会在任何风潮面前都不会迷失方向。

孙文莲：石家庄市文联和作协在您的领导下，取得的成就有目共睹，您为推动文艺事业的生态发展做出的无私奉献也是有口皆碑的，谢谢您！

感恩周主席

——访我省著名作家康志刚

孙文莲：您熟悉周主席的作品吗？您对她的文学创作有怎样的评价？比如，思想性、艺术性、社会影响等。

康志刚：我小时候就已经听说了周喜俊这个名字。当时，她的名字被大家传颂得比较广泛，周主席和她的《辣椒嫂》，在当时几乎家喻户晓。记得人们都说，她一个农村出身的小丫头，就写出了那么好的作品（《辣椒嫂》），太了不起了！当时条件那么艰苦，冬季咱们北方天气冷，她就到地窨子里去写……大家说起她都特别激动。周主席本身的故事、经历，就特别励志，就能够给人们一种正能量，有很大的激发作用，

周主席的作品非常接地气，她早期的作品，反映我国联产承包责任制时期的农村的面貌，反映农村老百姓的生活变化及精神状况。紧跟时代步伐，写老百姓生活非常"贴"，所以，她的作品一发表，老百姓就非常喜欢。当时，农村老百姓都听收音机，收音机里播放她的《辣椒嫂》，影响非常大，可以说，是妇孺皆知的。

周主席跟赵树理、贾大山走的路子是一脉相承的，走的都是大众化的道路。

孙文莲：您最欣赏周主席的哪一部作品？为什么？

康志刚：周主席每一个阶段的作品，我都有喜欢的。她的前期作品，我最喜欢《辣椒嫂》，这是她的成名作。她发表的时候，我就在收音机里听过，前几年，我又看了一遍，还是非常喜欢。我也是从那个时代走过来的，所以，读起来特别亲切。这个《辣椒嫂》当时在全国都叫得响，非常响。

她的中期的作品中，我特别喜欢《当家的女人》这部作品，它把我们国家女性的伟大塑造出来了，把中国传统的女性美德表现得淋漓尽致，把老百姓对儿媳妇、对女儿的期望，对中国女性的期望，通过张菊香的形象表现出来了，老年人喜欢，年轻人也喜欢。她当下的作品，我喜欢《沃野寻芳》，这个作品的切入点非常好，它表现的是艺术家和老百姓的关系。周主席是从农村走出来的，现在呢，又是很出色的作家，所以，她站位比较高，她自由地转换角度，时而站在老百姓的角度，时而站在艺术家的角度，既能把老百姓的生活写得生动，又能把吴冠中等一批艺术家的生活、创作写活了。所以，这部作品，非常成功。作品中好多细节，都特别感人，把艺术家和老百姓的生活、感情都写出来了。这部作品，通过吴冠中他们在李村的创作情况，印证了毛主席《在延安文艺座谈会上的讲话》精神，印证了习近平总书记有关文艺的系列讲话精神，是"艺术来源于生活"的最好诠释。这部作品，通过写艺术家的创作过程，把周主席自己的艺术见解也表现出来了。

《当家的男人》我也特别喜欢。是非常接地气的一部作品。为了创作这部作品，周主席在赞皇县农村一住就是十天半月。她写我们共产党的干部为老百姓生存、发展，而放弃自己优越生活的故事，非常感人。

毫不夸张地说，周主席每一个阶段的创作，都有我特别喜欢的作品。

孙文莲： 您和周主席都写农村题材，您和周主席的作品有没有相似相近之处？

康志刚： 我跟周主席都是写农村题材的。我们都是从农村走出来的，然后再回到农村，观察、思考农村，我们对农村都有着非常深厚的感情，对农村生活也都特别熟悉。甚至，我们的作品中，主人公也都有现实的生活原型。

我跟周主席的作品，也都善于发现农村百姓的真善美，挖掘正能量，表现正能量。我们知道，农村也存在着假恶丑，但我们对农民是非常尊重的，我们对农民的感情是非常深的，对农村、对大地的感情是非常深的。所以，我们愿意一如既往地表现农村老百姓真善美的一面。这是我们俩的相似之处。

区别就是：我觉得吧，我的作品，写老百姓的家长里短的生活比较多，而周主席关注政策性问题，写得非常大气。并且，周主席的艺术样式比较多，小说、散文、电视剧本、评书等，她都能写。

孙文莲：周主席倡导深入生活、关心百姓诉求，她自己也确实一直在身体力行这么做。周主席还一直强调，生活是一座挖掘不尽的富矿，有着源源不竭的创作资源。您在创作中，是不是也非常注重体验生活，而不是闭门造车？请说说您的作品与生活的关系，您的创作成就与生活的关系。

康志刚：周主席倡导深入生活，并身体力行，这是大家都知道的。

我小说内容的来源，一个是我小时候农村生活的记忆；再一个呢，我现在居住在正定县城，经常回到农村去看望父母，也就经常听家人、乡亲们讲说农村正在发生的事。所以，我对农村生活非常熟悉。一条街道、一棵树木、一条狗、一个娃，我都了然于心，非常清楚。我写的呢，都是农村的事，是农村生活中的家长里短，像《回门》、《醉酒》、《天文现象》等等，都是有生活原型的。我也会写到农村生活的变化，儿时的记忆里，村里的某一棵树、某一口井、某一个院落，我都记忆非常清楚，后来，农村发展了、变化了，旧时的痕迹无有踪影了，于是，我就写这个变化。

周主席也经常提醒我，要我多到农村去。在2007年的时候，市委宣传部组织青年干部下基层，周主席给我争取了一个机会，让我到正定塔元庄村。周主席说："你不能光写短篇，也得有叫得响的长篇，这就需要长期深入生活，没有丰厚的生活积累，很难编制出感人的故事和动人的细节。在周主席的提醒、帮助下，为我争取到了名额，我到塔元庄兼职村主任一年。这样一来，就跟村干部接触比较多。以前，大多是跟自己的家里人、亲人、邻里接触，所以就只写写家长里短的短篇。现在呢，就对农村各个阶层人的思想有了深入了解，对农村生活了解得更全面，自己站位也就高了，思考问题的角度不一样了，于是，写出了我的第一部长篇小说《天天都有大太阳》。

我的作品都来源于鲜活的生活。

我觉得，周主席的观念对我非常有启发，对我的创作非常有益。

周主席创作长篇小说《当家的男人》时，就住到了赞皇山区，我跟文联的另一个同志去看过她。当时，周主席自己种菜、锄地，与老百姓一样生活，她特别兴奋。我也是这样，一到乡下，心情就特别放松，特别舒展。我们对乡土有着割舍不掉的深情。乡下有许多触及心灵的东西。

孙文莲：众所周知，周主席的作品中，大多以女性为主人公，且大多都是积极向上的正面形象,您怎么评价这个现象?

康志刚:周主席一向坚持这样的观点:文艺作品不仅要表现生活,还要引领生活,按照老百姓希望的样子去写,弘扬正能量。《当家的女人》那么火,在各个电视台连续播放了十多年,就因为她写出了人民大众心目中的好儿媳好儿女形象,能改变社会风气。优秀的、有良知、有责任感的作家艺术家都应该如此,所写作品要对社会有积极作用。

孙文莲:都说周主席的作品不仅反映生活,而且引领生活,尤其在三农问题上,周主席的作品提出了或许可资借鉴的方案。您怎么看这个现象?

康志刚:在创作观念上,我受周主席影响,也受到贾老师(贾大山)的影响。他们的作品,都弘扬真善美,突出正能量。可以这么说,周主席眼里不揉沙子,她的作品非常干净,不容许有一点点与真善美冲突的东西,是唯美的。这是从传统文学中延续下来的,比如赵树理、孙犁,都是如此。周主席、贾老师,走的是大众化的路子,把咱们国家传统的写作精神继承得特别好,对社会风尚能够起到一个积极的引领作用,使人积极向上,趋向真善美的。

说到主旋律的问题,周主席跟一般的作家不一样。她特别好学,对三农问题,以及其他有关农村的政策,都特别了解、熟悉。周主席是行政领导、省政协委员,这个身份,就决定了她比一般的作家站得高、看得远。她也会自然而然地关心政策,会看好多文件。所以,对农村的前景、发展方向也都了如指掌。虽然她生活在城市,但作为省政协委员,参加过好多会议,看好多文件,所以,对农村问题了解更透彻更深刻。这样,写作品的时候,自然就用上了。你看她作品中涉及到三农问题,都跟国家政策特别吻合。对政府的希望啊,对农民生活的祝福啊,都写得特别好,特别到位。这一点上,周主席比别的作家都高明。

周主席一直跟生活没有隔断,一直坚持下去,下到农村去,下到最基层去。这一点也非常难能可贵。有的作家图懒省事,只按照自己天马行空的想象去写,自顾自地抒发一下自我的小资情调,这样写着写着就飘了,不接地气了,当然也就谈不上主旋律了。周主席一直扎根生活,这是很多作家做不到的。她的作品,贴生活、贴大地。周主席站得高、视野开阔,知识储备也很丰富,所以,她对农村问题(比如三农问题)见解很深刻。并且,她心里始终装着读者。心里有读者,作品才能引起共鸣啊。周主席的作品,一直是受欢迎的。

我也尽可能这样去做，追求这样的效果。老百姓心里怎么想，我必须了解，写作的时候，才有目标。这样写出来的作品，才能写到老百姓心里去。

孙文莲：您也是写农村题材的，您的创作风格是怎样的？

康志刚：创作风格上，我喜欢孙犁、赵树理和贾大山。周主席的创作，对我影响也很大。她的作品，生活气息浓厚，风格质朴。

孙文莲：我知道，周主席非常看重您的人品和才华，把您从省文联调到了市文联，这一点，您肯定有好多话要说吧？

康志刚：我没有才华……

首先，周主席是我们的楷模。一开始，我跟周主席并不认识。之前，我在省文联，担任《河北文学》（《当代人》）杂志小说编辑，是聘用制，临时性质的，各种待遇都享受不到。那几年心情就比较郁闷，有一种写不下去的感觉。周主席上任后，看重我在编辑方面的能力，就把我调到了市文联。当时，周主席什么也没有跟我说，后来我才知道，调我到市文联，由聘任制转为正式在编人员，这是很不容易的事，周主席费了好多周折，也承担了很大责任，可她从来没跟我说过什么，更谈不上请客送礼。周主席说她看中的是我的人品，她知道我是贾大山老师的学生，她说："贾老师看重的人，是绝对值得信任的。何况他还有十多年做编辑的经验，是文联正需要的人才。"从这件事可以看出，周主席从来不徇私情，一切都是从工作、事业的角度出发。这一方面，我很感恩，感恩周主席。

第二个要感恩的，是在我创作方面。到了市文联，成了正式在编人员，就等于解决了后顾之忧。心情轻松了，肯定有利于我的创作。我的长篇小说《天天都有大太阳》就是调到市文联后完成的。实际上，我比较懒，不够勤奋，经常中断写作，且一构思就是短篇，一提到长篇就害怕，怕自己写不下来。周主席就催促着我写，逼着我写，还安排我下乡，体验生活、丰富生活。没有周主席的激励、催促、要求，我这个长篇是出不来的。周主席当时跟我说：人不能有惰性，你有生活，一定要写，我们需要你这样的作家，更期待你写出好的作品……

我一边写，周主席一边看，她看我的初稿，给我提了好多意见。其中有一段，她提议说，你应该把这一段放到最前边，作为引子出现在作品里，这样就会更吸引人。周主席是写故事出身，后来写电视剧，她很会安排故事情节，她的故事都很吸引人，这方面她是行家。我按照她的提议，把中间一段放到了前边，效果果然不错。《天天都有大太阳》这部几十万字的长篇小说，在2012年《中国作家》第一期头题发表，第二年获得了"中国作家剑门关文学奖"大奖，这是石家庄长篇小说第一次获得全国性大奖，奖金十万元，当时在河北省是获得奖金最高的作品。这是我创作上的一个高峰吧。

另外，周主席非常重视、尊重作家们的创作，为作家创作尽可能提供有利条件。不要求我们天天坐班签到，你可以在家里办公、创作。因为她有体会啊，你要阅读、要构思作品，都需要安静的环境，跟行政人员不一样。当然，你要把单位的本职工作做好。周主席对我们非常关照，但对工作要求也很严格，每周例会必须参加，因为有些文件得及时传达学习，不然只钻在自己小圈子里，不掌握政策，创作容易跑偏。这也是石家庄作家团队为什么能始终坚持正确方向的原因。

周主席要求我们这些作家，要竭力创作出好作品、精品，她说，你们要给下面基层的同志们做出榜样。

我现在是《太行文学》主编，市作协副主席兼秘书长，每天处理好多事情，但周主席不要求坐班，时间上就宽松多了，就能够腾出了时间来创作。

原来做编辑，就每天坐在办公室里，很少下去，很少深入到生活中去。来到市文联后，周主席要求我们必须经常下去，还经常带着我们下去采风、体验生活。这一点对我的创作也非常有益。

总之，在周主席的带动下，摸爬滚打，我的精神面貌啊、艺术见解啊、具体的作品构思啊，都有了很大的改观。来文联后，整个人的精气神儿都不一样了，我能够以非常轻松、愉快的状态来工作、来创作。

孙文莲：作为市文联的一员，您对周主席领导下的文联这个大家庭有怎样的感受？

康志刚：周主席一身正气，精精爽爽。周主席上任十多年来，我们整个文联的风气有了非常大的改观，人们的精神状态也有了根本性的变化，都是激情澎湃昂扬向上的状态。

熟悉周主席的人都知道，她是一个爽快人，不喜欢拖拖拉拉。我们文联的工作人员都受到她的影响，干起工作来都很利索，也很敬业。

再有一个，就是为了提高工作效率，我们文联、作协的各种会议，在会议上由谁发言，并不取决于官位大小，而是谁工作领先谁发言，谁创作突出谁发言。并且这个发言稿要求具有振奋、激励作用，言简意赅，决不拖泥带水。

不论市文联、区文联、县文联，周主席都要求如此。周主席对各个发言人的稿子，都要过目，一是要求不能偏离政治方向，二是不能跑题、跑偏，不能漫无边际、浪费时间。我们各个层次、各个主题的会议都很精短。所以，我们不怕开会，不像有的单位，一说开会，大家就反感，就烦。

我们文联的工作效率很高。

我还有一个特别深切的感受，就是她当文联主席之前，我到省作协开会，领导们发言时，从来不提石家庄市文联、石家庄市作协，也不安排我们石家庄市文联、作协的人发言。周主席当上石家庄市文联主席、石家庄市作协主席后，觉得脸上无光，觉得作协的工作不到位，就采取了一系列措施。很快，在省里各种作品评奖活动中，石家庄市作协都是位列第一。省作协文学院签约作家中，石家庄作协连续多年位列第一，人数最多，远远超过河北省其他地市。省作协十佳青年作家、河北省文艺振兴奖、河北省五个一工程奖，还有刚评选的河北第二届孙犁文学奖等，我们石家庄都遥遥领先，这是以前所没有过的。

周主席当了文联领导后，可以说，我们在各方面都打了个翻身仗，无论走到哪儿都能挺直腰杆，感到很有自信心和自豪感。

孙文莲：来到市文联之后，您的创作情况怎样？

康志刚：来到市文联之前，我的作品只上过《小说选刊》，获得一次省文艺繁荣奖。来到市文联之后呢，又获得河北省文艺振兴奖，还获得全国长篇小说奖，就是前边提到的《天天都有大太阳》。这部长篇在《中国作家》发表后，由天津百花文艺出版社出版单行本，并获得"第二届《中国作家》剑门关文学奖"大奖。《回门》和《天天都有大太阳》分别入选2011和2012年河北小说排行榜。短篇小说也不断在全国各种报刊发表，并被《小说选刊》《小说月报》等转载，并收入年度选本。《归去来兮》还入选2016年中国小说学会评选的全国小说排行榜并且获得河北省第二届孙犁文学奖。

可以说，来到文联之后，好像激发了我文学创作的新活力，也激发了我生命的激情。当然,在市文联,也有了比较好的创作环境,心情轻松,时间自由。这些,都非常有利于我的创作。

孙文莲: 周主席作为行政领导,您对她有怎样的评价?

康志刚: 我觉得周主席作为市文联主席,作为我们单位的一把手,她跟别人很不一样。她既是领导,又是作家。我们既是同事,又是文友。她跟我们交往,跟我们谈文学、谈创作,特别诚恳,特别平易,一点架子都没有。她作为领导,做事风格雷厉风行,办法、措施特别多。她把艺术的思维、方法用到行政工作上,使工作更人性化;把作家艺术家的心态用到工作上,也就更加温和、灵活,具有亲和力,让人非常容易接受。温和里边有威严,威严里边又有人性的温暖。同时,工作中,要求特别严格,稍有差错,就会受到批评。周主席很高明,办法也非常多。

周主席是作家,她能够处处为基层文联和基层作者着想。县区基层文联办公场地、编制、经费等等问题,她都挂在心上,可以说是有求必应,跑上跑下,为基层文联解决了很多实际问题。并且,她能够真切地关心、关注基层的作家艺术家,所以,她跟基层的好多艺术家尤其是作家,都成了好朋友。

周主席很能干,她每天要处理那么多工作,还承担着市委分派的各种创作和工作任务,但她能把工作和创作关系处理得很好,每年都有新作品发表,她的工作能力和创作激情让大家发自内心地佩服。

作为文联行政领导,周主席事事为文联着想,为文艺工作、为作家艺术家,她不管在任何场合都敢于仗义执言,从不缩手缩脚。举个例子,2017年春节后,石家庄市委书记到文联调研,主管部门没有安排周主席汇报,说让市委书记在文联转一圈儿就走,不让进会议室,也不让说话。周主席觉得这安排不合适,她很机敏,谈笑风生地把市委书记领进了会议室,当场提出向书记汇报三分钟工作,书记答应给五分钟。当时我们几个协会主席秘书长都为周主席捏着一把汗,不知道这短短的几分钟能说什么。周主席思维特别清晰,说话干脆利索,掷地有声,不仅汇报了文联的整体思路,本年度的工作安排,还重点提出了四个制约文艺发展的瓶颈问题。市委书记对周主席提出的问题高度重视,责成市委办公厅逐项落实,几个月时间,四个问题三个得到圆满解决,其中,争取到协会活动资金80万元,于是把各协会的积极性调动了起来,在文联总体安排和周主席亲自指挥下,利用这些资金围绕迎庆党的十九大和石家庄解放七十周年开展了 15 项大活动,产生了强烈的社会反响。更可喜的是,在市委支持下,成立起了石家庄市文艺创作中心,解决了文联整体参公后,专业人才进不来的根本问题,为培养人才,创作精品开辟了绿色通道,为文联后续发展铺平了道路,这真是一件功德无量的事情。

作为文联主席,周主席不是为了自己升迁,而是为了培养更多的文艺人才,为了推出更多的精品力作。无私无畏,无欲则刚,周主席敢于理直气壮地为文艺家摇旗呐喊,也在于她没有一点私心。她把作家艺术家视为朋友亲人,基层作者们经常给她打电话,她工作那么忙,从来不烦。只要你是为创作为艺术,她都会耐心指导。她是文联主席,可在我们心里都把她当成了大姐、老师、知心朋友。

孙文莲:市文联是一个激发人创造力的地方,您对自己未来的创作生涯有怎样的规划和期许?

康志刚:我已经五十多岁了,我是 63 年出生,我已经当上爷爷了,哈哈。我常常跟我爱人说,假如我不到文联上班,我还在其他单位当编辑,或许我就应付应付工作就完了,然后随手写点小东西。可是,你看周主席的工作状态,写作状态,她要求很高。她这种高度热情的事业心,总是影响我。她总是问到我的创作情况,激励我。现在,我正在进行第二部长篇小说的创作,叫《滹沱河人家》,这是中国作协扶持的一个写作项目。

周主席特别有活力,特别有精气神儿,跟她在一起,聊几句,就能够激发出自己内在的潜能,感觉特别有力量、特别年轻,特别愿意多干些事情。她还能够帮助我们出点子,提建议,看来似乎是闲谈,其实特别有价值,这和阅读她的作品一样,也给人一种精神上的引领作用。

有周主席的影响、激励,我肯定要继续写下去。

孙文莲:您与周喜俊交往的过程中,有没有发生过一些令您难忘的故事?

康志刚:好的,我讲几个我和周主席之间的小故事。

其一,一次我们文联的人到行唐鲁家庄采风,场地里,有割下来的谷子,一位老人正在场地掐谷穗,周主席看到这些,特别兴奋,她张开双臂,不顾热也不顾脏,抱起了一大捆还带着沉甸甸谷穗的谷子秸,开心地笑着,那种笑是发自内心的。正好在她的身后是一大片狗尾巴花，行唐县文联主席是摄影家，抓拍了这个镜头，怀抱丰收的谷子，后边花草簇拥，这张具有特殊内涵的照片，也成了周主席最挚爱的经典照片……周主席对乡村、乡土、乡亲的感情，是深入骨髓的。

其二，我作为《太行文学》的编辑、主编，周主席经常叮嘱我，一定要把握好政治方向。她经常说，杂志要起到方向引领作用，不能出一点瑕疵，方向把握不准，就会出大问题。每一期杂志她都要亲自看一看。

其三，周主席一心想把文联的工作搞上去。她一直强调，文联的工作要两个轮子一起转，一个是文艺创作，一个是文艺评论，周主席想成立一个组织，把文学创作和评论有机结合起来。当时市作协评论人才青黄不接，有人向周主席推荐了石家庄学院文学与传媒学院院长杨红莉，周主席经过了解，认为此人不错，然后还跟我商量如何策划、如何写报告等等。这一天，周主席一共给我打了十多个电话，有个电话还打了一个多小时，谈的就是关于人才问题和文联未来的发展。在周主席的带领下，我们以石家庄学院文学与传媒学院为班底，成立起石家庄文学研究中心，杨红莉任中心主任。她工作热情很高，积极谋划工作，这个中心以研究本地作家作品为己任，出了不少研究成果，开创了创作和评论双轮驱动以及健康发展的良好局面。周主席爱才惜才用才，一谈到人才就非常兴奋。这一点，非常令人感动。

其四，有一件事是关于贾大山老师的。在2006年的时候，因西方价值观冲击文艺界很厉害，贾老师的作品很少被人提起。那年我们去参加正定作协换届会，周主席以贾老师的作品为例，鼓励作家要深入生活，写出经得起人民检验的优秀作品。她说，贾大山老师是我没有见过面但很崇拜的作家。当时贾老师的儿子贾永辉在现场，很感动，散会后他和周主席聊了几句，周主席提出到他家里去看看。有人说贾老师去世都快十年了，去他家干什么？周主席执意要去，她说，我想去看看贾老师生活过的地方。贾永辉很感动，把他结婚那天的全家福送给周主席做留念，还让周主席看了韩愈给贾老师作的画像。

其五，周主席对基层作家特别关心。每当周主席发现一个新苗子，就反复给我打电话，了解情况。其中一个叫白庆国的，新乐的农民诗人，是真正的农民，种地、打工、烧锅炉等，非常不容易。这个人特别朴实本分，不善言谈。

他的诗歌上过《诗刊》,也获过中国作家郭沫若诗歌奖,这是石家庄唯一一个获得此奖项的。他在农村写诗,有人不理解,就会有好多风凉话。人家做生意,挣钱,养家,发家,你这儿写诗,不当吃不当喝,又能挣多少钱呢?大家就对他有看法。因为白庆国内向又不善言谈,有段时间患了抑郁症。周主席听说后,特意给我打电话,要我跟白庆国说,周主席很喜欢你的诗歌,要你多写一些……还安排《太行文学》重点推出他一组诗……以给他生活的力量。为帮助白庆国走出心理阴影,周主席那天跟我电话聊了三个多小时,想了各种办法,商量如何打开白庆国的心结,这让我非常感动。经过努力,白庆国现在的精神状态好多了,也在继续进行他的诗歌创作。

其六,周主席对我也非常关心。前边提到了,是周主席把我调到了文联,解决了我的工作问题,还督促我创作。再有,就是前两年,我的老人去世了,去世前,周主席亲自给我打电话、慰问,她自己特别忙,就安排文联的副主席带领几个人到医院看望。我两位老人去世后,周主席亲自带领其他文联领导到我家(正定农村)吊唁、慰问。这让我心里感到很温暖。

我们县里作协的人聊到周主席,都有同样的感受。周主席和基层作者在一起,有说不完的话,她的笑声特别爽朗,特别能感染人。周主席喜欢到群众中去,大家聚在一起你一言我一语,那种氛围令人非常愉悦。她跟基层作者在一起的时候,就跟大家成了朋友、知己,非常难得。周主席的感情深深地扎根在基层。

其七,周主席对现今文坛上一些乌七八糟的东西、崇洋媚外的东西看不惯。对文艺方向她有准确的定位,知道文艺道路该怎么走。每次举办讲座,联系评论家、作家,还有《青年文学》、《中国作家》的主编、编辑们来讲课,周主席都亲自去请人家。第一,表示对人家的尊重,第二,周主席要通过谈话,了解对方的文艺观点。周主席一直强调文艺的引领作用,假如被邀请的作家、评论家坚持不正确的创作导向,就会把我们的作者们引向歧途。所以,周主席对于作家、专家是比较挑剔的,这也是对我们文艺工作者的负责。

其八,周主席对老作家和艺术家非常尊重。她上任后,经常亲自到家里看望那些老作家和老领导,每次到县里参加活动,也要去看望那些老作家们。在世俗人眼里,这些老人早就退出了历史舞台,没用了。但周主席从不这么想,她经常跟我们说,这些老作家老艺术家是为文艺界做出过贡献的,他们希望文艺界后继有人,和他们见见面,让老人们看到我们在继续着他们的事业,他们会很开心的。元氏县有个老文联主席去世,周主席从北京开会赶回来,带人去他老家吊唁,还给他送了最大的花圈。周主席说,在基层文联工作不容易,人走了,我们帮不上什么忙,也要体现出文联人的感情。

每年,周主席都抽出一定的时间去看望文联已经退休的老领导们,关心他们的生活情况、身体情况。每次去看望老领导们,他们都非常感动。

孙文莲: 谢谢!谢谢您跟我谈了这么多。这对于读者更全面更细微地了解周主席非常有帮助。

康志刚,1963年生于河北省正定县,现供职于石家庄市文联。任石家庄市作家协会副主席兼秘书长,《太行文学》主编;河北作协理事,河北文学院连续五届签约作家,中国作家协会会员。

曾在《人民文学》、《中国作家》、《北京文学》、《青年文学》、《芙蓉》、《光明日报》等全国几十家杂志、报刊发表中短篇小说及散文100多万字。有多篇作品被《小说选刊》、《小说月报》、《作品与争鸣》等杂志转载。《天文现象》入选《2004中国年度短篇小说》一书。小说《醉酒》获第十届河北文艺振兴奖,《天文现象》获第十一届河北文艺振兴奖,并多次获得省作协优秀作品奖。《烟树图》获"全国首届郭澄清农村题材短篇小说奖",《凝眸》获《雨花》"精品短篇"小说奖。出版小说集《香椿树》、《康志刚小说集》等。长篇小说《天天都有大太阳》获"第二届《中国作家》剑门关文学奖"大奖和河北五个一工程奖。《回门》和《天天都有大太阳》分别入选2011年和2012年河北小说排行榜。《归去来兮》入选2016年中国小说学会评选的全国小说排行榜,并获河北第二届孙犁文学奖。

架子小，气场大；套路浅，智慧深

——访著名评论家赵秀忠

孙文莲：赵老师，我知道您写过不少有关周喜俊主席的文艺评论。您能否谈一谈有关周主席的一些情况？

赵秀忠：好的，好的。

我和周主席认识大约有十来年了。那是2008年，很偶然的一次机会，在我同学的饭局上，同学跟我介绍了周主席，就把随身带着的一本我的文学评论集送给了周主席。周主席接过书就说："好，回去我好好拜读"。当时，都风轻云淡，只当是平常。不成想，刚过两天，周主席就打电话过来，跟我谈文学、谈文艺理论，并力邀我加入石家庄市作协。当时，市文代会即将召开，作协班子也已经有所安排。周主席就马不停蹄，跟市里有些领导商榷，要我担任市作协副主席。

孙文莲：周主席知人善任，一向不藏私心。

赵秀忠：周主席办事效率很高，她只用两天时间就把我的书看完了，并且当机立断，重新安排作协人选。

孙文莲：周主席慧眼独具，决不荒废一个人才。只要她认准的，就不遗余力安排到最恰当的位置。作协副主席康志刚不也是周主席费尽周折争取来的嘛。

赵秀忠：是的，是的。

孙文连：您是咱们河北评论界的佼佼者，您对周主席的文学创作有怎样的评价呢？

赵秀忠：我先讲一个故事：有一次，我们几个朋友一起聚会，大家谈到周主席，谈到《当家的女人》，有位朋友就说，他的母亲罹患癌症晚期，就每天看两集《当家的女人》电视剧，以减轻痛苦。是《当家的女人》陪伴他母亲度过了生命的最后时光。

孙文莲：《当家的女人》的确影响力很大，好像有一股魔力。听说，它热播期间，还调解了一些家庭纠纷呢！婆媳之间闹矛盾，看了这个电视剧之后，都有了反思反悔，最后一家人其乐融融了。

赵秀忠：是的。张菊香的形象是老百姓心中理想的当家人形象。周主席的作品有温暖人心的力量。

孙文莲：周主席作为当代知名作家，您对她的创作在总体上如何评价？

赵秀忠：可以说，周主席的文艺创作一直贯彻着毛泽东同志的《讲话》精神，这一点，我非常敬重。

在我国现当代文学史上，最早成功践行《在延安文艺座谈会上的讲话》精神的有赵树理、贺敬之、李季，新中国成立后十七年间的柳青、周立波、李准等，再到河北籍作家孙犁、梁斌、徐光耀、浩然、张庆田、杨润身、贾大山、阎涛等等，他们分别以不同的方式、共同的坚守，在践行《讲话》精神的道路上走出了一串串坚实的脚印，奉献出了一批批人民喜闻乐见的丰硕成果。

周主席是今天践行《讲话》精神的优秀作家，更应该给予特别的敬重。因为，上述作家们生活的那个时代，有着适宜他们践行《讲话》精神的政治背景和社会氛围。而我们今天所处的背景是什么样的呢？这是一个价值主体多元、思想观念空前活跃、各种社会思潮并存的时代，是一个时有浮云遮望眼的时代，是有人在怀疑《讲话》精神已经过时的时代。而周主席却不为杂音噪音所扰，不为各种文艺思潮所惑，以执着的信念坚守着文艺阵地，用自己的创作践行着《讲话》精神，并用自己的创作成果证明着《讲话》精神的正确。实践证明，周主席是选对了方向，走对了路。继毛泽东同志发表《讲话》70多年之后，习近平总书记又于2014年发表了新时代的《在文艺工作座谈会上的讲话》，再次倡导作家艺术家要坚持深入生活，坚持文艺的人民立场，坚持文艺的社会主义方向，真是意味深长！而周主席在总书记《讲话》前就敢于坚持自己的创作方向，真是有胆识、有定力、有自信，令人佩服！尤其令人欣喜的是，周主席还通过自己的人格魅力、作品魅力和领导魅力，团结、影响和带动了一大批践行、体现《讲话》精神的作家，从而培植出了一方在河北文坛乃至全国文艺界都不多见的惠风和畅、空气清新、百花盛开、硕果累累的文艺生态园。因此，我们完全有理由说，周主席是毛泽东、习近平两个《讲话》精神的模范践行者。

孙文莲：周主席践行《讲话》精神，具体怎样表现呢？您跟我们分享一下。

赵秀忠：可以用三个关键词来阐释：人民、生活和责任。

首先是人民意识。

在周主席的各种讲话发言中，使用频率最高的一个词就是"人民"。周主席认为，作家首先应该解决的不是"怎样写"的问题，而是首先应该清楚"写什么"和"为谁写"的问题。她说"确立以人民为中心的创作导向，坚持以人民满意为最高目标，是我30多年来一直坚守的理念。"又说，"我的清醒来自人民，我的成长经历让我时刻铭记，人民是文艺工作者的母亲，作家艺术家只有与人民血肉相连，艺术生命才能常青。"这些类似文学原理的论断，如果出现在理论家的文章和教科书里，我们可能会觉得空洞乏味，但这是从一个有着30多年创作历程、发表700多万字作品，用自己的创作实践证明又得到成千上万读者观众喜爱的人民作家心底流淌出的肺腑语言，我们便感觉到了真理的光芒，感觉到了一个人民作家忠诚于人民的创作态度，非常难能可贵！

其次是对待生活的态度问题。

"生活"如同"人民"一样，也是周主席讲话及文论中的高频词。"生活是创作的源泉"，是毛泽东、习近平两个《讲话》中论述过的又一重要问题，也是被古今中外创作实践证明了的真理，但像周主席这样笃信这一真理、坚守这一信念、自觉践行这一理念的作家，在当代文坛应该说是少而又少。生活给予了她太多的恩赐和享有，而且生活已经成为她精神生活的一部分。她认为，"深入生活对我来说就好比是饿了要吃饭，渴了要喝水一样，那是生存的一种需要。我这些年之所以能笔耕不辍，就在于有写不完的素材。我之所以没走多少弯路。也在于我始终坚信，生活是创作的唯一源泉。"对生活这样挚爱，这样珍重，这样自觉，这样一往情深，这样把农村生活融入生命的，在我多年的文学研究视野中，在我所了解的作家中，只有两人，一个是坚持为农民写、写农民的人民作家、曾写出《艳阳天》等名著的浩然，一个就是同样为农民写、写农民的人民作家周主席。

更为可贵的是，周主席不仅深谙生活对于创作的重要性，而且在怎样深入生活上有自己独到的体会，她说，"网上搜索到是信息，搜索不到生活的地气；坐在屋里能编织出故事，编织不出人民的情感。只有真正深入到人民大众之中，才能感悟到生活的真谛。"

周主席的深入生活，不是为了应景，不是浮光掠影，而是用生命去体验，而是把自己融入到人民群众中，而是从感情上与人民融为一体。正因如此，就难怪她的作品像露珠一样透亮，像春草一样新鲜，像山花一样好看。

第三，是自觉的责任担当。

周主席多次表示，"文艺从来就不是私人化的写作"，这就意味着一个正直作家的良知和责任。对于周主席来说，这种责任感首先在于坚持文艺的政治方向。对此，她说得很明白："一个没有政治方向的人，不管多么才华横溢，也不会成为先进文化的传播者。"为此，她确定了自己的创作目标："我始终把深入现实生活，反映时代变革，歌颂人间正气，弘扬时代主旋律作为创作目标。"其次，这种责任感在于发挥文艺作品的精神引领作用。她不止一次表示："我始终认为，文艺的作用不仅仅是娱乐消费，更重要的是对众多人的精神起引领作用，这是每一位有良知的文艺工作者都应肩负的社会责任。"再次，这种责任感在于奉献为人民群众喜闻乐见的优秀作品。

作文先做人。一个人对个人、对家庭、对社会，有了责任，有了担当，他就可以理直气壮地自立于天地之间；一个作家对自己、对作品、对读者、对社会有了责任，有了担当，那他就可以创作出上不愧天、下不愧地、中不愧社会的鸿篇巨制。这就是周主席为人魅力四射、创作屡屡成功的原因之一吧。

孙文莲：这一点正是周主席跟学院派作家的根本不同。

赵秀忠：不论外界如何风云变幻，不论文坛如何流派纷纭，周主席都一如既往地坚持"为人民"的创作思想，非常难能可贵。你看，她的作品从20世纪80年代直到今天，都是接地气的，是从生活当中来的，都是与百姓现实生活密切相关的。

孙文莲：最近几年，周主席的创作呈现出井喷之势。您对她近几年的作品有何评价？比如《当家的女人》、《当家的男人》、《沃野寻芳》等。

赵秀忠：《当家的女人》的成功给周主席带来了无尚的赞誉和荣耀，也给她的艺术创作带来了压力和挑战。但令人欣慰的是,《当家的男人》为读者创造了一个崭新的艺术世界,实现了周主席在艺术创造上的突破和创新。

孙文莲:请您说说突破和创新的具体表现?

赵秀忠:毫无疑问,《当家的男人》就是一部弘扬社会主义主旋律的优秀作品,就是一部脱离了庸俗、低俗、媚俗趣味而洋溢着昂扬浩然正气的优秀作品。

首先,作者着力塑造的时涌泉形象是近年来文学人物画廊中鲜见的一个艺术形象,是一个充满理想主义色彩的社会主义新人形象,也是一个容易为世俗不能理解的英雄形象。作者的不同凡响就在于,在人心浮躁、急功近利、颠覆传统、消解理想、远离英雄的现实状况下,敢于塑造时涌泉这样一个形象,并且倾注了作者的极大热情、浓重笔墨,这本身就是作家勇气与正气的体现。

其次,《当家的男人》呈现出一种深广的思想含量。随着创作经历的丰厚,周主席作品的思想时空也越来越博大精深,越来越显示出她认识社会、反映生活所达到的新高度。

第一,《当家的男人》揭示了鲜明的时代特征。作品虽然没有交待故事发生的具体时间,但通过典型人物及其所处的典型环境,不难看出作品描绘的是20世纪90年代到新世纪之初这样一个社会发展关键时期的生活画卷。这个时期正处在我国实现"三步走"发展战略,由解决温饱到基本实现小康社会并开始实施第三步发展战略的发展阶段。时涌泉带领众乡亲共同改变枣树村贫穷面貌的曲折故事,正是新农村建设决策由提出到实施这样一个急剧变动的社会缩影。

第二,《当家的男人》的思想价值还表现在作家对农村问题的深入思考。主人公时涌泉形象的可爱可敬之处,不仅仅因为他是一个有抱负、有能力、有闯劲的实干家,还在于他是一个有头脑、有思想、有创新的思想者。周喜俊的精明之处就在于,她把自己对农村问题的思考寄托在时涌泉身上,把深邃的思想内涵融入到枣树村建设社会主义新农村的发展进程中。比如作品对建设地下水廊工程中是坚持打井还是开采矿石这一重大冲突的描写,揭示了建设社会主义新农村的最大阻力不在自然条件的制约,而在农民思想观念的束缚,说明只有摆脱了急功近利的小生产者意识,社会主义新农村才能够得到真正的实现。还比如小说中写牛二楞对时涌泉的猜忌、误解和报复,写宋金莲因给傻儿子张罗媳妇的扭曲心态而变幻手段拨弄是非、制造事端的劣行,则让人领悟到社会主义新农村的实现,并不仅仅是农村物质生活的富裕,更在于农民精神文明的提升等重大问题,等等等等。这些都是周主席对于新农村建设一系列带有根本性、前瞻性的深层次思考。

第三,《当家的男人》思想含量还表现在对一系列现实问题的多维审视上。时涌泉通过高考成为省直副处级干部,而此时的故乡却贫困如昨。于是,他又从城市回到农村,担当起改变乡亲命运的重任。通过时涌泉和老支书的对比,提出了农村发展的重要问题,即社会主义新农村建设既需要党的好政策,也需要现实中像时涌泉这样有热心、有水平的高层次干部人才。由此进一步思考我们的人才制度和干部制度。还有新农村建设可持续发展的问题、保护生态环境的问题,等等。

孙文莲:《当家的男人》在艺术手法上较之以前的作品有没有突破?

赵秀忠:长于故事构思,善于人物刻画,浓郁的生活气息,明快清新的语言叙述,形成了周喜俊作品特有的艺术品质。

《当家的男人》在保持这些风格特质的基础上,又增添了新特色。即在故事情节上,使用了她熟悉的电视剧创作的蒙太奇手段,增强了小说结构的跳跃性,便于在有限的篇幅中容纳更多的故事内容。在艺术手法上,注意生活细节的描摹,注意人物内心的刻画,从而使《当家的男人》真正成为小说,而有别于《当家的女人》那种剧本的特征。在语言风格上,则在明快中见典雅,在清新中见醇厚,增强了语感的张力和魅力。

孙文莲:《当家的男人》中的人物形象也令人过目不忘。

赵秀忠:是的。《当家的男人》更成功的还是人物形象的塑造。

一是在尖锐复杂的矛盾冲突中塑造人物形象。时涌泉形象的鲜明个性就是在纵横交错的矛盾交织中得到一步步展现的。时涌泉在和各种性格的对比中、各种势力的对立中、各种情绪的缠绕中保持着自己的个性,坚守着自己的立场,释放着自己的魅力,进而把其全部的性格内涵全面地、立体地、生动地展现在了读者面前。

二是注意揭示人物性格形成的内在依据。成功的人物性格必有其内在的变化逻辑。《当家的男人》中的牛二楞是一个刻画非常成功的典型形象。小说的前半部分,他心胸偏狭、性格暴躁、自暴自弃、不务正业,办了一件又一件错事,被排斥在正义、善良和高尚的人群之外。作品不仅写出了牛二楞这些令人痛心的行为，而且还写出了其内在原因，使牛二楞这个人物具有了立体感的性格特点。不仅如此，牛二楞还是一个动态化的人物形象。作品后半部，在时涌泉、何凤仙、石榴等人的感召下，他身上本来就有的善良、温情、自尊、进取、活力一下子焕发了出来，摆脱了精神重负而轻松清醒地面对生活，终于成为一个有所作为的人，成为一个初有成就的养殖业带头人，也成为一个让读者感到更加真实可信的人物典型。

三是写出了人物性格的复杂性。时涌泉具有理想远大、勇于进取、锲而不舍的性格特征，但他并不是不食人间烟火的虚幻人物，他也重感情，重亲情，也留恋温馨幸福的家庭。他因为不能尽丈夫、父亲责任而产生的内心痛苦，失去公职后，他内心也产生了是走还是留的矛盾和动摇。田凌云通情达理、温柔贤惠、心胸宽广，但她面对感情的孤独、生活的无助、经济的拮据、身体的疲惫等考验时，也产生了对丈夫的误解和怨恨，甚至多次提出离婚。其他如老五爷，他正直无私、勇于承担、乐于奉献，但在时涌泉接任他的职位后，也有失去权力、地位后的失意和落寞。何凤仙是个明事理、有正义感的女性，但在丈夫不幸去世后，也曾一度借神灵来寄托内心的痛苦。就连宋金莲这个喜爱拨弄是非、善于挑拨离间的轻浮女人，作者也写出了她一切为自己考虑、特别是为了给傻儿子娶媳妇的内心驱动力。盼雨、三元等人物，又何尝不如此。不论主要人物还是次要人物，都塑造出了丰满立体的性格特征。

孙文莲：《当家的男人》和《当家的女人》两部姊妹篇，都堪称鸿篇巨制。毫无疑问，这两部作品已经奠定了周主席在河北乃至整个华北区域的领军地位，也奠定了她在当今文坛上具有风向标意义的地位。

赵秀忠：是的。作为一个区域文学艺术界的领军人物，周主席多产、高产，并致力于艺术上的超越，这是周主席令人羡慕和敬佩之处。

孙文莲：2016年出版的长篇纪实文学《沃野寻芳——中央工艺美院在河北李村》（以下简称《沃野寻芳》），跟以往的创作又有所不同。您如何评价？

赵秀忠：《沃野寻芳》是周主席的计划外创作，也是她的意外收获，也给读者带来了新的惊喜。

孙文莲：《沃野寻芳》写了吴冠中等老一辈艺术家在河北李村的生活和创

作，很显然，这样的题材内容对周主席来说，是一个不小的挑战。但我们看到作品后，都有发自内心的惊喜。也就是说，这部作品相较于以往的作品，突破性是相当明显的。您能否跟我们分享一下您的认识？

赵秀忠：这部作品的突破性成就主要有这样三个方面：

一是作品的精巧构思。《沃野寻芳》人物众多，内容丰富。没有集中的人物，没有前后贯穿的故事。怎样把通过走访、座谈、阅读所得到的大量素材，进行选择、组织，构成一个有机的艺术整体，这对作者是一个很大的考验。

可喜的是，周主席非常巧妙地解决了这个问题：以吴冠中们在李村的三年生活作为时空坐标的原点，以他们与李村乡亲们的浓浓真情为纽带，以艺术家们在李村的创作为横断面，创设了一个纵横驰骋、腾挪跌宕的艺术大空间。在各章节的连缀衔接上，又使用了串珠式结构方式，每章集中写一个或一组主要人物，将其李村故事基本写完，然后又引出另一个或另一组主要人物。这种构思既显得线索分明，又有利于集中笔墨描写人物，堪称精彩精致。

二是对绘画作品的传神再现。《沃野寻芳》在叙写艺术家们在李村生活的画面时，还为读者介绍了一大批美术作品。在中国虽有诗书画相通之说，但文学与绘画毕竟是跨界的两门艺术。文学家能够做到对绘画作品心领神会，并对其进行传神写照的描摹，在我看起来，这真是一大难事。我不知道是周主席除了文学创作以外还谙熟丹青，还是她在写《沃野寻芳》之中作了一场绘画艺术的恶补。但无论如何，事实是她对画家们的作品是真懂，她能看出美术创作的门径，能体会出绘画艺术的个中三昧。更佩服的是，她用文字非常准确到位地对那些画作进行了生动传神的再现。

三是成功塑造了一组艺术家群像。《沃野寻芳》这部作品前后只有七章，但作者却成功描写了20多个人物，而且大多写出了鲜明的个性特征。这得益于周喜俊在长期文学创作中形成的高超艺术功力。

在作品中我们看到，往往是一两个传神的细节，几句鲜活的描写，几笔生动的勾勒，就能够使人物形神毕现，跃然纸上。像吴冠中的耿直、坚韧，袁运甫的专注、重情，何镇强的开朗、幽默，黄国强的家国情怀，常沙娜的勤快、热诚，刘巨德的活泼、爽朗，包括那个不辞辛苦地为大画家们热诚服务的小伙徐永利等等，无不在周主席笔下栩栩如生，呼之欲出。

孙文莲：这是周主席才情不竭的表现啊。

赵秀忠：周主席的《沃野寻芳》还具有文化学的价值和意义。这种价值和意义体现在四个方面。其一，对于曾在李村生活过三年的艺术家们来说，会在这里找回自己的精神家园，找到各自的灵魂栖息地；其二，对于李村的乡亲们来说，会唤起悠悠的乡愁，会进入遥远的梦乡；其三，对于从70年代走来的读者来说，会勾起儿时的记忆，会重温童年的歌谣；其四，对于没有经过那段岁月的读者来说，会产生淘到文化珍宝之吉光片羽时的赞叹与惊喜。

孙文莲：是的。周主席写李村、写人物、写绘画艺术，都非常"贴"，也就是"不隔"。周主席的故乡行唐与鹿泉李村都位于滹沱河两岸，相距不过三四十公里，生活背景、文化传承、风俗民情都非常接近，这或许也是这部作品成功的一个因素吧。

赵秀忠：可以这么说。周主席对这里的文化符号、文化元素、文化印记非常熟悉，而且又是经过70年代的过来人，她对吴冠中等艺术家们画作中传导出的文化信息自然心领神会。拉棉花的大胶车、交公粮的牛车、赶集的毛驴车、热闹的猪市、五颜六色的大染坊、村办企业翻砂厂、褡裢式的民居、三环套的辘轳井、铺着苇席的热土坑、多种用途的荆条粪筐，家家都栽种的石榴树，还有吊在门洞屋檐下的老寿材……，一幅幅画面，一个个场景，无不跃然纸上，乡土风味十足。周主席用文学形式对这些画作精准传神的再现，也是对画家们作品的完美的补充、完善和延伸。因而，《沃野寻芳》和画家们的李村创作一起，就具有了社会学、民俗学、方志学、建筑学、民居学、服饰学、工艺学、饮食学等多重文化交融的鲜明价值取向。

孙文莲：《沃野寻芳》信息量很大。

赵秀忠：不仅如此，周主席的这部作品，还冲击了我们惯常的文艺理念。比如关于艺术与创新的关系问题，在作品中，不管是"粪筐画派"或"厕所画家"的诞生，还是"风筝不断线"理论的提出，或者是"笔墨等于零"观点的争论，都告诉我们艺术的生命在创新，而创新的根基在生活。再比如，关于艺术与审美的关系问题，阅读《沃野寻芳》，你会惊奇地发现，阳春白雪与下里巴人之间竟有太多的对接点，满头高粱花的庄稼人与象牙塔里的画家们竟然有着相似的审美观！当你读到乡亲们对老吴的《房东家》进行无拘无束的议论时，读到李村人对画家们的作品进行"像"与"美"的体味、揣摩时,读到李村女人们争相找常沙娜借割绒鞋垫画样子的时候,你不能不感觉到这里面分明透露着关于布局与构思、层次与视角、线条与色彩、神似与形似、联想与想象等美学的大道理,更加赞赏艺术家们在李村得到的结论:文盲不等于美盲,人民群众的审美能力并不低。

孙文莲:您对周主席的作品解读,很精深、全面,让人心服口服。通过您的解读,我仿佛又重温了周主席的作品,觉得作品更有嚼头了。

赵秀忠:周主席现象是一个非常令人着迷的现象。它让我们重新思考、重新定位文学的价值意义问题,文学与政治的关系问题,以及作家应该承担的责任问题,等等。

孙文莲:您跟周主席接触比较多,能否说一说您对周主席为人处世方面的印象?

赵秀忠:从人格魅力方面来说,我这样概括周主席:架子小,气场大;套路浅,智慧深。

孙文莲:怎么解释呢?

赵秀忠:先说"架子小,气场大"这个话题。

有一次我们几个人跟周主席去赞皇行乐村,也就是周主席曾经蹲点走访体验生活的那个村子,也是《当家的男人》主人公生活过的村子。一进村,老百姓们就一眼认出了周主席,似久别重逢,激动不已。乡亲们挽起周主席的胳膊问长问短,抢着跟她说话,抢着把周主席往自己家里让。周主席说这是回娘家了,回娘家就心安,就幸福。彼情彼景,外人完全插不上话,也完全看不出周主席跟乡亲们身份的隔阂。那场面非常感人。当时我就想,我老家也是农村的,从小在农村长大,现在也时常回老家看看,但我就做不到像周主席那样,跟父老乡亲水乳交融的状态。

孙文莲:周主席是真性情啊。

赵秀忠:她是对老百姓的热爱啊。周主席不仅深谙生活对于创作的重要性,而且在怎样深入生活上有自己独到的体会。她认为,"体验生活需要日积月累,需要坚持不懈,那不仅是生活素材的储备,而且是感情的储备。"

她跟老百姓打交道,是把自己当成他们中的一员,把他们当成自己的衣食父母、兄弟姐妹。

孙文莲：她出身于农民，也从未放下过农民。

赵秀钟：不仅对农民、对老百姓，就是对待同事、朋友，她也非常低调、谦和。私下交往中，她从来不把自己当领导，从来不官腔官调端架子。

尽管如此，周主席气场非常大，有影响力、感召力。在好多朋友聚会的场合，周主席都能够把大家五花八门的话题转换到某一个中心话题上，使大家的注意力凝聚，都来围绕某个话题各抒己见。

孙文莲：周主席不愿意把时间耗费在不负责任的八卦上。

赵秀忠：所以，每隔一段时间跟周主席聚一聚，聊一聊，就会使头脑保持一种警醒的、活跃的状态。

孙文莲：每一次跟周主席见面，我们都会有所收获。

赵秀忠：是的。我对周主席为人处世评价的第二句话是：套路浅，智慧深。

就是说，周主席跟官场里许多人都不一样，她不工于心计，内心永远是敞亮的、坦荡的，可以说，她基本没有套路。但她有谋略有方法，不管多么棘手的问题，到了她这儿就都不是问题了。

孙文莲：这个看法，好几个人都谈到过。

赵秀忠：比如，关于基层文联建设。作为文联主席，她上任伊始就明确了自己的职责，她说，"作为文联主席，举什么旗，走什么路，决定着带出什么样的队伍。"然后，她给文联这样定位："文学艺术联合会重在联合二字，联就是要有张力，开门办文联，把方方面面爱好文艺的人才都联络起来，体现大文联的工作思路。合就是形成合力，团结一心，形成拳头。张力加合力，文联就有活力。"

作为文联当家人，她更是方向明确，思路清晰，措施得力。"十大协会活起来，各县文联动起来，激励机制建起来，人才队伍带出来。"这是大家耳熟能详的工作方针；"树旗帜，带队伍，育人才，出精品"这是她提出的奋斗目标；"精品生产抓高度，人才培养抓厚度，队伍建设抓宽度，文化活动抓广度"，这是她的工作思路和工作标准。"正确的政治方向是人才健康成长的关键；长效机制是培养人才的可靠保障；深入生活是催生精品创作的肥沃土壤。"这是她的工作理念，也是石家庄文艺发展繁荣的重要举措。

周主席是个不尚空谈的实干家，她不会把自己的施政纲领停留在讲话和口号中，而是落实在具体的工作中。每年"5·23"到来时都要举办纪念《讲话》的各种活动，一年一度的大报大刊奖，两年一届的文艺繁荣奖，三年一次的文艺创作活动，十大文艺家协会的活跃繁荣，十八个县市区文联的相继成立和红红火火，等等等等，难以一一枚举。

孙文莲：的确，自她接任文联主席以来，文联实绩不胜枚举，文联活动精彩纷呈。

赵秀忠：这里，就有周主席的智慧和汗水。石家庄的山山水水间到处留下了周主席的身影和脚印。当然周主席的付出没有白费，她的工作理念和管理思想已经付诸实践，在她身边团结了近万名市级会员，两万名县级会员，在石家庄形成了一个团结向上、风清气正、蓬蓬勃勃、欣欣向荣、百花盛开、硕果累累的文艺生态园，形成了由康志刚、程雪莉、智全海、唐慧琴、杨辉素、王梅芳、清寒、赵长青等一大批产生影响的作家艺术家群，打造出了河北省的文艺高地。

孙文莲：我们向周主席的付出致敬！我们为石家庄文艺的繁荣自豪！

赵秀忠：周主席为人正直正派，乐观向上，她心地纯正，无私心杂念。她指出，"作协是作家之家，家和万事兴。"她说，"提倡文人相亲，反对文人相轻，提倡文人相勉，反对文人相贬，提倡文人相敬，反对文人相憎，是在文艺界营造和谐氛围的基本要求。"

孙文莲：周主席没有套路。与周主席在一起，就像与家人在一起一样，没有心理负担。

赵秀忠：周主席能成为作家，是中国文艺的幸运，也是读者观众的幸运。而

周主席能成为文联主席，是石家庄文艺界的幸运，也是石家庄一万多名文学艺术者的幸运。

……

赵秀忠：男，1956年生，河北平山县人。河北省社会主义学院教授，石家庄市作协副主席，著名文艺评论家，中国统一战线理论研究会常务理事，河北省统一战线学会副秘书长，全国优秀社会科学普及名家。

我眼中的周喜俊主席

——石家庄市文联副主席张桂珍

周主席工作中说了算、定了干,不打折扣、一往无前。2016年6月30日,文联原定那天晚上去革命老区帮扶村鹿泉张堡村搞一场纪念建党95周年的惠民文艺演出。下午5点多我们兵分几路往张堡村赶,还没出市区,眼看着天越来越暗,紧接着瓢泼大雨就下来了。车里几个同志心里都没底,露天的广场,演出还能不能正常进行,我的心里也直敲鼓。

"这么大的雨,咱们演出还正常进行吗?"我忍不住问。周主席还没回话,她电话就响了。音协主席在电话那头着急地说:"周主席,我刚从电视台录节目出来,这么大的雨咱们还去吗?""去,按原计划,就是到时候演不了,我们也要跟村里的干部、跟老乡们见个面。"周主席毫不犹豫地回答。在漫天的大雨中,我们一路行进,眼看到村了,天渐渐亮了起来,到了广场上,雨竟然停了。站在洗净的街道广场上、呼吸着清爽的空气,我开玩笑地说:"周主席你就是个神啊,连老天爷都帮忙。"

那天的演出效果非常好,整个广场上满满当当有近千人,台上演绎生动,台下兴味浓浓。

有人说,刹吃喝风是一件很难的事情,但在文联,这件事推行得很顺利。有道是:火车跑得快,全靠车头带。一把手起着关键的示范带动作用。文联在刹吃喝风上,没有下过红头文,没有严肃得开过专门的会议。但文联在周主席带动下,八项规定出台之前,就没有一个领导干部公款吃喝,大家都很自觉、自律。为什么?就是因为周主席率先垂范,身体力行,从没有一次公款吃喝,所以看来很难推行的事情，在我们文联却没有任何阻力。

不只是在机关这样做，去县里调研，依然如此。文联有一条铁定的规矩，就是不给基层添负担。这条纪律缘自周主席上任伊始对各县区文联的调研。记得当时有一个县文联主席很为难，说主席去调研，他们连顿饭都管不起。自此，周主席定下了这条规矩。2013年8月，我陪周主席在平山蹲点调研。两天中参加了平山县基层作者郝崇书影视剧本《西柏坡》研讨会，召开了平山县文艺工作者座谈会，还深入到平山县最偏远的乡镇——杨家桥乡进行文艺发展现状调查。期间，还看望了电影《白毛女》编剧之一、91岁高龄的党员作家杨润身，听取了杨老对如何把握正确文艺方向，创作更多深受人民群众喜爱的作品以及培养更多德艺双馨文艺人才的意见和建议。行程很紧，收获很大。周主席吃饭很简单，平山小店的大包子、小米粥，吃起来比大鱼大肉舒服多了。回程的路上，我算了算，我们一顿饭人均才8元钱。

周主席说话快、走路快，思维更快，一切都像是在跟时间赛跑，在她的字典里，是没有"应酬"这个词的。她把时间都省下来，用在工作上和创作上。她有那么多事儿要做，那么多作品要写，跟她相处，感受到的是力量、是阳光，她那思想的充实和内心的丰盈感染着我和身边的每一个同志。

周主席信念坚定、思路清晰、处事果断，和中央、省市委精神高度契合。在2007年全市基层文联工作经验交流会上响亮地提出：头顶蓝天、立足大地，我们是顶天立地文联人。蓝天就是党的领导，大地就是人民群众。只要紧紧依靠党的领导，深深扎根于人民群众之中，文联就能永葆青春。她任文联主席13年来，矢志不移地坚持以人民为中心的工作创作导向，像"接地气、聚人气、树正气"、"开门办文联、服务到基层"、"文艺工作从娃娃抓起"、"送文化、种文化"等很多思想都相当超前。多年来，无论文艺界有何种思潮，她始终以清醒的姿态、以超凡的定力站在文艺战线的前沿，坚守着"以人民为中心"的创作主阵地，体现了一张蓝图绘到底的长效理念。

周主席的工作实绩，在全省乃至全国都有很大反响，比如：

2014年7月28日上午，周主席应邀到中国文联文艺研修院在沈阳举办的"全国地县级文联负责人研修班"做案例教学，介绍了石家庄文联的工作经验，引起强烈反响。

2014年10月15日下午，周主席应邀到中国文联文艺研修院和内蒙古自治区文联在京举办的"第二期内蒙古自治区基层文联负责人研修班"做案例教学。通过石家庄市文联十年工作的感悟和自身的文学创作历程，总结出"如何创新文艺人才培养机制"以及基层文联科学发展的经验。

2016年6月14日，周主席应邀赴北京为中国文联文艺研修院举办的"筑梦计划．北京——协同推进京津冀文艺事业创新发展"培训班做案例教学，介绍石家庄文联工作经验。

2017年6月19日，周主席应邀赴山西为中国文联文艺研修院举办的全国基层文联负责人培训班做了"以人才培养对推动基层文联自身建设"的案例教学，反响非常强烈，大家一致认为，周主席的经验是自己干出来的，操作性很强，对文联工作没思路的人只有听她一趟讲座，马上就会激发出工作热情。

（张桂珍：石家庄市文联副主席、党组成员）

一生的良师益友

——访石家庄市桥东区文联主席蔡玉霞

孙文莲： 蔡主席好！您负责基层文艺工作已经好多年了，跟周主席是直线上下级关系，一定跟周主席有过很多的交往。我很想听一听您对周主席的认识。

蔡玉霞： 是的，跟周主席认识已经好多年了，我从她身上学到了好多东西，可以说受益匪浅。周主席是一个非常有正能量的人。

孙文莲： 具体说来，哪一年您跟周主席认识的？

蔡玉霞： 从2003年9月开始，我担任井陉县文联主席，周主席在2005年开始正式担任石家庄市文联主席，任我的直接领导。感觉冥冥之中，我跟周主席有一种缘分，这一缘分让我觉得自己一生都特别幸运。

孙文莲： 大家都说，周主席上任石家庄市文联主席以来，开创了我们基层文联的春天。

蔡玉霞： 是的，这种说法毫不夸张。就拿我自己来说，这么多年，我一直在周主席的带领、指导下开展基层文联工作，取得了非常显著的成绩。

孙文莲： 井陉县文联的确成就斐然。

蔡玉霞： 井陉县文联自1990年成立以来，工作基本处于停滞半停滞状态。原来的文联主席退休之后，就剩下了一个人。直到2003年，我任职县文联主席的时候，也只有两个编制：一个主席（就是我）和一个副主席。当时，办公条件比较艰苦，我俩就一间十多平方米的办公室，且在顶层六楼，冬天没有暖气夏天没有空调，十分简陋，十分艰苦。其他部门的人都极少到我们六楼来。

孙文莲： 可见，我们文联单位是县里比较弱化、比较边缘化的一个部门。

蔡玉霞：是的。但非常幸运的是，也是在 2005 年，周主席正式就任石家庄市文联主席。

当时，我组织了一个文艺工作者的创作会议，邀请周主席过来参加。我们的县委书记、县长等四大班子领导都参加了这次会议。与会人员囊括了县文艺界各个行业，共六七十人。

就是在这次会议上，周主席呼吁说："小单位可以干成大事业！"并且说，"文联跟文化局不一样，文化局的工作是一条线，文联的工作是一大片，文联对区域文化的引领和带动作用远远超过群众文化工作这一块。"周主席呼吁县里为我们文联解决编制问题、办公条件问题、经费问题，等等。通过这次会议，通过周主席的有理有据的争取、呼吁，县里对文联工作重视起来了。

首先，我们的办公条件有了很大改善，不仅有了像样的办公室，还为我们提供了一间宽敞明亮的展览室，用来展览书法、美术、摄影等各种文艺作品；其次，给我们增加了编制，调整了人员。第三，这一年里县委还给我们文联专门列支了五万元的活动经费。这是前所未有的一件事。

孙文莲：对于一个山区的贫困县来说，五万元已经是非常可观的数目了。

蔡玉霞：当然可观了。争取了这笔经费后，周主席反复强调，文联一定要做出令人瞩目的成绩，决不辜负上级领导的重视。很快，在周主席的引领下，我们出版了属于我们文联自己的刊物——《苍岩文艺》，专门刊载井陉文艺作者的优秀作品，它囊括了文学、美术、书法、摄影、词曲等多种艺术种类。直到今天，《苍岩文艺》还在定期出版，从来没有间断过。这本杂志，激发、激励了基层作者们的创作热情，带动了一大批文学艺术的创作队伍。区区一个井陉县，很快就呈现出文艺繁荣的好势头。

孙文莲：文艺创作蔚然成风。

蔡玉霞：当时，有人评价我们井陉县文联的工作是"空前绝后"；我说，这只是"空前"，不能"绝后"，我们的未来还会有更大的成绩。

孙文莲：我们应该说"芝麻开花——节节高"。

蔡玉霞：是的是的，在我们县文联的筹划下，成立了各个文艺家协会，比如，摄影协会、书法协会、诗词协会等，还成立了井陉拉花艺术研究会。我原来就是研究井陉拉花的，恰逢工作上风生水起、顺风顺水的时候，我们出版了两部有关井陉拉花的专著。在我们县文联的号召、带动下，从2005年到2011年间（2011年，我就调到石家庄市桥东区工作了），我们井陉县共正式出版个人散文集、诗集、书法作品集、摄影作品集等，总共四五十本书。比如，有马立军的长篇小说《书生意气》、赵连锁的日记体小说《走向天国》、《山韵乡风》；赵志扬诗词集《草屋田歌》和《往事留痕》，李志海的诗集《冶海陶情》，刘俊山诗集《山之边，水之湄》，崔彦生的诗集《白檀树》和《游动的灯》两部。还有青年作家赵志鹏的诗集《诗歌的白马》，等等等等，还有许多优秀的书法作品集、摄影作品集，我就不在这儿一一列数了。

孙文莲： 据说，以上您提到的这些文艺作品质量也很了得。

蔡玉霞： 是啊，比如赵志鹏，他的作品在《星星诗刊》、《诗选刊》、《作家天地》、《源流杂志》、《大众阅读报》等报刊杂志都有发表，他的散文《三十斤白面》在"见证60年巨变"湖南省网络原创散文大赛上被评为优秀作品奖，并在《作家天地》发表。其他作家如许晓峰、霍静梅、崔彦生等人的作品也时有发表。

孙文莲： 区区一个井陉县，就有如此成就，的确很难得。

蔡玉霞： 我们还重点扶持了两个作协成员，一个是残疾人崔彦生，另一个是靠打石头维持生计的马立军。

崔彦生患有小儿麻痹症，走起路来一瘸一拐，连话都说不清楚，残疾程度不亚于于秀华，今年有四十多岁了，还一直没有结婚。但他一直坚持写诗。我们了解到他的情况后，就联系一些优秀作家指导他写作，帮助他修改，并推荐他加入了石家庄市作家协会、河北省作家协会。在大家的帮助下，他连续出版了两本个人诗集，就是上边我们提到的《白檀树》和《游动的灯》。

一次我们下乡到他的村子里去调研，他听说我去了，就给我抱出来一大堆的土特产，什么倭瓜啦、豆子啦，激动地都说不成话了。好半天才憋出一句："我就把你当自家的亲人了。"

马立军的笔名就叫石夫。一家人就靠他打石头、拉石头为生，日子很拮据。但多年以来，一直坚持写小说。当时，我知道了这个情况后，就联系咱们石家庄市作协的人帮他一块改稿，最后出版了长篇小说——《书生意气》。有一年的春节，我们文联去他家里看望他，他很兴奋，谈起文学来，更是滔滔不绝。但物质生活条件相当艰苦,说用来维持一家生计的拖拉机刚刚被人偷了,家里也没有积蓄再买新的,以后连打石头、拉石头的活计也不能做了。听他不急不缓地说着这些话,看着家徒四壁的三间简陋的石头房屋,我们几个人都鼻子酸酸的。后来听说他通过私人中介,去海外当了船员,也就是卖苦力。即使这样,他的写作也一直没有中断。

孙文莲:或许这就是文学的力量,它可以对抗现实生活的种种不足。

蔡玉霞:像崔彦生、马立军这样的基层作者很多。他们以自己热恋的家乡为生活素材,坚持笔耕不辍,非常令人感动。

这是之前没有过的现象。而这种局面,与石家庄市作协、石家庄市文联的宣传、倡导、扶持、帮助有非常大的关系。

孙文莲:周主席自己就是从基层走出来的,所以,她特别体谅基层作者的辛苦,也特别珍爱基层的创作人才。

蔡玉霞:是的。

2011年我从井陉县文联调到咱们石家庄市桥东区任政协副主席。当时,咱们石家庄所辖五个区都没有文联这个单位。我来市里之后,分管文化工作这一块。刚一开始,我感觉很茫然,一时找不到工作的重心。因为在县里的时候,有一帮热爱文艺的兄弟姐妹,就像一个热络的大家庭一样,大家齐心协力围绕县里的中心工作开展文化活动,进行文艺创作,非常有成就感。而在新的工作岗位,陌生的工作环境,一时感动很茫然,不知道从哪儿去突破。当我就把这种心情跟周主席说了,周主席当时很爽快,立马就说:"玉霞,你跟我想到一块了。这样,咱们先把桥东区文联创建起来……"周主席的一番话,一下子就点亮了我,她的鼓励、点拨也让我很感动。于是,我们就着手筹备,很快就成立了桥东区文联,以及八个文艺家协会。

关于成立桥东区文联,当时刚好有一个契机,就是恰好是十七届六中全会期间,中央提出进一步繁荣社会主义文艺的主题。为了配合中央提出的主题,石家庄市委搞宣讲,周主席就提出到我们桥东区来宣讲。周主席抓住这次契机,给我们桥东区的广大干部职工做报告,当时与会人员有四百多人。周主席这次宣讲的主题就一个:文联的重要性。她认为,经济要发展,文化须先行。哪一个领导重视文化,哪一个领导才是一个具有前瞻性的领导。周主席还结合市文联、各县文联的工作，以及做出的突出成绩，来阐释文联不可替代的重要作用。会议结束后，我们区委书记李旭阳当场邀请周主席去办公室继续畅谈、筹谋成立桥东区文联事宜。

经过周主席的宣讲，以及和周主席的座谈，区委书记高度重视，就责成我和区委宣传部长一起筹备成立桥东区文联工作。

于是，在 2012 年，我们在桥东区率先成立了文学艺术工作指导委员会（也就是后来的桥东区文联），由我担任这个委员会的主任。之后，我们根据桥东区的具体情况，又成立了八个艺术家协会。

之后，我们这个委员会积极动员、筹谋、引导，各个协会都展开了非常丰富多彩的艺术活动，并把触角延伸到了每一个社区、每一个学校，每一条战线，成果非常显著。

比如，我们的作家协会，其会员囊括了街道办事处、学校、厂矿、机关等各个单位的人员。2014 年，桥东区这个行政区划被撤销，被合并到现在的裕华区。那么，自 2012 年成立桥东区文联以来的短短两年时间里，我们作家协会出版了《放飞中国梦》征文集，大家参与非常积极踊跃。另外，还有两个作家的作品获得个人文艺大奖：一个是个人散文集获得石家庄市文联的"文艺振兴奖"，一个是文艺评论的在"中国散文"杂志发表评论文章，并获得大奖。

在这两年时间里，我们文联还成立了"桥东区社区文艺工作志愿者"服务队，经常到基层到社区进行文艺服务，进行各种门类的文化讲座，比如摄影讲座、书法讲座、文学讲座等等；也开展了各种艺术展览、文艺笔会、诗词创作大赛等活动。

孙文莲：文艺活动扎扎实实地落到实处了。

蔡玉霞：是的。当时各个基层单位、社区，都盼望着我们的志愿服务队呢！

孙文莲：真是善莫大焉，功莫大焉！

蔡玉霞：2014 年，桥东区要撤销的时候，我们区文联的文艺工作者都非常不舍，就好像一个其乐融融的大家庭被迫解散，流离失所一样，心里都很难过。于是在我的倡议下，大家群策群力，出版了《桥东记忆》这本书。你看（翻开书），《桥东记忆》分为这样几个板块：第一部分，"记史存珍"，挖掘、记述了桥东区的历史发源、发展过程，以及在这个过程中的地标性建筑和具有特殊意义的事件等；第二部分"岁月如歌"，亲历者对桥东区的深情诉说；第三部分"似水流年"，刻印在桥东人记忆深处的瓣瓣浓香；第四部分"风正扬帆"，桥东人发自肺腑的期许与祝福；第五部分"翰墨丹青"，桥东人挥毫泼墨，挥斥方遒，用书法作品表达拳拳赤子情；第六部分"回声嘹亮"，亦词亦曲言志抒怀；第七部分"大美桥东"，摄影作品，瞬间永恒。

孙文莲：充满人文情怀的一本书，也是有史料价值的一本书。并且，从装帧设计、纸质选择、到内容编纂和图文结构，它都非常精美。

蔡玉霞：是的。《桥东记忆》得到了非常广泛的认可。咱们省图、市图都有收藏，省、市机关单位也纷纷索要。

蔡玉霞：这本书的完成，仅用了半年时间，可以说是非常高效的。这样高效、高质量的工作，是离不开我们文联这个单位的。

孙文莲：看得出来，它是集体智慧的结晶。

蔡玉霞：这里还有个小插曲。就是参与这本书编纂工作的周虹，她喜好写一些生活化的小散文，文笔很好，对生活有自己独到的领悟，偶尔也有文章发表。但她原来在我们单位都是偷偷摸摸地搞自己的写作，生怕被领导说不务正业。因为在政协这样的单位，或许你写一些提案啊、论文啊、讲话稿啊更有眼前的实际意义，更容易被领导认可，也就更名正言顺。偶然的一次聊天中，周红就讲到了自己搞文学创作的经历和感受。还给我拿来她自己以前的一些文章，有发表过的，也有没发表的，一大摞子稿件。

我仔细读了这一沓子文章后，就慎重地写了一封信给她，谈了谈文学对于社会人生的意义，也谈了自己对于文学的喜爱，还有对她的文章的评价，等等。周虹就特别激动，说自己终于遇到了知音。后来，经过认真筛选、修改，又补充新文章，出版了她个人的散文集《满院槐花香》。在整理、修订这本散文集的过程中，她也打过退堂鼓，内心纠结到底要不要出，甚至觉得没有什么意义。我就给她举崔彦生、马立军的例子，不断地鼓励她。经过一番波折，最终出版了她自己的散文集，还把我给她写的那封信做了序言。这本书，获得了上一届石家庄市文联的文艺繁荣奖。今天呢，跟人提起这本书，周虹就很自豪，觉得自己的辛苦创作在一定范围内得到了认可。因为这本书，她被调到桥西区政协，被提拔为政协提案委主任。也是因为这本书，周红跟许多人成为了朋友。

孙文莲：她用自己的才华，改变了自己的命运。当然，也得益于您的激励、指导。

蔡玉霞：我们都受周主席的影响。只要你踏踏实实干事，周主席就会看重你。我们文联发出的都是同一个声音：一门心思做好文联工作，把文联的触角延伸到了社会生活的方方面面。

跟周主席这几年，我对周主席的认识特别深刻：她没有官腔，特别务实，做实事，解决实际问题；特别勤奋，不勤奋几百万字的作品从何而出？特别智慧，遇到问题从不绕过，总能够很好地解决；特别正，从来不搞小动作，她做的每一件事都是光明磊落的；特别正能量，只要你跟她接触，就能被点燃、被激发。

孙文莲：这几个"特别"，可以看出您对周主席一往情深啊！

蔡玉霞：（笑）可以这么说。

我还得跟您说一说我跟周主席一起参加的一次会议，那是2012年全国文联在郑州举办的地市级文联负责人研修班会议。在这个会议上，周主席主动要求发言，她对我说："玉霞，我一定要代表咱们市文联、代表区县文联发出自己的声音。"

在这次会议上，关于文联和文化局职能的划分、基层文联是否有存在的必要等问题，大家各持己见、莫衷一是。周主席当即决定就这些问题进行大会发言。她连夜写了长篇发言稿，联系自己的创作经历、创作实绩，以及她所领导下的石家庄文联的繁荣现状，铿锵有力地论证了地市级文联不可或缺的价值意义。

周主席侃侃而谈，影响力很大。这篇发言稿被《中国文艺报》的记者捕捉到，全文刊发在了《中国文艺报》上。

后来这个记者又连续多次采访了周主席，并对周主席做了整版报道，后来又请周主席做案例教学。

蔡玉霞：周主席不仅仅是我的领导，也是我的朋友。

她非常有领导艺术和领导水平。再大的事，在她那儿都不是事儿。

她不是一个坐在书斋里写书的书呆子，她特别能把大家的思想统一到她的主题上来。我是从基层走出来的艺术工作者和组织者，我从周主席的领导艺术中，学到了很多东西。

周主席是我一生的良师益友。

遇见周主席，才遇见最好的自己

——访文联人、青年评论家王文静

孙文莲：周主席说，您是第一个作为公务员招考，被石家庄市文联录用的人。在进文联工作之前，您是在从事教学工作。那么，在走进文联之前，您对文联有一种什么样的向往呢？对自己的未来有一种什么样的期待呢？

王文静：我原来是当老师的，教高中语文。我学中文的，原来也经常写点东西。但对文联这个单位本身并没有深入的了解，也谈不上什么期待。我之所以通过招考公务员进来，主要目的是解决我们夫妻两地分居的问题。当然，很幸运，在这里遇到了周主席，成为我事业上的一个转折点。

孙文莲：您搞艺术评论（主要是影视评论）有多长时间了？都跟着热播剧和院线电影进行评论吗？

王文静：比较专业地搞艺术评论，是从2011年来到石家庄市文联之后才开始的。到今天，已经有七年时间了。这也是在周主席多次鼓励下开始的。周主席说，在文联这个地方，还是应该有自己专业的，应该根据自己的特点搞一些创作，或文学创作，或文艺评论。

我搞艺术评论，主要是影视评论，平时也追剧，也追院线电影，但也并不全是这样——并不是这么窄的。我也搞文艺理论，比如中华美学精神在影视评论中的贯穿、运用等等。

孙文莲：您的文艺评论大都在什么样的平台发表？到如今，发表的文艺评论文字大约有多少？

王文静：我的影视评论大都发表在国家级别的报刊上，省级报刊也有发表。

至于有多少文字，还没有统计过。

孙文莲：来到文联，您就在宣传创作部工作，经常写一些工作稿，周主席对您很赞赏。后来，工作之外，您又开始了艺术评论，主要是影视剧评论，搞得也不错。那么，从写工作稿件到写艺术评论这个转变过程中，是不是受到了周主席的一些影响？或说一些指导、点拨？

王文静：工作稿件的写作和文艺评论写作，这个思维肯定有区别。但是，这两者之间还是互相促进的，彼此有帮助的。因为，我觉得，艺术评论不仅需要形象思维，它也需要逻辑思维。另外一个就是，我首先是在这个岗位上工作的，必须要把岗位工作做好，然后才能搞自己的创作。如果单纯地搞创作、搞评论，也就把自己的视野弄窄了，也不见得就能够创作出更多更好的作品来。

我们这个工作跟创作还是有关联的。一边工作，一边创作，就不容易把自己陷入到一个特别窄的圈子里，去闭门造车；反而，我觉得，这样来搞评论，会更接地气，更有内容。当然，时间上会紧张一些。比如，我的艺术评论，都是在工作之余来创作的，没有占用工作时间。

孙文莲：我知道你们文联这个单位，人员比较精简，一个萝卜一个坑，这就意味着，每个人平时工作都比较忙。那么，您在做好文联本职工作的同时，还坚持文艺评论的写作。您是怎样挤出时间的？又是怎样使得工作和业余写作两不误的？

王文静：对，工作的确很忙，加班的时候很多。但是，自己有兴趣，肯定就要下功夫，挤时间。

我不认为，你有足够的时间，就一定能够搞好自己的事业。文艺评论更是这样，时间充裕，并不代表着你能够写出好东西。主要是你要有一种热爱，一种责任。创作是属于自己的，是实现自我价值的一个重要方面，而工作是我的职责所在。这两者之间没有弹性，必须先把工作做好，做精致，然后再挤时间去创作。我作为一个文联人，我觉得这两者之间并不存在矛盾，都应该尽力把这两方面做好。

在这一点上，我受周主席影响特别大。你看，周主席她有行政职务，她是石家庄市文联主席、作协主席，也是河北省文联的副主席，她日常公务很多；加上她的社会影响力比较大，平常有各种会议、讲座，等等，但她并没有因为社会活动多、公务多，而影响创作。相反，周主席总是说，只要你保持一种热度，即使工作繁忙，也会有灵感。关键是要保持一种好的心态，一种向上的精神面貌。你看，我的工作跟周主席相比，能说忙能说累吗？不能，肯定不能。

在周主席这儿，任何困难都不是困难，任何挫折都不是挫折。周主席这种蓬勃向上的精神，对我影响很大，受益很大。在文联这个氛围里，我觉得自己就是要创作，就是要有成就，这没有什么理由，没有什么可说的。

我受周主席影响比较大。我特别感恩。对待工作，我必须认真、尽职尽责。不能因为工作忙，就有抱怨、有牢骚；创作上，也必须要有成就。

孙文莲：原来我一直认为，工作和创作是相互矛盾的，也就是说，公文写作跟艺术评论，是两条路线，两种不同的思维模式。但刚才您说，工作的经验让您的创作更接地气、也更有灵感，是这样吧？

王文静：我觉得，这两者一点都不矛盾，不互相挤对。因为，你专门搞学问、搞评论，很有可能就掉进书袋里去。公文是有着很强的逻辑性、问题针对性的。如果在文艺工作中兼搞艺术评论，不仅你的逻辑会缜密，也会更有问题性、针对性。文艺评论，你不能够从天空到天空，而应该从天空到地面，要联系生活。这就是我前面所说的"接地气"。

所以，我要求我创作的东西要有价值。我写的文章，首先必须是我自己爱看的，而不是为了迎合谁，不是敷衍，也不是为发表而发表，不是专门迎合编辑而写。多少年之后，翻开来再看，我还能够喜爱。我写文章时，必须有一个前提，就是这个东西是我想写的，也是值得一写的。这是我对自己写艺术评论的要求。

孙文莲：当我一走进文联这座小楼时，就感觉到一股自由、和谐，又井然有序的氛围。并且，文联的工作，经常得到市委的认可、表扬。那么，周主席作为文联领导，大家一致认可的优秀品质是什么？她的领导风格是怎样的？

王文静：周主席是一个非常讲究效率的人，是一个很务实的人。日常给我们开会，不会讲一些假大空的官话、套话。比如说，她这些年，一直在坚持以人民为中心的创作导向和工作导向，但她从来不说空话，从来不是拿什么唬人的文件去跟大家说。而是率先垂范，让基层文联，以及我们工作人员，能够看到她是怎么做的，看到她是如何把人民放到前头，把政治方向放到最重要的地方的。她以自己的创作实绩来垂范，以自己的工作实绩来垂范。她非常务实，这让我们工作人员也减少了许多时间上、精力上的耗损，节约了大量时间、精力。

周主席是很好的领导，我们不需要去揣摩她的心思，也不需要去迎合她。她是很明朗、很简单的一个人，她的头脑里只有工作和创作。只要你是热爱工作、热爱创作的人，周主席就会特别真诚地帮助你、扶持你，给你最好的环境和机会。只要你是这块料儿，只要你自己肯努力，周主席就会尽全力让你发挥到最好。

周主席的这种精神，也潜移默化地影响了我。我现在读书啊、写文章啊，效率都非常高。并不会觉得时间不够用。

周主席的创作能力和行政领导能力确实非常过人。她也是非常刻苦的。每一个人的时间都是一天二十四个小时，上帝不会青睐谁，就多给谁时间。

作为领导，周主席也非常谦和，这是她给我的第一印象。后来，我深切感到，周主席的工作风格是雷厉风行，言出必行，说到的就一定会做到。她这个"言出必行"，并不是她言出别人必行，而是她说到的，首先她自己一定做到。她提倡的，她首先做到；她禁止的反对的，她首先不做。多年来她一直如此。自从2011我年到文联来工作起，在我的印象里，周主席一直是这样。

跟他交往过的人，大都一致认可：周主席是非常阳光的、非常干练的。我非常喜欢她这种风格。

孙文莲：周主席写书写得那么快，尤其是最近几年，呈现出井喷之势，成绩非常惊人。而文联工作也风生水起，周主席是怎样做到两不误的？

王文静：我觉得，周主席在创作上是有天赋的，这个是不能回避、也不能否认的。我作为她的下属，也是她的学生，我经常跟他下去采访，比如，整个《沃野寻芳》成书之前的采访过程，我参与了好多次，包括最后看她的书，确实她的艺术思维，艺术表达，包括场景呈现、文章结构等，我都觉得不可思议，觉得很惊喜。大家都看到了，周主席创作上有质有量，工作上也很出色，有目共睹，这当然是一种能力，这种能力不是谁都具备的。我们不服不行啊。

孙文莲：我觉得文学创作，它需要一个相对独立的时间、空间，尤其是长篇创作，更需要持续不断的、不被打搅、不被打断的一个思维过程，但周主席显然无法控制工作的、外界的打扰,繁忙的工作会不断地让她的写作中断,但她仍然没有怨言,仍然在创作上不断给人惊喜。您怎么看待这种情况?

王文静:这个就跟人本身有关系了。这并不是谁都能做到的,甚至也不是你经过锻炼就可以达到的。这可能跟周主席的眼界、经历有关系。长期以来,在文艺界工作,当领导,她经历了各种各样的文艺思潮,见识过各种各样的文艺现象,也与各种领导打过交道,所以,她看问题、处理问题,就能够一语中的、一目了然,把复杂的问题简单化,在创作上也能够把握方向,不迷失,不走偏。

前边说过,周主席的创作能力、行政能力,都是非常过人的。当然,周主席她非常刻苦。做出成就的人,肯定是付出了别人不知道的努力和辛苦。周主席在创作上的刻苦、努力,一直是我渴望达到的一种状态。还有一个,就是你是否把某一件事当作自己的事业来对待,也就是满怀一种敬畏心的问题。周主席是把文艺工作、文艺创作当成了自己心头的事业,当成了信仰,有敬畏心。反正就我本人的经验来说,我至今没有见过还有谁比她对文艺事业更有敬畏之心。

周主席说过,"我是一个作家,如果我不当文联主席的话,我就有更多的时间来创作;我当了这个文联主席,可能会耗费我四分之三的时间,来处理好多烦琐的公务。但是,如果我不做这些事儿,或者我不好好地做这些事儿,那我就对不起市委的期待,对不起领导的信任。"

因为周主席是 20 世纪 80 年代第一批自学成才的典型,她受益于当时的国家政策、省里的政策。所以,周主席她总是说,如果自己不努力去创作,不做出成就,那么,就连自己也会有疑问:当时国家政策是不是用错了地方?机会是不是给错了人?所以,周主席对文艺事业,包括文艺创作的敬畏之心之情,对上级领导和组织的信任、感恩之情,都是非常突出、非常深厚的。周主席非常珍爱现在的创作机会、创作环境。

孙文莲:跟您谈话中,您提到一句话,那就是"遇见周主席,才是遇见了最好的自己",那么,您能不能描述一下,您现在的生活、工作,以及写作状态?也就是您说的这个"最好的状态"?

王文静:从工作角度来说,我并不把它看作一种负担,而是当作了自己内心的一种需求。就好像空气对于人、对于各种生物一样，工作对于我来说，也已经成为自己生命里不可或缺的一部分。所以，我工作起来，不会觉得烦觉得累，也从来不会发牢骚。

从创作的角度来说，我创作的过程也很快乐。因为，我的创作并不是为了具体的某一个目的，比如职称啊、晋升啊，等等。我完全不为外在的功利去创作，而是我喜欢，我为实现自身价值而创作。

我情愿把工作中的每一件事都做好。创作更是如此，如果你被外力要求去写，与你自己内心渴望去写，那写出来的效果肯定是不一样的。

无论工作或创作，我都不是被什么外在的漩涡卷裹前行，而是乐享其中的。

现在，我每一天都很充实。我上午七点钟送完孩子上学，然后直到九点钟上班这段空闲时间，我都是读书，几乎每天都雷打不动，读书一个多小时。九点钟开始上班，处理公务。十二点半吃完午饭，直到下午两点上班，我还是读书，雷打不动。几乎每天两个多小时的读书，必须保证。创作时间，都安排在晚上和周末。我每一天都感觉很充实，很幸福。

我对自己现在的这个状态很满意，非常满意。在这方面，我也是深受周主席的影响，学会了把复杂的问题简单化。第一，与人为善；第二，不争不抢，我专心做自己热爱的事情。总之，就是要把有限的精力用在有价值的事情上。

我今天这样的一种状态，肯定是遇见周主席之后才有的。她给了我很多的指导、点拨、帮助，她的强大的气场影响了我。遇见周主席，我很幸福、很幸运。

孙文莲：我知道，在石家庄文联工作的人，都不会放松自己，都不肯放松自己，都对自己有约束，决不放弃进步。那么，您对自己的未来还有怎样的期许？

王文静：一句话：我想做一个合格的文联的人。

我首先是工作岗位上的一颗钉子，就要严丝合缝地起到钉子的作用。在文联，我是为作家、艺术家服务的，如果自己没有足够的学养，服务就没有质量，是谈不上优质的，甚至是谈不上合格的。我的工作，争取达到我能力的最高刻度。

在创作上，主要是要保持一个良好的创作状态，自由自觉地去写。坚持读书学习，否则这个研究、评论就不会长效。我不会刻意追求发表的数量，但质量一定要保证。也就是说，最起码，我写的作品、发表过的作品，是我自己满意的，而不是拼凑出来的。多少年之后，再回过头来看，自己写的东西，自己依然认可。这是我在创作上，对自己的定位。我的能力可以有局限，我的水平也肯定无法跟专业大家相比。但在创作态度一定要认真、严肃、高标准、高要求，绝不会摘抄、拼凑，或者哗众取宠等等。如果这样的话，我还不如不去搞创作——因为创作不是我工作的必须。

这是周主席对我的要求。周主席也是这样垂范的。

孙文莲：您应该很熟悉周主席的作品吧？最喜欢她的哪一部（哪一篇）作品？为什么？

王文静：我还是最喜欢周主席的《当家的女人》，喜欢这里边的人物。周主席非常会写人，我喜欢她塑造的那些人物。《当家的女人》确实非常好，好多人都喜欢。

孙文莲：有没有发生在您和周主席之间的故事，让您记忆深刻？试举两例。

王文静：关于周主席，对我触动比较大、影响比较大的事，有这样两件：

其一，周主席在向我们交代工作时讲过一段话，就是："我要对得起市委，对得起嘱托过我的领导。市委组织把我安排到文联主席这个岗位上来，我就要名副其实，切实担负起文联主席的职责……"当时，我们都没有想到，周主席作为一个知名作家，她对文联主席这个岗位职责看得这么严肃这么重要。周主席在说这句话的时候，我和桂珍（市文联副主席）都愣怔了，沉默了好长时间都没有讲话。她不是在刻意标榜，不是什么豪言壮语，而是非常真切的表达。

后来的工作实践也证明，周主席为石家庄文联的发展、为培养年轻作者成长、为老艺术家的创作、生活等等，都做了大量的实际工作。这些，都有实绩啊，有目共睹。

周主席对工作的责任感，以及她在工作中点点滴滴的付出，我非常感动。她的这种精神已经潜移默化地传递给我了，使我有了现在这种非常良好的工作状态。

其二，周主席在一个文联会议上，探讨文学创作方向时，她说："你写的作品要有勇气让你的父母、你的孩子、你的亲朋来看，要有勇气坦坦荡荡地让他们来看。只有这样，你写的东西才具备正能量。如果你只是无病呻吟，或是为了吸引眼球写一些乌七八糟的东西，或者你写的都是抱怨、牢骚，一些消极的东西，那么，你愿意让你的孩子看吗？"再比如，关于张菊香这个人物形象，当时，投资方要求添加张菊香与赵军平婚外恋的情节，遭到周主席的断然拒绝。周主席谈到这件事时，说，假如你自己的老公或妻子，你愿意他们出轨吗？你愿意出轨、婚外恋这样的事情发生在自己或者自己家人身上吗？你不情愿的东西，为什么非要安置到人物身上！

周主席一直坚持关注、书写生活中阳光的、正能量的东西。

这件事对我影响也很大。我写东西时，也会自觉地考虑到它的社会影响，努力使自己的作品起到一个正面的引导作用。

孙文莲： 看得出来，周主席对您的期待比较大，对您的指导也比较多。

王文静： 是的，我一直对周主席的期待充满敬畏，时刻提醒自己不要辜负周主席。

日常工作虽然很多，但它没有内耗。当你有了一个好的领导，你就不需要去揣摩她的心思，也不需要去迎合她。周主席就是一个很简单的人，她的脑子里，就只有工作和创作。

孙文莲： 周主席在文艺圈子里应该有很好的人脉，你的文艺评论也非常有成就。我知道，在这方面周主席给予了很多指导和建议。那么，在你发表这些评论文章的时候，周主席是不是也会提供一些方便？

王文静： 可以说，周主席为我提供了非常好的创作环境，也给予了我非常切实、非常好的建议、指导等。这一点，我非常感恩。但是，在发表的过程中，周主席从来不利用她的人脉，从来不事先打招呼。她就说，你写得好了，写得到家了，自然而然就能发表。我所有发表过的文章，都是我自己盲投发表的。这一点，也要感恩周主席。因为正是这样，才练就了自己的硬功夫，才磨炼了自己的意志力。

凭本事吃饭比什么都重要。

王文静，女，毕业于河北师范大学中文系，现就职于石家庄市文联。工作之余从事文艺评论创作，作品散见《中国艺术报》《雨花》《新京报》《河北日报》等报刊，曾经被评为石家庄市宣传思想文化系统"四个一批"人才，并曾获得第十四届石家庄市文艺繁荣奖。

感恩人生的良师益友

——访优秀青年作家杨辉素

（根据访谈口述记录整理）

我从小就爱好文学爱好写作。我读师范学校的时候就经常写一些小文章，也经常在报纸上发表。那个时候比较幼稚，写的大都是诗歌、散文之类。在师范学校三年里，我在报刊发表了不少的文字。

1996年毕业参加工作，我参加工作之后十年左右的时间里，结婚生子，忙于生活，没有任何创作。2007年，孩子长大了，上了小学，我的时间有空余，就又拿起了笔，开始了间断十来年的文学创作。那时，我的文章主要针对报纸副刊来写。

一个偶然的机会，我又转而开始了故事创作，主要在《故事会》、《民间传奇故事》、《知音》、《民间文学》等杂志上发表。当时，创作很流畅，一年就能发表四五十篇。那个时候，自己也没有什么明确的创作目标、创作理想，思想很简单，就是把自己生活中的积累用故事的形式写下来，赚一些稿费。那个时候，稿费比较多，有千字100元、千字300元、千字500元不等。相对于那个时候几百块钱的工资来说，这个标准的稿费算是非常可观的一笔钱了。记得当时我的工资是每月300多块钱，有一笔稿费却达到了720块钱。所以，当时每个月收几笔稿费，是工资收入的好几倍，心里就非常高兴，并没有想到当作家啊、有什么担当啊等等，也没有什么具体的发展目标。按照周主席的话说，我当时的作品就是"快餐文化"。

直到2009年7月份，我参加了石家庄市文联在平山县西柏坡举办一个文学青年的创作会议,这是我第一次参加文联组织的会议。在这个会议上,通过聆听周主席的讲话,我才明白了什么是真正的文学,什么是好的文学。虽然以前也写过不少东西,觉得自己也有点小才华,也很享受写文章、挣稿费的过程,但从来没有想过这些问题:文学是到底什么,文学应该承担什么。听了周主席和一些专家、作家的讲话,我才感觉到自己的差距,开始反思自己的创作状况,觉得自己写过的那些东西真的不算什么。

当时,我还不认识周主席,对周主席的情况一无所知,当然她也不认识我。

在会议的间隙,我就冒昧地去跟周主席说话,给周主席递上了自己的名片,介绍自己说:"我叫杨辉素,是专门写故事的"……那个时候,我已经在全国小有名气,经常参加一些笔会,为便于交流交往,就印了一些名片。周主席接过我的名片,说:"哦,写故事的,不错不错,我们文联有个'包公杯'故事征文,回头你可以参加一下。"我说"好啊好啊……"

就这样,我跟周主席简单地说了三两句话,也没有顾得上多聊,因为后边还有很多人围着周主席,争着要跟她说话。

当时,我也不知道周主席是怎样的官儿,不知道她是怎样知名的大作家。会议结束后,我回到家里的第二天,周主席就给我打电话来了,要我参加一下那个故事征文,说已经把征文的具体信息发到了我的邮箱里(我的名片上有地址、邮箱等信息)。当时,我很感动啊,因为一般情况下,领导接到咱老百姓的名片大都随手丢弃了,而周主席还记得征文的事,还主动联系我,提醒我。于是,我就在网上搜索"周喜俊",这才知道她就是咱们的文联主席、作协主席!才知道她就是大名鼎鼎的《当家的女人》的作者!

从这儿以后,我的创作思想就开始转变了,就不满足于仅仅挣几百块钱的稿费了,在创作上对自己有了更高的要求。

2011年,我发表在《故事会》上的《亲不亲一家人》就获得了全国民间文学这一块的最高奖项——山花奖。2012年1月5号,去海南领奖。当时,中央3套文艺频道对颁奖盛况做了录播。回来之后,石家庄市政府也非常重视,给予我好多荣誉:市管拔尖人才、突出贡献专家等,我们栾城县还选拔我为人大代表。

当时,我很高兴很自豪。而周主席还是不断地提醒我,给我泼冷水,她说,你不要觉得获得了一个大奖就如何如何，你距离真正的作家还远着呢，等等等等。

从此呢，我几乎就不再写故事了，转而开始写小说。

我们故事圈儿里的人都觉得不可理喻，觉得很可惜。当时，跟我约稿的杂志也不少，我完全可以趁着获奖的势头继续写故事。但是，我不写了，我开始写积极向上的正能量的更能够于这个社会有益的小说了。我想突破我自己、不断地超越我自己。

在这个转型期，周主席经常给我鼓励。

可以说，我由写故事转型写小说，是拿出了壮士断腕的勇气的。

为了写好小说，我就彻底告别了故事。无论谁向我约稿，我都不再去写；无论多大的金钱诱惑，我都不再去写。

万事开头难。我刚开始写小说的时候，感觉非常艰难。以前写故事，一年就能发表几十篇，稿费也不少赚。刚开始写小说时，却一篇都发表不了。以前人家都喊我"杨大师"，出去开会也是前呼后拥喊我老师，开始写小说了，我却又回到了刚刚起步的幼儿园水平。

可以想见，那段时间我的情绪是多面低落，多面焦虑。

周主席就不断地提醒我，不断地给我鼓劲儿，她跟我说"你不要满足于那一点点的稿费啊"、"不要满足于那一点点名气啊"、"作品要立足社会、弘扬正能量啊"，等等。周主席给我的定义就是，我过去的写作属于私人化写作，而当下的写作才是社会化写作。

在我非常苦闷，寄出去的作品都石沉大海的时候，我就常常给周主席打电话诉苦，周主席从不厌烦。她鼓励我，陪伴我，指导我，要我静下心来，不要着急。她说，"是金子总会发光的，发表不了是因为功力还没有到家，并且谁都会遇到瓶颈……"周主席对我从来不拔苗助长，从来不出什么投机走捷径的点子。

周主席是一个非常正派的人，从来不投机取巧。在这个阶段，周主席的为人处世对我影响很大。

终于，我的一个中篇小说《孕试纸》发表了！这是我经过反反复复打磨、修改过的作品。

当编辑通知我要给我发表在《小说界》2014年第3期的时候，我激动得不知如何，第一时间就打电话告诉了周主席。当时，周主席非常高兴，比她自己的作品发表还高兴。我还清楚地记得，她当时是这样说的："我就说嘛，你不要着急，好作品都是打磨出来的，努力付出是不会白费的……"后来，这个作品获得了咱们石家庄市的文艺繁荣奖。

这个过程中，一直有周主席的陪伴。当我创作处于低谷时，周主席就安慰、鼓励我，要我不要着急，要耐得住寂寞；当我取得些许成绩时，周主席又提醒我，要我不要骄傲，告诉我未来的路还很远。现在想来，当时如果没有周主席的陪伴，或许我早已放弃了小说创作。你可以想象，我写故事时，一两天就可以写出一篇，写小说却耗费三两个月都写不出来。那种反差，那种苦闷，简直不可想象！

今年（2017年）我的中篇小说《戏斗》发表在《小说月报》原创版，第三期头题。当编辑告诉我要用这个小说时，我特别高兴，第一时间就给周主席打了电话。周主席也非常高兴，她对我说："我就说嘛，好作品是包不住的，我就说这是一篇好作品，是一篇大制作嘛。当你发表不了的时候，你就不要抱怨、不要着急，那是说明你的作品还不到火候……"因为之前我就让周主席看过这篇小说，她当时是非常认可的。

这个作品的发表，还有周主席的肯定，坚定了我继续写小说的信心和决心。

这篇小说为什么能发表？因为它并不是胡编乱造写出来的，而是按周主席的教导，深入生活、贴近生活写出来的。

周主席一直坚持深入生活的创作理念。她的一系列作品，比如《当家的女人》、《当家的男人》、《辣椒嫂后传》，包括刚完成的《沃野寻芳——中央美院在李村》等等，都是她经过了实际考察、采访，从生动鲜活的现实生活出发创作出来的。

而今，在创作上，我遵听周主席的教导，坚持深入生活，亲近生活，然后反映生。《戏斗》就是遵从这样的理念创作出来的。

为了写《戏斗》这篇作品，我在剧团生活了两三个月，每天跟人家一起上班、一起下班、一起在食堂吃饭，使自己对戏曲、对剧团工作都有了非常深入的了解，甚至连他们的一些专业术语我都了如指掌。所以，这篇作品一写出来就给大家一种真实的印象,甚至有人问我是不是学戏、唱戏出身。其实,对于戏曲,我连爱好都谈不上,我只是遵循了周主席深入生活体验生活的创作理念而已。

周主席常常对我们说,文学作品只有写出了现实生活,写出了人们的心声,才有可能被认可,被传颂;如果你只是关在屋子里凭空想象,自顾自地去无病呻吟,这样写出来的作品或许一时吸引人,但肯定不会长久。周主席反复强调,只有从现实生活中得来的东西,才能写出人民的感情、写出时代的声音。

周主席是一个非常阳光的人。她坦率、直爽,身上没有阴影。如果我做错了什么,或者说有些方面做得不到位,周主席就会对我说:"辉素啊,这个我可得说说你……"而当我做出些许成绩的时候,周主席也会为我高兴,衷心地给予祝福。

我经常参加文联的一些会议,咱们文联的张桂珍,还有各县区的文联主席,他们经常这样评价我:"杨辉素是一天一个样儿一年一个样儿,2009年见她的时候,还是一个傻乎乎的憨丫头,现在呢,你们看,无论作品还是个人状态都不一样了……"我知道,我今天的良好状态,都与周主席的调教密不可分。

我在工作中遇到不如意的时候,也常常给周主席打电话,聊一聊。心情苦闷的时候,跟周主席聊一聊,感觉一下子就轻松了释然了。

周主席常常嘱咐我,要做好自己的分内工作,不要因为自己的创作把本职工作耽搁了。她说:"我就喜欢那种既能写又能干的人,你不要做那种只能写不能做的书呆子。我从来不认为工作是写作的负担。你要做一个写作、工作两不误的全才……"周主席她自己就是这样的人啊!

在周主席的影响下,我从来不以写作为理由推脱工作,虽然忙一些,但心里愉快,并不觉得累。工作上的事情,也都能抗得起来,比如,写各种公文啊、领导讲话稿啊、主持词啊,我都不发怵,可以说非常胜任。故事、小说之外,我也写过剧本、快板书等。我的工作能力,也得到了领导的认可。

跟周主席交往,的确非常有收获。

我跟王文静都是周主席的学生,周主席是省管专家,省委组织部要求省管专家务必带两个学生。作为周主席的学生,感觉自己很幸运,很幸福!

现在,我正在写一部长篇报告文学,暂定名字为《星星不流泪》,是关于石家庄市少年保护教育中心(以下简称"少保中心")的题材。少保中心收留的都是流浪儿童,和一些服刑人员子女,还有少数的贫困儿童。

一个偶然的机会,我了解到一些少保中心的状况,就决心写一写这里面的事情。为了这个作品,我在少保中心住了一个多月,体验生活,了解情况,听老师们从不同角度讲述孩子们的事情……回家之后,我就想尽办法寻找那些已经长大独立,离开了少保中心的孩子们。

少保中心2002年成立,当年淘气的孩子们已经三十岁左右了。我就全国各地去寻找他们、采访他们。在这个过程中,遇到过好多困难,比如说,好多人不愿意接受采访,不愿意回顾过去。有时,我跑了很远的路找到了人,人家却避而不见,或者三言两语就打发我了。所以这个采访的过程很艰辛,我也很郁闷。

实在无奈的时候,我就打电话跟周主席诉苦,每次周主席都很有耐心,她就安慰我说:"干什么事也没有那么容易啊,人家不愿意说,是对你还没有信任,你得想办法啊,想办法让人家信任你……"。每次跟周主席聊一聊,就感觉轻松了,就不委屈,不气馁了,然后就再想办法打开僵局……。比如,我先加他们微信,经常在微信上互动一下,问好啊、关注啊、点赞啊,等等,这样逐渐建立了感情,采访就顺畅起来。

采访少保中心的老师们也是这样,一开始并不顺利。我就先从外围入手,跟他们一起吃饭,给他们带去我们栾城生产的酒……现在,我跟他们已经成为了无话不谈的好朋友。他们非常仁义,我一去他们那里,人家就请我吃饭,抢着付钱,让我非常过意不去。

现在,如果有孩子们出差来石家庄,去少保中心看望老师们,老师们就会主动给我打电话,让我过去一起聊聊。现在采访已经很顺利了,我想采访谁就采访谁,非常顺利,被采访的人都把我奉为上宾。他们都被我的坚持打动了,都觉得我这样自费全国各地跑采访实在难得。我就这样坚持不懈,打开了局面。

关于我正在进行的这部报告文学《星星不流泪》(暂定名),还有一个小事例,也让我很感动。

当时,我已经采访到了大量的人和事,占有了非常丰富的第一手材料。面对这么丰富又是这么零碎的素材,一开始我不知道从哪儿下手,不知道如何组织这些东西，我就把这个苦恼跟周主席说了（自己许多苦恼都跟周主席说，每当说过以后就会骤然感觉很轻松很释然）。没过几天，周主席就给我打电话了，她说："辉素啊，我刚刚看到《中国作家》上有一篇报告文学，它的结构非常好，你看一看，会对你有借鉴作用的，你抽空过来拿回去看看吧。"然后，我就抓紧时间去了市文联。周主席很有趣，她爱书如命，不舍得把《中国作家》这本杂志给我，而是把那篇报告文学撕下来递给我了。周主席在其他方面是非常慷慨的，书本却是她的心头肉她的宝贝儿。回到家里，我把这个报告文学读了两遍，果然思路大开，一下子灵感闪现，解决了困扰我好久的结构问题。

在创作这部报告文学的过程中，周主席一直关注着我。我也经常主动跟周主席沟通。如何采访啦、如何构思啦，等等，她都挂念着，常常给予有效的建议。周主席心甘情愿地付出，不图任何回报。

现在，这部书已经完成。这与周主席的鼓励分不开，也与周主席的出谋划策分不开。

当然，周主席本人也是非常勤奋的，这对于我，也是一种示范、榜样。我想，如果没有周主席，可能我早就放弃了。

发自内心地说，周主席既是我的恩师，又是我的人生导师，也是贴心朋友。

还有一件事情，我记忆犹新。那是2016年，省作协在正定召开一个会议，我在会场门口迎接周主席，周主席大老远一看到我，第一句话就说："辉素，穿的裙子这么难看，快去换了它，快去快去……"当时，我穿着一条葱绿色的纯棉质的裙子，宽松样式，很舒适，我自己感觉还挺良好的，周主席这样一说，我很尴尬。随即，省作协一位参会的老师也跟周主席说："哎呀，我刚才看辉素穿着那条裙子，像个孕妇一样……"，周主席就咯咯咯地笑了起来："可不是嘛，也就我敢说说她，人家别人谁好意思说她啊。"我回房间换了一条裙子出来后，周主席就笑着说："这就对了，我们开会这么重要的场合，着装要正式一些，不能太休闲。你那条宽松的裙子就留着饭后散步穿吧。"

总之，周主席就跟我们自己的家人一样，相处起来没有隔阂，能及时鼓励你指导你，也肯直言批评你。不论在事业上，还是在生活上，都是如此。

周主席是一个非常阳光、不含杂质的人，也是一个非常亲和善良、非常清廉的人。

认识周主席这么多年，她给了我许多帮助。心存感激，我常常说要请周主席吃顿饭，但一直没有实现。跟周主席在一块，不讲吃喝。有一次办完事儿，也到了饭点，我就打算请周主席吃一顿，也算略表感谢。没有想到，吃饭的间隙，周主席自己就悄悄地把账结了。无论她为你做了什么，周主席从来不接受别人的宴请。私下聊起来，我们都觉得从周主席那儿得到的帮助、指点很多很多，从她身上学到的东西也很多很多。

周主席常常对我们说，你们都有出息了，有成就了，就是对我最大的回报。

是啊，我们只能努力去创作，用创作实绩来报答周主席。

周主席对我们的指导、关心是全方位的，包括工作上、创作上、生活上，只要她遇到了、发现了，就都要去关心、去指点，从不保留。周主席有热量有能量，跟她交往，总能感受到一股向上向善的力量。

杨辉素，女，70年代生人，在《小说界》、《小说月报 原创版》等杂志发表中短篇小说。故事作品《亲不亲，一家人》荣获第十届中国民间文艺"山花奖"，出版有《永远还不起的债》、《聪明孩子玩出来》等四部书。短篇小说《戏斗》（原载《小说月报 原创版》2017年第三期）入选2017年度河北省小说排行榜前十名。

用对一个人，走活一盘棋

——访平山县文联主席付峰明

孙文莲： 付主席好！开门见山，我想请您聊一聊周主席的事迹。

付峰明： 关于周主席的报道、评论，媒体上已经很多很多了。我相信，关于周主席的个人事迹、工作业绩，以及个人魅力方面，已经有别人跟你讲过了，并且，他们比我讲得好。所以，您这次采访，我就删繁就简，只谈一个方面，也就是周主席对我们基层文联建设、发展方面的贡献。

孙文莲： 好的！我很想听一听。

付峰明： 据县志记载，我们平山县文联早在1950年就已经成立，它在特殊的历史时期发挥过非常重要的作用。但是，后来，在长达二十多年的时间里，平山县文联形同虚设，是一个空架子。最后成为一个被边缘化的单位，一个无足轻重的单位，甚至成为一个被人遗忘的单位。

孙文莲： 不仅平山县文联是这样，其他基层文联也存在类似的状况。在大家的印象里，文联就好像是一个吃空饷的地方，就是安排一两个人来拿待遇吃皇粮的地方。

付峰明： （有些激动地）是啊，甚至一度出现这样的观念：县文联大可不必存在！

直到2005年，周主席正式上任咱们石家庄市文联主席，这种状况才得以改观。今天，你到各县区文联走一走，看一看，问一问，听一听，谁敢说文联没有存在的必要？谁又不对文联肃然起敬？

文联的业绩太引人注目了！

孙文莲：打铁还需自身硬。周主席本人就是一个肯做事、能做事、会做事的人。

付峰明：（非常自豪地）今天，我们县文联是一个不可忽视的存在，是一个堂堂正正的存在，是一个让大家竖大拇指的存在！文联的业绩说上两天两夜都说不完。

孙文莲：（开心地笑）愿闻其详。

付峰明：2005年刚刚上任石家庄文联主席，周主席就提出了"十大协会活起来，各县文联动起来，激励机制建起来，人才队伍带出来"的工作目标。并且，周主席雷厉风行，很快就把这一目标落到了实处。

孙文莲：周主席从来不喊空话，不唱高调。她提出什么，就一定会践行什么。

付峰明：是啊，周主席上任之后，亲自走基层，搞调研，摸底细。我们平山县是革命老区，周主席了解到我们县丰厚的文化资源，就率先在我们县召开了文联工作会议，并邀请了县委书记、县宣传部长参加。

会上，周主席以理以情阐明了文联工作的重要性。结果，我们县委书记很受感动，当下批复拨款十万元给文联，用于开展一系列的文化活动。

孙文莲：十万元，对于县文联来说，是不小的数目了吧？

付峰明：当然！这是一个很了不起的数目，也是前所未有的。有了这笔"巨款"，开展工作就顺利多了。

孙文莲：据说，您当选平山县文联主席，也是周主席力荐的？

付峰明：是的。周主席经过一番考察，最后确认我当这个文联主席。

孙文莲：周主席一向知人善任。她周围的人都跟我说，周主席在用人方面决不马虎，只要有能力、肯努力的人，都不会在周主席手下被埋没。

付峰明：周主席也常常说："用对一个人，走活一盘棋。"

孙文莲：周主席用人的原则是：能干事，爱干事，会干事。任用您当文联主席，算是用对人了。

付峰明：（笑）我是搞美术创作的，跟其他人相比，还算懂得艺术创作的规律，容易跟艺术家进行沟通；同时我也有机关管理工作的经历。

孙文莲：懂艺术，会管理，才能做好文联这个当家人。

付峰明：我也是脚踏实地干工作的人，没有什么虚套子。

孙文莲：平山县文联这盘棋，已经走活了。

付峰明：（自豪地）是啊！周主席有眼光，有谋略。在周主席的指导下，2010年12月7日，我们平山县召开了第一次文联筹备大会，组建了十大协会。县委、县政府、县人大、县政协四大班子领导都参加了这次会议，县委副书记兼宣传部长王强同志对文联一年来的工作给予了高度评价。文联工作得到了领导的重视。

孙文莲：有领导的重视，文联工作就好展开。

付峰明：我们平山县是有文化底蕴的，也是有大量艺术人才的。只是之前没有被发现被挖掘。在我们文联的引领、带动下，时至今日，我们的各个文艺家协会会员大幅增加，全县文艺爱好者人数更是数不胜数，营造了一种非常好的艺术创作的氛围。

文学创作日益繁荣，新人新作不断涌现。比如，仅仅在2010年，全县各类文艺爱好者由2009年以前的不足160名，到2010年底发展各类文艺会员达1200多名。

作家协会由原来的爱好者20多名发展到200人左右；摄影家协会由原来的爱好者15名，发展到2010年的80名；美术家协会由原来的爱好者35名发展到2010年的260人；书法家协会由原来的爱好者22名发展到2010年152人。音乐家协会由原来的爱好者25名发展到2010年162人。舞蹈协会由原来的爱好者15名发展到2010年98的人。戏剧协会由原来的30名发展到2010年的183人。曲艺协会、民间文艺协会、影视协会，原来都没有会员，到2010年底每个协会发展到了50人左右，共150多人。

孙文莲：其实，民间是有人才的，只是他们缺少展示的机会。

付峰明：是啊，我们不仅发现了这些文艺人才，而且帮助他们搞创作、表演，取得非常喜人的成绩。

到2010年底，我们平山县文联出版图书60多部，如、郝崇书《毛泽东在西柏坡的日子里》、刘春彦《喋血中山》、王文华《枥下集》、范文杰《西柏坡的故事》等被省以上出版社出版；诗歌、散文、小说获奖70多个，如邢建军《我徘徊在2008年的春天》组诗在《中国作家》杂志社"金秋之旅"笔会上获二等奖、宋紫峰的《县城》等获市第十一届文艺繁荣奖。

孙文莲：如雨后春笋一般了！

付峰明：还有其他艺术门类的创作呢！

比如：美术创作近几年共获得省级奖12个、市级奖60多个，我的国画作品《岁月无声》入选全国展览并荣获石家庄市文艺繁荣奖、油画《共产党之歌》获省二等奖，焦庆生的国画《太行山》、曹峰的国画《赶考》、韩建莉的国画《荷》等获市二等奖，刘国铭的国画《丰收》、郭海海国画《村趣》等获市三等奖。书法作品近年来获得市以上奖励40多个，其中梁海书、商一英等作品分别在省、市获奖。摄影作品共获国家级奖励15个，省级奖奖励30多个、市级奖励60多个，其中卢白子《黄山弄影》、苏喜明《国粹下乡》、杜庆奎《戏幕情深》等获全国摄影奖。崔志林、闫正平等摄影作品入选中国文联、中国摄协《人间正道是沧桑》主题摄影展览并在国家级《人间正道是沧桑》画册上发表，崔志林等作者的摄影作品在《人民画报》海外版上发表。

此外，音乐、舞蹈、戏剧、影视创作，成就也非常喜人。

比如，音乐作品获全国奖6个、省级奖17个、市级奖36个，其中张晓涛等导演的《红色组歌》荣获嘉兴"红船杯"全国大赛金奖，胡新海、李彦伟等创作的歌词获全国奖。王云婷的舞蹈多次荣获省、市舞蹈比赛奖项。河北梆子《戎冠秀》分获省戏剧节大奖和石家庄繁荣奖。2010年由戏协智全海主席开始改编的河北梆子《白毛女》、郝崇书创编的30集电视剧本《西柏坡》都已完成，高贵宾创作的20集电视剧本《清明雨》、刘春彦改编的《喋血中山》等等，也都非常不错。

孙文莲：这些创作，可以说数量多、质量高。

付峰明：的确如此。我们还有许多各协会会员，他们凭借自己的创作成绩，光荣加入了省各协会，以及国家各协会。

孙文莲：带队伍，出精品，这是周主席一贯坚持的文联工作方针。

付峰明：我们工作的每一步都切实贯彻了周主席的要求。

孙文莲：能够看得出，您对文联工作的热爱和付出。

付峰明：是的。为了带出优秀的文艺队伍，创作出优质的文艺精品，我们县文联做了很多工作。比如：举办各类培训和创作班；积极推荐会员加入省市各协会；组织谋划各种"采风"活动；聘请国家、省知名艺术家授课；组织对外文化交流；等等。自 2005 年，到 2010 年，共培训文艺人才 560 多人次、少儿艺术人才 1600 多人次，通过这些途径为广大文艺工作者搭建了交流与展示平台，培养和造就了一批文艺创作队伍和后备力量。

孙文莲：是不是可以用"如火如荼"来形容人才队伍的建设培养，和艺术作品的创作？

付峰明：当然可以，这样形容一点都不过分。以上所列内容，仅仅是 2010 年度的一个回顾总结。在其后，我们每年的文艺人才队伍都有所壮大，创作成果也是芝麻开花节节高！

2011 年石家庄市文联工作会议在石家庄人民会堂召开，在此次会议上，我们平山县文联被评为石家庄市先进文联，这是 30 年来第一次被评为先进文联。市领导对我们平山县文联的工作给予了高度评价。市委常委、宣传部长孙万勇在讲话中指出："平山救活了虚设 27 年的文联，焕发了生机，是个里程碑。这主要是选对了一个人，走活了一盘棋，一年的工作就走在了其他县的前头，更是平山县委的英明。"

孙文莲：看来 2010 年是一个特别出彩的年份！

付峰明：不，不，不，不是单纯的 2010 年特别出彩，以上所谈，我只是随机拿出 2010 年的年度总结说起。其实，我们每一年都不逊色，每一年都有骄人的成绩，都有精品力作，文联工作都会上新台阶。

比如，单就获奖作品来说（全部作品太多，一时半刻说不完，所以我们单说获奖作品），2011 年有：文学创作方面，有宋紫峰的长篇小说《县城》荣获石家庄市第十一届文艺繁荣奖，邢建军的诗歌《宜阳写意》获中国散文学会、河南省作协《大河》诗刊杂志社举办的全国文学大赛优秀奖。美术作品，在石家庄市纪念建党 90 周年美术、书法、摄影展览中，焦庆生创作的国画《太行山》获二等奖、刘国铭的国画《丰收》获三等奖、郭海海的国画《转移》获优秀奖；韩建莉创作的国画《荷花》荣获市优秀奖。在石家庄市纪念建党 90 周年美术书法摄影展中，杜庆奎《梨园春色》获三等奖、《蓄力》、《年集》获优秀奖，闫振平《农家院里唱大戏》、杨兆《春到太行》获优秀奖。

摄影作品，在市旅游摄影中，崔志林《冰雪驼梁》、王英海《湖中草原》、杜庆奎《云海》、杨兆《秋染驼梁》获优秀奖。

音乐创作，有音协张晓涛主席、副主席王云亭等策划导演的《红色组歌》荣获嘉兴"红船杯"金奖、获石家庄市"北国杯"二等奖，胡新海创作的歌词获全国奖、王会军创作歌词分获省优秀奖和市二等奖。

此外，还有舞蹈表演、戏剧创作、电视剧创作等，也都收获不小。

2012年，邢建军诗歌《三月断想》获《诗刊》杂志社、光明日报社主办的"雷锋——道德丰碑"全国诗歌大赛优秀奖，《延安，延安》获石家庄市大报大刊奖。

美术创作共获得省级奖12个、市级奖20多个；由我策划设计，刘国铭、朱增文、韩建莉、董书芳等绘制的河北梆子现代戏《白毛女》舞台美术，荣获河北省第九届戏剧节舞台美术奖，焦庆生的国画《山水》、《太行山》入选中国老年书画展获优秀奖，韩建莉的《荷》等获市教育系统书画展二等奖，肖建国摄影《钢铁工人》、朱增文《梅花》获市总工会书法美术摄影展二等奖，刘国铭的国画《丰收》、郭海海《村趣》、闫梦华《花鸟》等分获市总工会书法美术摄影展三等奖和优秀奖。

书法作品有：李秋霞《隶书》获河北省妇女书法展优秀奖，王英海《行书》获市总工会优秀奖。

摄影方面：崔志林《生》、《丰收》，杜庆魁《西调秧歌》、《援朝归来的老兵》，卢白子《路》，王英海《西柏坡人的夜生活》，肖建国《炼钢工人》全部荣获由中国摄协、河北省摄协2012举办的"聚焦幸福石家庄"全国摄影大赛优秀奖，杜庆魁《满园春色》、《浇铸》荣获石家庄市喜庆十八大书法美术书法摄影展优秀奖。

音乐舞蹈作品：省级奖3个、市级奖8个，其中张晓涛、王云婷的编导的音乐舞蹈多次荣获省、市舞蹈比赛奖项。

戏剧作品：河北梆子现代戏《白毛女》荣获河北省戏剧节优秀剧目奖，智全海荣获《白毛女》编剧一等奖，王长安获导演奖，崔丽琴等获演员奖。

2013年，文学、诗词散文等出版图书20余部、文学、诗歌散文创作获国家奖6个、省级奖11个、市级奖17个。河北梆子《白毛女》荣获河北省第九届戏剧节优秀剧目奖、优秀编剧奖、导演奖、舞台美术设计奖等九个奖项，并获得河北省精品大奖、省"五个一"工程奖。美术书法作品创作：获得省级奖 10 个、市级奖 22 个。摄影作品；获得国家级奖 9 个、省级奖 16 个、市级奖 17 个。音乐舞蹈获省级奖 7 个、市级奖 19 个。

2014 年，文学创作方面有，成就也不小，……

孙文莲：好了好了，付主席，您都吓到我了（笑）。成就实在太多，太显赫！您让我静静（笑）。

付峰明：哈哈哈哈哈……

孙文莲：咱们平山县是著名的革命老区，我听说，咱县文联对咱老区的文化遗产也进行了很好的挖掘、抢救和整理。

付峰明：是的。在 2016 年，我们县文联带领民间文艺家协会挖掘、抢救、整理民间故事 110 个，民谣、童谣 95 个，西调秧歌传统剧本 26 个，中路丝弦传统剧本 37 个。根据挖掘、抢救的这些珍贵文化资料，我们整理、出版了由我主编的《平山历史文化系列丛书》共六册，其中包括《西调秧歌》、《民间故事》、《画说民俗》、《闫三妮民歌》、《民间歌谣》、《民间曲谱》等。

孙文莲：嗯嗯，这套丛书我已经看过，的确非常好，非常有史料价值和区域文化价值。

付峰明：是啊，这套丛书以它绝对的优势，获得了石家庄市第十四届文艺繁荣奖，这是石家庄市文艺作品最高奖项。

我们在抢救的过程中真是跟时间赛跑。那些通晓民间歌谣、民间故事的老人们，一个个都八九十岁以上的人了。这些民间艺术，眼看着再不抢救，就都随着那些老人一起作古了。所以，我们心里那个急啊，在 2016 年近一年的时间里，我们整天奔波、寻访、整理、记录，总算抢救成功了，我们总算可以舒口气了。

孙文莲：嗯嗯，的确付出了很多艰辛，这套丛书获奖，名至实归！

我还看到，这套丛书图文并茂，语言简洁，非常生动形象，具有非常好的可读性。

付峰明：是的，这套丛书非常受欢迎。

付峰明：在寻访、抢救、整理这些文化资料的过程中，我们还发现民间艺术传人 2 个，扶持培养民间艺术类人才 5 个。在这个基础是，我们平山县文联积极对平山县历史文化和传统村落进行挖掘保护和立档调查，今年河北省把平山县列为"千年古县"，并准备报国家审批。五个村（大坪村、大庄村、寺沟村、九里铺村、六岭关村）全部入选"河北省名村"。其中，大坪村、大庄村已成为"全国传统村落和重点文化名村"。

编撰出版《千年古县——平山卷》、《河北省名村——平山卷》的工作也正在紧锣密鼓进行中。

孙文莲：这些成就有目共睹。您用实际行动证明了，文联绝不是可有可无的，它必须存在，它不可替代。

付峰明：是啊，周主席也一贯强调这一点，说文联要带动一大片嘛！要对社会起到积极而广泛的作用嘛。

孙文莲：看来，您是得到周主席真传了。

付峰明：可不是嘛！不仅如此，我们平山县文联还每年组织我县书法家"下基层、送春联"进万家活动，每年义务为老百姓写春联上千副，引导更多书法工作者牢固树立艺术为人民的创作导向，营造健康祥和、积极向上的文化氛围和节日气氛。每年组织多个不同形式的采风活动，激发文艺工作者、艺术家们的创作灵感和激情，使他们的作品更接地气、有内容。每年还举办大大小小的讲座、培训活动，使文艺爱好者的文化素质、艺术素质大幅提高，等等等等。

孙文莲：真是功莫大焉，善莫大焉！

您带出了一支朝气蓬勃的文艺队伍，营造了积极、和谐的文化艺术氛围，使热爱文艺的人们有用武之地，创作出了一大批优秀的艺术精品；使一方文化繁荣起来，使人们的精神文明程度大大提高；也使濒于失传的非物质文化遗产得到保护和传承……尤其在这个强调"文化自信"的时代，更具有不可替代的价值和意义，使我们的人民更加坚定了对自己传统文化的自信。

付峰明：不谦虚地说，的确是功莫大焉，善莫大焉！哈哈哈……

孙文莲：（笑）您不用谦虚，您已经很好地践行了周主席的文联工作思路：即"树旗帜，带队伍，育人才，出精品"。向周主席、向平山人民交出了一份非常优秀的答卷。

付峰明：2017年3月28日，平山县文联作为河北省先进基层文联参加了河北省文联第九届五次全委会（全省只有10个县级文联参加）。平山县文联被评为河北省先进文联,我作为文联主席被评为河北省优秀党员文艺工作者和先进个人。

孙文莲:您当之无愧!

付锋明,平山县文联主席,优秀美术家。其艺术创作成绩斐然,多次荣获政府大奖。美术作品《春潮》、《秋的遐思》、《岁月无声》分别荣获第一、二、三届石家庄市"十个一精品工程"大奖;美术作品《岁月无声》还荣获河北省2002年度燕赵群星奖并入选全国大型美术作品展览;美术作品《春潮》、《岁月无声》分别荣获石家庄市第七届、第八届文艺繁荣奖;国画作品《家乡的红柿》入选全国"新中国从这里走来"名家书画摄影展览并被收藏;油画《大玩具城系列——网吧》荣获庆祝建国55周年河北省书画作品展二等奖;2005年与人合作出版平山革命历史连环画系列《抗日小英雄王二小》、《回舍大枪班》、《革命双雄》、《戎冠秀》、《韩增丰》、《平山团》等,并均由河北人民美术出版社出版发行;舞台美术设计河北梆子《淘气儿》、《柏坡颂》荣获河北省戏剧节舞美设计奖;2013年舞台美术设计河北梆子《白毛女》荣获河北省第九届戏剧节舞美设计奖、河北省第十二届"文艺振兴奖"、河北省十一届"五个一工程"奖;2015年舞美设计河北梆子《子弟兵的母亲》入选全国纪念抗日战争胜利70周年展演剧目;主编的《平山历史文化系列丛书》共六册,2017年荣获石家庄市第十四届文艺繁荣奖。

由于成绩突出,付峰明2002年被共青团中央委员会命名为"乡村青年文化名人"荣誉称号;曾连续十年被评为"石家庄市文联先进工作者";多次被评为"河北省文联先进工作者";2014年被河北省委宣传部评为河北省首届"燕赵文化之星";被中国民间文艺家协会、河北省文联等部门命名为"中国传统村落守望者"荣誉称号;2016年被评为河北省优秀党员文艺工作者和先进个人。

第四辑 04

附录部分

周喜俊精要语录

2004年，周喜俊被安排到石家庄文联担任主席职务，有人就跟她说，文联这地方无职无权，那个穷家不好当。周喜俊却说："这不是当家，而是回报。就好比一个在长辈呵护下长大的孩子，不管走得多远，都不会忘记对养育自己的家庭应尽的义务；就好比一只飞出去的小鸟，不管飞得多高，都不会忘记风雨摇曳中的老巢曾给予过自己的温暖。"

——原载2005年10月25日《石家庄日报》

文联是我温馨的家园，这里是我走向文学之路的起点，也是我作家梦的摇篮。

——原载2005年10月25日《石家庄日报》

在到各县文联调研过程中，我发现了诸多把文学视为生命一部分的文艺新人。他们有的生存环境很差，但对文学却是一片痴情。在他们眼里，我看到了对文学艺术的渴盼；在他们身上，我看到了自己当年的身影。我没有理由不为他们的成长营造良好的环境，因为文艺事业的发展需要的是这种接续和传承。

——原载2005年10月25日《石家庄日报》

文联是我的家园，也是所有文艺工作者之家，我愿这个大家庭温馨和睦，更愿所有走进这个家门的人感到温暖幸福。

——原载2005年10月25日《石家庄日报》

人生好似一座屋，信念就是顶梁柱；柱折房屋必倒塌，柱坚房屋永坚固。
——2005年3月2日在石家庄市文联机关上党课的讲稿

理想信念对每一个人都非常重要。理想信念有着实实在在的内容，它首先体现在一个人的追求和行为上。也就是说信念决定追求，追求体现信念。理想信念是统帅人灵魂的法宝，有什么样的理想信念，就有什么样的人生道路。
——2005年3月2日在石家庄市文联机关上党课的讲稿

我认为作为一个共产党员，要保持其先进性，就要不断进行思想改造，不断加强道德修养，梳理正确的人生观、世界观和价值观。一要有强烈的事业心，以良好的思想境界和精神状态对待事业，对待工作，这是一个人的精神支柱；二要有迫切的进取心，工作不甘平庸，事业不甘落后，勇于开拓，善于创新，这是一个人前进的动力；三要有超然的平常心，不骄不躁，谦虚谨慎，严于律己，宽以待人，这是一个人的道德风范。
——2005年3月2日在石家庄市文联机关上党课的讲稿

作为党的领导干部，要常想到中央领导人提出的"参加革命为什么？现在当官干什么？将来身后留什么？"作为党员作家，要经常想到："我们写作为什么？人民看后想什么？能为社会留什么？"
——2005年3月2日在石家庄市文联机关上党课的讲稿

我始终认为，人的感情也需要储蓄，储蓄真情比储蓄金钱更重要，腰缠万贯不见得有战胜困难的勇气，一片真情能支撑你渡过重要难关。储蓄宽容比储蓄抱怨更有意义，宽容能让你永远乐观向上永远充满活力，抱怨会让你整天心情沮丧，甚至会葬送在一潭死水中。文艺创作也是如此，不要在乎低潮还是高潮，只要认准了目标就义无反顾往前走，写不动了就到生活中走一走，或许会发现一片令你心动的芳草地。生活是创作的源泉，艺术永远属于人民。
——2005年3月2日在石家庄市文联机关上党课的讲稿

作为一名文艺工作者，我从一个农村业余作者，奋斗 30 年走到今天，我对自己的每一步都非常珍惜，决不会让我的历史有一个污点，更不会为一点蝇头小利辜负了党对我的培养，辜负了人民对我的期望。

——2005 年 3 月 2 日在石家庄市文联机关上党课的讲稿

文艺家的人生修养应该以人类的文明为自己最高的追求，时刻把自己融入人民之中，又努力将自己提升到时代的制高点，时刻感受人民的喜怒哀乐，始终与人民血脉相连，从人民的生活中增长智慧，又将自己的才华奉献给人民，从人民的情感中得到滋养，再以崇高的情感感染人民。这是文艺家必备的道德准则。

——2005 年 3 月 2 日在石家庄市文联机关上党课的讲稿

要做到德艺双馨，就要不断提高艺术造诣，逐步形成独具魅力的艺术风格。一部真正的优秀作品，要经得起时间的检验，经得起人民的检验。一个真正的艺术家，只有塑造出让观众认可的艺术形象，才能万古流芳。金奖银奖不如老百姓的夸奖，金杯银杯不如老百姓的口碑。人民是最好的评论家。为党的文艺工作者，只有扎根生活沃土，时刻把人民装在心里，才能创作出无愧于时代，无愧于人民的作品，才能不断提高建设社会主义先进文化的能力，才能做到德艺双馨。

——2005 年 3 月 2 日在石家庄市文联机关上党课的讲稿

农村题材创作首先要深入到农村之中，这种深入不是走马灯式的采风，而是要扎扎实实深入到农民心中，达到心与心的交流。只有这样，才能了解到最本质的东西，写出的作品才能让老百姓认可。深入生活不能有浮躁情绪，更不能急功近利。

——《农民需要优质的精神食粮》，2006 年 4 月 13 日在全国"新农村建设"研讨会上的发言体验生活需要日积月累，需要坚持不懈，那不仅仅是生活的储备，更是感情的储备。

——《时代呼唤农村题材影视编剧》，2006年5月25日在全国农村题材电影研讨会上的发言

文艺作品对社会风尚不是迎合而应起到引领作用。网络可以搜索到信息却搜索不到灵感，搜索不到人与人心灵交流的那份感动，这是我对深入生活的感受。

——《创作是曲艺繁荣之本》，2009年7月10日在全国青年曲艺创作会上的发言

我作为石家庄连续四届的市管拔尖人才，始终认为，拔尖人才不仅是业务上的领军人物，也应该是思想和行动的先行者。一个作家有什么样的思想，就会创作出什么样的作品。多年来，我从来不敢放松政治学习和业务上的进取。不管文艺界出现什么思潮，我始终把深入现实生活，反映时代变革，歌颂人间正气，弘扬时代主旋律作为创作目标。

——《文艺队伍重在建设》，2009年10月11日在学习党的十七届四中全会精神座谈会上的发言

文学艺术是提升城市文化品位，营造健康向上氛围，促进社会和谐发展的根本。精品生产、人才培养、队伍建设、硬件设施是建设文化强市的必备条件。防止文艺界出现"沙尘暴"，扭转外界对这座城市"文化沙漠"的误解，需要在建设文学艺术生态园上下硬功夫。一是克服只采花不育树的急功近利思想，以对未来负责的精神培养自己的文艺人才队伍。二是杜绝不符合文艺发展规律的"快餐文化"诱惑，以平和心态打造经得起时间检验的精品力作。三是减少投资大、效益低、水过地皮干的"肥皂泡"活动，以科学的态度、扎实的作风，谋划具有地方特色的品牌活动，不断壮大文艺队伍，提高全民文化素质。四是加快硬件设施建设，为辉煌而璀璨的文艺成果提供展示的平台，充分利用文化资源提升城市的文化品位，努力建设我市文学艺术的生态园。

——《努力建设文学艺术的生态园》，原载 2010 年 7 月 25 日《石家庄日报》

纵观中国文艺史，无数事实证明，只有面向人民的文艺工作者，才会受到人民大众的拥戴；只有与人民心连心的艺术家，才能不断攀登艺术高峰；只有经得起人民检验的艺术作品，才能具有旺盛的生命力。
——《面向人民是文艺事业健康发展之根本》，原载 2010 年第 10 期《领导之友》

文艺是为人民大众的。文艺工作者只有来自人民，才能在各种文艺思潮面前保持清醒的头脑，以群众满意不满意为创作的最高标准。
——《面向人民是文艺事业健康发展之根本》，原载 2010 年第 10 期《领导之友》

文艺作品之所以称之为精神食粮，就是要通过生动鲜活的艺术形象，让人们在愉悦中受到启迪和教育。可有些人忽略了文艺的教育功能，只想靠感官刺激吸引观众的眼球。这导致了群众对低俗化越来越不满意，尤其对已成为人民精神文化"主餐"的电视剧，荧屏的呈现与观众的期待还有相当的距离。
——《面向人民是文艺事业健康发展之根本》，原载 2010 年第 10 期《领导之友》

人民是文艺工作者的母亲。文艺工作者只有植根人民，才能在思想上保持昂扬的正气，在创作上保持蓬勃的朝气。
——《面向人民是文艺事业健康发展之根本》，原载 2010 年第 10 期《领导之友》

优秀的文艺作品要塑造典型人物，反映社会生活。作家要是不深入到人民大众之中，就无法捕捉到各种鲜活的人物形象，不能认识到生活的本质。

——《面向人民是文艺事业健康发展之根本》，原载2010年第10期《领导之友》

社会生活是文艺创作的唯一源泉，这是无数事实证明的真理。但随着时代的发展，有人对深入生活也提出了质疑，认为现在是网络化时代，体验生活已经过时。我始终认为，网上搜索到的是信息，搜索不到生活的地气；坐在屋里能编织出故事，编织不出与人民的感情。只有真正深入到人民大众之中，才能感悟到生活的真谛。如果对生活不熟悉，不管作家的技巧如何高超，也写不出人民大众满意的作品。

——《面向人民是文艺事业健康发展之根本》，原载2010年第10期《领导之友》

社会主义文艺是人民大众的文艺，培养造就一支来自人民、植根人民、服务人民的文艺人才队伍，是文艺事业可持续发展的关键，也是各级文联、作协应肩负的使命。

——《面向人民是文艺事业健康发展之根本》，原载2010年第10期《领导之友》

无数事实证明，许多受人民大众喜爱的作家艺术家来自基层，许多广为流传的名篇佳作来自生活的沃土。基层藏着大家名家的种子，生活中孕育着名篇佳作的幼芽。地市级文联离基层近，承担着发现人才的种子，并为之做好培土育苗工作的重任。这就要求我们眼睛多往基层看，发现幼芽多扶植；脚步多往基层走，克服浮躁沉下心；谋事多为基础想，发挥优势办实事；触角多往基层伸，向生活富矿要精品。

——《人才是文艺事业可持续发展的重要保障》，原载2011年9月15日《中国艺术报》

朋友们，天时、地利、人和，如果我们创作不出优秀的作品，如果我们带不出一支朝气蓬勃的文艺队伍，不仅辜负了领导对我们的期望，也有愧于这个伟大的时代。

——《发扬优良传统 攀登新的高峰》，2005年12月29日在石家庄市文联成立55周年纪念大会上的发言

不管"躲避崇高""私人化写作"之风刮得多猛，不管"远离现实，远离时代"炒得多热，不管"深入生活，为人民而写"如何受到冷落，我固执地坚守着"扎根生活沃土，面向人民大众"的创作理念。因为，我是农民的女儿，我不能让父老乡亲们失望；我是在党的培养下成长起来的文艺工作者，我不能辜负这个伟大的时代。

——《文艺工作者不能辜负伟大的时代》，原载2005年5月23日《石家庄日报》

今天，当我走上文联主席的岗位，当我挑起作协主席的重担，我感到了一种巨大的压力。面对飞速发展的时代，面对火热的现实生活，面对培养过我的文艺界前辈们期待的目光，我不得不考虑树起什么样的旗帜，带出什么样的队伍，如何为建设文化强市发挥应有的作用，如何用自身的努力营造出于省会城市相匹配的文化氛围，这是时代赋予我们的责任，也是每一个有良知的作家艺术家应尽的义务。文学艺术是一个民族文化建设的重要组成部分，一部优秀的作品就是一个城市的名片。要想写出无愧于时代的优秀作品，作家必须走出书斋，走出私人化写作的小圈子，深入到火热的现实生活中，用生活之水浇灌艺术之花。

——《文艺工作者不能辜负伟大的时代》，原载2005年5月23日《石家庄日报》

如果说一部优秀的作品是一座城市的名片，那么一只充满活力的创作队伍就是这个城市的门面。队伍的形成靠什么？靠人才，靠作品。大批优秀人才的涌现，大批优秀作品的产生，不仅能提升一个城市的文化品位，同时也能产生其他物质条件下代替不了的社会效益。

——《深入生活 扎实创作》，2006年6月6日在全市文艺创作大会开幕式

上的发言

　　有人体验生活，挖出的是金矿，有人体验生活，打出的是枯井。区别只有一点，一个是观看风景，一个是触摸心灵。不管到哪里体验生活，如果不能与群众达到心与心的交流，看到的只是表层现象，就挖不出事物的本质。体验生活的过程不仅是积累素材的过程，也是储备情感的过程。
　　——《深入生活 扎实创作》，2006年6月6日在全市文艺创作大会开幕式上的发言

　　文艺工作者是人类灵魂的工程师。正人先正己，为文先做人，德艺双馨德为先。"德"是安身立命之根，是文艺家确立自身位置的坐标。
　　——《深入生活 扎实创作》，2006年6月6日在全市文艺创作大会开幕式上的发言

　　提倡文人相亲，反对文人相轻；提倡文人相勉，反对文人相贬；提倡文人相敬，反对文人相憎；这是文艺界营造和谐氛围的基本要求。不同的艺术门类，不同的艺术风格，不同的艺术追求，不同的艺术观点，都有可能产生思想观念的差异，不要说这个不行，那个不好。好与不好，要靠作品来说话，要用人品来证明。只有创作出人民喜爱的优秀作品，只有留下让观众称赞的高尚人格，才是最有意义的事情。
　　——《深入生活 扎实创作》，2006年6月6日在全市文艺创作大会开幕式上的发言

　　关于创作经验提出六个字，即：真、实、优、美、德、才。
　　真：一是认真读书，二是认真创作；实：一是扎实生活，二是诚实做人；优：充分发挥优势，一是写自己最熟悉的生活，二是用自己最擅长的语言表达方式和艺术手段；美：一是用阳光心态看待生活，发现生活中美好的东西，二是用优美的文字表现生活；德：一是倡导作家良好的职业道德，二是倡导文人的优良品德，三是努力营造风清气正的良好氛围；才：一是才气，这是先前固

有的，二是才华，这是生活阅历和知识积累的综合，三是才势，即作家发挥才能的群体优势。

——《以"赶考"的心态创作无愧于时代的精品力作》，2009年7月26日在石家庄青年文学创作会议闭幕式上的总结发言

事在人为，有为才有位。

——《走在文艺的春天里》，2012年5月8日在"走基层"革命老区平山行座谈会上的发言

如果面对一片荒滩，我们整天喊，这里将是一片绿洲，肯定没人理你，也没人帮你，甚至还会耻笑你是狂想症，神经病。但我们不喊不叫埋头去干，一车土一车肥运来，把荒滩改造成良田，然后撒下种子，育出小苗，当这片沙漠满目绿色的时候，不用做任何解释，谁都会相信，这里是希望的田野。

——《走在文艺的春天里》，2012年5月8日在"走基层"革命老区平山行座谈会上的发言

一切有理想有抱负的文艺工作者，都要担当起时代赋予的神圣使命，积极投身讴歌时代的文艺创造活动；都要密切同人民群众的血肉联系，积极反映人民的心声；都要大力发扬创新精神，积极开拓文艺新天地；都要做到德艺双馨，积极履行人类灵魂工程师的职责。

——《时代需要有责任感的作家》，2006年12月16日正定县作协第三次会员代表大会上的发言

文联工作要求我们：一要眼睛多往基层看，发现幼芽多扶植；二要脚步多往基层走，克服浮躁沉下心；三要谋事多往基层想，发挥优势办实事；四要触角多往基层伸，向生活富矿要精品。

——《从基层作者到石家庄市文联主席》，2009年12月20日在纪念河北省文联成立60周年座谈会上的发言

作家不能只是关注自己的感受，不能自言自语，只有走出书斋，走到社会生活当中，才能生发出自觉的社会担当意识。
——《程雪莉散文创作三部曲》研讨会发言，2010年5月6日

人民是强者的力量之源！不管是战争年代还是和平时期，我们的党员干部只要心中装着人民，只要有明确的奋斗目标，就永远觉得自己是不变的强者。
——《强者的力量之源》，2011年10月7日于省委党校

淡泊名利，苦练内功，扎根沃土，辛勤耕耘，这十六个字是我多年坚守的信条。……不做跟风派，要有定力；不存侥幸心理，要凭实力；不急功近利，要有耐力。三力合一，就会立于不败之地。
——《从〈当家的女人〉谈起》，2012年10月18日在石家庄学院演讲稿

如果把作品写得既有振奋人心的力量又有艺术感染力，重要的是作家首先应该清楚"写什么"和"为谁写"，然后才涉及"怎样写"的问题。对于我个人来说，我写作的目的主要是给农民送去欢乐带来鼓舞，因此我经常思考的问题是农民真正需要什么样的文化。
——《在乡村世界用良知拾捡人性的真善美》，原载2006年第七期《文化月刊》

人可以没有财富，不可以没有追求。没有追求的人生是空虚的，追求过高的人生是痛苦的。脚踏实地做事，堂堂正正做人，是我追求的人生境界。不管阳光明媚的春天，还是风雪交加的隆冬，我都会义无反顾往前走，因为成功之路没有捷径。
——《人生因奋斗而精彩——访剧作家周喜俊》，原载2006年黑龙江人民出版社《魅力人生》

中国农民是一个善良、坚韧并充满智慧的群体，是一个无论多么艰难的环境，只要有一点点的希望，就会怀着满腔热情顽强生存下去的群体。

——《接生活地气 显精神底气——对话著名作家、石家庄市文联主席周喜俊》，原载 2011 年 5 月 28 日《河北工人报》

只要你不自我边缘化，就没有人能把你边缘化。
——《接生活地气 显精神底气——对话著名作家、石家庄市文联主席周喜俊》，原载 2011 年 5 月 28 日《河北工人报》

现在国家提出新农村建设，提高全民素质，改变社会风貌，靠什么？不仅仅是经济的发展，更重要的是精神引领。凡是好的村庄，精神文明建设都搞得特别好。
——《接生活地气 显精神底气——对话著名作家、石家庄市文联主席周喜俊》，原载 2011 年 5 月 28 日《河北工人报》

有人说，文人聚集的地方是最难管的地方，我却认为文人是很重感情的，也是很纯洁的，只要你一身正气，两袖清风，工作上有思路，创作上起带头，专心做应该做的事，就能够赢得大家的信赖。
——《与"当家的女人"对话》，原载 2010 年第二期《秘书战线》

我号召大家下乡体验生活，自己在安排好工作时间的同时，率先到乡下建立了深入生活基地，并且带回了丰硕的创作成果，不用高声大嗓发号召，别人就主动下去了。都忙着干正事，正气上升，歪风邪气就没有滋生地。
——《与"当家的女人"对话》，原载 2010 年第二期《秘书战线》

文联不仅是个职能部门，还是文艺工作者之家，只有用亲和力、凝聚力团结带动起一支朝气蓬勃的队伍，才能为文艺事业的发展繁荣做出贡献。
——《与"当家的女人"对话》，原载 2010 年第二期《秘书战线》

到文联这五年多，我是用创作的思维谋划工作，用工作的思路促进创作。创作需要有激情，必须认真，得有创新精神，不能人云亦云；工作必须思路清晰，方向明确，谋划合理，不能走到哪儿算哪儿。两者优势互补，互相促进，思维很活跃，挺有意思的。

——《与"当家的女人"对话》，原载 2010 年第二期《秘书战线》

我的两大爱好就是工作和创作，很少应酬，也没有别的嗜好，精力就充沛，两者兼顾并没有觉得力不从心。

——《与"当家的女人"对话》，原载 2010 年第二期《秘书战线》

文学是永无止境的，文学的魅力也是无穷的。人可以退休，文学永远不会退休；人可以变老，文学青春永驻。对于热爱文学的人来说，只要你拥有她，坚守她，就会获得最大的乐趣！

——《与"当家的女人"对话》，原载 2010 年第二期《秘书战线》

周喜俊作品中的谚语、俗语、歇后语和人物绰号

长篇小说《当家的男人》：

俗语、谚语、歇后语部分：

雨中送伞，雪中送炭

铁公鸡也有拔毛的时候

套个麻雀还得撒把米

癞蛤蟆想吃天鹅肉

女人丢了丑，男人夸了口

甭管有枣没枣，先打一竿子瞧瞧

榆木疙瘩不开窍

正月十五卖门神——迟了半月了

救急救不了穷

磨盘子压着脑袋哩（事情紧急）

仨核桃俩枣的钱（比喻钱少）

一条腿迈进鬼门关的人（将死之人）

谁的裤裆破了，露出这么个东西

胎毛还没掉的王八犊子，就想在老子面前充大个儿骆驼

强龙不压地头蛇

这都是水过地皮干的事

腰里掖棒槌——有后劲儿了

鬼抓脚后跟（慌里慌张的样子）

落架的凤凰不如鸡

茅坑里的砖头——又臭又硬

好人的话你听不进去，夜猫叫春你就上瘾

是你踩了我的驴蹄儿，还是我的驴蹄儿踢了你的命根儿

霜打了的茄子似的发蔫

抓起灰来比土热，瓜子不饱是颗心

天上下雨地上流，两口子打架不记仇

夫妻俩过一辈子，哪有个嘴唇不碰牙床的

不落忍（不好意思，过意不去）

骑脖子屙屎（欺人太甚）

好事做到底，送人送到家

王母娘娘好心肠，赐个仙女做新娘。今天请你喝喜酒，明年送俺个小儿郎

言多必失，事多必误，无过就是功

有女不嫁记者郎，一年四季守空房；有朝一日回家去，背着一兜脏衣裳

老鼠舔猫眼——找死

别他妈做风流梦了，白菜心儿早变成了老帮菜，过不了多久就成喂猪糠了

眼里插棒槌（故意给人难堪）

兵马未动，粮草先行

秃子头上的虱子——明摆着呢

纸扎的媳妇坐花轿——糊弄鬼呢

没有后劲就不要屙硬屎

死猪不怕开水烫

八十老太吃炒豆——找磕牙儿哩

人配衣裳马配鞍，女人天生爱打扮

吐口唾沫是颗钉儿（说话算数）

没了镇妖石，妖魔鬼怪就会出来蹦跶几下

敬神敬出鬼来了（对方不领情，费力不讨好）

大河没水小河干

猪尾巴上挂灯笼——红火一时，甩下来就得摔碎了

檩条当橡子——大材小用

就坡下驴（见好就收，顺势而为）

你这拉破车的老牛也该卸套了

上边千条线，下边一根针，把所有的线头穿到针眼儿里，也需要功夫

肉包子打狗——有去无回

有钱能使鬼推磨，没钱就是推磨的鬼

枪把子戳到后脑勺都不知道害怕

家有千口，主事一人

牙缝里的米吃不饱（只靠别人救济是不行的）

大风刮蒺藜——连讽带刺的

舌头底下压死人（舆论的可怕）

不叫的狗下嘴更狠

不当家不知道柴米贵，不当官儿不留发展心

武大郎卖盆——一套一套的

屎壳郎爬进豆缸里——充什么大个儿黑豆

怀里揣笊篱——捞不着的心了

茶壶里煮饺子，煮熟了倒不出来，就焖成片汤了（不善言谈）

飞机上挂暖壶——水平高

即便她很年轻，也是萝卜不大长到辈上了（年轻而辈分大）

王八吃秤砣——铁心了

狗咬吕洞宾——不识好赖人

有羊还怕赶不到山上啊，悠着劲儿慢慢来

送殡的还能给埋进坟里吗（不能让帮忙的人受连累）

母鸡屁股上绑稻草——充什么大尾巴鹰

黄鼠狼拉小鸡——一去不回头

磨盘子压手的事

劝皮儿劝不了瓢（没有劝说到心里去）

虎老威不减（老当益壮）

光棍续弦，寡妇改嫁的事你全管？（事无巨细，面面俱到）

属藕的，就你窟窿眼多（心眼多）

给个棒槌就当针使

越渴越吃盐

命大福大造化大，大难不死，必有后福

高粱秆子插在人堆里，觉得比人高一头，轧碎了不过是把牲口料

以为耳朵眼里插雁翎就能飞，那是不自量力

好心当成驴肝肺

狗嘴里吐不出象牙来

不出正月都是年

屎壳郎搬家——滚蛋

喝凉水鼓肚子——硬撑着哩

缸里有粮，心里不慌

哪有铁铲儿不碰锅沿儿的

手里有一块钱，就敢张罗十块钱的事

守着媳妇睡板凳——美事摸不着

心眼儿比针鼻儿还小

看你俩能的，插上根尾巴就成猴

猪八戒照镜子——里外不是人

人过四十五，好比庄稼去了暑

就像百年枯树，在那儿戳着还像个树桩样儿，内里早空了

人怕敬，鬼怕送

嫁鸡随鸡，嫁狗随狗，嫁条扁担抱着走

有了梧桐树，引来金凤凰

猫抓老鼠——死等

磨道里找驴蹄儿，没有找不到的时候

要想不被狼咬，就得敢拔狼牙

树高千丈还能顶破天？

好狗还知道护三邻哩，有的人连狗都不如

拔出萝卜带出泥

人为财死，鸟为食亡

隔着门槛上炕——越了级

秋草泛青——后劲十足

灯影底下黑

宁拆十座庙，不毁一门亲

百姓心里有杆秤，半斤八两各自清

长篇电视文学《当家的女人》：

俗谚、谚语、歇后语部分：

侯书记长得挺周正的，怎么生个儿子像拉秧子倭瓜似得（拉秧子倭瓜：比喻不成正形，没有精神）

不怕没爹，不怕没妈，就怕小姑子当着家

一家女百家问

吐口唾沫是个钉（说话算数）

你一家成狗皮膏药——粘住我了

身正不怕影子歪

人靠衣裳马靠鞍

一个老公猪带着一窝猪崽——充什么有奶的货

三根筷子夹骨头——一窝光棍

王八蛋进荤油锅——老混蛋

隔皮看不着瓤

采蘑菇采个狗尿苔——捡到篮子里就是菜

踩棉被，坐皮袄，一辈更比一辈好（结婚习俗）

坐着袄，踩着被，日子一辈强一辈（结婚习俗）

树高千丈莫忘根，侄媳妇再有能耐还能忘了姑婆

棺材瓤子还能有个好？（棺材瓤子：无用之人，废人）

没有规矩，不成方圆

没有金刚钻儿，不揽瓷器活

使唤丫头带钥匙——当家不主事

猫头鹰趴在房檐上叫——有你们哭的时候

饱汉子不知饿汉子饥

瞎子点灯白费蜡

老虎戴佛珠——充善心菩萨

好汉不打上门客

小媳妇儿是属藕的，心窟窿眼儿多

扶不上墙的稀泥软蛋

宰相肚里能撑船

人人心里有杆秤，半斤八两各自清

好儿不吃分家饭，好女不穿陪嫁衣

抓起灰来比土热

舍不得孩子套不来狼

有权有势，骑脖子拉屎

腰里别猎枪——有后劲了

灯影的地下黑

女人丢了丑，男人夸海口

姑舅亲，辈辈亲，打断骨头连着筋

瓜子不饱是人心

好了伤疤忘了疼

懒驴上套屎尿多

谁也有个磨盘子压手的时候（十分为难的时候）

越渴越吃盐

肥水不流外人田

狗肚里盛不下二两香油（办事急躁）

纸里包不住火

大人不计小人过

别拿着不是当理儿说

人不可貌相，海水不可斗量

大女婿吃馒头，小女婿吃拳头

君子报仇，十年不晚

捆绑不成夫妻

吃着甘蔗上梯子——一步更比一步甜

强龙压不住地头蛇

骑驴看唱本——走着瞧

榆木疙瘩糨糊桶，她想干的事，你们谁能拦得住？

你少给我干这眼里插棒槌的事

这麻子不麻子——故意坑人

别城里耽了，乡里也误了

好汉不撵上门客

狗嘴里吐不出象牙来

盐店里打出来的——闲（咸）人

有人嫉妒你，没缝还想下蛆呢

破车挡好路

舌头底下压死人

　个篱笆三个桩，一个好汉三个帮

给你二两颜色就想开染坊——不知天高地厚

不到黄河不死心

方言部分：

我是担心一说去登记，二丫跟你哥拿糖（拿糖：拿架子，摆谱）

那你就只好自己坐蜡（坐蜡：尴尬，下不来台）

你想找啥样的？只要有个谱，婶子跑断腿也要给你寻摸上（寻摸：找）

我跟他脾气不对路（不对路：不投和）

二柱也不小了，咱说上一个少结记一个（结记：记挂）

绰号部分：

白面团——李月久家邻居，朴实无华

水蜜桃——菊香娘家邻居，热心肠

故事《辣椒嫂》：

俗语、谚语、歇后语部分：

耍婶子，闹大娘，爷爷奶奶也挂上

尖的怕横的，横的怕不要命的

周瑜打黄盖——打的愿打，挨的愿挨

狗拿耗子——多管闲事

方言部分：

她保险又瘦又弱，身材矮小（保险：肯定、一定）

六月天，本来就热得够呛（够呛：表示程度，非常的意思）

咱们祖祖辈辈是嘴含冻凌吐不出水的人（冻凌：冰块）

尤其是杨滑子，自那次闹了个大蹲底（蹲底：尴尬，下不来台）

人物绰号：

辣椒嫂——韩华姣的绰号。又辣又热：辣，是指韩华姣眼里不揉沙子，敢说敢干，原则性强；热，是指韩华姣热情助人，能温暖人心。

故事：《王大柱两会白面团》：

俗语、谚语、歇后语部分：

有秃护秃，有瞎护瞎

前头有车，后头有辙

难家不会，会家不难

冰糖葫芦——外甜内酸

吃饭吃饱，干活干了
看人下菜碟儿
巧媳妇难做没米儿的干饭
瞎子放驴不松手
给你个枣核当糖吃
牙缝里的米吃不饱，大锅饭长不了
背靠大树好乘凉
雪中送炭，渴中送水，正打盹儿给个枕头
重打家伙另唱戏

方言部分：
姑娘们听了这没腰没胯的大话（没腰没胯：没有根据，不靠谱）
那咱说清，谁也不许草鸡毛（草鸡毛：服软、服输）

人物绰号
白面团儿——大队长的老婆，"此人手似白面馍，脸似白面饼，身似白面糕，鼻子似白面疙瘩插了两个孔……"好吃懒做，养尊处优，爱耍嘴皮子、使心眼儿。

故事《枣园风波》：

俗语、谚语、歇后语部分：
冰炭不同炉，水火不相容
抓起灰来比土热
背靠大树好乘凉，有个好朋友得沾光
身正不怕影子斜，脚正不怕鞋歪
大姑娘坐轿——头一回
吃着荆条拉荆篮——肚里会编
针尖对麦芒，各不相让

鞋底抹油——溜吧

离了你的枣子照样儿蒸糕

骑驴看唱本——走着瞧

直肠子人不会说弯弯话

强扭的瓜不甜

初生牛犊不怕虎

一朝被蛇咬，十年怕井绳

破车不拦好路

有钢用在刀刃上，有意见提到大会上，是骡子是马拉出来遛遛

没有金刚钻儿，不揽瓷器活

竹筒倒豆子，全都吐了出来

天空吊母猪——不知把自己提多高了

屋漏又遭连阴雨，行船偏遇顶头风

榆木疙瘩不开窍

没有长竹竿，不敢捅这马蜂窝

方言土语：

小青年们不但没有掰了瓜……（掰了瓜：闹分裂，分手）

人物绰号：

书呆子、仙人掌、闷嘴葫芦、调皮王、意见篓、葛针芽儿、小钢炮、玻璃碴儿

故事《韩呆呆的婚事》：

俗语、谚语、歇后语部分：

瓜子不饱是个人心儿

水中捞月——一场空

飞机上挂喇叭——名扬天下

心里像揣进了二十五只小老鼠——百爪挠心

东扯葫芦西扯瓢

无巧不成书

门楼配门楼，窗户配窗户

老牛吃蛤蟆——大眼瞪小眼

方言土语：

她四处托人，给呆呆趸摸对象（趸摸：寻思、寻找）

你千万别再办砸锅的事（砸锅：把事办砸了，办不成事）

谁还有工夫跟你闲磨牙（磨牙：说闲话）

涉及民俗：

订婚"换书"：把一张红纸叠成书状，在里面放上钱，俗称"压书礼"。

故事《神秘的半仙》：

谚语、俗语、歇后语部分：

好汉无好妻，赖汉娶好媳

腿肚子上扎刀—— 离心远着呢

兜里没有钱，不敢人前站

苍蝇不叮无缝的蛋

人到难中信鬼神

粉丝进了热水锅——软了

挂羊头卖狗肉——冒牌货

打肿脸充胖子，瘪着肚子吹喇叭

狗吃月亮——想的高

磨道找驴蹄，没有个碰不着的时候

为人做了亏心事，鬼不叫门也自惊

明伤好治，暗伤难医

走黑道撞上了树橛子,对方不知咱们自怕

书有书胆,卦有卦谜

丈二和尚——摸不着头脑

话有三说三解,梦有三拆三圆

救人救到底,送人送到家

卖开水的喊白酒——岔了壶

喝着白面糊跳进白面缸——里外全迷糊了

人物绰号:

赌博迷——沉湎于赌博的万净光

热火炉——热心助人的赵大明

故事《血染的遗书》:

俗语、谚语、歇后语部分:

秃子头上的虱子——明摆着

蔫巴萝卜——里头坏

新官上任三把火

小孩儿尿布当手帕——不怕丢丑

瞎子放驴不松手

尖的怕横的,横的怕愣的,愣的怕不要命的

一块臭肉毁满锅汤

劝赌不劝娼

无风不起尘

打掉门牙往肚里吞

饱经风霜是铁汉,不遭人妒是庸才

哑巴进棺材——死不开口

人不可貌相,海水不可斗量

劝皮儿劝不了心

做饭离不了好烧火的

故事《辣椒嫂后传》：

俗语、谚语、歇后语部分：
冰糖放进蜜罐里——甜透了

武大郎的小扁担——虽不长，耍起来还挺顺手

战马栓进磨道里——有劲使不出

背磨石唱戏——自讨苦吃

上吊不挽绳子——充硬汉子

煮熟的鸭子飞不了

离了他那块彩云就不下雨啦？

山中猴子不愿被人牵着耍，树林的鸟儿不愿钻进笼子让人喂

金山银山不如咱的石头山，天亲地亲不如咱的故土亲

守着好人出好人，守着巫婆跳假神，守着唱戏的懂鼓点

怀里揣笊篱——捞不着的闲心

脑子里开银行，肚里打算盘——嘴上不说，暗算内账

心坎儿上挂秤砣——多累这份心

土医生学针灸——先照自己身上扎

车胎拔了气门芯——没气了

打掉门牙往肚里咽，胳膊折了往袖筒里藏

周瑜打黄盖——打的愿打挨的愿挨

吃了蜜蜂屎，轻狂得不知东南西北了

拿个油瓶腻了手

虎不怕山高，鱼不怕水深

老鼠荡秋千，不知自己水平有多高

牛皮不是吹的，火车不是推的

无事不登三宝殿

人怕出名猪怕壮

骑驴看唱本——走着瞧

识时务者为俊杰

无事不登三宝殿

吃米不忘种谷人,有恩不报非君子

人怕敬,鬼怕送

不见棺材不掉泪,不撞南墙不回头

看孩子敬大人,打狗还要看主人

好汉不吃眼前亏,鸡蛋不能碰石头

种下谷子能吃米,种下蒺藜要扎脚

礼多人不怪,舍财能消灾

抓住线头拽出针

是福不是祸,是祸躲不过

穷站街头无人问,富居深山有远亲

踏破铁鞋无觅处,得来全不费工夫

众人拾柴火焰高,众人抽砖房自倒

抓起灰来比土热

吃在碗里烂在锅里都是自己的事

屋漏偏遭连阴雨,破船又遇顶头风

偷鸡不成蚀把米

秃子头上的虱子——明摆着

故事《情系孔雀岭》:

俗语、谚语、歇后语部分:
大水冲了龙王庙,一家人不认一家人

狗眼看人低

瞎子放驴不松手

雨中送伞,雪中送炭

天上掉馅饼——难得的好事

老天爷饿不死瞎眼的雀儿，苦命人自有贵人帮

丈二和尚摸不着头脑

穷家难舍，热土难离

舌头底下压死人

抓起灰来比土热

胳膊肘子往外扭

寡妇门前是非多

竹筒倒豆子——哗啦啦全倒了出来

话不说不透，理不辩不明

人无头不走，鸟无头不飞

哪壶不开提哪壶

远水解不了近渴

有钱能使鬼推磨，无钱活人变死人

故事《天地良心》：

俗语、谚语、歇后语部分：

谷雨前后，点瓜种豆

做梦娶媳妇，想好事

两手拿笊篱还嫌捞不够，恨不得在脚脖子上都拴上笆子

有恩不报非君子

人往高处走，水往低处流

天塌下来有地接着

救人救到底，送人送到家

送殡的还能给埋进坟里吗

人到难处倍思亲

不见棺材不掉泪，不到黄河不死心

兵来将挡，水来土掩

故事《泪洒光荣匾》：

俗语、谚语、歇后语部分

人逢喜事精神爽，月到中秋分外明

腿肚子上扎刀——离心远

上梁不正下梁歪

朋友妻，不可欺

贼人心虚，浪人心多

老虎嘴上蹭痒痒

不到火候不揭锅

哪壶不开提哪壶

人物绰号部分：

利开眼——李利姐，爱贪便宜，好风流。

门神爷——村支书伍振庄，为人正直、正派、热心，威严有威信。

涉及民俗：

停灵就亲——让死去丈夫的寡妇嫁给丈夫的同胞兄弟，趁给死者送葬，百日之后成婚。

故事《俏厂长的罗曼史》：

俗语、谚语、歇后语：

无事不登三宝殿

家无夫，房无柱；室无男，墙无砖

王婆卖瓜自卖自夸

腰里掖棒槌——有后劲

嘴紧吃不上热豆腐

好事不出门，丑事传千里

无风不起浪

又不是小庙的鬼，还怕见大庙的神？

怀里揣着二十五只小兔子——百爪挠心

麻秸秆打狼——两头害怕

人物绰号：

常歪嘴——原任村支书，无原则无正义，为个人利益信口胡说。

故事《借车》：

俗语、谚语、歇后语：

秃子头上的虱子——明摆着

哪壶不开提哪壶

人在高山上，别忘下山时

故事《婆媳分家》：

俗语、谚语、歇后语部分：

敲着鞋帮念佛——万福了

车动铃铛响

笼小盛不下大鸟，庙小供不起大神

你们是先拔萝卜让我后填坑

方言土语：

不是好好跟老人学过光景，还刨什么蹶儿呀？（刨蹶：不安分）

买个苍蝇拍儿不框外（框外：过分）

我要找的是把家守业的好媳妇（把家守业：安分守己，好好过日子）

我拼死拼活把你拉扯大，你会遭业啦！（遭业：糟蹋钱财）

现如今，儿子大了，娶媳妇了，倒去捅窟窿闹眼睛（捅窟窿闹眼睛：借钱负债）

人物绰号：

小密粘——新媳妇梁艳霞的婆婆，勤俭节约，一分一毫也不浪费。

涉及民俗：

闹婚：沙土、草籽一齐往新娘身上抡

新婚之后：先做袄，两家好；先做裤，两家富；先做鞋，夫妻和。

故事《风雨高家店》：

俗语、谚语、歇后语部分：

一朝被蛇咬，十年怕井绳

仗要打得好，阵地很重要

吃过的盐比你吃过的粮还多

穷赶集富赶庙

无事不登三宝殿

瓜子不饱是个心儿

撅什么尾巴，拉什么??

铜盆子对了铁刷子，谁也不服谁

留个朋友一条路，得罪个朋友一堵墙

做饭还全凭好烧火的哩

插个尾巴就成猴

打狗还得看主人

家有千口，主事一人

飞机上挂暖壶——水平高

纸里包不住火，雪里埋不住人

请神容易送神难

丈二和尚摸不着头脑

心急吃不上热豆腐

放长线钓大鱼

推着小车上山——一步更比一步难

包饺子靠好片儿，要打架靠好汉儿

花儿还得绿叶扶，开店得有好护院儿

人无十全，树无九枝，图了省柴睡凉炕

亲娘打孩子——摆假象

一家女百家问

身正不怕影子斜，脚正不怕鞋歪

十五只吊桶打水——七上八下

门神老了，捉不住鬼了

攻人要攻心，刨树先断根

芝麻掉进针眼里——巧碰巧

初生牛犊不怕虎

和尚头上的虱子——明摆着

挨过疯狗咬的人，见了狗皮也心寒

老母猪爬杆——学猴的花招

媒婆进了和尚庙——白磨半天嘴皮

小葱拌豆腐——一清二白

偷鸡不成反蚀米，狼狈为奸一场空

人物绰号：

三片嘴——吴家镇饲养员韩三的媳妇肖三青，好吃懒做，自私自利，靠耍嘴皮子吃饭。

不倒翁——吴家镇村主任吴会中，能钻营，会耍手腕。

故事《桃花岭》：

俗语、谚语、歇后语部分：

雪花掉进火堆里——一消而光

桃三杏四梨五年，枣树当年就还钱

笔底风云与家国情怀 >>>

人人心头有口钟，不遇知己不能鸣

故事《白素娥巧会扑克迷》：

俗语、谚语、歇后语部分：
烙大饼的燎了眉毛——火够大的
老虎吃报纸——咬文嚼字
什么钥匙开什么锁
好汉不看头一跤

人物绰号：
扑克迷——青年工人李小奇，嗜好玩扑克。

故事《农妇当官》：

俗语、谚语、歇后语部分：
画龙画虎难画骨，知人知面不知心
榆木杠撬石头——有股子锹（撬）劲儿
骑驴看唱本——走着瞧
丈二和尚——摸不着头脑
唾沫星子淹死人
身正不怕影子斜，脚正不怕鞋歪
没有金刚钻，不揽瓷器活
火车插翅膀——创出新奇迹
一朝被蛇咬，十年怕井绳
一块臭肉坏满锅汤

人物绰号：
大奶包——原畜牧场场长黄兆材的老婆，皮肤白嫩身材肥，"胖墩墩，圆滚滚，暄腾腾，细嫩嫩，就像个塑料袋装满奶粉……"

一眼准——畜牧场第一任场长牛德福，自学研究兽医，看上一眼，就能找出畜牧病源。

故事《"佘太君"乱点鸳鸯谱》：

俗语、谚语、歇后语部分：
千亩地里一棵苗——独根儿
人的命，天注定
有搂钱的笆子，还得有装钱的匣子
听风就是雨
巴掌打不出秀才

人物绰号：
佘老太君——牛老太太，不仅在家里说一不二，就是在县里的头头们眼里，也是个举足轻重的人物。

涉及民俗：
隔辈不管人
孝堂冲喜——父母死后，让未过门的媳妇陪灵送葬，送完葬即办婚事。
离娘饭——女儿结婚头一天晚上吃的饭。"吃了离娘饭，一辈子不想家"。
娶亲空轿回，一辈子倒大霉
新媳妇下轿时，寡妇、孕妇、二婚女、穿重孝的人，不准靠近。

小说《婚变》：

俗语、谚语、歇后语部分：
有志不在年高
丈二的和尚——摸不着头脑

树有根，水有源

一日夫妻百日恩

踏破铁鞋无觅处，得来全不费工夫

一人得道，鸡犬升天

黄连泡苦胆——苦中加苦了

杏花是属棉花籽的——不压不出油

拿着棒槌当针（真）使

尖的怕横的，横的怕不要命的

人急造反，狗急跳墙

王八吃秤砣——铁了心

打断胳膊往袖筒里藏

眼看挑水的扭头——要过井（景）

摸着石头过河——掏掏实底

耗子找到了老鼠窝——有洞可钻

黄鼠狼给鸡拜年——没安好心

逢人只说三分话，未可全抛一片心

麻雀下鹅蛋——硬撑大屁股

嗑瓜子嗑出个臭虫来——什么样的人（仁）都有

钻进风匣的老鼠——两头受气

墙里损失墙外补

糨糊桶扔进了稀粥锅——里外糊涂

大水冲了龙王庙——一家人不认一家人了

活到老，学到老，人到八十不算巧

人物绰号：

白面嘴儿——男主人公宋运生，阿谀奉承，吹吹拍拍，能说会道。

十里香——业余文艺宣传员王丽香，靠女色勾引他人，获得利益。

烂酸梨——劳动局局长贺云山的老婆，模样丑陋心眼多。

现代评剧剧本《七品村官》：

俗语、谚语、歇后语部分：
给个棒槌就当真（针）
两手拿笊篱都嫌捞不够，恨不得在脚脖子都拴上笆子
地在人种，事在人为
远水解不了近渴
乌鸦有反哺之义，羊羔有跪乳之恩
能大能小是条龙，能上能下是英雄
送殡的还能给埋进坟里吗
下水捞人把自己淹
浑身是铁能打几根钉

丝弦现代戏剧本《孔雀岭》：

俗语、谚语、歇后语部分：
人往高处走，水往低处流
一根筷子挑骨头——两条光棍
人配衣裳马配鞍，男人的穿戴是女人的脸面
浑身是铁，又能拈几根钉？

河北梆子现代戏剧本《金瓯泪》：

俗语、谚语、歇后语部分：
无福之人甭瞎想，有福之人不用忙
离了你的枣，照样蒸年糕
人不得外财不富，马不吃夜草不肥
骑驴看戏——走着瞧

抓贼抓脏，捉奸捉双

茅坑的石头——又臭又硬

赖狗扶不上墙

河北梆子现代戏剧本《九龙湾》：

俗语、谚语、歇后语部分：

树梢上的喇叭——唱高调

屋漏偏遇连阴雨，浪大又遇顶风船

癞蛤蟆想吃天鹅肉

甘蔗没有两头甜

有钱能使鬼推磨，无钱有志也枉然

牙缝里的米难填饱肚，嘴唇上的油腥难解馋

散文《我的母亲》：

俗语、谚语、歇后语部分：

地误一时空一季，人误一时悔百年

一分钱难倒英雄汉

舌头底下压死人

听蝲蛄叫就不敢种地了？

唾沫星子淹死人

庄稼不收年年种

周喜俊研究资料索引

一、艺术简历

周喜俊，女，汉族，1959年出生于河北省行唐县东市庄村。初中毕业后回乡务农并自学文艺创作。1975年5月首次参加行唐县文化馆举办的文艺创作班。1978年开始在省级以上报刊发表作品，至今发表各类文艺作品800余万字。

1982年考入行唐县南桥公社文化站。1983年作为河北省社科领域第一个破格录用的自学成才者转为国家干部，安排到行唐县文化馆从事创作。1984年4月7日加入中国共产党，同年5月调至石家庄地区文化局戏曲研究室从事创作，11月出席全国第二次自学青年经验交流会（其间：1983年8月至1986年8月在河北大学中文系学习；1984年10月至1986年10月参加河北文学院函授学习）。1985年出席共青团全国代表大会。1986年11月至1990年2月，任中共新乐市委宣传部副部长（挂职体验生活）。1990年2月至1991年4月，经中共石家庄地委组织部批准，任新乐市委常委（挂职体验生活）。1995年评聘为正高级职称，同年7月至1998年7月在河北大学法律系学习（其间：1997年6月至12月在中国艺术研究院编剧进修班学习）。1999年5月评选为全国百名优秀青年文艺家，并出席"向祖国汇报"创作经验交流会。1993年11月至2004年8月任石家庄市艺术研究所所长。2004年8月至今任石家庄市文联主席，2005年当选市作协主席，2012年9月当选河北省文联不驻会副主席。

现为中国作家协会会员，中国戏剧家协会会员，中国电视艺术家协会会员，中国曲艺家协会理事，中国戏剧文学学会理事。中华文化学院客座教授，河北省影视艺委会副主任。历任河北省青联第四届、五届常委,河北省政协第八届、十届、十一届委员,河北省文联委员,河北省作协主席团成员,河北省曲艺家协会副主席等职。第八届、九届全国文代会代表。

二、主要著作

《辣椒嫂》(新故事集)花山文艺出版社 1985 年 10 月出版
《婚变》(中短篇小说集)花山文艺出版社 1988 年 3 月出版
《周喜俊说唱戏曲集》(戏剧曲艺集)中国民间文艺出版社 1989 年 9 月出版
《人生支点》(报告文学集)河北教育出版社 1995 年 11 月出版
《齐花坦传》(长篇纪实文学)河北大学出版社 1999 年 9 月出版
《周喜俊剧作选》(戏剧作品集)花山文艺出版社 2003 年 6 月出版
《当家的男人》(长篇电视文学剧本)河北人民出版社 2007 年 9 月出版
《当家的男人》(长篇小说)百花文艺出版社 2010 年 4 月出版,2012 年再版
《周喜俊文集》(八卷本)百花文艺出版社 2010 年 11 月出版
《用什么回报你,我的家园》(文论集)河北教育出版社 2013 年 6 月出版
《沃野寻芳——中央工艺美院在河北李村》(纪实文学)河北教育出版社 2016 年 7 月出版,10 月第二次印刷
《追梦者之歌》(报告文字、散文集)河北教育出版社 2017 年出版

三、主要获奖作品

1982 年,新故事《辣椒嫂》获河北省四化建设新人新貌优秀作品奖
1984 年,新故事《韩呆呆的婚事》获全国曲艺作品有奖征文二等奖
1985 年,新故事《王大柱二会白面团儿》获首届河北省文艺振兴奖优秀作品奖
1986 年,中篇故事《神秘的半仙》获全国新故事奖
1987 年,中篇故事《神秘的半仙》获第二届河北省文艺振兴奖
1989 年,中篇故事《泪洒光荣匾》获第三届河北省文艺振兴奖
1989 年,大型现代戏《金匾泪》获第二届河北省戏剧节编剧二等奖

1989年，中篇故事《血染的遗书》获全国曲艺庆祝建国40周年优秀作品奖

1992年，新故事《借车》获全国曲艺优秀作品奖

1993年，报告文学《足迹》获河北省报告文学征文优秀作品奖

1997年，河北梆子《曲江情》获第七届河北省文艺振兴奖

1997年，中篇故事《辣椒嫂后传》获第七届河北省文艺振兴奖

1998年，中篇故事《扯不断的情丝》获全国曲艺优秀作品一等奖

1999年，大型古装戏《曲江情》获河北省第五届戏剧节编剧一等奖

2000年，河北梆子戏曲电视剧《孔雀岭》获全国电视戏曲展播铜奖

2000年，河北梆子戏曲电视剧《绣襦记》获全国电视戏曲展播铜奖

2001年，梅花大鼓《山情画卷》获河北省燕赵群星奖一等奖

2001年，河北梆子《宠儿泪》获河北省第五届戏剧百花奖．优秀剧目奖

2002年，河北梆子文学剧本《宠儿泪》获河北省戏剧剧本奖

2002年，5集戏曲电视剧《蝴蝶杯》获河北省"五个一工程"奖

2003年，戏曲小品《祝你生日快乐》获河北省小戏汇演二等奖

2003年，河北梆子连台本戏《新蝴蝶杯》（一本）获河北省第六届戏剧节编剧一等奖

2003年，丝弦文学剧本《孔雀岭》获第三届中国戏剧文学奖剧本奖

2003年，河北梆子文学剧本《曲江情》获第三届中国戏剧文学奖铜奖

2003年，河北梆子文学剧本《新蝴蝶杯》（三本）获河北省戏剧剧本奖

2004年，专著《周喜俊剧作选》获第十届河北省文艺振兴奖

2004年，长篇电视剧《当家的女人》获第24届全国电视剧"飞天奖"

2004年，长篇电视剧《当家的女人》获第22届中国电视剧金鹰奖提名奖

2005年，长篇电视剧《当家的女人》获河北省"五个一工程"奖

2005年，长篇电视剧《当家的女人》获第九届河北省影视艺术奔马奖一等奖

2006年，评剧文学剧本《七品村官》获河北省优秀剧本一等奖

2007年，长篇电视剧《当家的女人》获第十届全国"五个一工程"奖

2007年，中篇评书《天地良心》获第十一届河北省文艺振兴奖

2009年，长篇电视剧《当家的女人》获全国首届农村题材优秀电视剧一

等奖

2013年，长篇小说《当年的男人》获第十二届河北省文艺振兴奖

四、主要曲艺作品

1978年，故事《一捆韭菜》《河北群众文艺》第7期发表，收入《西柏坡故事》书

1979年，故事《带上伤疤的叔叔》《河北群众文艺》第3期发表

1979年，儿歌《我是一棵向日葵》建设日报5月30日发表

1980年，河南坠子《二婶待客》《天津演唱》第9期发表

1980年，快板书《特别约会》《滹沱河演唱》第5期发表

1981年，山东快书《滥竽充数》《滹沱河演唱》第2期发表

1981年，河南坠子《庆功宴会》《滹沱河演唱》第3期发表

1981年，京东大鼓《活材料》《山西群众文艺》第7期发表

1981年，快书小段《交公粮》建设日报10月17日发表

1981年，新故事《状元》河北省《俱乐部》第12期发表

1981年，快书小段《油朋友》建设日报12月30日发表

1982年，山东快书《卖钟》黑龙江省《北方曲艺》第1期发表

1982年，河南坠子《会变的照片》《滹沱河演唱》第3期发表

1982年，新故事《实在和金凤》河北省《俱乐部》第5期发表

1982年，唱词《村前的河水哗啦啦》建设日报11月25日发表

1982年，新故事《辣椒嫂》全国《曲艺》第7期首篇发表

1983年，新故事《真经失灵》河北省《说唱文学》第1期发表

1983年，快书小段《排队》《群众文艺》第2期发表

1983年，新故事《开锈锁》《滹沱河演唱》第3期发表

1983年，新故事《老乐治病》河北省《俱乐部》第11期发表

1983年，新故事《王大柱二会白面团儿》全国《曲艺》第1期发表

1983年，中篇故事《枣园风波》全国《曲艺》第12期发表

1984年，中篇故事《枣园风波》收入江苏人民出版社《优秀故事选》丛书

1984年，新故事《新官上任》《宁夏群众文艺》第3期发表

1984 年，新故事《辣椒嫂》中央人民广播电台 2 月、3 月播出

1984 年，新故事《鲁智深失踪》《农民文学》第 3 期发表

1984 年，新故事《红梅迎春》《河北青年》第 8 期发表

1984 年，鼓词《田大娘上山》中国青年出版社《农村青年》第 2 期发表

1984 年，新故事《农妇当官》《农民文学》第 5 期发表

1984 年，鼓词《特殊彩礼》《滹沱河演唱》第 2 期发表

1984 年，新故事《憨小归家》石家庄日报 9 月 11 日、13 日两版发表

1984 年，新故事《白素娥巧会扑克迷》河北人民广播电台 7 月、8 月播出

1984 年，新故事《韩呆呆的婚事》全国《曲艺》第 10 期发表

1985 年，鼓词《杨梦祥投稿》建设日报 1 月 19 日发表

1985 年，新故事《婆媳分家》河北日报 2 月 1 日发表

1985 年，新故事《辣椒嫂》收入中国曲艺出版社《漫天要价》故事集

1985 年，新故事《巧相遇》《无名文学》11 期发表

1985 年，新故事《有营业证的相面人》《农民文学》第 4 期发表，《通俗文学选刊》转载

1985 年，中篇故事《神秘的半仙》全国《曲艺》第 8 期发，河南《传奇文学选刊》转载

1985 年，中篇故事《风雨高家店》花山文艺出版社《说古唱今》第 5 期发表

1986 年，中篇故事《雪梅学艺》花山文艺出版社《说古唱今》第 6 期发表

1986 年. 新故事《皆大欢喜》河北日报《农家乐》3 月 24 日发表

1986 年，新故事《牛大偏相亲》河北日报《农家乐》5 月 19 日发表

1986 年，新故事《男女之间》中国青年出版社《农村青年》第 6 期发表

1986 年，新故事《大老张扶贫》中国青年出版社《农村青年》第 8 期发表

1986 年，新故事《追求》中国青年出版社《农村青年》第 9 期发表

1986 年，新故事《无处下嘴》中国青年出版社《农村青年》第 10 期发表

1986 年，新故事《同心宴》河北日报《农家乐》10 月 6 日发表

1986 年，新故事《换房基》河北日报《农家乐》11 月 17 日发表

1986 年，新故事《撑腰》河北日报《农家乐》12 月 1 日发表

1986年，新故事《孝子》中国青年出版社《农村青年》第12期发表

1987年，中篇故事《泪洒光荣匾》江苏人民出版社《垦春泥》第3期发表

1987年，新故事《杨大娘说媒》河北日报《农家乐》8月27日发表

1988年，中篇故事《俏厂长的罗曼史》江苏人民出版社《垦春泥》第6期发表

1988年，新故事《厂长拒贿》中国青年出版社《农村青年》第10期发表

1989年，中篇故事《佘太君乱点鸳鸯谱》江苏人民出版社《垦春泥》第3期发表

1989年，中篇故事《血染的遗书》全国《曲艺》第8期发表

1991年，新故事《借车》全国《曲艺》第7期发表

1992年，快板书《少年英雄五姐妹》曲艺演出节目，《石家庄文化报》5月21日发

1993年，新故事《探亲》全国《曲艺》第4期发表

1995年，中篇故事《九龙湾的悲喜剧》全国《曲艺》第6期发表

1996年，中篇故事《辣椒嫂后传》全国《曲艺》第8、9、10期连载

1997年，中篇故事《辣椒嫂后传》中央人民广播电台节选播出

1997年，中篇故事《扯不断的情思》全国《曲艺》第6期发表

1999年，中篇故事《情系孔雀岭》全国《曲艺》第7、8、9期连载

1999年，中篇故事《辣椒嫂后传》收入大众文艺出版社《新时期曲艺作品选》书

2001年，梅花大鼓《山情画卷》全国《曲艺》第7期发表

2002年，故事《亲情无价》河北教育出版社《真情，我为你感动》丛书第二辑

2002年，故事《大山深处喇叭声》河北教育出版社《真情，我为你感动》丛书第五辑

2003年，山东快书《职责》《抗非典群众演唱节目》5月31日发表

2003年，曲艺小品《祝你生日快乐》全国《曲艺》第7期发表

2005年，曲艺小品《回家》全国《曲艺》第6期发表

2006年，中篇纪实评书《天地良心》全国《曲艺》第5期

2011年，大合唱《不朽的歌》（作词）中国文联纪念建党90周年主题演出

2012年，长篇评书《当家的男人》全国《曲艺》连载（2012年1月—2014年2月）

2014年，故事《乞妈妈，请吃喜糖》市曲协9月演出，河北省电视台10月2日播出

五、主要戏曲作品

1988年，戏曲文学剧本《订婚宴》省《大舞台》第1期发表

1989年，戏曲文学剧本《金瓯泪》省《大舞台》第1期发表

1989年，大型现代戏《金瓯泪》石家庄地区河北梆子剧团排演，参加省第二届戏剧节

1992年，戏曲文学剧本《青石湾》省《大舞台》第2期发表

1994年，戏曲小品《买衣料》石家庄日报1月22日发表

1994年，大型现代戏《九龙情》石家庄河北梆子剧团排演，参加石家庄市新剧目汇演

1995年，大型古装戏《皇姑出家》井陉县晋剧团排演，参加石家庄市新剧目汇演

1997年，大型古装戏《曲江情》正定县河北梆子剧团排演

1998年，戏曲文学剧本《曲江情》省《大舞台》第2期发表

1997年，戏剧小品《俺为英雄送一程》河北日报1月6日发表

1998年，大型古装戏《曲江情》河北人民广播电台2月播出

1999年，大型古装戏《曲江情》参加省第五届戏剧节汇演

1999年，戏曲文学剧本《孔雀岭》省《大舞台》第5期发表

2000年，大型古装戏《宠儿泪》正定县河北梆子剧团排演，参加市第三届戏剧节汇演

2000年，小戏曲《进山》参加文化部农村题材小戏调演

2001年，戏曲文学剧本《进山》中国文化报8月30日发表

2002年，河北梆子《新蝴蝶杯》石家庄河北梆子剧团排演，参加省第六届戏剧节

2002年，大型现代戏《孔雀岭》石家庄市丝弦剧团排演

2002年，河北梆子《新蝴蝶杯》（二本）石家庄市河北梆子剧团排演

2003年，河北梆子《新蝴蝶杯》（三本）石家庄市河北梆子剧团排演

2004年，情景歌舞剧《走进西柏坡》西柏坡纪念馆艺术团排演

2005年，情景歌舞剧《走进西柏坡》作为省保持共产党员先进性教育剧目在全省巡演

2005年，大型古装戏《曲江情》保定市河北梆子二团排演，获保定戏剧节一等奖

2005年，戏曲文学剧本《走进西柏坡》省《大舞台》第5期发表

2005年，话剧小品《回家》省话剧院排演，参加省创建生态文明村专题文艺晚会演出

2005年，丝弦《七品村官》赞皇县丝弦剧团排演，全市巡演

2005年，评剧《七品村官》石家庄市青年评剧团排演，全省巡演

2006年，评剧《七品村官》央视11频道作为全国"两会"特别节目于3月9日播出

2010年，评剧《七品村官》央视5月5日、6月7日、7月22日多次重播

2008年，戏曲文学剧本《军歌进行曲》省《大舞台》第1期发表

2014年，河北梆子《曲江情》保定市河北梆子一团排演

六、主要影视作品

1990年，电视文学剧本《她从田野里走来》省《大舞台》第3期发表

1991年，电视剧《山竹》中央电视台2频道首播，3频道重播

1999年，戏曲电视剧《孔雀岭》中央电视台2频道首播，3频道、11频道数次播出

2002年，戏曲电视剧《蝴蝶杯》中央电视台11频道首播，之后多次重播

2004年，长篇电视剧《当家的女人》央视8频道首播，1频道及全国卫视多次重播

2008年，《当家的女人》（藏语版）作为改革开放30周年全国10台优秀剧目展播

2013年，长篇电视文学剧本《当家的男人》，《中国作家》影视版第6期发表

2014年，30集电视剧《当家的男人》中央电视台待播

七、主要文学作品

1982年，散文《酸枣情》《滹沱河畔》第2期发表

1984年，报告文学《不要彩礼要青山》《河北妇女》第4期发表

1984年，小说《桃花岭》河北日报7月11日发表

1984年，报告文学《绿化姻缘》《中国林业》第7期发表

1985年，散文《泥土情》《百泉》第7期发表

1986年，小说《风雨过后》山西《飞霞》总第36期发表

1987年，小说《爱的嬗变》《河北文学》第6期发表

1987年，报告文学《他在心里描绘着宏伟蓝图》农民日报9月13日发表

1987年，报告文学《绿色的梦》《河北文学》第11期发表，河北人民广播电台播出

1988年，中篇小说《抗婚记》《热河》总第40期发表

1990年，中篇小说《我的母亲》《女子文学》第2期发表

1991年，小说《林默拒婚》《女子文学》第3期发表

1992年，小说《单老桂和他的儿女们》《太行文学》第3期发表，改编为戏曲《宠儿泪》

1993年，报告文学《刘胡兰故乡的男人汉》《乡镇企业科技》第2期发表

1993年，报告文学《洒向人间都是爱》《乡镇企业科技》第4期发表

1993年，报告文学《她的名字是强者》《太行文学》第2期发表

1993年，报告文学《痴情》承德日报10月24日整版发表

1994年，报告文学《燃烧的蜡烛》《太行文学》第4期发表

1994年，报告文学《盐山的好管家》《中国财政》第7期发表

1994年，报告文学《扶贫模范张志平》《中国财政》第8期发表

1995年，报告文学《从学徒工到总经理》省《税务之南》第2期发表

1996年，报告文学《她的未来不是梦》省《税务之南》第3期发表

1996年，报告文学《人生在追求中闪光》省《河北财会》第4期发表

1996年，报告文学《人格的力量》省《税务之南》第5期发表

1997年，人物专访《一位美术师的执著追求》河北政法报1月30日发表

1997年，人物专访《梅花开放又一枝》河北政法报5月16日发表

1997年，散文《山村女人的梦想之歌》省妇联《女子世界》第3期发表

1997年，人物专访《今日齐花坦》省政协《乡音》第2期发表

1997年，散文《情系观众》文化部《文化月刊》第5期发表

1997年，报告文学《人民需要这样的理财人》省财政厅《河北财会》第5期发表

1998年，报告文学《他为政府当管家》省财政厅《河北财会》第8期发表

1999年，纪实文学《爱情恰似常青树，晚霞更比朝霞红》省《婚育世界》1—2期连载

1999年，纪实文学《齐花坦与'宝莲灯'》省政协《文史精华》第6期发表

2000年，散文《我眼中的齐花坦》省委宣传部《大时代》第1期发表

2002年，散文《为了那个绿色的梦》河北日报11月8日发表

2004年，散文《难忘我的农村姐妹》光明日报5月1日发表

2004年，散文《村里的姐妹是我的创作之源》文艺报4月29日发表

2004年，散文《唱歌》燕赵晚报3月25日发表

2005年，散文《三进西柏坡》省政协《乡音》第4期发表

2005年，报告文学《村官本市副处级，山乡奋斗十三年》燕赵晚报7月3日整版发表

2005年，散文《用什么回报你，我的家园》石家庄日报10月5日发表

2005年，诗歌《家乡的红枣树》石家庄日报10月11日发表

2005年，散文《良知无价》省作协《长城》第6期发表

2005年，散文《哈尔滨拾零》哈尔滨日报10月27日发表

2006年，散文《女专家林》石家庄日报3月7日发表

2006年，中篇报告文学《时占经：英勇行乐》《中国作家》第5期发表

2006年，报告文学《时占经和他的文明生态村》收入河北人民出版社出版

《巨变》图书

2006 年，散文《我所认识的潘学聪》燕赵晚报 2 月 18 日发表

2006 年，散文《时占经与 458 个红手印》省政协《乡音》第 7 期发表

2007 年，报告文学《农家申奥女》光明日报 8 月 6 日发表

2007 年，散文《乡村都市》《人民文学》第 12 期发表

2007 年，报告文学《蓝天让他迎来人生的春天》河北教育出版社《同在蓝天下》图书

2008 年，报告文学《大爱铸丰碑》燕赵晚报 7 月 12 日、26 日两个整版发表

2008 年，报告文学《爱，彰显英雄本色》省作协《长城》第 4 期发表

2009 年，散文《从'辣椒嫂'到'当家的女人'》中国文化报 5 月 17 日发表

2009 年，散文《永远的嘱托》省作协《长城》第 4 期发表，收入《百岁老人高扬》一书

2009 年，散文《温厚情怀，照亮人生》省《共产党员》第 5 期发表

2010 年，长篇小说《当家的男人》石家庄日报 3 月 12 日至 2011 年 4 月 18 日连载

2010 年，散文《天桂山的花蕾》燕赵晚报副刊 4 月 29 日发表

2010 年，散文《杨润身与白毛女》（外一篇）《散文百家》第 8 期发表

2010 年，散文《苍岩宫前说皇姑》河北经济日报 8 月 18 日发表

2011 年，报告文学《省城不缺我一个副处级干部》中央党校主管《中华魂》第 4 期发表

2011 年，散文《不朽的歌》河北日报 6 月 3 日发表

2011 年，随笔《行走在政协履职平台上》省政协《乡音》第 3 期发表

2011 年，散文《又见刘兰芳》中国艺术报 11 月 25 日发表

2012 年，报告文学《孝义是一条流动的河》河北教育出版社《善行河北》图书

2013 年，散文《映日荷花别样红》石家庄日报 10 月 28 日发表

2014 年，散文《作家的良知与责任》《石家庄日报》1 月 22 日发表

2014年，散文《用生命谱写的梦想之歌》石家庄日报3月17日发表

2014年，散文《留守娃的美丽时光》河北日报6月20日发表，《河北作家》选载

2014年，纪实《人民的艺术家齐花坦》石家庄日报6月10日发，《当代人》9期转载

2014年，散文《丝弦发展有后人》《当代人》第1期发表

2014年，散文《化为绿树送清风》河北日报6月26日发表

2014年，散文《人生大舞台的追梦者》新华出版社《舞台光影》书序

2014年，纪实《走进张堡村》石家庄日报9月24日发表

2014年，随笔《辣椒不愿住高楼》《华文月刊》第9期发表

2014年，报告文学《绿色崛起的希望之光》《太行文学》第5期发表

2014年，长篇纪实文学《齐花坦传》燕赵晚报6月17日开始连载

2014年，笔谈《坚持以人民为中心的创作导向》《中国艺术报》11月14日发表

2015年，纪实《绿色崛起的希望之光》《农民日报》3月12日发表

2016年，散文《吴冠中的农村课堂》《中国艺术报》6月20日副刊发表

2016年，散文《省长说这个建议提得好》《乡音》第4期发表

2016年，散文《吴冠中与河北李村》《光明日报》6月24日文荟发表

2016年，散文《吴劳与石家庄的渊源》《石家庄日报》7月11日文艺副刊发表

2016年，散文《他记忆里只有李村》《燕赵晚报》7月21日花溪精读发表

2016年，散文《李建华的博导大哥》《石家庄日报》9月19日文艺副刊发表

2016年，纪实《于艺术大师那段下放的岁月》《长城》第6期发表

2016年，散文《在感动中寻访》《聚雅》（山东）第5期发表

2016年，散文《常沙娜的河北情缘》中国作家网11月9日发表

2016年，散文《在河北李村的悠悠岁月》《中外书摘》11月7日发表

2017年，散文《满目绿色》《燕赵都市报》2月11日发表

2017年，散文《非凡岁月夫妻情》散文百家第1期发表

2017年，报告文学《周家庄的阳关大道》、《葫芦峪模式的启迪》、《时占经与行乐村》收入中国红色文艺研究会编纂的《中国榜样名村》图书

2017年，散文《好书伴我一路前行》《中国艺术报》2月24日发表

理论评论文章

1994年，《他们心里只有观众》石家庄日报11月19日发表

1995年，《耐人寻味回头记》石家庄日报3月25日发表

1995年，《用国人的思想改编莎翁名剧》燕赵晚报9月25日发表

1995年，《寻找中西文化的契合点》河北日报9月30日发表

1996年，《为了周总理的嘱托》石家庄日报12月10日发表

1996年，《为农村青年立传》全国《曲艺》第七期发表

1997年，《新故事创作应面向农村青年》全国《曲艺》第12期发表

1997年，《文艺工作者要永远面向人民》石家庄日报5月27日发表

1998年，《'曲江情'改编的理性思考》河北人民广播电台2月7日播出

1998年，《传统戏的改编也要面向时代》石家庄日报4月2日发表

1999年，《新故事创作贵在出新》全国《曲艺》第6期发表

2000年，《荀慧生与河北梆子》石家庄日报1月7日发表

2000年，《亲情，爱情，民族情》戏曲电影报10月3日发表

2002年，《戏曲创作要把社会效益放在首位》石家庄日报3月30日发表

2002年，《激情是艺术的生命》石家庄日报8月30日发表

2003年，《丝弦发展有后人》省《大舞台》第6期发表

2003年，《陈年老酒味更浓》燕赵晚报9月18日发表

2004年，《用小人物表现大事件》省《大舞台》第6期发表

2006年，《成功之路没有捷径》《读书时报》1月6日发表

2006年，《接地气，聚人气，树正气》中国艺术报发表

2006年，《在市场中寻找价值》燕赵晚报2月18日发表

2006年，《农民需要优质的精神食粮》4月13日全国"新农村建设"研讨会宣读

2006年，《时代呼吁农村题材影视编剧》5月25日全国农村题材影视研讨会宣读

2010年,《努力建设文学艺术的生态园》石家庄日报7月25日发表,中国艺术网转载

2011年,《西柏坡是中国历史上不朽的歌》全国《曲艺》第7期发表

2011年,《人才是文艺事业可持续发展的重要保障》中国艺术报9月5日理论版发表,文化艺术世界网等多家网站转载

2011年,《面向人民是文艺事业健康发展的根本》省《领导之友》第10期发表

2011年,《基层应为文艺人才培土育苗》中国艺术报11月28日发表

2012年,《文艺精品工程要从夯实基础做起》河北日报5月18日发表,《求是》理论网、中国文明网、中国关注网、中工网理论版等多家网站转载

2014年,《作家的良知和责任》石家庄日报1月22日发表

2014年,《影视剧不要迷失于市场经济大潮中》河北日报10月31日发表

2014年,《坚持以人民为中心的创作方向》中国艺术报11月14日理论版发表

2014年,《以人才培养推动文艺事业绿色崛起》省《领导之友》12期发表

2015年,理论文章《修筑起坚实的精神之路》《中国艺术报》7月3日发表

2016年,文艺理论《深入生活是文艺家毕生的功课》《中国文化报》12月16日在发表

九、主要荣誉称号

1982年,河北省"三八"红旗手

1984年,河北省自学成才青年十面红旗

1985年,全国新长征突击手

1986年,河北省优秀女职工

1998年,河北省有突出贡献中青年专家

1999年,全国百名优秀青年文艺家

2001年,获全国自学成才奖

2004年,河北省先进工作者(省劳模)

2004年,河北省宣传文化系统首届"四个一批"人才

2007年，第六届河北省"十佳影视艺术工作者"
2007年，河北省省管优秀专家（2011年续聘）
2011年，河北省首届"四个一批"优秀人才奖（全省共10名）
1987、1991、1999、2003四届石家庄市管专业技术拔尖人才

十、作品研讨会

1984年9月10日，周喜俊故事作品研讨会。河北省曲艺家协会、省文联文艺理论研究室、《文论报》编辑部联合召开。

1989年11月18日，周喜俊曲艺作品研讨会。河北省曲艺家协会、河北《文论报》、石家庄市文联、市文化局联合召开。

2003年7月23日，周喜俊戏曲作品研讨会。河北省戏剧家协会、省戏剧创作中心、石家庄市文联联合召开。

2004年3月10日，长篇电视剧《当家的女人》作品研讨会。河北省文联、省文化厅等单位联合召开。

2010年10月30日，长篇小说《当家的男人》作品研讨会。河北省作家协会、中共石家庄市委宣传部、百花文艺出版社联合召开。

2011年12月18日，长篇电视文学剧本《当家的男人》作品研讨会。中国传媒大学、影视艺术学院联合召开

2014年5月16日，文论集《用什么回报你，我的家园》作品研讨会。河北省文联、石家庄市文联联合召开。

2016年10月18日，长篇纪实《沃野寻芳——中央工艺美院在河北李村》作品研讨会。中国作家协会定点深入生活办公室、清华大学吴冠中艺术研究中心、河北省作家协会、河北教育出版社联合召开。

2017年8月19日 报告文学、散文集《追梦者之歌》创作座谈会在石家庄亚太大酒店召开。

跋：周喜俊的三个身份

对于圈内的人来说，即使不说出名字，大家也都有一个默契。比如，"当代赵树理"、"塑造了当代李双双形象"、"为农民而歌者"、"从农村走出来的女作家"、"文学创作多面手"、"女性独立的代言人"、"人民艺术家"，等等，只要你说出其中的一条或两条，大家会立刻想到一个名字——周喜俊。对于上面提到的每一条，周喜俊都当之无愧，圈内的人也都没有异议。

这是作为作家的周喜俊，我们无法忽略她在文学上的成就和贡献。

圈子外的人们，或许不知道这么多术语，但提起《辣椒嫂》、《当家的女人》等，大家也会马上想到一个人——周喜俊。我出身于行唐县，跟周喜俊是同乡。记得小时候，人们一提到谁谁家的女人泼辣能干，我娘马上就说"跟辣椒嫂一样"；提到谁谁家的孩子有出息自学成才的时候，我娘就说"跟那个写《辣椒嫂》的周喜俊一样吧，人家在地窨子里一边纺线还一边写故事……"后来，电视剧《当家的女人》在中央台热播，周喜俊又得到了更广泛的认可，女主人公张菊香也成了人们心中的"女神"。即使老百姓想不起"周喜俊"这三个字，但《当家的女人》已经家喻户晓。每当无意中得知周喜俊就是《当家的女人》编剧时，人们立马表现出欣喜和崇敬的心情。周喜俊是老百姓喜爱的尊敬的作家。

所以，周喜俊的第一身份就是作家。

在世纪之初，河北省召开青年作家创作座谈会时，全省几十个代表发言，没有石家庄一个；全省"十佳优秀作品"获奖者，没有石家庄一人。省作协工作报告列举了很多在全国获奖和产生重大影响的作品,没有石家庄一篇。当时,周喜俊刚刚就任石家庄市文联主席兼作协主席,面对来自河北省各地市的获奖者和发言代表,周喜俊心里很不是滋味。面对创作人才匮乏、精品力作太少的局面,周喜俊到基层县区进行了大量调研,先是在各区县扶植建立文联机构,然后提出了"十大协会活起来,各县文联动起来,激励机制建起来,人才队伍带出来"的工作目标,以"接地气,聚人气,树正气"为基本方略,精心谋划每一项活动,热心鼓励基层作者……经过多措并举的不懈努力,河北省作协设立的年度"十佳优秀作品"评选,石家庄市获奖作品每每位列全省第一;获得"河北省文艺振兴奖"和省"五个一工程奖"的作品也总是名列前茅;第二届孙犁文学奖,河北省共评选出二十件作品,石家庄作者占了七件;河北省文学院签约作家,石家庄连续多届名列全省第一,基层作者占了相当大的比例,体现出创作队伍的新实力。各县区的文联工作人员和基层作者,都亲切地称呼她为"我们的当家人"。周喜俊在文联工作中,有清醒而长远的思路,有脚踏实地的动作,并有自己的创作成就来示范,营造了文联风清气正、积极进取的良好氛围。

这是周喜俊的第二个身份:文联的当家人。

在我们行唐老乡中,有不少人爱好文学爱好写作,因此,大家都把跟周喜俊坐一坐聊一聊视为人生乐事。每每遇到老乡们的邀请,周喜俊只要没在外地,就会欣然答应,从来不拿架子做姿态,大家在她面前也不拘谨,自由自在畅所欲言。朋友们写本书,也当然希望得到周喜俊的指点和评价,更希望给自己的书写个序,每当此时,周喜俊就会腾出自己宝贵的时间,认真地看书,仔细琢磨,然后提建议写序跋,非常热情。所以,舞文弄墨的兄弟姐妹们,也把周喜俊当作了无话不谈的"家里人"。

有一次,我跟周主席到石家庄市栾城区参加一个会议(学习贯彻习近平总书记在中国文联十大、中国作协九大开幕式上的讲话精神暨"栾城区文艺精品奖、文艺扶持奖颁奖"会议),我是第一次来到栾城,第一次与参会人员见面。说实话,我觉得以前跟他们没有感情基础,我作为文艺评论者,以后与他们交往的可能性也不大,所以就有些置身事外的样子。中午栾城区文宣、政协部门的领导们陪同一起吃饭，我就自顾自起来。虽然他们对我很周到，我也只是点头回礼。看到此种情况，周主席就向大家说，孙老师是非常优秀的评论家，孙老师比我们年龄都小，等等。我知道，周主席是在替我打圆场，是在为我的不周找借口……周主席就是这样，谦谦君子，温润如玉。

所以，周喜俊还有第三个身份：良师益友。

作为知名作家、优秀的国家干部，周喜俊骨子里有着中国"士"之精神品格，那就是：修齐治平。无论在什么样的境况下，周喜俊从来都不像许多知识分子那样，"躲进小楼成一统，管他春夏与秋冬"，而是积极入世，关心政治、心系人民。一直以来，周喜俊都是以百姓当家人的身份体察生活，以社会主人翁的姿态思谋发展。所以，在周喜俊的作品中，一向具有着热火朝天的生活景象和站在高位的超前意识；其文联工作也风生水起，激发一方文化的活力，引领一方文化的发展，树立了文联工作的标杆。

作为文艺队伍中的大姐大，周喜俊以她生生不竭的艺术创造力和华章流彩的文艺作品，以及对年轻人的热忱关怀和扶持，激发了一群有文学梦想的青年，凝聚了一批优秀的作家，形成了石家庄市健康纯净的文艺氛围。

周喜俊以作家的身份，以石家庄市文联主席的身份，与这个时代的政治脉搏同频共振，对一个区域的文艺风貌产生重大影响，难能可贵。

云山苍苍，江水泱泱，先生之风，山高水长。